A GOVERNANTA

Samantha Hayes

A GOVERNANTA

Tradução

Jacqueline Damásio Valpassos

JANGADA

Título do original: *Her Housekeeper.*

Publicado em 2024 pela Bookouture.

Publicado pela primeira vez em inglês em 2024 pela Storyfire Ltd, atuando como Bookouture.

1ª edição 2025.

Editor: Adilson Silva Ramachandra
Gerente editorial: Roseli de S. Ferraz
Preparação de originais: Marta Almeida de Sá
Gerente de produção editorial: Indiara Faria Kayo
Editoração eletrônica: Join Bureau
Revisão: Adriane Gozzo

Dados Internacionais de Catalogação na Publicação (CIP)
(Câmara Brasileira do Livro, SP, Brasil)

Hayes, Samantha
A governanta / Samantha Hayes; tradução Jacqueline Damásio Valpassos. – 1. ed. – São Paulo: Editora Jangada, 2025.

Título original: Her Housekeeper
ISBN 978-65-5622-118-2

1. Ficção policial e de mistério (Literatura inglesa) I. Título.

25-292662.0 CDD-823.0872

Índices para catálogo sistemático:

1. Ficção policial e de mistério: Literatura inglesa 823.0872
Eliete Marques da Silva – Bibliotecária – CRB-8/9380

Jangada é um selo editorial da Pensamento-Cultrix Ltda
Direitos de tradução para o Brasil adquiridos com exclusividade pela
EDITORA PENSAMENTO-CULTRIX LTDA., que se reserva a
propriedade literária desta tradução.
Rua Dr. Mário Vicente, 368 — 04270-000 — São Paulo, SP — Fone: (11) 2066-9000
http://www.editorajangada.com.br
E-mail: atendimento@editorajangada.com.br
Foi feito o depósito legal.

Para Ben, Polly e Lucy,
com amor sempre bjs

PRÓLOGO
SARA

É engraçado... Nunca pensei que me veria morrer. Ainda mais aos 15 anos.

Chega um ponto em que você sabe, sem dúvida, que vai acontecer, que não há retorno; quando o fim, literalmente, está próximo. Testemunhar a si própria dando os últimos suspiros parece um efeito de droga enquanto você olha do alto. Mesmo nessa situação, de assassinato, meus sentidos estavam me deixando partir de modo gentil, como se fosse uma carícia afetuosa de despedida. Entorpecendo-me de todo o mal. E achei bem libertador desistir, acabar com a dor, abrir mão de oferecer resistência. Não que eu fosse capaz de oferecer muita resistência. Ele era bem maior que eu.

Começou com uma mão em volta do meu antebraço. Eu havia pressentido o perigo pela simples maneira como ele me agarrou. Mais rude que o normal.

— Ah, não, nem pense nisso — a voz rosnou em meu ouvido, fazendo um medo se espalhar por todo meu corpo. Ele havia me puxado com força.

Continue andando, continue andando, eu disse a mim mesma. Não era a mim que ele queria, afinal. Eu estava procurando por ela, querendo trazê-la de volta à segurança, embora houvesse pouca chance disso, porque o lugar de onde viemos não era nada seguro. Não era a primeira vez que ela fugia.

Foi puro azar eu ter trombado com ele enquanto a estava procurando.

— Se não posso ter *ela*, você terá que servir — ele disse enquanto me forçava a caminhar, desajeitada, ao seu lado. — É uma punição.

Ele não estava andando rápido, nem era capaz disso, mas era forte. Não havia como eu escapar do controle que ele tinha sobre mim. Suas mãos eram grandes e insistentes, e eu sabia que logo estariam percorrendo todo o meu corpo. Enquanto prosseguíamos dando passadas firmes, eu me sentia resignada. Não era a primeira vez que isso acontecia.

No início, pensei que ele estivesse me levando para sua casa. Eu não gostava de lá. Cheirava a mofo e a coisa antiga, e era muito grande e escura. Mas acabamos perto dali, num lugar que, infelizmente, eu conhecia muito bem. Enquanto ele descia o zíper e me obrigava a fazer coisas que eu não queria fazer com ele, pensei na minha irmã, pensei nas minhas amigas, pensei no meu namorado. Enquanto meu corpo se obrigava a fazer essas coisas, minha mente estava em outro lugar, vivendo uma vida que eu não tinha. Uma vida que eu nunca *teria*. Eu tremia de frio.

Quando acabou, ele me segurou com força e me arrastou pelo mato. Eu sabia que isso não era bom. Na maioria das vezes, ele só "vazava" e me deixava, ou me enxotava pela porta da frente, empurrando-me para a noite como se eu fosse um gato de rua.

Então, veio o castigo. Eu estava gritando, me debatendo. Implorando para que ele não me matasse. Dessa vez, enquanto eu olhava para mim mesma do alto, observando-me indefesa lá embaixo, sabia que o fim estava próximo. Pareceu durar uma eternidade.

Mas, então, ele parou. Eu estava de volta ao meu corpo.

Havia outra pessoa lá?

A verdade é que, àquela altura, eu não sabia se estava viva ou morta.

UM

GINA

Corro para a porta da frente quando a campainha toca pela terceira vez, o badalar antigo ressoando por todo o andar térreo da grande casa georgiana. A casa perto do mar em Hastings, na qual ainda não consigo acreditar que estamos morando, embora em caráter temporário.

E, se não fosse por termos que nos mudar para cá, então diria que a vida parece muito boa agora. Como não gostar de morar em uma casa na Costa Sul com meu marido e meus dois filhos, tudo de graça?

Quando abro a porta, há uma mulher alguns anos mais nova que eu (talvez tenha uns 30 e poucos anos) parada no degrau abaixo, com sorriso branco perfeito estampado no rosto, enquanto olha para mim.

— Olá… *olááááá*… — ela cantarola, com o sorriso se ampliando ainda mais.

Eu a encaro por um instante, confusa, me perguntando o que foi que esqueci.

— Oi — eu a cumprimento também, sentindo-me um pouco retraída, enquanto meus olhos a examinam de cima a baixo. Percebo a marca de vômito de bebê na minha camiseta enquanto engancho Tommy, meu filho de 3 anos, um pouco mais acima do meu quadril. Ele puxa um punhado do meu cabelo despenteado, fazendo-me estremecer de dor e afastar, num impulso, a cabeça para o lado. — Posso ajudá-la?

— Sou Mary — a mulher diz, em tom amigável, olhando para mim como se eu não devesse ter dúvida a respeito de quem ela é. Ela está usando um vestido justo azul-claro do tipo túnica, acima do joelho, com mangas curtas, que tem uma gola branca engomada. É um pouco mais baixa que eu, mas está um degrau abaixo de mim, com sapatilhas pretas nos pés. O cabelo loiro está bem preso num coque apertado no topo da cabeça, e a pele clara, sem maquiagem, é impecável. Não posso deixar de pensar que, se misturassem *Kill Bill* e *Encontro de Amor* e fizessem um filme, ela estaria interpretando o papel principal.

Mas são seus olhos (grandes e penetrantes, com algo profundo e insondável espreitando por trás do azul-cobalto) que, mesmo com o choro da minha bebê recém-nascida recomeçando na cozinha, me atraem. Um arrepio percorre minha espinha.

— Como posso ajudá-la, Mary? — pergunto, mudando o peso de um pé para o outro, com as bainhas da minha velha calça de moletom azul-marinho desgastadas em volta dos meus dedos descalços.

— Annie não lhe contou? — ela diz, estendendo os finos dedos para Tommy, que para de reclamar de imediato e começa a rir quando Mary faz cócegas na palma de sua mão. — Sobre mim?

Balanço a cabeça, meio confusa; meu cérebro perturbado com o berreiro da bebê tenta encontrar algo em suas profundezas turvas que possa explicar por que essa mulher está parada na porta menos de vinte e quatro horas depois de chegarmos em nossa nova casa. Bem, não exatamente *nossa* nova casa, mas é nossa pelos próximos meses, enquanto Annie estiver viajando (encontrando-se ou "descansando", como ela colocou em sua mensagem do WhatsApp), no período em que a nossa casa estiver sendo reformada. Ou melhor, sendo reconstruída. O fogo destruiu grande parte da estrutura, assim como tudo dentro dela.

— Não, não, ela não disse nada sobre você.

O que é verdade. O fato é que Annie me contou muito pouco quando mandou uma mensagem pela primeira vez falando da ideia de nos mudarmos para cá. Até tive que lembrar a ela de me enviar o código do *lockbox* para usar as chaves da porta da frente.

Impulsiva, imprudente, esquecida e rebelde sempre foram a marca registrada de Annie. Na escola, costumávamos provocá-la dizendo que seu sobrenome, Stone, era o oposto do que ela era de fato: sua mente estava sempre acesa; seu cérebro, o tempo todo criando; o corpo, vibrando com energia. Ela disse ao nosso grupo de amigas que foi por isso que escolheu o sobrenome Wilde como identidade profissional. O apelido que lhe demos naquela época. *Você é doida, Annie.*

Mary ri e inclina a cabeça para trás, expondo o pescoço longo e forte.

— Típico da Annie — ela diz, subindo um degrau para ficar no meu nível. Nossos rostos estão próximos, e sinto o calor de sua respiração na bochecha enquanto ela fala. — Essa aí vai esquecer de aparecer no próprio funeral — ela acrescenta, dando uma risada.

Uma escolha estranha de palavras, não consigo deixar de pensar, mas não quero parecer rude, então retribuo o sorriso.

— Tenho meu próprio molho de chaves, mas não queria assustá-la. Você se importa se eu entrar? É meio que necessário, se eu quiser fazer meu trabalho. — Outro sorriso perfeito.

— Trabalho?

De alguma maneira, Mary passa por mim e desliza pelo longo corredor de ladrilhos xadrez até chegar à porta da cozinha. Ela se vira; seu corpo esguio parece recortado contra a luz que se infiltra pela parede envidraçada na enorme ampliação ao "estilo cozinha e sala de jantar conjugadas que torna obsoleto o restante da casa" que Annie ergueu nos fundos da construção. Ficou pronta há apenas alguns meses, na primavera, e não foram poupadas despesas.

— Devo seguir minha rotina habitual? — Mary pergunta, com o manto de luz ao redor, dando-lhe ar angelical.

— Vamos lá, Tommy, desça logo — resmungo, dando um suspiro e baixando meu filho, que se contorce no chão. — E tome cuidado com a Gracie! — Grito enquanto ele dispara para a cozinha simulando ruídos de motor e segurando no ar seu carrinho de brinquedo.

Mary ri.

— Parece que ele está ligado na tomada — ela diz.

— Vou lhe dizer uma coisa: Annie é uma mulher corajosa por nos deixar ficar aqui. — Fecho a porta da frente e dou risada com Mary, caminhando pelo corredor, para me juntar a ela. — E, olha, me desculpe por parecer tão desligada. Annie pode muito bem ter me falado sobre sua vinda, mas, sabe… — dou um tapinha na lateral da minha cabeça — ... devo ter me esquecido. — Então, passo por ela e vou até as portas de vidro dobráveis que levam ao jardim, para ver Gracie, que está se mexendo em seu canguru. — Olá, dorminhoca — cantarolo antes de me virar de novo. — Oh...!

Mary está bem atrás de mim, olhando minha bebê.

— Que adorável — ela diz, sem tirar os olhos da menina. — Quanto tempo ela tem?

— Vai fazer sete semanas amanhã — respondo, abaixando-me e desamarrando-a do canguru.

Ela estava dormindo quando voltei depois de deixar Matt, meu marido, na estação, meia hora atrás, para que pudesse ficar com o carro durante o dia, e eu meio que esperava que ela continuasse assim enquanto tirasse a mesa do café da manhã e desfizesse parte das malas. Estava tudo tão tenso ontem quando chegamos que mal tive chance de fazer alguma coisa.

— Que bonequinha... — diz Mary, estendendo os braços antes mesmo de eu tirar minha bebê chorosa do canguru. — Posso pegá-la?

Eu a encaro por um instante.

— Ah, claro — digo, entregando-a.

Quando Tommy era bebê, eu encontrava uma série de motivos para não permitir que um estranho o segurasse (eu era muito protetora, como mãe de primeira viagem). Mas estou muito mais relaxada com Gracie, e, como resultado, minha bebê parece muito mais tranquila também.

— Oh, você é ou não é uma garotinha linda? — Mary diz, tirando-a de mim com habilidade e apoiando sua cabeça com uma destreza que me mostra que ela tem familiaridade com bebês. — Vai partir um monte de corações quando crescer, não é, mamãe? — Ela olha para mim, com brilho nos olhos.

— Oh, com certeza — entro na brincadeira e dou uma risada, estremecendo quando Tommy arrasta as rodas de seu carrinho de brinquedo nas paredes brancas imaculadas de Annie. — Tommy, não! Pare com isso! — grito para ele. — Brinque no tapete. Seja um bom menino.

Meu filho franze a testa e se joga no espesso tapete creme ao lado da enorme lareira moderna.

— Então, hum... me diga, Mary... desculpe. Você mencionou seu trabalho? — Eu a observo embalando Gracie nos braços, com a cabeça aninhada na curva de seu cotovelo direito, a outra mão apoiando com delicadeza suas costas. Ela a balança devagar para cima e para baixo, embalando-a um pouco.

Gracie faz ruídos gorgolejantes satisfeitos, soprando bolhas pelos lábios de botão de rosa, enquanto olha para o rosto feminino desconhecido.

— Estou trabalhando para Annie há pouco mais de um ano — ela explica, acrescentando um som de arrulho direcionado a Gracie. — E agora estou a seu dispor também!

— A meu dispor? — Algo dentro de mim enrijece. Não estou acostumada a ter ninguém por perto.

— Sou sua governanta, é claro — afirma Mary, inclinando-se para dar um beijo na cabeça felpuda da minha bebê, enquanto mantém os olhos fixos em mim.

DOIS

GINA

— Uma governanta? — Matt diz mais tarde, balançando a cabeça, incrédulo. — Você está brincando, né?

— Não. De uniforme. Com um espanador. Um sorriso brilhante. O pacote completo.

Ele assobia antes de dar um gole em sua garrafa de Peroni.

— Por essa eu não esperava — ele diz.

— Eu também não — digo, com os ouvidos atentos. — Ela é meio... *intensa* — comento, tentando pensar na melhor maneira de descrever Mary sem soar maldosa.

Eu me levanto para pegar o monitor de bebê na ilha de mármore branco da cozinha, na outra extremidade da enorme extensão, com laterais de vidro, e o trago de volta para onde estamos, relaxados no sofá em forma de L próximo à lareira (o sofá *branco* que terei de cobrir com algumas mantas antes que Tommy o destrua). E não é necessário ter de apanhar mais lenha no galpão ou varrer com a pá de cinzas. Não, senhor. O simples toque de um controle remoto dá vida a uma lareira embutida ultramoderna, com chamas lambendo pedras falsas gigantes.

— Acho um pouco estranho Gracie e Tommy ficarem tão longe, lá em cima. — Grudo o ouvido no monitor e fico escutando. — Espero que esteja funcionando. A casa é tão grande que as paredes devem ser bem grossas.

— Amor, relaxa. Testamos ontem à noite, e funcionou bem. — Matt me passa a xícara com chá de camomila. — Tome, preparei isso para você. Os últimos dias foram corridos.

Suspiro.

— Eu diria que as últimas *semanas* foram corridas.

É verdade. Foi horrível, e, para ser sincera, não sei como conseguimos enfrentar tudo isso, ainda mais com um novo bebê para cuidar. Não passou um dia sem que eu tenha agradecido à minha estrela da sorte por não estarmos em casa na noite em que ela pegou fogo, três semanas atrás. Pela primeira vez na vida, beber além da conta na casa dos nossos queridos amigos, Laura e Patrick, o que resultou em passarmos a noite na casa deles (com as crianças, berço de viagem, leite materno extraído e tudo mais), compensou *muito* a ressaca do dia seguinte. Foi o que salvou nossa vida.

— Aonde você vai agora? — Matt pergunta quando me levanto num pulo de novo, sentindo-me incapaz de me acomodar.

— Vou ver se consigo descobrir como as persianas da janela se fecham — respondo. — Eu me sinto exposta por trás de todo esse vidro, à vista do que quer que esteja lá fora. — Ou de *quem* quer que esteja. Não consigo deixar de pensar enquanto olho a noite escura como breu. Um arrepio percorre minha espinha. No entanto, tudo o que vejo sou eu mesma e a sala refletida de volta para mim com o céu noturno mais adiante.

— Quem vai ficar lá fora em uma noite chuvosa de outono *nos* encarando? É apenas um pedaço de terra abandonado atrás do jardim. Ninguém pode entrar. Não somos nem interessantes, duas pessoas largadas no sofá… — Matt dá um tapinha no assento ao seu lado.

Faço uma pausa, lembrando-me das palavras do investigador encarregado, quando ele mencionou, pela primeira vez, a possibilidade de incêndio criminoso, da maneira cuidadosa com que perguntou se alguém poderia estar guardando rancor de nós, se havia tido alguma briga com os vizinhos ou algum desentendimento no trabalho... e se tínhamos notado alguém espreitando na área, talvez observando nossos movimentos. Até esse dia, eu nunca teria pensado que alguém iria querer nos espionar, muito menos destruir nossa casa. Essa ideia parecia impossível.

— Alexa, feche as persianas! — grito exasperada.

— *Desculpe, não encontrei um dispositivo chamado persianas...* — uma voz amistosa responde.

Meus olhos examinam a sala enquanto procuro outro controle remoto, mas não consigo ver nada que já não tenhamos descoberto. E, então, como aconteceu naquela tarde, as luzes do teto começam a piscar.

— Era disso que eu estava falando antes — digo a Matt, congelando, enquanto olho para cima, esperando que aconteça de novo. — Ali... aquilo — acrescento, depois que as luzes piscam de novo e se apagam por mais alguns segundos.

Matt olha as luzes embutidas e dá de ombros.

— Duvido de que seja algo com o que a gente deva se preocupar — ele diz. — Mas é compreensível que você se sinta nervosa. Entendo isso.

Fico em silêncio por um tempo, esperando ver se acontece de novo, mas não acontece. Não suporto a ideia de ficar em algum lugar com eletricidade instável. Não depois do que houve com a nossa casa.

— Olha, querida, essas luzes são praticamente novas. E foram instaladas por um eletricista — Matt prossegue, percebendo minha preocupação. — Você poderia apenas mandar uma mensagem a Annie e perguntar a ela sobre as persianas — ele sugere, dando tapinhas no sofá ao seu lado, mais uma vez. — Então, sente-se e relaxe.

— Mas Annie está ocupada *se encontrando*. Ela deixou bem claro que não quer ser incomodada enquanto estiver de férias — argumento com voz tola, imitando a mensagem de Annie quando ela nos contou sobre sua aventura queniana-tailandesa-japonesa. — Embora, se eu a conheço, seja bem provável que estará em casa na semana que vem, desesperada para voltar ao trabalho.

— Se ela não consegue ao menos encontrar um tempo para lhe dizer como fechar as persianas, então tem uma chance danada de se encontrar, não é?

— Bem colocado — respondo, pegando meu celular e digitando uma mensagem rápida.

Alguns instantes depois, enquanto rolávamos pela Netflix tentando encontrar algo para assistir, Annie responde.

Interruptor de controle das persianas no painel de luz principal bjs

Então, um segundo mais tarde, uma foto de uma zebra em meio a uma paisagem de arbustos, com um pôr do sol deslumbrante, aparece na minha tela.

— Acho que ela esteve em um safári — comento, lançando um olhar para Matt antes de ir até o painel procurar o interruptor. — Mágica! — digo, enquanto as persianas baixam dentro das unidades de vidro duplo. — Até que enfim privacidade.

Eu me jogo de novo ao lado de Matt, afundando nas almofadas macias de penas, enquanto ele passa um braço em volta de mim, mas ainda acho difícil me acomodar e ficar confortável.

— O que foi agora? — ele pergunta, apertando o *pause* no controle remoto. — Você não está bem.

— Desculpe — falo, suspirando. — Só me sinto um pouco... *abalada*. Você sabe... desconfortável por dentro.

Matt me encara. Seus olhos franzem com suavidade nos cantos enquanto ele me fita.

— Não é de espantar — ele declara, me abraçando e me dando um beijo na testa. — Você teve um bebê há sete semanas, e nossa casa pegou fogo quando nossa pequena tinha um mês de idade. Só isso já basta.

E, agora, estando neste lugar, juro que ele murmura.

— Eu sei, você está certo. — Descanso a cabeça em seu ombro, pensando em nossos dois preciosos pequenos dormindo lá em cima, agradecendo a Deus, pela milionésima vez, que eles estão seguros. — Mas não é isso que faz eu me sentir estranha. É aquela mulher de antes...

— Meu nome é Gina, a propósito — eu disse a Mary, de manhã, enquanto ela segurava Gracie.

Eu estava ansiosa para que ela a devolvesse. Basicamente deixei uma estranha entrar em nossa casa e, em alguns minutos, entreguei-lhe minha bebê.

— Sim. Gina. Eu sei — Mary falou dando um sorriso, olhando para mim com aqueles olhos azuis, enquanto balançava, Gracie de um lado para o outro. Minha filha parecia encantada, olhando para ela e gorgolejando. — Annie me contou tudo sobre você. Sinto muito pelo que passou. Deve ter sido horrível.

— Obrigada, foi mesmo — respondi. — Acho que teríamos enlouquecido se tivéssemos que passar mais uma noite naquele quarto de hotel enquanto procurávamos um lugar para alugar. Dou graças aos céus pela generosidade de Annie.

No início, tentamos olhar o lado positivo, simplesmente aliviados por estarmos todos seguros e ilesos, e também por não termos passado pelo trauma de ter de escapar de uma casa em chamas no meio da noite com duas crianças aterrorizadas. Acordei com esse mesmo pesadelo várias vezes desde o incêndio, meu cérebro imaginando o pior cenário enquanto eu processava os eventos.

Felizmente, o seguro da casa cobriu nossa estada no hotel até que uma propriedade para alugar pudesse ser garantida, embora encontrar qualquer lugar estivesse se mostrando algo complicado. Enquanto nossos celulares, *laptops* e outros itens essenciais foram substituídos bem rápido, a avaliação completa e o pagamento levariam muito mais tempo, e, na época, dependiam, em grande parte, das descobertas da investigação. Embora nenhuma quantia de dinheiro possa substituir o valor sentimental dos objetos que perdemos.

O chefe da equipe de investigação de incêndio não nos deixou entrar no que restou da estrutura da nossa casa nos dias seguintes, por considerá-la muito insegura — era uma casa comum de três quartos no meio de um terreno, da década de 1950, nos limites de Crawley. Depois que os investigadores e a polícia fizeram seu trabalho para definir a causa do incêndio, resgataram o máximo que puderam de nossos pertences, mas a maioria das coisas foi destruída pela água, e o que as chamas não consumiram foi completamente arruinado pela fumaça e ficou coberto de uma película preta como alcatrão.

— *Timing* perfeito, não foi? — Mary disse, acalmando minha bebê enquanto a segurava, a balançava e a arrumava. — Annie partindo em viagem justo agora e oferecendo a você sua casa para se hospedar.

— Foi — concordei, percebendo que, naquele momento, a expressão de Mary mudou de doce e gentil para vazia e obsessiva.

Estendi os braços para pegar Gracie de volta. O balanço tinha parado, e eu me perguntei se Mary havia esquecido que ainda estava segurando minha bebê; tive medo de que Gracie pudesse rolar de seus braços e cair no chão. Mas Mary não a soltou.

— Foi tão estranho... — digo a Matt, agora. — Quando fui pegar Gracie, juro que, por alguns instantes, eu e Mary estivemos, literalmente, num cabo de guerra.

— Talvez ela só estivesse sendo excessivamente cuidadosa. Eu não me preocuparia, querida. Ela é a faxineira de Annie. Sua vida toda deve ter sido investigada em detalhes.

Dou uma risada.

— Você tem razão. Mas, quando a conhecer, pelo amor de Deus, não a chame de faxineira. Ela deixou bem claro que é a *governanta*. — Continuo rindo, pegando duas bolinhas de chocolate da embalagem que Matt abriu.

— Dá no mesmo — ele responde, apontando de novo o controle remoto para a TV. — Com que frequência ela vem?

— Aí é que está — digo, mordendo o lábio. — Na maioria dos dias, ao que parece. Embora ela tenha dito que tem alguns dias de folga no mês, em um sistema de rodízio.

Matt vira-se para me encarar, franzindo a testa.

— Imagino que Annie tenha que gastar suas vastas riquezas em alguma coisa. — Há um toque de amargura em sua voz, e não é a primeira vez que me pergunto se ele está com um pouco de inveja dela.

— Ei, não seja maldoso — eu o repreendo, cutucando-o de brincadeira. — Annie pode ser rica, mas apoia muitas instituições de caridade. E está dando emprego a alguém. — *Sem mencionar o fato de colocar um teto sobre nossas cabeças*, penso, mas decido ficar quieta, pois não quero insinuar que Matt não seja capaz de nos sustentar.

Ele é um homem orgulhoso, então, a princípio, não estava interessado em aceitar a gentil oferta de Annie. Já se culpa o suficiente pelo incêndio. Desde que tivemos filhos, o dinheiro tem sido meio apertado, mas decidimos que eu pararia de trabalhar até que ambos estivessem na escola. Não fazia sentido, considerando os custos de uma creche, já que eu não estava ganhando muito mesmo no centro de jardinagem. Matt tem um bom emprego como inspetor de obras na construção civil, e nós *praticamente* sobrevivemos a cada mês, mas não sobra muito.

— Eu estava brincando, querida. Se uma mulher solteira, que quase nunca está presente em sua ampla casa à beira-mar, sente necessidade de contratar uma governanta em tempo integral para cuidar dela, então quem sou eu para discutir? Ainda mais se pudermos colher os benefícios. — Ele faz uma pausa, erguendo as sobrancelhas, como se não acreditasse em uma palavra do que está dizendo. — De qualquer forma, o que exatamente essa tal de Mary limpou hoje? — Matt olha ao redor do espaço mobiliado com muita elegância.

— Aí é que está — confesso. — Eu disse a ela que poderia ter o dia de folga e a mandei para casa.

Matt franze a testa.

— Com certeza, ela poderia ter feito *alguma coisa*, não?

— A casa toda estava imaculada quando chegamos, e estamos aqui há apenas um dia. Confie em mim, não vai demorar muito para que a deixemos em estado lastimável — digo. — Eu só precisava de espaço para... me acomodar. Passar um tempo com Tommy. Ele pode parecer bem, mas, desde o incêndio, seu comportamento tem estado um pouco... *alheio*. Sabe?

— Entendi — Matt diz, assentindo. — Você fez a coisa certa. Então, quando Mary Poppins vai voltar?

— Amanhã cedo — respondo, embora não consiga deixar de desejar que ela não volte.

Matt estará no trabalho, então isso não o afetará. No entanto, não estou acostumada a ter pessoas por perto quando cuido dos meus filhos. Sobretudo pessoas que não conheço.

Contudo, o que mais me preocupa é o que aconteceu depois que expliquei a Mary que precisávamos de tempo para nos acomodar e ela deveria tirar o dia de folga.

Ela não pareceu feliz. Apenas fez um aceno de cabeça rápido antes de ir embora.

Uma hora depois que saiu, olhei por acaso pela janela da frente, enquanto verificava Gracie dormindo em seu carrinho, e posso jurar que vi Mary parada do outro lado da rua, no gramado da praça em frente. Ela estava meio escondida atrás de uma árvore, olhando para a casa. Mas, quando viu meu rosto na janela, baixou a cabeça, virou-se e partiu apressada.

TRÊS
GINA

Na manhã seguinte, meu celular está preso ao ouvido, e Gracie, aninhada na curva do meu braço, enquanto me ocupo com nossa rotina. Tommy está pendurado nas minhas pernas, resmungando, e estou tentando atravessar a cozinha para chegar à máquina de café e fazer outro expresso.

Você é o número doze a ser atendida... por favor, continue aguardando... Reviro os olhos para a voz automatizada. Esperava acelerar o processo de registro na policlínica, pedindo à recepcionista que me enviasse os formulários, por e-mail, para preencher, antes de irmos para lá, mas não sei se Tommy aguentará esperar mais onze pessoas antes que um ataque de manha total o faça gritar e espernear de bruços no chão.

— Tommy, meu amor, deixe a mamãe andar, sim? — Suspiro, arrastando a perna com meu filho preso a ela, enquanto tento encontrar as canecas. Ainda não consegui localizar todas as coisas. Visitara Annie nesta casa apenas uma vez, antes.

Ao longo dos anos, nosso grupo de amigas manteve contato, e, embora nós três nem sempre consigamos nos ver com a frequência de que gostaríamos, Laura e eu conseguimos nos encontrar uma vez por mês, pois moramos mais perto uma da outra (Matt e eu moramos em Crawley, e Laura e Patrick moram em Royal Tunbridge Wells). Desde que a carreira musical e de atriz de Annie decolou, há cerca de dez anos, a vemos menos, pois ela está sempre ocupada filmando ou viajando, sobretudo depois que se mudou para este lugar e se envolveu com a organização de reformas.

Embora eu não consiga deixar de pensar que há outro motivo pelo qual não a visitamos com tanta frequência nos últimos tempos: porque ela mora aqui em Hastings... a cidade onde todas nós crescemos. A cidade onde éramos um grupo de quatro amigas. A cidade onde tudo deu errado.

— Fala *sério*! — reclamo para o telefone exatamente no momento em que um cheiro suspeito escapa da fralda de Gracie. — Como posso ser o número *catorze* em espera? Estou andando para trás! Dane-se.

No mesmo instante, me arrependo de ter perdido a paciência na frente de Tommy, que, antes, estava pendurado na minha perna esfregando uma torrada com pasta de levedura salgada na minha calça de pijama e, agora, cantarolava *dane-se,* sem parar, o mais alto que podia.

— Bom dia! — soa uma voz alegre por trás de mim, fazendo-me virar do jeito que posso, com duas crianças presas a mim.

Mary está parada ao lado da ilha de mármore branco da cozinha, vestida com seu uniforme elegante e com um sorriso simpático no rosto. Embora eu possa jurar que vejo um lado do lábio superior dela se contrair levemente enquanto ela olha para nós.

— Mary... olá — eu a cumprimento, encerrando minha ligação para a policlínica enquanto tento tirar Tommy da minha perna. Mas ele não quer saber disso. *Dane-se... dane-se... dane-se... dane-se* se transforma em um mantra sem sentido saindo da boca do meu filho, como uma lamentação sem fim. — Você está aqui... — continuo falando acima do barulho, porque não consigo pensar em mais nada para dizer que não envolva me desculpar pela cena de caos que ela está testemunhando ou torná-la ciente de que estou irritada porque ela foi entrando sem avisar.

— Você não se importa que eu tenha usado minhas chaves, não é? — ela diz, dando-me um olhar de soslaio. — Tenho muita coisa para fazer hoje, então faça de conta que não estou aqui. Vou tentar ficar fora do seu caminho.

— Você gostaria de tomar um café, primeiro? — pergunto, sem ter certeza de que devo dar tarefas específicas a ela. Encho a máquina com água e, depois, levo o recipiente até a pia. — Deus, de novo, não... — murmuro quando a água da torneira gorgoleja e engasga por causa da baixa pressão. Então, de repente, ela volta com força total e espirra em mim. Dou um pulo para trás. — Continua fazendo isso — resmungo. — Acho que tem algo errado com ela.

Mary pega uma toalha e me entrega.

— Não costumo parar para tomar café — ela responde. — Mas obrigada. Vai nos dar uma chance de nos conhecermos um pouco mais. — Ela se empoleira em um banco do balcão, enquanto Tommy a espia pela lateral da ilha.

Eu me enxugo e ligo a máquina para esquentar a água.

— Tommo, venha aqui, deixe-me limpar sua boca. Está coberta de pasta salgada. — Aceno com uma folha de papel-toalha para ele, que me ignora solenemente, sorrindo para Mary.

— Parece que você não tem tempo para mais nada com esses dois — ela diz. — Gostaria que eu fizesse o café enquanto você tenta ligar para a policlínica mais uma vez?

Paro, encarando-a. Como ela sabia para quem eu estava ligando? *Não gosto da ideia de ela bisbilhotar a minha vida*, devo ter falado comigo mesma em voz alta.

— Obrigada, mas não se preocupe — asseguro. — Vou lá em breve me registrar. Preciso marcar as consultas periódicas de Gracie... desde que os dois se comportem o suficiente para que eu possa preencher os formulários, é claro.

Decido não mencionar que tenho diabetes tipo 1 e também que preciso preparar minhas receitas de caneta de insulina na farmácia local. Fui diagnosticada no início da adolescência, e não é algo em que eu pense muito ultimamente. Estou tão acostumada com a rotina de exames regulares de açúcar no sangue e com as injeções que é natural mantê-la sob controle. Sinto-me muito abençoada pelo fato de minhas duas gestações terem ocorrido sem problemas.

Aperto alguns botões na máquina de café, que parece uma nave espacial, e, de repente, percebo que me esqueci de colocar uma xícara sob a saída do líquido.

— Oh, não... — digo, abrindo as portas do armário, procurando uma caneca.

Como por mágica, Mary está, de repente, ao lado da máquina, colocando uma xícara de expresso sob o jato de café, limpando a bagunça, e, alguns minutos depois, assim que ela termina de preparar as bebidas, estamos sentadas lado a lado na ilha.

— Sabe... você pode deixar Tommy e Gracie aqui comigo quando sair. O estacionamento é terrível na policlínica, por isso sugiro que vá andando até lá. É bem mais tranquilo. Você pode até dar uma olhada nas lojas no caminho de volta também. Há algumas butiques adoráveis por perto. — Ela lança um olhar rápido em mim de cima a baixo.

É o jeito que ela pronuncia o nome dos meus filhos que me deixa nervosa, como se já os conhecesse. Isso e o modo de contrair o nariz levemente, apenas o suficiente para eu perceber o movimento.

Mas não tenho chance de responder.

— Oh, Gracie, sua fralda — digo, inclinando-me e cheirando-a. — Mamãe é má por não ter trocado você ainda.

— Mamãe é má... mamãe é má... — Tommy canta, batendo em minhas pernas com sua torrada e fazendo-a girar pelos ladrilhos.

— De repente, ele passou a detestar pasta de levedura salgada — explico, levantando-me para buscar a sacola de fraldas. — E ele começou a atirar comida, bem... só porque ele pode...

— Acho que lhe faria bem — ouço Mary dizer de onde estou, ajoelhada no tapete ao lado da lareira, espalhando o *kit* de troca. — Está um dia lindo. Quando foi a última vez que teve um tempo só para você?

Sinto vontade de rir de forma histérica, incapaz de me lembrar de quando foi a última vez que tive um momento para mim, mas não consigo tirar da cabeça a imagem dela espreitando do outro lado da rua. Tiro a fralda de Gracie, sentindo que Mary está parada bem em cima de mim agora, olhando minha bebê seminua deitada em uma fralda suja no caro tapete cor de creme de Annie. Então, vejo uma bolinha de chocolate da noite anterior amassada sob meus pés, com o chocolate espalhado. Pouco antes de Mary se ajoelhar ao meu lado, eu a jogo para baixo do sofá, deixando uma mancha marrom no lugar.

— Oh, olha só para você, que gracinha! — Mary cantarola, acariciando a cabeça de Gracie. No mesmo instante, minha bebê para de resmungar e agita os braços e as pernas de forma animada, de um jeito que nunca a vi fazer. — Troco a fralda da bebê, se você quiser. Vá se arrumar para sair.

Olho para mim mesma, sentindo-me um pouco envergonhada por ainda estar usando o traje com que dormi: calças de pijama xadrez e uma camiseta desbotada do Green Day que costumava ser do Matt. Admito, é uma oferta tentadora.

— Acho que eu *poderia* tomar um banho — digo, pensando que é uma chance de lavar os cabelos também. — Tem certeza? — Só me sinto confortável dizendo isso porque Mary é funcionária da Annie. Provavelmente, ela estava apenas esperando uma carona ou algo assim quando a vi do outro lado da rua. Além disso, ela já está limpando Gracie com lenços umedecidos, fazendo parecer muito fácil.

— Cem por cento de certeza — diz ela com expressão gentil nos olhos. — E não se preocupe — ela acrescenta, colocando a mão no meu braço. — Enquanto estiver fora, também vou limpar a mancha de chocolate no tapete.

QUATRO
MARY

Se Gina soubesse quem eu era, não teria deixado os filhos aos meus cuidados. Não teria subido as escadas animada para o chuveiro, aproveitando a liberdade de lavar e secar o cabelo sem ser interrompida. E, com certeza, não teria vestido o casaco, pegado a bolsa e dado um beijo na cabeça de cada um dos filhos antes de sair de casa com um sorriso no rosto e profundo agradecimento a mim.

Não. Não teria feito nada disso.

Logo mais, imagino que ela terá um surto de ansiedade, talvez mandando uma mensagem para Annie, para confirmar que sou, de fato, uma funcionária confiável, que minhas referências são notáveis, que tenho a ficha verificada no DBS[1] e que estou tão limpa quanto as janelas que estou polindo no momento. E tenho certeza de que Annie confirmará tudo isso a ela

---

1 Disclosure and Barring Service é um órgão público do Ministério do Interior do Reino Unido que fornece acesso amplo às informações de antecedentes criminais, ajudando a evitar que pessoas inadequadas ocupem vagas de trabalho junto a grupos vulneráveis, incluindo crianças. (N. da T.)

com uma resposta entusiasmada, porque é verdade. Sou tão limpa quanto se pode ser. Uma governanta exemplar.

Minhas habilidades domésticas são inquestionáveis.

— Tommy, *sente-se*! — digo ao irritante garoto de 3 anos, mais uma vez. Não tenho ideia de como entreter uma criança da sua idade, mas ele pareceu gostar dos desenhos animados que coloquei na televisão — por dois minutos inteiros. Então, ele se levantou, rugiu e bateu nas coisas, quase derrubando o vaso de murano de Annie do pedestal e sobre a bebê, que está em seu bebê-conforto ali perto, olhando distraída para algumas coisas coloridas de plástico penduradas. Aparei o vaso pesado bem a tempo.

Não tenho absolutamente nenhuma vontade de ter filhos, e lembro a mim mesma de que esse período temporário de babá é uma necessidade, enquanto aguardo, com paciência, uma boa oportunidade. Observando. Esperando. Pronta para fazer o que devo.

Felizmente, não demora muito para Gracie adormecer ao som do aspirador de pó zumbindo para a frente e para trás, enquanto eu o empurro bem rápido sobre o tapete, para fazer parecer que estive ocupada. É um alívio que a bebê esteja tranquila. Gina me explicou que há um suprimento de leite materno no congelador, caso eu precise, embora eu a tenha interrompido quando ela começou a dar instruções de como prepará-lo.

— Já fiz tudo isso antes — eu disse a ela, deixando-a à vontade, enquanto me sentia um pouco enojada. Ela não precisava saber que não tenho intenção de manusear essas coisas ou de alimentar a bebê. Não vai morrer se ficar sem leite por algumas horas. — Fui babá por alguns anos, antes de me tornar governanta — eu informei a ela. Era uma informação falsa, claro. Pareceu funcionar, pois sua carranca preocupada relaxou.

— Vou indo, então — ela disse, embora desse para perceber que estava ainda um pouco nervosa pela maneira como continuava olhando para os filhos enquanto se aproximava da porta.

— Fique quieto e assista à TV, OK? — digo ao menino, agora. — Não se mova. — Ele empurra um boneco de ação para mim, emitindo uma risada demoníaca.

— Datdan... — ele diz com sorriso arrogante.

— Sim, Batman — eu ecoo, e ele parece encantado por eu entender. Eu lhe entrego um lenço de papel, mas ele o deixa cair no chão, observando-o cair. — Só não saia daí.

Corro pelo corredor e subo a escada, já tendo calculado que a caminhada de treze minutos para cada lado da policlínica, mais uma estimativa de quinze minutos para preencher formulários e ficar na fila, me dá um cenário, na pior das hipóteses, de quarenta e um minutos antes do retorno de Gina. Na realidade, está mais para uma hora, e mais tempo ainda se ela decidir dar uma olhada nas lojas de rua, como sugeri. Eu lhe dei a ideia de pegar algumas guloseimas na delicatéssen, e talvez escolher algo legal para vestir em uma das butiques, mas não conheço seus hábitos nem seus gostos bem o suficiente para determinar se ela vai aceitar essa diversão.

Restam vinte e oito minutos, considerando que já desperdicei treze deles limpando o andar de baixo.

Entro no quarto que Gina e Matt estão usando, a suíte de hóspedes de Annie. Eles estão aqui há apenas dois dias e já está uma bagunça. Como duas pessoas conseguiram criar tamanha *carnificina* quando a maioria de seus pertences foi destruída em um incêndio é algo que está além da minha compreensão. Mas, no fim das contas, lembro a mim mesma, enquanto passo entre as peças de roupa descartadas, de que sou *mais* habilidosa em produzir carnificina. Também sou muito boa em limpar os vestígios.

Assim que vejo a bolsa do *laptop* em uma cadeira no canto do quarto, vou direto até ela. Não é surpresa quando me negam o acesso ao MacBook prateado (de Gina, presumo, por causa dos adesivos de borboleta na tampa), mas valeu a pena tentar. E, claro, sem sua digital, o *touchpad* não serve para nada. Também não é surpresa que sua senha não seja uma combinação do nome dos filhos ou do marido. Ela é inteligente demais para isso. Conheço alguém que poderia entrar no *laptop* com facilidade, e vou pedir a ele, se for preciso. Ainda não conheci o marido de Gina, Matt. Não oficialmente, pelo menos, mas farei isso acontecer em breve.

Coloco o *laptop* de volta na bolsa e deslizo os dedos por seus bolsos laterais, tirando alguns recibos aleatórios — gasolina, uma cafeteria, salão de beleza, um par de tênis Nike — e fotografando-os com meu celular. Eles ajudam a construir uma imagem, permitem-me colorir alguns espaços em branco, montar o quebra-cabeça de sua vida. Há também um pequeno caderno espiral com alguns números escritos em várias páginas — o levantamento de um orçamento, ao que parece. Fotografo tudo, só para o caso de ser útil.

Vou até a penteadeira perto da janela com vista para o jardim dos fundos. Além do jardim, entre esta casa e as casas imensas da próxima rua, há uma área de terra coberta de vegetação sufocada por árvores, arbustos, ervas daninhas e espinheiros velhos e retorcidos. É propriedade do Conselho, até onde sei, mas, desde que os modernos *flats* no lado oeste foram construídos, há uma década, não há acesso direto a essa área, exceto por meio dos jardins das propriedades vizinhas. E nada pode ser construído ali tampouco, então o terreno fica lá esquecido e coberto de mato. Uma relíquia de tempos passados.

De horrores passados.

Olho para o terreno imaginando, visualizando, resolvendo as coisas. Então, juro que vejo uma garotinha no mato correndo livre, com um sorriso no rosto a cabeça inclinada para trás, o cabelo louro voando ao vento. Mas suspiro quando vejo o sangue em seu rosto, e percebo que seu sorriso é, na verdade, uma careta, e seus olhos estão tomados de terror, seu cabelo, emaranhado e enlameado. Agarro a penteadeira para me firmar, desviando o olhar e apertando os olhos.

Com apenas dezenove minutos restantes, preciso ir em frente.

Uma rápida escuta do topo da escada, e tudo que ouço é o som dos desenhos animados mantendo Tommy ocupado enquanto faço o que devo.

Expiro devagar, fechando as mãos nas laterais do corpo, cerrando mais uma vez os olhos até a raiva passar. Então, vasculho as duas *nécessaires* na penteadeira: uma contém alguns itens de maquiagem barata, e a outra está recheada de itens como *spray* de cabelo, loção corporal, gel de limpeza facial e desodorante. Bem o oposto dos produtos de alta qualidade no banheiro de Annie.

Uma rápida olhada no meu relógio me diz que preciso me apressar, e outra rápida olhada no banheiro me diz que, além de duas escovas de dentes, creme dental, sabonete e algumas toalhas molhadas, não há muito o que ver lá também. Mas é quando estou voltando para o quarto que um brilho chama minha atenção.

Algo na mesa de cabeceira que não vi antes, brilhando com um raio de sol que agora se infiltra pela janela. Conforme me aproximo mais alguns passos, vejo uma corrente cor de latão com um pendente cafona e escurecido preso a ela, no formato de metade de um coração com uma borda irregular e a palavra *Best* gravada na frente. Parece algo que você compraria para uma adolescente.

Olho para aquilo por um instante, minha boca se curvando em um pequeno sorriso, enquanto meu coração se comprime em um nó apertado. *Ela ainda o guarda.* Contenho as lágrimas antes de atirá-lo no chão e voltar para o andar de baixo, para lidar com as crianças. Ainda não é hora de pegá-lo.

CINCO
GINA

Estou na metade do caminho para a policlínica quando começo a me perguntar o que diabos fui fazer. Deixar minha bebê e meu filho de 3 anos aos cuidados de uma estranha, de repente, não me parece boa ideia. A parte sobrecarregada e ansiosa de mim cria um cenário em minha mente onde corro de volta para resgatar meus filhos das garras malignas de Mary. Mas a parte sensata me diz para me controlar, que eles ficarão bem, que Mary é confiável e gentil, e que eu deveria usar o tempo livre com sabedoria, pois isso é uma raridade. Que eu deveria ser grata à governanta de Annie por me ajudar quando nem é trabalho dela fazer isso.

Mas, ainda assim, tiro o celular da bolsa e envio uma mensagem.

> *Oi, Annie! Só queria verificar uma coisa: não tem problema Mary cuidar de crianças não, né? Ela vai ficar com Tommy e Gracie por mais ou menos uma hora. Muito amor etc. Bjs*

São os cinco minutos mais longos da minha vida, e minhas pernas parecem ter o dobro do peso normal, enquanto continuo a caminhada até a policlínica, com os olhos grudados no celular, verificando a rota e esperando a resposta de Annie. Assim que a notificação chega, eu a abro.

Relaxa! Mary é uma joia. Totalmente confiável com as crianças e a casa. Abs e bjs

Sinto imediatamente minhas entranhas se desatarem ao me aproximar da policlínica. Guardo o celular e entro na fila da recepção, gemendo quando vejo que há, pelo menos, sete pessoas na minha frente.

— Oi, sou eu — digo ao correio de voz de Matt, meia hora depois. Em geral, nos falamos algumas vezes por dia. — Estou voltando do médico agora. Espero que você esteja tendo um dia mais emocionante que o meu. Talvez possamos levar as crianças para a orla, mais tarde, quando você voltar do trabalho. Te amo.

Desligo sorrindo, consciente de que são as pequenas coisas que mantiveram a mim e ao meu marido seguindo em frente nas últimas semanas. Gracie ainda não viu o mar, e nós dois queremos estar presentes quando o mostrarmos a ela, mesmo que, pelo fato de ter sete semanas de idade, ela não vá se lembrar de nada sobre ele. Mas será um momento especial para nós. E Tommy não vai se lembrar da última vez em que esteve na costa, alguns anos atrás, então sua empolgação ao chupar um sorvete enquanto observa as ondas se quebrando na praia será indescritível.

Guardo o celular, decidindo fazer um rápido desvio pelas lojas locais que Mary mencionou, indo até a delicatéssen, onde pego um pouco de presunto para o almoço e, por capricho, alguns bifes para mim e para Matt, para comermos hoje à noite, como regalo. Então, vou até a mercearia ao lado.

Na caminhada de volta, fica claro que o bairro atraiu os londrinos para o sul, dando a alguns cantos da cidade vibração artística. Quando éramos adolescentes, nós quatro, do nosso grupo de amigas, nunca apreciamos a região em que crescemos ou a alegria de viver no litoral. Mal podíamos esperar para fugir, planejando como abriríamos nossas asas adolescentes pelo mundo todo.

Exceto uma de nós, que nunca teve essa chance.

Não estávamos emocionalmente preparadas para processar o choque de perder nossa amiga em circunstâncias tão terríveis. Entre nós, arrastamos a responsabilidade, a culpa, a dor dilacerante que corroía nossa mente jovem até não aguentarmos mais. Sair de onde crescemos teve mais a ver com fuga e menos com aventura.

Mas agora Annie voltou a viver aqui, e, por mais que eu queira amar a cidade de novo, por mais que eu tente me esquecer do que aconteceu ou descobrir quem foi o culpado, nunca deixará de haver uma sombra escura pairando no alto sempre que eu a visitar. E, por mais que tente bloquear tudo em minha mente, nada trará Sara de volta.

Enquanto subo os degraus da frente da casa de Annie, percebo que minha capacidade de apagar as coisas me ajudou a lidar com as consequências do incêndio na casa também. Eu só queria que Matt parasse de se culpar com todos os "e se" e "deveria ter"... Nenhum de nós poderia ter previsto o incêndio, mas, uma vez que o incêndio criminoso foi descartado, Matt ainda precisava de alguém para culpar.

E esse alguém sempre acabava sendo ele mesmo.

Quando se descobriu que a causa do incêndio era uma fiação defeituosa na luminária do teto do corredor (a luz que Matt havia instalado apenas uma semana antes), meu marido afundou em um poço de autoaversão, ficando praticamente em silêncio e se recusando a sair da cama por três dias, enquanto estávamos confinados em nosso apertado quarto de hotel. Eu passava o tempo levando sanduíches para ele do minimercado da esquina e entretendo Tommy no parque local, enquanto embalava Gracie no carrinho de bebê, deixando Matt chafurdando em remorso.

Eu não podia deixar nosso filho ver o pai daquele jeito e, embora o mau humor de Matt tenha melhorado desde que consultou seu médico e tomou medicação, sei que ele ainda se culpa pelo que aconteceu. Por perder a casa que havíamos poupado e economizado para comprar, tudo destruído em poucas horas.

"Se eu tivesse esperado o eletricista chegar...", Matt disse mil vezes em várias versões. "E se não tivéssemos ficado na casa de Laura e Patrick naquela noite?" é outro mantra favorito de autorresponsabilização que ele entoou mil vezes também.

E se... e se... e se... penso agora, destrancando a porta da frente e entrando.

— Oi, estou de volta! — grito, colocando as chaves no móvel do corredor. Não consigo me convencer a dizer *em casa*.

Paro para escutar por um instante, mas a casa está em silêncio.

SEIS
GINA

— Mary… *olá*, estou de volta! — grito uma terceira vez, indo de novo à cozinha e olhando ao redor, para o caso de não os ter visto da primeira vez. O tapete perto da lareira parece ter sido aspirado recentemente, e o bebê-conforto de Gracie está vazio ao lado das portas de correr de vidro. Então, vejo o adorado boneco do Batman de Tommy equilibrado em pé no braço do sofá. Muito estranho, se considerarmos que é seu "brinquedo do momento", e ele o carrega consigo por toda parte.

De volta ao corredor, grito, subindo a escada.

— Tommy! Gracie! Onde vocês estão? — Sinto-me tola dizendo o nome da minha bebê, como se estivesse, de alguma maneira, esperando uma resposta dela, mas esse mesmo sentimento logo se transforma nos primeiros sussurros de ansiedade, quando, pela segunda vez, corro para a sala de estar… a sala de jantar formal… o escritório com suas paredes cinza-escuras e estantes de livros… abrindo todas as portas, meus olhos disparando por todos os cantos. Chego até a verificar o lavabo do andar de baixo, para o caso de Tommy ter precisado usá-lo, mas também está vazio.

Meus filhos não estão aqui. E Mary também não.

Subo as escadas correndo de novo, tentando esconder minha preocupação, caso Mary apareça com Gracie nos braços e Tommy ao seu lado. Talvez ela esteja procurando brinquedos para divertir Tommy, ou caçando um livro, ou pegando o carregador do celular, ou... ou...

— Mary, estou de volta! — Abro algumas portas do patamar do primeiro andar e, então, verifico o quarto onde há pequena cama em formato de carro de corrida que compramos para Tommy pouco tempo atrás, assim como os poucos brinquedos que conseguimos substituir para ele.

Vazio.

Então, vou para o banheiro. Meus olhos examinam rápido tudo ao redor, e congelo quando vejo as manchas vermelhas nos ladrilhos brancos do piso. Eu me ajoelho para olhar mais de perto e passo um dedo nas manchas vermelho-escuras, para ver o que é. Não tenho dúvidas de que é sangue.

— Tommy! — grito e sinto o coração trovejando no peito, enquanto uma explosão de adrenalina me estimula a ir até o último andar, aos quartos do sótão que Annie disse que ainda não havia decorado. — Tem alguém aqui em cima? — pergunto, ofegante. — Tommy, a mamãe voltou. Onde você está?

Há três portas que levam ao pequeno patamar de teto inclinado: uma é de um banheiro, e as outras duas são de quartos cheios de caixas e móveis cobertos por lençóis brancos, a penumbra das cortinas fechadas dando ar fantasmagórico. Meus olhos examinam ao redor, mas logo fica claro que não há ninguém ali também.

Desesperada e preocupada, temendo que um dos meus filhos esteja ferido, corro de volta para o térreo. Quase em pânico, abro a fechadura das pesadas portas de vidro que levam ao jardim dos fundos, deslizando-as. Mas, antes mesmo de sair, é óbvio que vejo que o jardim também está vazio. Apesar da grandiosidade e do tamanho georgiano, nenhuma das casas nessa rua tem grandes espaços ao ar livre. Mas, mesmo assim, desço o caminho de pedras que parte da varanda de mármore, caso Mary tenha levado meus filhos para trás da casa de verão por algum motivo, talvez para uma atividade em meio à natureza ou para encontrar uma bola perdida. Não sei... meus pensamentos não fazem sentido, enquanto minha ansiedade aumenta.

— Mary! Tommy! — chamo de novo, olhando ao redor; minha voz é quase um grito. O único som que ouço em resposta são alguns latidos preguiçosos de um cachorro a várias casas de distância, seguidos do meu próprio gemido, quando percebo que meus filhos, e Mary, não estão em lugar nenhum.

Então, eu o vejo. O portão de madeira na cerca de um metro e oitenta de altura, na extremidade do jardim, mal visível atrás de um arbusto de louro, afastado para um lado.

E o portão está entreaberto.

Cubro a boca com a mão quando vejo a abertura que leva a uma parte do terreno baldio atrás da casa. Uma abertura de tamanho que daria para uma criança passar.

Corro até o portão, escancarando-o, embora seja difícil, por causa das ervas daninhas. Minha mente navega por todas as coisas terríveis que podem ter acontecido... Tommy brincando ali sozinho, encontrando o portão aberto e vagando por ele... Um intruso invadindo e sequestrando meu filho e minha bebê... Ou talvez a própria Mary tenha roubado meus filhos, fugindo com eles pela terra árida nos fundos da casa; talvez ela conheça uma saída secreta para escapar.

— Merda, merda, *merda* — murmuro, ficando na ponta dos pés para inspecionar a área aparentemente intransitável. Logo fica claro que ninguém com duas crianças pequenas a tiracolo conseguiria ir muito longe pelos arbustos densos e pela vegetação rasteira, por isso volto pelo caminho e entro na casa, rezando para que meus filhos tenham aparecido de forma mágica na cozinha. Mas não. A casa ainda está vazia.

Corro para o corredor, para pegar meu telefone no bolso do casaco. Vou ligar para Annie, primeiro, para pegar o número de Mary; depois, se isso não der certo, vou chamar a polícia. Isso parece estar além de uma brincadeira, agora. Pode ter havido um acidente... qualquer coisa pode ter acontecido.

— Eu *sabia* que nunca deveria tê-los deixado — lamento, derrapando até parar ao lado do cabideiro. — Oh! — exclamo quando uma lufada de ar frio vinda de fora de repente me atinge, e a porta da frente se abre, acompanhada do som de gritos e risadinhas.

— Ah, olha, a mamãe nos venceu! — Mary diz enquanto conduz Tommy para dentro, segurando sua mão. Ele pula sobre a soleira, com um sorriso no rosto. Gracie está enrolada em seu macacão acolchoado e aninhada na curva do braço de Mary, os olhos se fechando, à beira do sono.

— Oh, meu Deus! *Tommy*! — grito, agachando-me e dando um abraço forte em meu filho. Então, fico em pé de novo, estendendo os braços para pegar minha bebê. — Você... você não precisava sair com eles... — digo a Mary, incapaz de esconder o tremor tanto na voz quanto nos braços, enquanto pego Gracie de volta, pressionando sua cabeça macia contra meus lábios e absorvendo seu cheiro doce. Estou trêmula e repleta de alívio. Mas também com uma baita raiva.

— Oh, não foi incômodo nenhum — Mary trina alegremente, colocando a mão no meu ombro. — Tommy caiu no jardim e cortou o joelho, então eu o limpei e o levei até o calçadão para ver o mar, para confortá-lo — ela diz em uma voz suave, mas cortante. — Eles adoraram, e Tommy até tomou um sorvete, não foi, querido?

Ela bagunça o cabelo do meu filho no mesmo instante em que vejo o curativo em seu joelho.

— Espero que esteja tudo bem com você, Gina — ela acrescenta, inclinando a cabeça para o lado, dando um de seus sorrisinhos.

SETE
GINA

É sábado, quase o fim da nossa primeira semana na casa de Annie, e Matt e eu entramos em ritmo familiar. Matt saiu cedo para o trabalho (por sorte, seu último projeto fica a menos de uma hora de carro) e estou acordando, vestindo e alimentando as crianças antes da intrusão pontual, como um relógio, de Mary, às nove. Ao menos, meus passos se expandiram nos últimos dias, pois temos feito longas caminhadas (agradeço aos céus os carrinhos duplos), indo ao Alexandra Park, às vezes, passeando pelo calçadão, ou indo até o promontório, e ontem até pegamos um ônibus para Bexhill-on-Sea, para variar. Isso consome a manhã inteira; então, quando voltamos, Mary já está quase terminando a limpeza.

Acho que ela prefere trabalhar sem o incômodo de estarmos no caminho dela, embora eu não saiba o que ela encontra para limpar por quatro horas todos os dias. Se dependesse de mim, pediria a ela que viesse uma vez por semana, mas, como Annie está nos deixando morar aqui de graça, não acho que caiba a mim interferir na rotina dela.

— Sua mãe parecia um pouco incomodada — Matt diz agora, dando marcha a ré no Toyota para sair da garagem. Espio pelo para-brisa enquanto saímos, vendo Tommy na janela da sala de estar de Annie com mamãe o segurando para que ele possa acenar para nós. Vejo a silhueta do papai atrás dela, embalando Gracie nos braços, arrulhando sobre ela como o avô amoroso que é.

— Eles vão ficar bem — digo, mais para convencer a mim que Matt. — Mamãe vai lidar com isso. — Dou um aceno final a meu filho, jogando um beijo para ele. — É só por algumas horas, e não quero que Tommy veja a casa no estado em que se encontra.

Para ser sincera, eu mesma não queria ter de vê-la de novo. Preferia me lembrar de como a deixamos quando fechamos a porta da frente pela última vez e fomos para a casa de Laura e Patrick naquela noite. Tendo dado à luz Gracie pouco tempo antes, não saíamos em caráter social havia semanas, e eu estava ansiosa por uma noite com amigos. Nunca imaginei que nossa vida viraria de cabeça para baixo por causa de um trabalho de instalação de iluminação do tipo *faça você mesmo* que deu errado.

Olho para o relógio.

— Calculo que voltaremos às sete. Vamos levar mamãe e papai àquele restaurante italiano da esquina esta noite? Oferecer a eles uma boa refeição?

Quero lhes mostrar quanto sou grata por eles cuidarem de Tommy e Gracie. Os pais de Matt morreram num intervalo de alguns meses entre um e outro, dois anos atrás, depois de terem se mudado para a Escócia ao se aposentar. Matt jura que a mãe morreu de coração partido depois de o pai ter perdido a batalha contra o câncer. Como Matt e eu somos filhos únicos, a tarefa de cuidar das crianças recai sobre minha mãe e meu pai de modo pesado, isso quando eles podem, embora eu saiba que gostem de passar um tempo com os netos. E não podemos mais adiar ou nos recusar deliberadamente a lidar com os reparos da casa.

Matt me olha de soslaio.

— É melhor verificar se eles têm molho de carne no cardápio, para seu pai — ele brinca. — Talvez uma comida para viagem seja melhor. Assim, não temos que nos preocupar com as birras das crianças também.

Tento esconder minha decepção. Para mim, sair de casa e vestir algo diferente de calça *legging* e moletom pode parecer uma noite no Ritz.

— Mamãe pode ajudar se Tommy fizer birra — digo. — E sei que papai é enjoado para comer, mas tenho certeza de que vai encontrar algo que aprecie no cardápio.

Matt ri, e fico pensando que, mesmo que estejamos de volta às nove horas e tomando chá de pijama, depois de tudo, só quero me sentir normal de novo. Não acho que ele entenda bem o que é a claustrofobia de ficar confinada com as crianças em uma casa que não é nossa, já que vai trabalhar todos os dias e se relaciona com outros adultos. Mas, então, eu me sinto mal só por pensar nisso, porque ele sofre de claustrofobia *de verdade* e está trabalhando duro para nos sustentar.

Para passar o tempo, aciono o sistema de som do carro para ouvir alguma música, mas ele já está conectado a uma *playlist* no celular de Matt.

— Não acredito! — digo, olhando surpresa para ele, quando ouço uma das últimas músicas de Annie tocando nos alto-falantes. Uma faixa *pop* otimista que eu nunca teria feito Matt ouvir nem em um milhão de anos. — Você é uma caixinha de surpresas, Matt Dalton. — Eu o cutuco. — Gostando das coisas dela.

— *Não* gosto — ele se apressa em se defender. — Não tenho ideia de como isso foi parar na minha *playlist*. Você deve ter adicionado — diz ele, com cara azeda, desligando o som. — Não estou no clima — acrescenta, ele focando a estrada à frente.

O restante da viagem para Crawley é tranquilo, sobretudo com a gente discutindo planos para as reformas da casa, além de estarmos brincando de adicionar parte das nossas economias ao dinheiro do seguro para construir a extensão que sempre sonhamos.

— Para conseguirmos algo parecido com o que almejamos, as taxas de juros hipotecários mudariam de faixa, se elevariam — diz Matt, interrompendo uma longa explicação sobre as proporções entre empréstimo e valor do imóvel, bem como quanto jardim nos restaria.

Como ele é agrimensor, entende dessas coisas. Depois que saiu da faculdade, Matt começou um estágio com empreiteiro, aprendendo todos os aspectos do ofício, incluindo encanamento e eletricidade. Mas, então, aos 20 e poucos anos, ele se requalificou, e, embora não admita, sei que foi, em parte, porque odiava ter de rastejar em espaços pequenos ou escuros que mudou de profissão. Não conseguia lidar com os ataques de pânico e os pesadelos.

— Não acho que nos endividarmos mais é uma boa ideia — respondo de modo aleatório, espiando pela janela lateral enquanto seguimos para nossa área, nos arredores da cidade.

Parecia o lugar perfeito para criar nossa família quando vimos a propriedade logo depois de nos casarmos, oito anos atrás, e era perto do escritório de Matt também. Poucos meses depois de nos mudarmos, Tommy nasceu, e, então, com meu quadragésimo aniversário se aproximando, engravidei de Gracie. Nós nos sentimos abençoados por termos completado nossa família.

Matt vira a esquina e entra na nossa rua — é uma rua agradável de casas de estuque comuns da década de 1950, quase todas geminadas em pares, combinando, e com jardins frontais bem cuidados. Algumas das casas mais adiante na rua são, como a nossa, pequenas, mas independentes. Compramos a pior casa em uma rua boa, mas, quando vimos o número 73 da Brockton Lane, nos apaixonamos por seu potencial. Não era chamativa nem grandiosa, mas, desde o instante em que entramos nela, nos pareceu um lar.

Depois que nos mudamos, trabalhamos até tarde da noite removendo papel de parede descascado, para economizar dinheiro, e nós mesmos fazíamos grande parte do trabalho. Quando se completaram os nove meses da gestação do Tommy, eu estava lustrando rodapés, então acabei na sala de parto com tinta por baixo das unhas.

— Ah, *não*... — sussurro agora, cobrindo os olhos, enquanto Matt entra em nossa pequena área de estacionamento.

Esta é a segunda vez que a vejo desde o incêndio. Acima de cada janela, a alvenaria está manchada de um tom preto repugnante, e sei que, atrás dos tapumes de metal que cobrem as janelas, muitos dos vidros estão quebrados, pois foram partidos pelo calor. A fita amarela de advertência amarrada ao redor da porta da frente, fechada com tábuas, tremula ao vento, e uma placa de "Perigo: fique longe!" foi pregada na parede da frente da casa. O madeiramento carbonizado do telhado, onde as vigas desabaram, está preso de forma precária; assemelha-se a palitos de fósforo queimados.

— Vamos, querida — diz Matt, colocando o braço em volta dos meus ombros enquanto saímos do carro; sinto as lágrimas enchendo meus olhos. — Vamos manter o foco e ter um dia produtivo.

Eu o acompanho até o portão lateral, que ele destranca, e seguimos para o jardim dos fundos, onde nos disseram que alguns de nossos pertences recuperados foram deixados; provavelmente, devem ter sido estragados pelo clima atual, também. O bombeiro nos disse que alguns de nossos objetos menores foram deixados na garagem.

— Ah, não, olha... — Aponto para o outro lado do gramado, para o berço de Gracie, antes branco, imaculado, mas agora com manchas pretas de fuligem na lateral. O colchão foi jogado na grama ao lado e, quando o levanto, vejo que está encharcado e lamacento por baixo.

— Oh, meu *amor* — diz Matt, aproximando-se e tirando-o de minhas mãos e largando-o de volta. Vasculhamos os restos de nossa vida, remexendo em nossos pertences. Tudo, desde brinquedos de crianças a roupas de cama, tapetes, livros, o forno de micro-ondas e até nossa chaleira de plástico derretida. Sem mencionar as pilhas de roupas e gavetas que foram esvaziadas, com a maioria das coisas coberta por uma substância preta e alcatroada.

Eu me aconchego na lateral do corpo de Matt.

— Não sei se quero levar alguma coisa de volta conosco. — Vasculhar nossas coisas foi, em parte, o motivo de nossa visita, assim como nos encontrarmos com um empreiteiro e um arquiteto para discutirmos os planos iniciais para reconstruir nossa casa. — Será apenas um lembrete constante.

De repente, somos interrompidos por uma voz chamando da frente da casa (provavelmente, o empreiteiro), e meu telefone começa a vibrar no bolso de trás. Quando olho para a tela e vejo que é minha mãe ligando, meu coração dispara.

— Oi, mãe, tá tudo bem aí? As crianças estão bem? — Observo Matt passar pelo portão para falar com o empreiteiro.

— Sim, sim, querida, as crianças estão bem — ouço do outro lado da linha, o que me faz relaxar de imediato. — Mas tem... bem, tem uma mulher aqui. — Mamãe suspira de forma pesada, então ouço passos e uma porta batendo como se ela tivesse entrado em outro cômodo. — Ela nos assustou muito, para ser sincera, entrando na casa daquele jeito. Diz que não tem mais para onde ir.

OITO
O PASSADO

As quatro eram inseparáveis. Os professores brincavam dizendo que deveriam ter nascido irmãs, e, embora todas parecessem bem diferentes, havia uma qualidade telepática na amizade delas, como se suas mentes adolescentes estivessem em sincronia. Se uma estava com problemas, as outras pareciam sentir, unindo-se para ajudá-la e fazendo o que precisava ser feito para proteger o grupo.

Claro, aos 14 anos, esses "problemas", em geral, eram algo como dever de casa que sumiu, um estojo de lápis perdido, um conflito com aquela garota má da turma mais avançada ou não ter dinheiro suficiente para comprar o item de maquiagem da moda. Coisas catastróficas assim.

Basicamente, elas eram apenas garotas normais fazendo coisas normais em uma cidade normal próxima ao mar: Gina, Annie, Laura e Sara. Ou GALS[2], como elas se chamavam.

Nenhuma delas sabia na época, mas logo uma delas iria morrer.

---

2 "Gal" é corruptela de *girl*, usado de maneira informal. (N. da T.)

— Oh, nossa, quase *morri*, gente... — Annie disse, por pouco não se engasgando com sua lata de Coca-Cola, com os olhos arregalados e brilhantes, tão verdes quanto o mar a poucos metros da mesa delas na janela do café. — Eu disse ao senhor Bell que *nem a pau* ia beijá-lo. Não nos lábios, pelo menos. — Ela puxou o cabelo ruivo-dourado com os dedos, jogando a cabeça para trás e sacudindo os cachos anelados. Curtindo o constrangimento causado pelo que tinha acabado de revelar às outras.

Sara assistia a tudo sacudindo o saquinho de chá na caneca, enquanto elas ocupavam uma mesa no Davy's, a lanchonete local, onde, em geral, se encontravam nas manhãs de sábado, desejando ser tão atraente e confiante quanto Annie. Não havia a mínima chance de ela ter coragem de fazer um teste para a peça da escola, muito menos de fazer o papel principal feminino, que envolvia uma cena de beijo. Literalmente, ela *morreria*.

Ela estendeu um guardanapo de papel para Annie, enxugando os pingos de condensação do fundo da lata de Coca-Cola da amiga.

— Você vai ser incrível — ela disse com voz suave, que desejava, mais que tudo, fosse mais alta, mais autoritária, mais poderosa, qualquer coisa para fazer com que fosse notada. Estava cansada de não se destacar, de se sentir invisível como uma flor de papel de parede, ou, pior ainda, como o próprio *papel* de parede. Papel de parede descascado, ainda por cima. No passado, todas elas apostavam para tentar adivinhar qual delas seria a primeira a conseguir um namorado, e, embora Sara não soubesse quem teria essa sorte primeiro (ela imaginou que seria Annie, mas poderia ser Gina), tinha certeza de que não seria ela.

— Você *tem* que fazer isso — Gina disse, eufórica, batendo palmas enquanto tentava ignorar a pontada de ciúme dentro dela. Sua bebida era uma raspadinha de frutas vermelhas, e sua língua estava com tom doentio de azul, que ela mostrou a três rapazes do mesmo ano enquanto eles passavam pela janela do café. O mais alto deles, Matt Dalton, sorria e batia o punho no vidro, fazendo-o chacoalhar na esquadria. — Meu *Deus*, falando no diabo... — Gina continuou, dando um sorriso irônico. Seguiu Matt com os olhos enquanto ele passava, sabendo que estava apenas expressando para Annie o que todas pensavam sobre a peça. — Você tem que fazer um sacrifício pelo grupo e nos contar como é beijá-lo de um jeito apaixonado, certo?

Annie riu, fazendo careta e mostrando o dedo médio para Matt enquanto ele passava, mas, de maneira estranha, os olhos do garoto estavam em Sara, onde permaneceram por alguns instantes; seu olhar se demorou nela, ele virou a cabeça para trás e continuou olhando.

— Vocês sabem que um beijo cenográfico não é um beijo de verdade, não é? — explicou Annie, revirando os olhos como se todas elas fossem idiotas.

— Se ao menos ele soubesse que estávamos todas falando sobre ele... — disse Gina, suspirando enquanto Matt desaparecia na rua. — De qualquer forma, quando a notícia se espalhar, de que o garoto mais gato do décimo primeiro ano conseguiu um papel principal na peça da escola, e que a lendária Annie Stone é sua protagonista, esses ingressos vão esgotar em minutos.

— Ah, acredite em mim... ele sabe — declarou Laura, confiante.

Por fora, Gina riu de novo, porém uma dor pungente a corroía enquanto sorvia o restante de sua raspadinha. Matt mal tinha olhado para ela ainda há pouco. Ela se inclinou para mais perto da janela, a fim de ver se ainda conseguia avistar os garotos enquanto eles se distanciavam ao longo da orla marítima. Ou melhor, para ver se ainda conseguia *vê-lo*. Ela se perguntou por que ele tinha olhado para Sara por tanto tempo enquanto passavam; no entanto, talvez estivesse enganada. Parecia maldoso pensar isso, mas ela duvidava de que ele estivesse interessado em Sara. O problema era que Matt não parecia interessado em *nenhuma* delas. Elas estavam começando a achar que ele não gostava de garotas.

Annie continuou a protestar e a dar chilique ao falar sobre o beijo no palco com Matt, garantindo que todos no café soubessem que ela iria beijá-lo na frente de quatrocentas pessoas na peça de encerramento do período letivo. Ela gesticulava os braços de modo frenético. Os cílios carregados de rímel batiam como as asas de um inseto. As outras três sabiam que ela estava se deleitando com essa atenção.

Típico de Annie.

— Fique parada, você tem um cílio solto — disse Sara, quase inaudível sob a cacofonia de conversas que saltavam entre as outras três. Ela colocou a mão no rosto de Annie e, de modo gentil, pegou o cílio errante de sua bochecha, grudando-o no dedo. — Faça um pedido — ela disse, mas Annie nem ouviu.

— Só para deixar claro, isso não significa que eu esteja *a fim* dele — Annie continuou em voz alta, inclinando-se para a frente e fazendo com que todas se aproximassem. E todas elas sabiam que isso significava que ela estava a fim dele, sim. Ela olhava de rabo de olho para outro grupo de garotas na mesa ao lado, o que só serviu para despertar o interesse delas em qualquer coisa que as GALS estivessem discutindo.

— Bem, *eu* estou a fim dele e, com certeza, o beijaria — disse Gina, impassível. — Sinta-se à vontade para falar bem de mim quando estiver com a língua na garganta dele nos ensaios, Annie. Não sou tão orgulhosa a ponto de não admitir isso. — Ela olhou pela janela de novo, mas Matt já tinha ido embora fazia muito tempo. Só queria mesmo olhar para o espaço onde ele estivera pouco tempo antes.

— É óbvio — disse Sara, mas sua voz saiu como um sussurro, e ninguém prestou atenção no que ela disse. Ela não ousou mencionar isso para as outras garotas, mas sentira os olhares de Matt nas últimas semanas; às vezes, o pegava olhando para ela. Achou que ele havia sorrido para ela uma vez na cantina, então fez uma careta sem graça para ele; sentiu o coração batendo forte, sem saber como agir. E não deixou de perceber que ele havia olhado para ela um pouco antes, quando ele passou pela janela com os amigos. A despeito de tudo isso, era estranho.

Meia hora depois, elas saíram da lanchonete. Antes de seguirem seus caminhos separados, as quatro compartilharam um abraço em grupo, fazendo a saudação GALS de bater os punhos fechados, então Laura e Annie foram para casa. Sara e Gina, que moravam na mesma direção, saíram caminhando juntas pelo trecho inicial do trajeto.

— O que você sabe sobre Matt Dalton, hein? — Sara perguntou a Gina, desejando, no mesmo instante, não ter feito isso. Pela primeira vez, ela se sentiu grata pelo fato de suas palavras terem sido abafadas pelo som da forte brisa do mar enquanto ambas subiam a colina, afastando-se da costa. Suas pernas estavam bem acostumadas com as subidas íngremes da cidade. Ela se forçou a repetir a pergunta quando percebeu que Gina não a havia ouvido.

— Matt? Ele é fofo — Gina disse com inflexão ascendente.

— Mas *como* ele é? — Sara quis saber, surpresa por não ter de se repetir dessa vez. Suas palavras saíram com propósito e precisão.

— Bem, ele é legal — Gina respondeu. — Ele me ajudou a pegar todos os meus livros, um dia, quando os deixei cair. Sem querer, é claro — ela acrescentou, dando uma cutucada em Sara. — E também é cheiroso. — Sara achou que essa não era a resposta que estava esperando. Não, ela queria saber o que o motivava, quais eram seus pensamentos e sentimentos, coisas que a ajudariam a entendê-lo. — Oh, hummm… caramba, Saz, você está muito ruborizada. — Sara pulou como se algo a tivesse cutucado nas costelas. — Não, esqueça o rubor. Você está pegando fogo! — Gina riu, entrelaçando o braço no dela e puxando-a para perto. — Você gosta do Matt Dalton, não é?

— Não, não gosto — Sara disse o mais alto que pôde. Mas não soou convincente. E ela não se sentia atraída por ele dessa forma, como as outras se sentiam. Era mais como se quisesse descobrir algo para confirmar que ele era boa pessoa, algo para adicionar um final feliz aos pensamentos que giravam em sua cabeça.

Elas ficaram em silêncio por um instante, enquanto continuaram caminhando; de repente, a energia entre elas parecia estar entre polos opostos, semelhante a um ímã. Cada uma delas ficou avaliando o que essa *não confissão* significava.

— Só para você saber — Gina disse, por fim —, o hálito dele fede um pouco. — Ela olhou de lado para Sara, franzindo o nariz.

— Eca — Sara retrucou.

Elas continuaram andando, as duas quietas, até que cada uma desviou para a própria rua, Sara se perguntando se ousaria sorrir de volta na próxima vez que Matt olhasse para ela, e Gina se perguntando se deveria se apressar e convidar Matt para sair.

NOVE
GINA

— Que mulher? — Matt pergunta, parecendo irritado e me lançando um olhar impaciente enquanto interrompo sua conversa com Steve, nosso empreiteiro. Os dois estão olhando para o telhado queimado, Steve fazendo sugestões sobre a ampliação, enquanto Matt anota coisas em sua prancheta. — Não pode esperar? — Ele faz uma careta.

— Não sei. Mamãe disse que uma mulher entrou na casa dizendo que não tinha para onde ir. Antes que eu pudesse perguntar quem era, ela disse que precisava ir e desligou. Ouvi papai ao fundo, então espero que ele esteja ajudando-a a lidar com isso.

— Você não pode ligar de volta pra ela? — Matt se vira para Steve, que agora está falando sobre portas e várias opções de cores, por isso meu frustrado *é claro que liguei de volta para ela* não é ouvido.

Deixo outra mensagem de correio de voz para mamãe e repito a mesma mensagem no número do papai: "Me ligue o mais rápido possível! Estou preocupada! O que está acontecendo? Quem é a mulher?".

Enquanto Matt fala sobre os planos, vasculho os restos encharcados de nossa vida espalhados no gramado, ensacando tudo o que considero recuperável. Mas tudo que desejo é voltar para Hastings bem rápido, para descobrir o que está acontecendo.

— Oh, *Bunny*... — digo, avistando o brinquedo de pelúcia favorito de Tommy jogado sobre uma pilha de roupa de cama danificada pela fumaça. O coelho bege fofinho estava sujo antes, mas agora é uma ruína fuliginosa quase irreconhecível. Bunny vai para o saco de lixo.

Há alguns objetos que posso lavar ou limpar, mas não muitos. O pior é o cheiro, um odor acre e amargo tão assustador quanto a ligação em pânico que recebemos do nosso vizinho, tarde da noite, nos informando que nossa casa estava pegando fogo, enquanto bebíamos nossa terceira garrafa de vinho, jantando comida tailandesa na casa de Laura e Patrick.

— Estou quase terminando aqui — digo a Matt enquanto despejo alguns sacos de lixo na caçamba que alugamos. A ligação da mamãe me abalou; então, embora eu confie nela e no papai para cuidar das crianças (e para chamar a polícia, se for necessário) só quero voltar. Um sentimento incômodo dentro de mim me diz que sei *exatamente* quem é a mulher.

Paramos para abastecer no caminho de volta para a casa de Annie no fim da tarde, acrescentando mais dez minutos à nossa viagem, com a sensação de estarmos presos atrás de todos os veículos lentos do condado.

— Ainda sem resposta — digo a Matt enquanto tento ligar para mamãe mais uma vez. — Ela costuma atender rápido.

— Eles devem estar lidando com as crianças, não grudados aos telefones, querida. Tente não se preocupar. Estaremos de volta em menos de uma hora. E, pelo menos, tratamos de alguns serviços na casa. Steve vai começar a trabalhar com sua equipe na segunda-feira, na semana que vem. Ele também está em contato com a seguradora.

— Isso já é alguma coisa — falo, olhando pela janela, enquanto, enfim, chegamos a um trecho de estrada desobstruído.

Tento ligar para mamãe e para papai várias vezes, mas desisto quando chegamos perto de Hastings. Assim que Matt para na frente da garagem semissubterrânea ao lado da casa de Annie, pulo do carro e corro pelos degraus de pedra, atrapalhando-me com minhas chaves na fechadura.

— Olá! Estamos de volta! — Caminho pelo corredor e entro na cozinha, mas está vazia.

— Aqui, querida! — minha mãe grita, com a voz soando alegre, o que me faz relaxar. Na sala de estar, encontro meus pais sentados no sofá, Gracie dormindo no bebê-conforto e Tommy no chão, brincando, contente, com seu LEGO Duplo. Há uma bandeja com um bule de chá e um prato de bolos, e no sofá, em frente à mamãe e ao papai, está sentada uma mulher.

Mary.

— Oi... — digo, parando na porta, percorrendo a sala com os olhos. — Está tudo bem, mamãe? — Lanço a ela um olhar, esperando que perceba.

— Está tudo bem, querida — ela responde num tom de voz e com um ânimo que contrastam completamente com o modo que ela falou ao telefone. — Mary está nos contando a história desta casa. É fascinante.

— Foi construída em 1820, ao que parece. Já foi propriedade de um oficial naval aposentado de Portsmouth — comenta papai, balançando a cabeça e olhando para Mary.

— Certo — respondo, totalmente confusa. — E tudo isso tem a ver com...? — Vou até o bebê-conforto de Gracie, ajoelhando-me ao seu lado enquanto ela dorme.

— Absolutamente nada — diz papai, dando sua gargalhada característica. — Mas é interessante para um velho fã de história como eu. Mary fez um grande *tour*, nos mostrando a casa, quando chegou. É um lugar fabuloso. Nossa pequena Annie se saiu bem, hein? Sempre assisto a ela naquele drama policial... ah, como é que se chama, agora...? — Papai faz uma careta.

— *No Limits* — lembro a ele, sem coragem de acrescentar que esse é um dos seriados anteriores de Annie, que ela participou de muito mais coisas desde então, inclusive de muitos filmes premiados. — Hoje não é seu dia de trabalhar, é? — pergunto a Mary, virando-me para ela.

Uma expressão estranha passa por seu rosto enquanto ela observa a xícara de chá equilibrada em seu colo. Então, ela a coloca na bandeja e se levanta, fechando o zíper do moletom preto. Por algum motivo, parece esquisito vê-la com roupas diferentes do uniforme, como se eu nunca tivesse considerado que ela tinha uma vida fora do trabalho na mansão de Annie.

— Você tem razão. Sinto muito, não deveria ter vindo — diz Mary com voz triste. Ela enfia as mãos bem fundo nos bolsos do moletom. — Você está com sua família aqui. Estou me intrometendo. É que...

— Bobagem, querida — mamãe a interrompe. — Você fez exatamente a coisa certa, não é, Ron? — Mamãe cutuca papai.

— A coisa certa, Joyce, a coisa certa.

Quando vejo uma imensa expressão de tristeza invadir seu rosto e lágrimas se acumulando em seus olhos, dou um pequeno suspiro.

— Mamãe disse que você não tem para onde ir. É isso mesmo, Mary? — Ela concorda. Suspiro de novo, mas é inaudível dessa vez. — Bem... Tenho certeza de que Annie não se importaria se você ficasse aqui por uma ou duas noites. Não podemos abandonar você. — Já estou me punindo por dentro por ter oferecido abrigo, pois há algo nela que não me inspira confiança, embora eu não possa criticar seu trabalho na casa. Contudo, considerando a generosidade de Annie, também sinto que não posso expulsá-la.

Mary pega sua bolsa de lona e a coloca sobre o ombro, indo em direção à porta.

— Obrigada, que gentileza... — ela diz, baixando o olhar. Tommy corre até ela, abraçando suas pernas antes de erguer seu modelo Duplo. — Mas meus problemas são um pouco mais profundos, não devem se resolver em apenas uma ou duas noites.

— Mei-li, olha! — meu filho grita com a voz esganiçada, puxando suas calças.

Mary sorri para ele, bagunçando seu cabelo.

— Uau, você é tão inteligente, Tom-Tom! — cantarola ela. — Que nave espacial incrível você construiu. — Então, ouço Mary fungar e, em seguida, pegar um lenço de papel da bolsa e assoar o nariz. — De qualquer forma, olha, sinto muito por ter atrapalhado seu dia — ela diz. — Não queria trazer meus problemas para você. Só pensei que, como trabalho aqui todos os dias, faria sentido se eu...

— Se você se mudasse — mamãe completa a frase por Mary. — Faz todo sentido para mim, querida — ela acrescenta. — E Gina adoraria sua companhia, além da ajuda extra com os pequenos. Ela tem tido um pouco de dificuldades desde que Gracie nasceu, com o incêndio e tudo mais.

— Estou bem aqui, sabia, mãe? — intervenho, levantando-me do chão. — Que tipo de problemas, Mary? — pergunto assim que Matt se junta a nós.

— Está tudo bem, sério — ela responde; sua bochecha brilha com um raio de sol do fim de tarde enquanto ela inclina um pouco o rosto. — Só estou sem um lugar para morar agora. — Ela força uma risada, e é só nesse momento que percebo um hematoma sob seu olho. — Mas vou encontrar um lugar para dormir, por isso não se preocupem. E estarei aqui, como de costume, às nove horas da manhã de segunda-feira. Podemos simplesmente esquecer o que aconteceu hoje? — Ela se vira para mim, juntando as mãos sob o queixo, e esse gesto a faz parecer quase infantil.

— Oi, Joyce. Oi, Ron! — Matt a interrompe de repente, acenando para meus pais e sorrindo. — O que eu perdi? — Ele ergue Tommy pelas axilas e vem andando até onde estou, enganchando nosso filho no quadril. — Ei, Tigrão!

— Matt, esta é a Mary, a governanta de Annie. Eu lhe falei sobre ela, lembra? E... Mary, este é meu marido, Matt. Tenho certeza de que já lhe falei sobre ele também!

Estou tentando manter as coisas leves e descontraídas enquanto penso em uma razão para não oferecer a Mary mais que apenas uma ou duas noites. Estou esgotada depois de tudo que aconteceu hoje, e tudo o que quero é levar mamãe e papai jantar fora e, então, acomodar as crianças e relaxar com Matt, não resolver os problemas de moradia de Mary. Embora não se possa dizer que não há espaço para ela aqui, penso, discutindo comigo mesma. Há dois quartos desocupados no último andar, e Mary sabe disso. Além do mais, não vou conseguir dormir esta noite sabendo que a pobre mulher não tem para onde ir. Só de pensar nela dormindo em um ponto de ônibus ou na porta de uma loja já me faz colocar um ponto-final na questão.

Então, percebo que Mary ainda está olhando para Matt, quase o desmanchando com os olhos. Ela ergue a mão para apertar a mão dele, mas Matt demora a reagir; parece distraído quando retribui o olhar, com a cabeça inclinada para um lado, enquanto ela mantém o olhar firme.

— Prazer em conhecê-la, Mary — ele diz, por fim, estendendo a mão. — E obrigado por tudo o que fez esta semana. A casa está ótima.

— De nada — Mary responde, virando a cabeça enquanto sorri, exibindo seu hematoma mais uma vez. Mas também é um sorriso que me diz que ela está acostumada com homens agindo de maneira meio estranha na sua presença.

No uniforme, Mary tem uma beleza precisa, simétrica e impecável. Agora, em roupas casuais, há algo ainda mais atraente nela, parecendo pequena e vulnerável no moletom folgado, com seus maneirismos tímidos e leve inclinação de cabeça com os longos cabelos louro-acinzentados soltos. Ela é daquele tipo de pessoa que emite uma aura magnética sem fazer nenhum esforço. Um charme raro.

— Mary estava nos dizendo que não tem onde morar — sussurro para Matt, ouvindo os grunhidos do papai enquanto ele se levanta do sofá.

— E Gina estava prestes a oferecer um quarto a ela, não estava? — mamãe arremata, dando uma mãozinha para papai se levantar.

— Só se você tiver certeza absoluta — Mary diz com expressão de expectativa no rosto.

De repente, sou cercada pelos meus pais, por Matt e por Tommy, e por Mary. Todos os olhos pousam em mim enquanto aguardam a minha resposta. Estou desesperada para dizer que Matt e eu precisaremos de tempo para discutir isso, que deveria pedir permissão a Annie, primeiro, procurando as palavras certas para convencê-la do jeito que eu puder.

No entanto, em vez de dizer qualquer uma dessas coisas, eu me vejo avançar e segurar as mãos de Mary entre as minhas, sorrindo e dizendo:

— Sim, sim, *claro* que você pode ficar. Pelo tempo que precisar.

DEZ
GINA

— Achei isso no chão, perto da cama — diz Matt, segurando algo. Estamos no andar de cima nos preparando para sair, para jantar, e também esperando Mary voltar com suas coisas. Ela disse que não tinha muito o que buscar.

Matt pressiona um objeto pequeno na palma da minha mão — a pequena corrente e o pendente que tenho há muito tempo. Sorrio, sentindo-me grata porque meu lado supersticioso impediu que ele se perdesse no incêndio. Quase sempre o carrego comigo — na bolsa ou enrolado no pulso, como uma pulseira. Eu o mantenho seguro.

Não é muito bonito, pois o dourado do latão já desbotou; eu nunca mais o usaria no pescoço, e o pendente da amizade não é único, mas são as pequenas coisas, como essa, que mais significam agora. Objetos familiares com memórias embutidas. Deve ter caído no chão, de alguma forma.

— Foi gentil da sua parte convidar Mary para vir conosco esta noite — diz Matt, tirando o moletom sujo que usava hoje. Ele o pressiona contra o nariz, o cheira e faz cara de nojo. — Esse fedor de fumaça... Vai ficar no meu nariz por muitos dias.

— Acho que não deveríamos deixá-la aqui enquanto todos nós saímos, não é? Sobretudo depois que ela contou essas histórias sobre seu ex-namorado abusivo. Ele parece ser uma pessoa ruim.

— Mesmo assim, você acha que vale a pena checar com Annie? — pergunta Matt, entrando no banheiro e ligando o chuveiro. — Não acho legal abusar, né? — Ele dá uma espiada para fora do banheiro, me olhando de um jeito preocupado. Sei que não gosta da sensação de estar em dívida com ninguém, ainda mais com Annie. — A propósito, a pressão da água parece estar boa aqui em cima — ele acrescenta. Pedi a ele que desse uma olhada na torneira da cozinha mais cedo e expliquei que estava dando problema.

— Você está certo, eu deveria avisar a ela — digo, pegando meu celular, sentando-me na extremidade da cama e digitando uma mensagem rápida para Annie enquanto Matt toma banho. — Talvez devêssemos chamar um encanador, assim mesmo — falo, embora não ache que ele esteja ouvindo.

> *Oi, Annie... Espero que esteja tudo bem. Tem algum problema, para você, se Mary ficar aqui uma ou duas noites? Ela teve um término ruim, e estamos com pena dela. Grande amor AVSS* bjs*

Encolho os pés sobre a cama e me deito, esperando Matt terminar o banho, mas logo depois dou um pulo, porque sinto algo irregular por baixo do edredom. Quando puxo a roupa de cama, me sobressalto, sem conseguir entender o que estou vendo, a princípio.

— Que diabos...? — Estendo a mão para tocar o que parece ser uma pilha de lixo do meu lado da cama. Cabelos emaranhados, terra, migalhas e todo tipo de sujeira estão espalhados no lençol branco e imaculado; a poeira flutua no ar conforme me movimento. — *Matt...* — sibilo em direção ao

* Amigas verdadeiras, sem segredos. (N. da T.)

banheiro. — Algo estranho aconteceu... — Mas ele não me ouve no chuveiro, e não quero gritar.

Aperto um pouco dessa sujeira entre os dedos, confirmando o que acho que é: o conteúdo do recipiente do aspirador de pó esvaziado na minha cama. Eu me sinto mal por dentro, sabendo que há apenas uma pessoa que poderia ter feito isso. E ela está se mudando para cá.

Quando Matt vem se enxugando para o quarto, fica tão confuso quanto eu.

— Eu não tiraria conclusões precipitadas — ele diz, olhando para a pilha de sujeira. — Pode haver outras explicações.

— Tipo *o quê*? — retruco, com as mãos na cintura enquanto decido se devo confrontar Mary sobre o fato. Se não foi ela, então a tirada de satisfações só vai deixar as coisas estranhas entre nós. No entanto, além dos meus pais, não há mais ninguém que possa ter feito isso.

— Talvez ela tenha esvaziado o aspirador com a intenção de trocar os lençóis, mas depois se distraiu. Talvez fosse jogar a sujeira na lata de lixo.

— Isso é muita elucubração mental, e você sabe disso — digo bem no momento em que meu telefone apita com uma resposta de Annie.

> *Pobre Mary. Diga a ela que pode ficar o tempo que quiser. Mi casa etc.*
>
> *Tá tudo bem aqui. Bj*

Estou prestes a enviar uma mensagem de volta dizendo a ela exatamente o que penso de sua governanta, quando um grito agudo vem do andar de baixo, fazendo-me correr até o topo da escada. Mas, então, ouço os arrulhos apaziguadores de mamãe enquanto ela lida com meu filho, seguidos dos tons um pouco mais graves e severos do papai conforme ele intervém para pôr fim à birra crescente de Tommy. Estou prestes a ir resgatar meus pais, mas me dou conta de que, agora, tenho que trocar a roupa de cama. E ainda preciso dar de mamar a Gracie bem rápido, antes de sairmos.

De volta ao quarto, releio a mensagem de Annie... Como eu esperava, ela é generosa até a medula, e eu sabia que ela não faria nenhuma objeção quanto a Mary ficar, embora eu esteja esperando que seja apenas por uma noite ou duas, por causa do que ela fez — e de forma tão descarada. Não consigo imaginar por que ela teria raiva de mim, mas, pelo menos, ela mencionou a possibilidade de se mudar para a casa da mãe em breve, embora tenha dito isso às pressas, enquanto estava saindo, correndo para pegar suas coisas. Considerando tudo isso, decido não atiçar as chamas confrontando-a ainda. Resolvo esperar que ela decida ir embora sozinha.

Enquanto troco a roupa de cama, Matt fala sobre os planos para a casa, esfregando o cabelo de forma vigorosa com uma toalha e não aparentando estar perturbado com o que aconteceu. Ainda por cima, estou triste porque Annie continua esquecendo de responder às minhas mensagens do jeito que nós, GALS, sempre fazíamos: nós quatro cantando nosso pequeno lema no parquinho da escola, no fliperama, sentadas no Davy's ou na casa uma da outra. Éramos muito parecidas, naquela época.

Até virarmos um grupo de três.

— Anime-se — Matt diz, jogando a toalha molhada em mim.

— Ainda estou abalada — justifico, pegando-a e empurrando-a para ele enquanto passo. — Acho melhor eu me trocar — acrescento, olhando-me no espelho.

— Ah, não sei. Ouvi dizer que calças de moletom rasgadas estão na moda, agora. — Matt me agarra pela cintura e me puxa para perto de seu corpo nu, erguendo meu queixo e me beijando. — Na verdade, eu as acho bem *sexy* — ele diz, dando um beijo em meus lábios. — E tente não ficar chateada com essa história da cama. Tenho certeza de que não foi intencional.

Odeio que tenha me contido para não corresponder; não ando me sentindo no clima para intimidade, assim como tenho me sentido inchada e pouco atraente em comparação ao seu corpo magro. Mas, então, eu me lembro de que meu corpo fez crescer uma vida humana totalmente nova durante o tempo que ele levou para aperfeiçoar seus bíceps, por isso não é nenhuma surpresa que eu esteja me sentindo um pouco cansada da batalha.

— Agora não, amor — digo. — Tenho que alimentar Gracie antes de sairmos. — Eu me afasto dele e tiro minha calça de moletom, procurando algo mais elegante para vestir, tipo calças cargo pretas e uma blusa cinza-escura solta, adequada para amamentação. Demoro alguns minutos para verificar meu açúcar no sangue e injetar uma dose de insulina de ação rápida antes de comer; depois, coloco a corrente de coração da amizade em volta do pulso antes de descer a escada.

— Ela é uma bebê tão boazinha... — diz mamãe na cozinha, entregando Gracie a mim. Ela dá um beijo na cabeça de cachos castanhos e macios da minha garotinha.

— Ela não teve muita escolha, com tudo que está acontecendo desde que nasceu. Sinto que não dei a ela tanta atenção quanto deveria. — Por um instante, penso em contar à mamãe o que encontrei na minha cama, mas não quero preocupá-la sem necessidade.

— Bobagem, querida — ela diz, ajeitando algumas almofadas no sofá para mim enquanto me sento para amamentar Gracie. — Você é uma mãe espetacular. Vou buscar um pouco de água para você.

— Obrigada, mãe — digo, inclinando a cabeça para trás enquanto grito para ela atrás de mim. — E você também... — Mas perco o fio da meada, sentando-me ereta de novo e me virando, fazendo com que Gracie solte o bico do meu seio. — Quem é *você*? — pergunto, segurando a cabeça da minha bebê com firmeza. De repente, sinto-me muito vulnerável ao me deparar com um estranho parado bem atrás de mim.

Um garoto, que talvez esteja no fim da adolescência, baixa os olhos, olhando para nós duas. Ele não diz nada.

— Aqui está, querida — diz mamãe, entregando-me a água. — Você quer beber alguma coisa, Tyler?

— Tyler? — digo, atrapalhando-me para me cobrir. Seguro Gracie sobre o ombro e me levanto. — Desculpe, mas quem é você?

O garoto, que parece ter entre 15 e 20 anos, fica parado ali, com os braços magros soltos ao lado do corpo e os botões da camisa xadrez azul-clara abotoados até em cima. Está usando calça marrom e tênis pretos, e vejo um celular em sua mão direita. Mas são seus olhos azuis penetrantes me encarando do rosto branco fantasmagórico o que me faz dar alguns passos para trás e me distanciar dele, sobretudo porque estou segurando Gracie. Ele parece fixado nela.

— Ah, aí está você, Ty — diz uma voz vindo da porta da cozinha. — Quando olho, Mary está parada lá segurando uma caixa de papelão nos braços. — Deus, preciso largar isso. — Ela olha ao redor antes de jogar a caixa sobre a ilha de mármore, espanando a frente do corpo com as mãos. Então, aproxima-se do garoto e coloca um braço em volta do ombro dele. Ele é cerca de trinta centímetros mais alto que Mary e recua levemente quando ela o toca. — Gina, este é Tyler, meu... Ele é meu filho. — Mary sorri para o garoto. — Você não se importa se ele ficar também, não é?

ONZE
MARY

Reparo que ela está usando a corrente de coração enrolada no pulso. E está me encarando, boquiaberta, sem saber o que dizer enquanto eu a apresento a Tyler — a última coisa que ela esperava que eu trouxesse quando disse que ia pegar minhas coisas. Contenho o sorriso. Se ela soubesse a verdade.

— Para ser franca, Tyler não será problema algum — eu lhe asseguro. — Você mal vai notar que estamos aqui. Não tenho palavras para agradecer o suficiente. — Sorrio para ela com expressão de gratidão, com o braço pendurado em volta do ombro de Tyler, enquanto ele fica parado ao meu lado, alto como um homem adulto. E, de tanto que come, só falta ele engolir nossa casa, se tivéssemos uma, é claro. Estou rezando para que ele não diga nada que faça Gina desistir da ideia de ficarmos, porque viemos como um pacote. Afinal, Tyler é uma das razões pelas quais estou fazendo isso.

— Não, não, está tudo bem — Gina responde desconfiada, dando atenção exagerada à bebê enquanto ela começa a choramingar. Uma expressão estranha invade seu rosto; sem dúvida, seu cérebro está ocupado fazendo as contas. Seus olhos correm entre mim e Tyler, e ela deve estar tentando descobrir que idade eu tinha quando ele nasceu ou quão *jovem* eu era. E ela estaria errada, é claro. Provavelmente, está se perguntando por que não o mencionei antes, percebendo que mantive silêncio sobre ele de propósito, até que ela já tivesse concordado em me deixar ficar.

— Sinto muito... Achei que Annie havia mencionado que tenho um filho. Podemos encontrar outro lugar, se preferir. Há um abrigo para pessoas em situação de rua não muito longe daqui.

— Ela não mencionou mesmo que você tinha um filho — Gina diz, suavizando um pouco a expressão com a menção a Annie. — Não quero nem imaginar você indo para um abrigo, pelo amor de Deus. E... olá, Tyler — ela diz, por fim, estendendo a mão para ele. — É um prazer conhecê-lo. Espero que goste de crianças barulhentas de 3 anos.

Tyler não responde. Apenas encara a bebê, sem tirar os olhos dela.

— Ele adora crianças — ela diz no lugar de Tyler. — Adora, de verdade. — Decido deixar por isso mesmo antes de dizer algo do qual me arrependerei. — Ty, seu computador está naquela caixa ali. Por que não o leva para o último andar? — Ele demora um pouco para reagir, mas, ao ouvir sobre seu computador, se vira para pegar a caixa, erguendo-a nos braços com facilidade e subindo a escada. Assim que sai do alcance da minha voz, digo: — Olha, com certeza, compreenderei se você quiser falar com Annie antes sobre esse arranjo. É muita informação, eu sei.

— Acho que eu deveria avisar a ela que vocês *dois* estão aqui. — Gina faz uma pausa enquanto reflete. — Embora eu não queira continuar a perturbá-la nas férias. Estou surpresa de que ela esteja conseguindo se desligar do trabalho por tanto tempo. Não é nada típico de Annie.

— Tenho tentado convencê-la a fazer uma pausa adequada há séculos. Estou feliz de que esteja descansando bastante. — Hesito, evitando ultrapassar os limites e cruzar a linha de governanta para amiga. Deus, não, isso não seria possível. — Enquanto estivermos hospedados, terei a chance de dar uma boa arrumada na casa e de fazer uma limpeza profunda em todo lugar, antes de seu retorno.

A expressão de Gina volta a ser de preocupação outra vez, enquanto ela morde o lábio inferior, ao que parece, tentando imaginar quanto tempo ficaremos. À menção de uma limpeza profunda, a estada de uma ou duas noites que ela ofereceu deve estar se transformando em algumas semanas em sua mente.

Ela estaria enganada. Vai ser muito mais que isso.

Dou um passo, aproximando-me, colocando a mão em seu braço antes de olhar de novo para a porta, para ter certeza de que estamos sozinhas.

— Não é... não é a primeira vez que Tyler e eu precisamos de um lugar para ficar — explico. — O pai de Ty... ele fica de mau humor, às vezes — confesso, o que é suficiente para ela entender o que quero dizer.

— Oh, meu Deus, sinto muito — responde Gina. — Isso parece horrível. Não se preocupe. Há muito espaço aqui para vocês dois. Vamos arrumar as camas no último andar. — Ela embala sua bebê chorona, olhando para mim. — Vamos passar algumas horas arrumando os quartos, amanhã.

— Você me salvou — digo, respirando fundo antes de envolvê-la em um abraço, com o olhar vidrado por cima do ombro dela.

Meia hora depois, nosso grupo está sentado a uma mesa redonda em um restaurante italiano que fica a uma curta caminhada de distância da casa de Annie. Parece engraçado dizer isso... *nosso grupo*, como se Tyler e eu agora fôssemos parte da família — Gina, Matt e os dois filhos, além dos pais de Gina, Ron e Joyce. Observo Matt lutando para lidar com a bebê desde que Gina, exasperada, a colocou em seus braços. Há uma sessão de choro completa se formando, a julgar pelos ruídos agitados que Gracie está fazendo enquanto Matt a embala em vão, tentando posições diferentes.

— Coloque-a no ombro — Gina sugere. — Talvez esteja com gases. — Eles estão sentados à minha frente, e percebo que Matt responde de modo ríspido. Estou com Tommy à esquerda e Tyler à direita, então pego o cardápio quando a garçonete os entrega. Meus olhos examinam a enorme seleção de pratos em busca de algo que Ty possa comer conforme todos os outros fazem seus pedidos.

— Ele vai querer uma tigela de macarrão simples, por favor. — Sorrio para a garçonete.

— Que molho ele quer? — a garota pergunta, lançando um olhar para Tyler.

— Sem molho. Nada. Sem óleo, sem ervas, sem alho nem tempero algum. Apenas uma tigela de macarrão simples. *Fusilli*, se vocês tiverem, mas qualquer um serve. Só não traga espaguete nem qualquer outra coisa... longa.

— Não gosta de comida italiana? — Gina diz do outro lado da mesa para Tyler, que está desdobrando seu guardanapo com cuidado. Ele pega sua colher com a mão direita e a inspeciona antes de colocá-la de volta.

Ele balança a cabeça.

— Na verdade, não — ele diz, olhando para a jarra de água. — Mas macarrão está OK.

— Qual é a sua comida favorita? — Gina continua. — Vou tentar abastecer a geladeira com coisas de que você gosta.

Ela está com pena de nós, pensando que não deve ser fácil para um rapaz ser desarraigado por causa de um pai de temperamento explosivo, talvez tendo testemunhado a mãe ser espancada até ficar toda roxa, muitas vezes, durante uma infância instável.

— Macarrão — Ty responde de forma educada, como ensinei a ele. — E gosto de queijo. Mas não juntos. E batatas fritas, simples. E hambúrgueres de frango, sem molho.

— Não há nada melhor que um bom hambúrguer de frango com batatas fritas — Matt diz do outro lado da mesa. — Meu tipo preferido. — Ele sorri, tomando um longo gole de sua garrafa de cerveja, provavelmente para se entorpecer um pouco e esquecer-se do choro crescente da bebê.

— As crianças de hoje são muito cheias de frescura, se querem saber minha opinião — Ron fala bem alto a ninguém em particular. — Na minha época, comíamos o que nos colocavam na frente ou então levávamos um tapão na orelha e íamos mais cedo para a cama.

— Bem, não estamos *na* sua época, pai — Gina responde, revirando os olhos para o pai. — E você não é exatamente um aventureiro com comida. De qualquer forma, as pessoas têm alergias e todo tipo de necessidades alimentares diferentes, e, às vezes, podem simplesmente não gostar de algo, sabe?

— Bajulação, é isso que é — Ron continua, balançando a cabeça. Suas bochechas são vermelhas e cheias de veias, e seu nariz é bulboso. — Não torceriam tanto o nariz se não houvesse mais nada para comer.

— Ron — Joyce chama sua atenção enquanto aperta seu braço. — Já basta.

— Você está na escola ou na faculdade, Tyler? — Matt pergunta, tentando mudar de assunto.

Espero alguns segundos para ver se Ty consegue elaborar uma resposta, antes de responder por ele.

— Ele foi educado em casa — explico. — Ou melhor, ele meio que educa a si mesmo em casa agora.

— Precisa de uma temporada no exército — Ron murmura, e Joyce o silencia mais uma vez, com mais veemência agora.

— Isso é bem interessante — Gina diz, soando sincera. — Como você consegue conciliar o ensino com o trabalho? Deve estar exausta.

Sorrio, fingindo que estou feliz em esclarecer enquanto evito responder.

— Ty sempre esteve à frente de sua idade... por isso, fez sentido deixá-lo aprender no ritmo dele. A escola o estava bloqueando. — O que não me dou ao trabalho de explicar é que não sei nada sobre a infância de Tyler, por exemplo, onde estava, com quem estava, em qual escola estudou. Raramente ele quer falar sobre isso. — Foi só nos últimos anos que consegui trabalhar mais horas — prossigo. — Antes disso, dependia de assistência pública, pois as creches nem sempre estavam disponíveis. — A parte da assistência pública é verdade, pelo menos, mas rezo para que não perguntem sobre o pai de Tyler.

— Qual é sua disciplina favorita? — Gina pergunta a Tyler.

— Matemática e física — ele responde, o que eu sabia que faria.

— Ele é louco por física de partículas e mecânica quântica — acrescento, virando o foco das atenções. — E computadores, claro. Quer ir para a universidade.

— Uau — vem a reação previsível de Matt, seguida de um momento de silêncio à mesa. Com certeza, isso silenciou o velhote com suas opiniões de santarrão, e Gina parece impressionada de verdade. Pensei ter visto até lágrimas em seus olhos. *Essa pobre mulher e seu filho...* ela deve ter pensado. *Limpando os banheiros de outras pessoas, criando um gênio diante da adversidade...*

Guardo minha risada para mim mesma, felizmente distraída pelo meu linguine de frutos do mar, quando ele chega. Porque a tonta da Gina, tão *tolinha...* não poderia estar mais enganada.

DOZE
GINA

Antes de termos filhos, a ideia de Matt viajar para trabalhar nunca me incomodou muito. Na verdade, eu curtia algumas noites sozinha, assistindo à Netflix, às vezes, recebendo amigas para tomar um vinho, e, vez ou outra, Laura e Annie vinham para ficar — uma raridade, já que todo mundo anda tão ocupado ultimamente.

No entanto, desde que as crianças nasceram, todas as suas viagens a trabalho agora significam esforço extra à noite, eu engolindo as sobras do jantar de Tommy e ninguém para reclamar pessoalmente sobre quão exausta estou.

— Você pegou tudo? — pergunto a Matt, chegando até onde ele está, no corredor. Ele está de costas para mim, embora pareça estar pressionando o rosto em alguma coisa.

Ele se vira, empurrando o que quer que seja para trás das costas.

— É, acho que sim. — Seus olhos estão estáticos e arregalados.

— O que é isso? — pergunto, olhando para baixo. — Nas suas mãos.

— Nada — responde Matt, parecendo culpado para caramba.

Vou até ele, circulando-o pelas costas.

— Um cachecol? — pergunto, pegando-o da mão dele e examinando-o. — O que está fazendo com um cachecol de *mulher*, Matt?

— Eu... eu estava apenas cheirando. Inspirando seu perfume antes de ir... —Ele sorri, encabulado.

— Mas esse cachecol não é meu — rebato, pendurando-o nos ganchos para casacos. — Bem que eu queria, no entanto — acrescento, notando a etiqueta "100% caxemira". — Pertence a Annie, meu amor — acrescento, revirando os olhos.

— Ah... certo — ele diz, pigarreando e parecendo embaraçado. — Não devo voltar muito tarde na quarta-feira — ele acrescenta com Tommy pendurado em sua perna. — Vou tentar sair de lá na hora do almoço.

Eu assinto, me controlando para não revelar o peso em meu coração, porque essa viagem chegou em um momento, de fato, ruim: a primeira vez que nos separamos desde que Gracie nasceu e a casa virou fumaça. E, além de estarmos nos adaptando à vida em Hastings, um lugar em que eu realmente não achava que voltaria a morar, agora estou com Mary e seu filho em casa.

Em teoria, sei que devo aproveitar a companhia e a ajuda extra, e Mary prometeu que mal verei Tyler, porque ele vive enfiado no quarto estudando ou jogando, mas, depois do que encontrei na minha cama, não consigo deixar de me sentir inquieta.

Sigo Matt até a cozinha enquanto ele vai pegar seu *laptop*. Sinto-me ansiosa, com uma sensação muito ruim na boca do estômago.

— Tem certeza de que vai ficar bem? — ele pergunta, colocando Tommy no quadril. — Ei, grandão, você cuida da mamãe, certo? Você é o homem da casa agora.

Tommy agarra seu cabelo, dando uma risada.

— Ai! — Matt grita, fazendo cócegas em nosso filho. — Nada de jogar coisas, gritar ou berrar, OK? Papai quer que você seja um bom menino para a mamãe enquanto estiver fora.

— Isso é difícil para a maioria das crianças de 3 anos — diz uma voz. Matt e eu viramos a cabeça ao mesmo tempo para ver Tyler parado na frente da geladeira, olhando para dentro. Nenhum de nós o ouviu entrar. — Eles não têm controle dos impulsos, e seu comportamento é governado pelo que lhes parece bom no momento, em vez de ter reações racionais e ponderadas ou baseadas nas necessidades dos outros. O pico de densidade sináptica do córtex pré-frontal dele ainda não está totalmente desenvolvido. Claro, muito do comportamento também é resposta aprendida. Se houver uma reação exagerada dos principais cuidadores a um evento, seja positivo ou negativo, isso simplesmente reforça o comportamento da criança para obter uma resposta. E, no caso do seu filho, esse comportamento parece ser regularmente ruim. — Tyler fecha a geladeira e abre o lacre de uma lata de Coca-Cola Zero, virado de frente para nós, mas sem olhar para nós. Quando percebe que não respondemos (ficamos ali de boca aberta), é Tommy quem quebra o silêncio constrangedor gritando "Ca-boca!", que Matt e eu sabemos que significa *cale a boca*, mas, felizmente, não soa muito como isso. — A frustração também desempenha papel importante no comprometimento das habilidades sociais — prossegue Tyler. — Não ser compreendido gera crises comportamentais.

— Hã... Obrigado pelo aviso, Tyler — diz Matt, soltando Tommy no chão enquanto ele se contorce.

Tommy corre até o garoto mais velho, implorando uma Coca-Cola, puxando com força as calças de Tyler. Seus gestos inoportunos logo se transformam em choro de manha, e, quando Tommy chuta a geladeira, Tyler segura o pulso do meu filho, e posso jurar que ele lhe dá um beliscão antes de se virar e sair da cozinha.

— *Quod erat demonstrandum** — ele grita por cima do ombro.

— Meu *Deus* — digo quando ele sai, pegando meu filho no colo e verificando se ele está bem. — Lembre-me de não pedir a ele que explique o funcionamento do controle remoto tão cedo — acrescento, beijando com um estalo o braço do meu filho, até ele começar a rir de novo.

— Tente não se preocupar com ele — diz Matt. — Adolescentes *nerds* podem ser totalmente desagradáveis. Já fui um, não se esqueça. — Ele hesita antes de dizer: — Mas... mas, só por precaução, eu não o deixaria sozinho com as crianças.

Depois de acenarmos para Matt seguindo em um táxi para a estação, Mary desce as escadas.

— Bom dia — ela trina atrás de mim, indo para a cozinha.

Tommy pula para cima e para baixo, ainda gritando "Tchau, papai!" várias vezes, enquanto Gracie chupa seu punho, faminta em meus braços.

— Como você está hoje? — pergunto, tentando soar natural, enquanto a sigo até a cozinha. Não quero que haja clima enquanto Matt estiver fora. Mary vai direto para a lavanderia e pega um aspirador de pó.

— OK, está tudo bem, obrigada — ela responde, embora eu sinta que há um *porém*. — Estou preocupada com Tyler dormindo em um lugar novo. Ele não lida bem com mudanças — ela explica. — Às vezes, perambula à noite, e não queria que ele a incomodasse. Venho dormindo com um olho aberto, outro fechado, nas últimas duas noites.

— Ah... entendo — digo, não apreciando a ideia, ainda mais agora que Tommy está dormindo sozinho. Ele ficaria apavorado se alguém entrasse em seu quarto à noite, sem contar que eu me assustaria se acordasse e encontrasse Tyler pairando sobre mim.

---

* "Como se queria demonstrar", expressão usada ao fim de uma demonstração matemática ou lógica. (N. da T.)

— Ele vai se ajustar depois de um tempo, mas leva alguns meses para se acostumar com um lugar novo.

— Alguns *meses*? — digo de maneira bem abrupta.

— Na pior das hipóteses — Mary me diz, lendo meus pensamentos. — Tenho certeza de que vou encontrar um lugar para nós antes disso.

Enquanto estou lidando com a perspectiva de eles ficarem aqui por tanto tempo, Mary vai até um armário no corredor, ao lado da porta trancada do porão. Uma das primeiras coisas que Annie fez quando se mudou para cá foi converter os grandes porões embaixo da casa em um estúdio de gravação de última geração. E as reformas não foram baratas. Escavar para aumentar a altura do teto, escorar e impermeabilizar, sem falar em isolar completamente o espaço e equipá-lo com aparelhos e instalações profissionais, tudo isso custou tanto quanto minha casa inteira. Sempre me lembro de que Annie vive em um mundo diferente do meu e de Matt — e, de fato, diferente do universo da maioria das pessoas —, e que gastar algumas centenas de milhares em reformas é bem normal em seu círculo. Mas o que amo em Annie é que ela ainda é... bem, Annie. Ainda é aquela mesma alma atrapalhada, barulhenta, amorosa, convicta das próprias opiniões e irritante, criativa e linda que era na escola.

O que me lembra... enquanto Mary começa a limpar a casa, eu me sento para amamentar Gracie e enviar uma mensagem.

> *Só para você saber que o filho de Mary, Tyler, também está hospedado aqui. Uma surpresa! Ele tem 17 anos, parece ter 50, e um cérebro do tamanho de um planeta. Tudo bem para você? Está tudo bem com a casa. Levando as crianças ao parque esta manhã. Envie mais fotos do safári. GAAVSS* bj*

* São as iniciais de "grande amor, amigas verdadeiras, sem segredos". Será repetido ao longo do livro. (N. da T.)

Sinto-me mal por incomodá-la, mas me sentiria pior se ela fizesse objeções. Só quando estou vestindo Gracie com roupas limpas, uma hora depois, enquanto nos preparamos para ir ao parque, é que recebo uma resposta. Mary entra na cozinha e começa a esfregar a pia enquanto eu leio.

Tyler é um bom rapaz, sem problemas! Tá tudo bem por aqui. Almoço na savana. Amor Annie bj

Há uma foto de uma mesa de piquenique coberta com comidas deliciosas, e o Jeep do safári está estacionado ali perto. Ao fundo, as vastas planícies do Quênia, um céu intensamente azul e uma manada de elefantes ao lado de algumas árvores baixas. Há algumas outras pessoas andando ao redor do veículo, provavelmente também devem estar no safári de Annie. Suspeito de que possa ser um passeio para solteiros, mas não investiguei. Apesar da fama e da vida profissional agitada, sinto que Annie anda solitária. Embora ela nunca tenha sentido falta de admiradores homens e muita companhia disponível para uma noite aqui, outra noite ali, ela não tem um relacionamento especial há muito tempo. Sei que isso a deixa triste.

— Veja esta foto da tia Annie — digo a Tommy. — Elefantes! — No mesmo instante, meu filho faz um som de trombeta. Então, com Gracie aninhada na curva do meu braço esquerdo, vou até Mary e mostro a foto a ela. — Achei que você gostaria de ver onde sua patroa está agora.

— Algumas pessoas têm um vidão mesmo, hein? — ela comenta, esfregando a pia enquanto olha para a foto. — E aqui estou eu com minhas luvas de borracha. — Ela ri, olhando para as próprias mãos.

— Nem me fale — brinco também, pensando que Mary não parece me odiar nem ser capaz de sujar minha cama. — Nós só vamos sair um pouco — digo a ela, terminando de arrumar as crianças. — Vejo você mais tarde.

Mary sorri e faz um pequeno aceno. Seus olhos me acompanham enquanto caminho para o corredor com meus filhos. Mas não são seus olhos que arrepiam os pelos da minha nuca. Não. É Tyler quem me causa um sobressalto, com o olhar penetrante em mim de lá, de onde está sentado, no topo da escada, observando-me enquanto coloco Gracie em um dos lados do carrinho de bebê duplo e prendo Tommy em seu assento. Contudo, é o silêncio dele que mais me perturba quando fecho a porta da frente, atrás de nós, fazendo-me olhar para trás a cada minuto, até chegarmos ao parque.

TREZE
GINA

— Foi tão estranho... Ele ficou lá sentado, olhando para nós.

Estou acomodada em um banco do parque, ao lado da área de recreação infantil, conversando ao telefone com Laura, que está quase sem fôlego enquanto pedala, em um de seus intervalos de exercícios, na bicicleta, em seu escritório.

— Parece assustador — ela responde. — E você não tinha ideia de que esse tal filho existia até ele aparecer?

— Não. Mary nunca mencionou que tinha um filho.

— É tão esquisito — Laura diz, ofegante, conforme ecoa meus pensamentos.

— Só rezo para que eles não fiquem muito tempo — falo, mantendo os olhos fixos em Tommy enquanto ele brinca na caixa de areia com outras duas crianças da sua idade, um menino e uma menina. Gracie está dormindo, serena, ao meu lado no carrinho. — O rapaz é muito inteligente, e sinto pena dele, pelo fato de ter um pai abusivo. Mas... — Balanço a cabeça, olhando para o céu por alguns segundos, para tentar colocar em palavras exatamente o que quero dizer. — Ele parece muito interessado nos meus filhos, para ser sincera. Está sempre olhando para Gracie com expressão estranha e intensa nos olhos, e juro que ele tentou beliscar Tommy hoje, mais cedo.

Continuo olhando para o céu, observando as nuvens se acumulando, perguntando-me se devo dizer alguma coisa a Mary. Meu plano é ficar fora de casa até ela terminar o serviço; assim, pelo menos, há mais chance de ela e Tyler estarem no sótão até lá, ou talvez eles até saiam.

Respiro fundo algumas vezes e fecho os olhos, tentando liberar um pouco da tensão. O ar de outono parece fresco e rico em oxigênio, com tantas árvores ao redor. Gracie funga ao meu lado, fazendo-me abrir os olhos outra vez. Ajeito o cobertor para que ela fique aquecida o suficiente e, então, olho para a área de recreação, para verificar se Tommy não está enterrando uma das outras crianças na areia.

Ele não está lá.

— Merda — digo, me levantando. Olho ao redor, tentando localizá-lo, mas, no meu crescente estado de pânico, é como se todas as outras crianças se transformassem nele e ele estivesse em todos os lugares ao mesmo tempo, enquanto também não está em lugar nenhum.

— Gina, você está bem? — ouço a voz de Laura na linha.

— Tommy! — grito. — Tommy, onde você está? — Solto o freio do carrinho e pego minha mochila do banco, jogando-a no assento vazio de Tommy. Então, rodo em torno do perímetro da caixa de areia bem rápido. Há quatro crianças brincando nela agora, e nenhuma delas é meu filho.

— Gina, o que está acontecendo? Você está me assustando — ouço Laura dizer.

— O Tommy... — respondo. — Eu... Eu literalmente desviei o olhar por um segundo, e ele sumiu.

Prendo o telefone na orelha com o ombro e coloco as duas mãos no carrinho conforme o manobro mais em volta da área de recreação, examinando ao redor o tempo todo. Mas não há sinal de Tommy. Eu disse a ele que não descesse no escorregador grande sem mim, e, de fato, ele não está nem perto dali. Nem no trepa-trepa, nem nos balanços, nem nas barras de macaco.

— Merda, Laura, ele sumiu! O Tommy *sumiu*! Tenho que ir... — E encerro a ligação, sem esperar sua resposta. Tenho a sensação de que vou precisar do meu telefone para chamar a polícia. — Com licença, você viu meu garotinho? Um menino de casaco verde, jeans azul, cabelo castanho-claro. Ele tem 3 anos.

Devo parecer louca para as duas mulheres sentadas em um dos outros bancos perto da área de recreação. Elas olham para mim desconfiadas, balançando a cabeça lentamente.

— Não, desculpe — ambas dizem em uníssono, dando uma olhada rápida ao redor. Então, trocam um olhar que diz: *Que péssima mãe...*

Eu me aproximo de várias outras pessoas, mas é a mesma coisa. Ninguém viu Tommy.

— Merda, merda, merda! — grito, me sentindo como se estivesse prestes a ter um ataque cardíaco; meu peito está apertado, e minha pulsação zune em meus ouvidos. De forma lenta e cuidadosa, certificando-me de que não estou deixando de vê-lo em meio ao pânico, examino a área mais uma vez. Há cerca de quinze crianças aqui, todas em idade pré-escolar, considerando que é época de aula, e, com certeza, Tommy não é uma delas.

Então, avisto o caminho que sai do parquinho em direção a uma área escura, sombreada e arborizada, e sei que pareceria o lugar mais convidativo de todos para meu filho. Imagino que ele não deve ter ido muito longe nos poucos segundos em que tirei os olhos dele, por isso parto em direção às árvores em passadas rápidas para procurar entre elas. Se não houver sinal dele na floresta, vou chamar a polícia. E depois Matt.

— Tommy! — grito, enquanto empurro o carrinho pelo caminho em alta velocidade. Gracie se agita e choraminga, sua cabeça está pendendo, mas não consigo parar agora. — Tommy, onde você está?

De repente, minha voz parece perdida, engolida pelas sombras, enquanto me aproximo da borda da floresta; as copas das árvores bloqueiam a maior parte da luz. O ar parece úmido e frio na minha pele.

E, então, vejo algo. Um lampejo de verde vivo. Posso jurar que é da mesma cor do casaco do meu filho, desaparecendo cada vez mais por entre as árvores.

— Tommy, pare, *espere*! — Corro, e o carrinho sacoleja na trilha irregular. — Volte aqui!

Sigo em frente, rezando para avistá-lo de novo, mas não tenho esperança. Paro de correr e, com as mãos afobadas, tiro o telefone do bolso, mal acreditando que minha manhã agradável com as crianças vai terminar comigo chamando a polícia.

Bem no instante em que a operadora atende e diz "Emergência. De qual serviço você necessita?", vejo Tommy surgir de trás de um tronco de árvore. Meu coração se enche de alívio.

Mas, então, sou logo consumida pelo medo de novo, quando vejo a figura masculina segurando com firmeza seu pulso.

CATORZE

GINA

— Tommy! — grito, correndo até ele. — Meu Deus, *Tommy*, você quase me matou de susto! — Eu me abaixo e o pego nos braços, agarrando-o com força. — Você está bem, querido? — Ele faz um som de choramingo quando o aperto. Então, olho para a pessoa atrás dele: Tyler. — O que *você* está fazendo aqui? — Não há como conter a raiva na minha voz.

— Nada — ele responde, olhando para o carrinho com expressão vazia.

— O que quer dizer com *nada*? — guincho, incrédula, ao ver como ele parece despreocupado. — Acho que você sabe que tirar uma criança de 3 anos da mãe sem permissão *não* é correto, não é? O que tem na cabeça? — Não consigo fazer minhas perguntas rápido o suficiente.

— Ele me seguiu — Tyler alega, imperturbável. Um pequeno sorriso se forma em sua boca enquanto Gracie se agita. — É meu lugar especial. Eu faço... Faço coisas especiais aqui.

— E você não pensou em trazê-lo de volta para mim? — Estou tentando não gritar com ele, mas é difícil. Não consigo parar de tremer.

— Não. Eu queria fazer algumas coisas com ele. — Tyler não olha para mim.

Suas palavras e o que elas implicam me deixam enjoada.

— O que... Que *coisas*?

Tyler não responde.

— Que diabos você está fazendo aqui, afinal? Quando saí de casa, você estava sentado na escada.

— Vim fazer uma caminhada.

Quase perco o ar.

— Uma caminhada na floresta perto do parquinho das crianças, onde, por acaso, nós estamos? — Não me importo se ele acha que sou rude ou exagerada. Estou operando na adrenalina. — Que coincidência, não acha?

— Coincidências não são tão raras quanto as pessoas dizem — Tyler começa a falar. — Estatísticas mostram que é da natureza humana perceber...

— Pare...! Pare já com isso, Tyler! Pensei que tivesse perdido meu filho por sua causa! Isso sem dizer que quase tive um ataque cardíaco. Não sei *em que* você estava pensando. — Não consigo dizer o que está passando pela minha cabeça, ou seja, que suas intenções não eram tão inocentes quanto ele está tentando fazer parecer. — Nunca mais faça algo assim, está me ouvindo?

Tyler me encara. Uma expressão de tédio se espalha por seu rosto. Mas ele também parece perplexo, ao mesmo tempo.

— Lamento que você tenha deixado sua vigilância sobre seu filho desandar. E sinto muito que ele tenha me seguido enquanto eu estava caminhando. Nenhum dano foi causado. — Tyler se vira para ir embora.

— *Icom* ele, *icom ele*! — Tommy grita de repente, contorcendo-se freneticamente em meus braços. Como não o deixo descer, ele começa a choramingar. — Quero bala com Tyler, mamãe! Ele disse que posso comer *bala*!

Duas horas depois, minha raiva e meu medo se transformaram em culpa pelo que estou começando a achar que foi uma reação exagerada da minha parte. Depois que Tyler desapareceu na floresta, prendi Tommy de volta no carrinho de bebê, e fomos na direção oposta. Fomos até a orla tomar um sorvete. Sentamos-nos em um banco, observando as ondas espumosas lavarem as pedras e depois afundarem de novo, emitindo um ruído hipnótico conforme a maré gradualmente baixava.

Claro, sondei Tommy para saber se Tyler havia prometido balas como suborno para ele ir com o garoto mais velho para a floresta e perguntei, de forma delicada, se Tyler havia feito algo para machucá-lo, mas meu filho tinha perdido o interesse no assunto havia muito tempo e, em vez de responder, apontou, animado, para as gaivotas, enquanto lambia seu sorvete. Ele estava completamente alheio ao meu pânico.

Tento me convencer de que Tyler estar no parque era, como ele mesmo tentou me dizer, nada mais que coincidência, ainda mais porque eu não havia dito a ele nem a Mary para onde estávamos indo. Então, ele não poderia saber onde estávamos.

A menos que tivesse me seguido.

De nós quatro, era Laura que eu apostaria todo dinheiro do almoço do meu semestre que acabaria ganhando muita grana, em vez de Annie. Mas Laura, que começou o próprio negócio de impressão de camisetas quando tinha uns 15 anos e venceu competições nacionais de debate na escola, e depois foi estudar Direito, acabou em um emprego meio tedioso, mas respeitável, como advogada corporativa em uma grande empresa.

Depois de deixar a escola preparatória sem nenhuma qualificação, pulei de um subemprego para outro (trabalhando num bar, de garçonete; no varejo, em administração de escritório), até que, por fim, consegui um emprego em uma empresa de jardinagem, onde passei alguns anos. Antes de ter Tommy e Gracie, eu estava praticamente administrando esse lugar. E foi onde estava trabalhando quando, completamente por acaso, retomei o contato com Matt. Ele estava passando pela região e resolveu parar para comprar um vaso de planta para a mãe. Fazia anos que não nos víamos.

Do nosso grupo de amigos da escola, Annie foi a única que evitou desmoronar depois que Sara morreu. A boa sorte a pegou pela mão e a conduziu pela devastação, pela culpa e pelos arrependimentos que assombravam a mim e a Laura. Então, não foi surpresa que Laura e eu acabamos como versões menores dos sonhos adolescentes ambiciosos que tínhamos para nós mesmas. As dificuldades emocionais derrubaram nossa vida.

Às vezes, parecia que ainda estávamos tropeçando nos destroços, enquanto Annie estava alheia, vivendo uma vida de luxo. Quanto a Matt e seu grupo de amigos, não tivemos muito a ver com nenhum deles depois da noite da festa. No fim, todas nós seguimos caminhos separados.

— Graças a *Deus* você o encontrou — Laura fala ao telefone quando ligo de volta para ela, mais tarde, para atualizá-la. — Você deve ter ficado muito nervosa.

— Aqueles poucos minutos pareceram minha vida inteira — digo. — Razão seiscentos e quarenta e sete pela qual você é muito sábia em não ter filhos — falo, não a sério, é claro. — Cabelos grisalhos prematuros garantidos.

— Por mais que eu ame seus filhos queridos, estou mantendo minhas mechas louras, muito obrigada. Patrick já tem seu visual *sexy* grisalho e não liga para crianças de nenhum jeito. Graças a Deus.

Dou risada.

— Como está o velhote, afinal? Ainda anda de bicicleta?

— Você pergunta como se fosse algo de que, um dia, ele consideraria desistir. Ele faz trezentos quilômetros por semana.

Por alguns minutos, conversamos sobre Patrick, que também é advogado e dez anos mais velho que Laura, e sua próxima viagem de bicicleta para Lanzarote. Mas, como era previsível, nossa conversa volta para Annie.

— Ela mandou aquela foto do safári com os elefantes pra você? — pergunto.

Laura fica em silêncio por um instante, e não sei dizer se é porque está chateada por não ter recebido a foto ou porque alguém entrou em seu escritório.

— Não, não, ela não mandou — Laura admite. — Vá em frente, me encaminhe. Quero ver.

— Só um segundo. — Toco na minha tela, e os dois tiques azuis aparecem de imediato quando ela abre a foto.

— Parece incrível — diz Laura, soando meio sem graça. — Adoraria fazer um safári na África do Sul.

— Então, você deveria ir — sugiro, sabendo que ela não vai. Laura e eu tivemos essa conversa muitas vezes ao longo dos anos: que ela trabalha muito duro, que raramente tira férias, que poderia ir com Patrick em suas muitas viagens de bicicleta ao exterior. — Mas Annie está no Quênia, não na África do Sul — eu a corrijo.

Outra pausa.

— Tem certeza? — é a resposta de Laura. — O Jeep tem um adesivo da bandeira sul-africana no para-choque e, se você der *zoom*, verá que a placa também tem a mesma bandeira. Dá para ver claramente as cores.

Acho graça.

— Você virou especialista em bandeiras, de repente?

— Você não viu a frente da minha geladeira quando veio aqui da última vez? Está coberta de ímãs de bandeiras que Patrick coleciona de suas viagens.

— Sim, mas não sabia que você tinha decorado todas elas de cabeça.

— Acredite em mim, quando você abre a geladeira dez vezes por dia, essas coisas ficam na sua cabeça.

— Bem, com certeza, Annie está no Quênia, agora — afirmo, confusa. — Ela me contou. Próxima parada: Tailândia. — Reviso suas mensagens, para ter certeza. — Sim, Quênia, sem dúvida.

— Conhecendo Annie, ela provavelmente alugou um jato particular porque ficou sabendo que os animais eram melhores no sul. — Rimos em uníssono. — Ainda não consigo me acostumar a ver o rosto dela na Netflix — continua Laura. — E, outro dia, o Spotify recomendou seu último álbum.

— Quem imaginaria, hein? Nossa Annie. Uma das GALS. — Sorrio com carinho, ouvindo um barulho. — É melhor eu ir. Acho que Gracie está acordando — digo, no momento em que uma ideia me vem à cabeça. — Olha... por que você não vem para a costa e fica aqui por alguns dias? Annie não vai se importar, e será como nos velhos tempos, e...

Paro de falar. Nenhuma de nós quer que seja *como* nos velhos tempos, e sei que Laura está pensando o mesmo por causa do silêncio momentâneo.

— Claro, eu adoraria isso — ela diz de forma burocrática, mas seu tom me diz que é improvável.

Depois de desligar, eu me levanto para ir ver como está Gracie, mas me detenho, de repente, quando vejo Mary parada alguns metros atrás de mim. Não sei quanto tempo faz que ela está me ouvindo.

QUINZE
MARY

— Sinto muito ter que perguntar — digo, tentando parecer sincera.

Gina inclina a cabeça, compreensiva; sua testa vai franzindo cada vez mais conforme lhe falo sobre as mensagens ameaçadoras que tenho recebido do pai de Tyler, sobre como está furioso por eu tê-lo deixado, e que está exigindo saber onde estou. Quando mostro minhas costelas machucadas, contando que ele me jogou contra a parede (uma exibição chocante de verde, amarelo e preto), ela fica boquiaberta ao ver meus machucados. — Não sei mais o que fazer, a realidade é essa — acrescento, para enfatizar.

— Deus, não, está tudo bem, está tudo *bem* — ela assegura, por fim, tirando os olhos do meu corpo judiado enquanto puxa lentamente um lençol, revelando a penteadeira por baixo dele. — Claro que você pode ficar mais tempo. — Ela recolhe o lençol, enrolando-o nos braços. — Morar com sua mãe não é mais uma opção?

E aí está. Uma pequena sondagem reveladora enquanto ela tenta descobrir se eu, de fato, tentei tudo o que estava ao meu alcance para encontrar outro lugar para ficar, porque, quando se trata disso, ela não é lá tão compassiva assim.

Gina olha para mim com ar de expectativa, segurando o bolo de tecido no peito, torcendo-o tanto entre os dedos que quase parece estar firmemente amarrado. Ela não quer que eu me imponha mais que o necessário, isso está claro. Por outro lado, também não quer que eu e meu filho sejamos jogados na rua enquanto um ex-companheiro violento está à minha procura. A culpa seria demais para ela.

Balanço a cabeça.

— Mamãe não tem estado nada bem nos últimos meses. Os médicos estão fazendo o que podem, mas a quimioterapia está cobrando seu preço. A última coisa que quero fazer é despejar todos os meus problemas em cima dela. — Faço uma pausa para causar efeito e deslizo um dedo sob um dos olhos, acrescentando uma fungada no momento certo. Então, respiro fundo e suspiro de um jeito que me faz parecer que estou chegando ao limite, mas estou me esforçando ao máximo para esconder isso. — E eu só... só pensei que permanecer por mais tempo faz sentido, tendo em vista que a quantidade de limpeza aumentou desde que você e sua família se mudaram.

— Hummm, sim, sim, claro... E sinto muito pelo estado de saúde de sua mãe... — Gina perde o fio da meada, franzindo de novo a testa. Quase ouço sua mente trabalhando conforme ela procura motivos que não a façam parecer uma completa filha da puta.

Puxo o lençol que Gina está segurando, deslizando-o de suas mãos.

— Como Tyler pretende ir para a universidade no ano que vem, ele, de fato, precisa de um lugar estável para estudar. Esses quartos do sótão não estavam sendo usados, por isso imaginei que... — Começo a dobrar o lençol, meneando a cabeça e certificando-me de não olhar Gina nos olhos. Então, paro de dobrar e a encaro. — Olha, esqueça o que perguntei. Você já tem problemas suficientes, com um bebê e o incêndio... Você não tem que se preocupar com uma sobrevivente de violência doméstica sem-teto e seu filho. — Estendo a mão e toco seu braço.

Não sei se é a palavra sem-teto ou a menção ao abuso o fator decisivo, ou talvez seja minha mãe doente, mas, de repente, todo o comportamento de Gina muda e, para meu horror (e alegria), ela me dá um abraço.

— *Claro*, Mary. Com certeza, você e Tyler devem ficar o tempo que precisarem, sem dúvida. Não quero ouvir nem mais uma palavra sobre isso. Há tanto espaço aqui em cima que parece bobagem não o usar.

Eu me afasto sem deixar óbvio que a estou empurrando para longe.

— Obrigada, Gina — respondo. — É um alívio saber que não ficaremos ao relento. Assim que eu economizar um pouco, teremos nosso próprio lugar e a deixaremos em paz. Enquanto isso, você nem vai perceber que estamos aqui.

Por trás daqueles olhos escuros, imagino-a pensando no momento em que encontrou Tommy na floresta com Tyler. Não acredito que ele foi tão idiota pegando o garoto daquele jeito e vou conversar com ele mais tarde sobre isso, lembrando a ele de que não deve fazer nada até que eu mande. Não vou deixá-lo estragar tudo. Não quando cheguei tão longe.

— Vou garantir que o quarto de hóspedes esteja limpo e acolhedor para quando sua amiga vier passar o fim de semana — digo a Gina. — Coloquei para lavar os lençóis que sua mãe e seu pai usaram quando estiveram aqui. — Dou um sorriso *doce*.

— Amiga? — ela pergunta, parecendo confusa. Então, a ficha cai quando ela percebe que eu estava escutando sua ligação para Laura, mais cedo. — Ah... sim. Duvido que ela aceite o convite, mas pensei que alguns dias no litoral poderiam fazer bem a ela. — Gina revira os olhos e ri. — Laura é outra *workaholic*, como Annie.

Oh, Gina, sempre a benfeitora, a que agrada as pessoas, apaziguando e acalmando. É quase como se você estivesse tentando se redimir...

— Bem, vamos torcer para que ela venha — falo. O que Gina ainda não sabe é que Laura virá, *sim*, passar o fim de semana. — Annie adora quando a casa está cheia de pessoas... Família, amigos e todos os seus filhos. Ela organiza as festas mais incríveis com seus amigos músicos... Alguns deles são bem famosos. Sessões de gravação regadas a álcool a noite toda no porão não são incomuns. Está tudo silencioso desde que ela foi embora, então estou feliz que você e sua família estejam aqui. O lugar voltou a ter vida.

Gina assente, sorrindo tímida.

— Falando em Annie, você sabe o itinerário dela? Ela está no Quênia agora, não está?

— Sim, ela está *agora* — esclareço. — Ela voou para a Cidade do Cabo e passou alguns dias na África do Sul, primeiro.

— Ah, isso explica... — Gina diz, pegando outro lençol enquanto finalmente começamos a deixar os quartos do sótão mais aconchegantes. Parecia que estávamos acampando nas últimas noites. — Fiquei um pouco confusa com a foto que Annie me enviou hoje de manhã — ela prossegue. — Aquela com os elefantes.

Sei de qual foto ela está falando, aquela com o jipe também.

— Não consigo nem imaginar quanto custa uma viagem dessas — comento. — Levei Tyler ao zoológico quando ele era mais novo, e vimos elefantes lá. Mas não é a mesma coisa.

— Tem gente que leva uma vida boa, né? — Gina diz, colocando o telefone no bolso de novo. Então, ouve o choro da bebê vindo do berço, e Tommy, que está brincando no patamar ali perto, começa a choramingar também, por isso ela me deixa terminar de arrumar os quartos sozinha.

Tiro o pó e abro as janelas para deixar entrar um pouco de ar fresco e, alguns minutos depois, quando sei que Gina está ocupada com as crianças dois andares abaixo, vou até o banheiro ao lado e ergo a blusa, observando meus hematomas, olhando-os de lado no espelho. Então, pego alguns lenços umedecidos do pacote e esfrego tudo para removê-los.

DEZESSEIS
GINA

Decidir dar uma volta e ir até a casa onde cresci parece uma espécie de autopunição, mas espero que seja libertador — enfrentar fantasmas do passado que me assombram desde que chegamos, há pouco mais de uma semana. Além disso, preciso sair de casa.

Sei que não foi tão ruim morar aqui — longe disso, na verdade. Minhas lembranças de crescer à beira-mar são, na maior parte, felizes. Sou filha única, e não éramos ricos, mas também não éramos pobres, e que criança não adoraria ficar na praia com os amigos no fim de semana, mesmo que estivesse chovendo ou ventando forte na maior parte do tempo?

Foi só depois que Sara desapareceu que comecei a ter vontade de ir embora. Annie e Laura também. Então, alguns anos depois, quando mamãe e papai anunciaram que estavam se mudando para o Oeste, para morar ao longo da costa, num apartamento em Eastbourne, percebi que não havia mais necessidade de voltar. Não havia mais necessidade de lidar com os fantasmas. Por longo tempo, eu me isolei de tudo.

Mas então houve uma noite, três anos atrás, que Laura e eu conversamos direto por telefone, depois que soubemos da notícia.

— Ela apenas foi lá e fez — eu disse, assim que Laura atendeu, no primeiro toque.

— Ela sempre disse que faria isso — foi sua resposta.

Annie nos enviou uma foto de algumas chaves soltas entre seus dedos bem cuidados, com um grande pórtico georgiano ao fundo, em nosso grupo de WhatsApp. Foi fácil dar *zoom* e ver a placa ao lado da porta da frente: Genoa House, Wessex Square.

Embaixo, ela apenas escreveu a mensagem: *Por você, mamãe bj*

Ela sabia que entenderíamos.

Quando éramos adolescentes, nunca imaginamos que Annie cumpriria sua promessa de infância para a mãe, mas agora ela tinha feito isso. Embora a mãe tivesse morrido quase quinze anos antes, sem nunca ter visto a única filha se tornar famosa e virar cantora e atriz premiada, o que lhe permitiu comprar a casa que a mãe sempre sonhara em ter.

Não conseguíamos entender por que Annie fizera isso, pois sua mãe não estava mais aqui para morar na casa. Ou por que motivo, de todas as belas casas que Annie poderia ter comprado em qualquer lugar do país, ela havia escolhido essa.

Não entendíamos por que ela queria voltar.

"Adoraria morar em um lugar como aquele. Adoraria", lembro-me de Marjory Stone, mãe de Annie, dizer em várias ocasiões, enquanto caminhávamos pela praça, passando em frente ao que ela chamava de "casas de gente elegante", no trajeto para a praia. Ela era uma mulher alegre, e sempre havia hordas de crianças em sua casa para brincar. Nunca permitia que alguém saísse com fome; sempre nos alimentava com alguma comida que ela havia assado de manhã, antes de nos levar para brincar na praia.

— Quando eu for uma atriz famosa, mamãe, compro pra você. Você poderá ter uma empregada doméstica, um cachorro, e tudo mais — Annie dissera, uma vez.

— Ah, não, não. Se tivesse uma casa grande como essa, eu mesma teria prazer em limpar cada centímetro dela. Seria uma honra — Marjory respondera.

Todas essas lembranças do passado estão correndo pela minha mente enquanto convenço Tommy a comer seu jantar. Gracie cochila no meu braço, entorpecida de leite materno; sua cabeça pende, e as pálpebras caem. Eu a coloco com cuidado no carrinho e, com toda delicadeza, visto-lhe seu pequeno casaco.

— Nós vamos sair — digo a Tommy em voz baixa. — Ar fresco e uma caminhada antes do banho são exatamente o que o médico recomenda.

— Seu filho está doente? — questiona uma voz do topo da escada conforme calço os sapatos em Tommy.

— Ah... não — respondo, olhando para cima. — É apenas uma expressão. — Tyler desce e para em pé ao meu lado. A pele do meu pescoço formiga. — Significa que é bom pra gente — acrescento, pois ele parece não entender.

— Posso ir com vocês?

Concluo que é melhor saber onde Tyler está que arriscar que ele nos siga e me assuste no crepúsculo. Mary saiu, então também é preferível que ele vá a deixá-lo aqui sozinho, dando-lhe a chance de bisbilhotar nossas coisas enquanto Matt ainda está fora.

— Claro — digo a ele, imaginando que posso lhe mostrar o que vou mostrar a Tommy também.

A rua onde morei, quando criança, não fica muito longe da Wessex Square em linha reta, mas, hoje em dia, demora mais a chegar, porque os novos apartamentos construídos do outro lado do terreno abandonado atrás da Genoa House acabaram com a possibilidade de nos esgueirarmos pela área, como costumávamos fazer quando éramos crianças, embora nossos pais não soubessem. Descer a encosta da colina, onde ficava a modesta casa de seixos da minha família, e cortar caminho pelo terreno comum, como era sempre chamado naquela época, constituíam um atalho tentador para a praia... mas um atalho que meus pais haviam me avisado a nunca pegar.

Papai contou histórias assustadoras sobre exibicionistas e "homens maus" perambulando entre os arbustos secos para me fazer desistir de atravessar a área. A ideia de alguém abrindo a capa de chuva, colocando a mão em concha sobre minha boca e me arrastando para trás de uma árvore me aterrorizava, embora eu ainda passasse furtiva, de vez em quando, por ali, praticamente prendendo a respiração, até chegar ao outro lado.

Enquanto caminhamos, dou uma espiada no carrinho para ver como está Gracie. Tommy não se sente feliz por ficar preso em seu lado do carrinho.

— *Qué saí! Qué saí!* — ele resmunga, chutando o apoio para os pés.

— OK, Tommo, espere — digo, parando para soltá-lo. É provável que só andará um pouco antes de implorar para voltar, mas ele vai acordar Gracie desse jeito. — Segure minha mão, seja um bom menino. — A rua é muito mais movimentada hoje do que costumava ser.

Aperto os dedos do meu filho, mas ele começa a choramingar de novo, afastando-se de mim.

— *Segurá* mão do Tyler... — ele grita, soltando minha mão antes de colocá-la entre os dedos estendidos do menino mais velho.

Estou prestes a protestar, ainda mais depois do que aconteceu no parquinho, mas sei que Tommy já está à beira de um acesso de raiva, e minha insistência vai levá-lo ao limite.

— Não se preocupe — assegura Tyler, lançando-me um olhar de soslaio que não sei como interpretar. — Vou segurar firme.

Assinto para ele enquanto caminhamos, certificando-me de ficar entre meu filho e a rua. Não me lembro dos carros passando por aqui tão rápido quando éramos crianças.

— Tyler, sua mãe contou para você que a patroa dela e eu crescemos aqui juntas? — pergunto, tentando sobrepor minha voz acima do barulho do trânsito. — E nossa outra amiga, Laura, também. Éramos muito próximas, todas nós. — Dou uma risada estranha, sem saber mais sobre o que conversar. Sinto-me mal por não mencionar Sara, mas não quero ter de explicar o que aconteceu. — Tyler apenas concorda com um aceno de cabeça, olhando para Tommy ao seu lado, com meio-sorriso no rosto. — Aquela era a minha casa — falo alguns minutos depois, apontando para uma casa geminada enquanto nos aproximamos. — Não mudou muito.

— Gato! — Tommy grita de repente, apontando para um bichano malhado sentado em um muro do outro lado da rua.

Estou prestes a lhe contar sobre o gato cinza que tínhamos, mas meu coração salta para a boca quando Tyler diz:

— Vai lá acariciar o gatinho.

Antes que eu possa impedi-lo, meu filho está correndo em direção à rua, com os braços estendidos.

— *Pare!* Tommy... *Não*!

Abandono o carrinho na calçada e disparo atrás de Tommy enquanto ele sai para a faixa da pista, com os carros transitando em alta velocidade, à medida que um desvia e outro buzina alto. Avanço, agarrando o capuz do casaco de Tommy, puxando-o, para livrá-lo do perigo, bem a tempo.

Nós dois caímos de costas na calçada enquanto uma van enorme passa em alta velocidade. Uma rajada de vento ecoa em meus ouvidos, e fico tremendo no chão.

— Oh, meu Deus, oh, meu *Deus*... — Estou chorando sobre os cabelos do meu filho, pressionando meu rosto contra o dele. Sinto-me a pior mãe do mundo, confiando em Tyler para manter Tommy seguro. Ergo os olhos, pronta para dar uma bronca séria nele, mas sou acometida por outra explosão de adrenalina.

— Droga, o *carrinho*! Pegue o carrinho! — grito para Tyler, que agora está pairando sobre mim. Sentada na sarjeta com Tommy, é como se estivesse congelada enquanto o vejo rolando devagar em direção à via. Consigo me levantar, segurando Tommy com firmeza, enquanto corro atrás de Tyler, que, graças a Deus, agarra o carrinho a poucos centímetros do meio-fio. — Céus!

— exclamo, tremendo conforme aperto o freio do carrinho. — *Onde* você estava com a cabeça dizendo ao Tommy que acariciasse o gato? — Nem quero ouvir a resposta à medida que prendo meu filho de novo no assento.

— Não falei isso — ele diz em voz monocórdica. — Disse que ele *não* podia acariciar o gato. Você me ouviu mal. A culpa não é minha se seu filho...

— Pare com isso! — digo, virando-me para encará-lo. Respiro fundo várias vezes, tentando me acalmar. — Tyler, por algum motivo, você parece ter a intenção de machucar meu filho, e estou farta de suas desculpas. Apenas fique longe de nós, OK?

— Mas você está errada. Eu...

Levanto a palma da mão para ele.

— Vamos continuar andando antes que eu faça algo de que vá me arrepender. — Eu o encaro possessa, tentada a empurrá-*lo* para a rua, embora consiga controlar minha raiva apertando a alça do carrinho até os nós dos meus dedos ficarem brancos. Tyler dá de ombros. Apenas tira o celular do bolso e fica olhando para a tela como se nada tivesse acontecido.

— Olha, Tommy — continuo, ainda tremendo, enquanto me inclino para o carrinho. — Esta é a casa onde a mamãe morava quando era garotinha.

Para minha surpresa, Tommy ergue os olhos, sorrindo e apontando.

— *Aqueia* casa? — ele pergunta, enfiando um dinossauro de brinquedo na boca.

— Sim, querido. E aquela janela lá em cima era onde ficava o quarto da mamãe. — Sorrio para ele, ainda tremendo com o susto que tomei, pouco antes.

Outro arrepio percorre meu corpo quando me lembro de que, na adolescência, eu costumava experimentar maquiagem e penteados naquele mesmo quarto... *esperando que ele me notasse*. Lembro-me em detalhes exatos do que vesti naquela noite fatídica: minissaia jeans, camisa xadrez sem mangas amarrada na cintura, sutiã com enchimento e botas de *cowboy* prateadas de salto alto. Meus cabelos estavam penteados para trás em um rabo de cavalo apertado que balançava de um lado para o outro quando eu andava.

Parada aqui fora, agora, quase consigo visualizar a mim mesma saindo furtivamente pela porta da frente, meus pais alheios enquanto assistiam à TV, com xícaras de chá.

— Vejo vocês de manhã... — gritei, hesitante, fechando a porta da frente atrás de mim.

Antes, eu os havia enganado dizendo que o pai de Annie ia me pegar e nos levar ao baile da escola, que eu ia ficar na casa dela, depois. Eles não tinham motivos para não acreditar em mim, sobretudo porque eu havia alegado a mesma coisa no fim do ano anterior, fingindo ir a uma festa no clube juvenil, quando, na verdade, tinha ido à festa de Ano-Novo de Matt. As mentirinhas inofensivas não me pareciam tão ruins.

Andei o mais rápido que pude, sentindo-me animada. Eram quase nove da noite, e, como era o fim do semestre de outono, já fazia algumas horas que havia escurecido. Eu estava louca por Matt — todas nós estávamos... e também estávamos ansiosas para dançar e relaxar. Era quase o fim do semestre, e eu tinha ouvido falar que haveria muita bebida.

Tínhamos apenas 15 anos.

Mas, naquela noite, não havia baile na escola. Também não havia muita bebida nem dança. E, no fim da noite, nosso mantra GALS de *grande amor, amigas verdadeiras, sem segredos*, de alguma forma, se transformou em um nó doentio de ódio, traição e mentiras.

DEZESSETE
GINA

— Oh...! — digo, parando na porta do nosso quarto.

Mary se vira assustada, mas logo recupera a compostura.

— Sinto muito por invadir seu espaço, Gina — ela diz calmamente, embora eu perceba a leve contração em sua mandíbula. Ela puxa o cabelo louro-acinzentado para trás, colocando os fios sedosos atrás da orelha, e continua a vasculhar a pilha de roupas usadas empilhadas no banquinho da penteadeira. — Estou procurando meias sem par — ela alega, de costas, agora, enquanto sacode de forma espalhafatosa cada par de calças de Matt que ele deixou ali nos últimos dias. Ele não é o marido mais organizado do mundo.

— Onde vão parar todas essas meias sem par? — brinco, rindo e entrando no quarto. Mas meu humor é apenas um disfarce, pois o fato de Mary estar em nosso quarto fora do horário de trabalho e não usar seu uniforme está me dando uma sensação estranha no estômago. — Olha, eu cuido disso — falo, juntando a roupa suja que ela parece tão decidida a explorar. — Não precisa se preocupar com nossas roupas.

— Mas lavar as roupas está no meu contrato com Annie — ela responde, virando-se para mim. Seus olhos se dirigem para o volume de panos em meus braços. — Incluindo as roupas dos hóspedes da casa. É importante que eu cumpra meus deveres.

— É sério, não precisa — insisto, dando alguns passos para trás, enquanto Mary se aproxima de mim, parecendo decidida a colocar as mãos em nossas roupas sujas. As coisas que Matt usou em nossa casa no fim de semana ainda estão lá; o cheiro forte de fumaça sobe pelas minhas narinas. — Para ser sincera, Annie não vai se importar — continuo. — Vou resolver isso de manhã, mas preciso mesmo colocar Tommy e Gracie na cama agora. — Jogo as peças no cesto de roupa suja e vou até a porta do quarto, segurando-a aberta para que Mary entenda a deixa e vá embora.

Ela vai, mas só depois de uma pausa momentânea, murmurando outro pedido de desculpas antes de caminhar descalça pelo carpete e subir o segundo lance de escadas até seu quarto, no sótão, olhando-me de soslaio enquanto parte.

— Não tinha nada faltando, então acho que ela não estava querendo nos roubar — explico a Matt por telefone, mais tarde. Ainda assim, decido não contar a ele o que encontrei no chão do nosso quarto logo depois que Mary subiu para o quarto dela.

Meu sangue gelou quando vi, e ainda estou tentando descobrir o que significa.

— Bem, não nos sobrou muita coisa para roubar — brinca Matt. Por mais que tentemos nos distrair com outras coisas, o incêndio está sempre presente lá no fundo de nossa mente. E, embora os investigadores responsáveis tenham feito seu trabalho de maneira minuciosa, revirando a casa de alto a baixo para descartar a possibilidade de incêndio criminoso, sei que Matt quase preferiria que *tivesse* sido proposital.

Do jeito que as coisas estão, acho que o incêndio foi todo culpa dele.

Mal consegui absorver o que o policial disse quando explicou os resultados da investigação.

— Essas fotos ilustram melhor o que aconteceu — disse ele, apontando para uma parte ampliada do nosso teto carbonizado. — Pode acreditar, a luz do seu corredor foi onde o fogo começou. Estou surpreso que não tenha iniciado antes, para ser franco.

Matt ficou sentado, totalmente imóvel, por alguns minutos; mal respirava. Expliquei ao policial que, embora tivéssemos testado rápido a luz do teto depois que Matt a instalou, ainda não a tínhamos usado, pois preferíamos acender a luz da mesa do corredor, quando escurecia.

As cento e cinquenta libras que economizamos por não esperar algumas semanas a visita de um eletricista acabaram nos custando nossa casa.

Por fim, Matt deixou a cabeça pender entre as mãos.

— Merda... — ele murmurou. — Instalei a luz. É minha culpa a casa ter pegado fogo.

A expressão no rosto do bombeiro era solidária quando comentou:

— Só sejam gratos pelo fato de não estarem todos lá em cima, dormindo, na hora que aconteceu.

Estremeci ao pensar em todos nós presos em meio ao fogo. Não se passou um dia sem que eu não tenha agradecido a Laura por nos convidar para ir à casa dela naquela noite, oferecendo um quarto para que passássemos a noite lá.

— Bem, talvez Mary, de fato, estivesse apenas procurando meias sem par — Matt sugere ao telefone, agora. — Às vezes, as coisas são tão simples quanto parecem ser.

— Talvez — digo, em silêncio por um instante, pensando se deveria contar a ele o que descobri em nosso quarto depois de colocar as crianças para dormir. — O estranho é que encontrei...

Mas paro de repente. Não quero preocupá-lo. Não enquanto ele estiver viajando a trabalho. Ele só vai se preocupar conosco e voltar mais cedo, e não quero que coloque esse trabalho em risco. É um contrato importante, que pode levar a muito mais trabalho se esse projeto der certo. Precisaremos demais do dinheiro se quisermos ampliar nossa casa enquanto ela está sendo consertada. E, sendo agrimensor, Matt não pode se dar ao luxo de perder o foco, o que tornou a conclusão do investigador um golpe ainda mais duro de aceitar.

— Apenas não entendo — Matt disse várias vezes em nosso quarto de hotel naquela noite. Gracie estava inquieta, e Tommy parecia estar com o diabo no corpo. Tudo em nossa vida parecia errado, fora de controle, no limbo. — Não estamos falando de ciência espacial, mas, sim, de conectar uma luminária a um ponto existente. Já fiz isso várias vezes antes. Como fui errar tanto, caramba?

Graças a Deus, estávamos totalmente cobertos pelo seguro. Poderíamos ter pagado um aluguel de longo prazo, mas estávamos lutando para encontrar um lugar e, então, surgiu a oferta de Annie, de sua casa à beira-mar. A princípio, nós dois estávamos cautelosos em aceitar, mais Matt que eu. No entanto, quanto mais eu pensava nisso, mais fazia sentido.

— Fica a uma hora e meia de carro da nossa casa — Matt resmungou. — Vai dificultar muito o monitoramento do progresso das obras. E realmente não quero ficar... *em dívida* com Annie, se não fizer diferença para você.

— Annie está mais que feliz em ajudar — lembrei a ele, mostrando suas mensagens efusivas. — Ela é uma das minhas amigas mais próximas, Matt.

— Sim, *sua* amiga mais próxima — ele retrucou. — Vai ser estranho ficar na casa dela sem ela, sem mencionar o fato de estar em Hastings. Não gosto da ideia.

Não seria fácil para nenhum de nós, mas, uma hora, venci Matt pelo cansaço, convencendo-o de que passar alguns meses perto do mar seria ótimo para as crianças, isso sem contar que viveríamos um tempo em uma casa muito luxuosa. Então, determinada a deixar os fantasmas do passado guardados a sete chaves na minha mente, enviei uma mensagem a Annie e aceitei.

— Desculpe... você encontrou o quê? — Matt diz agora ao celular em meio a um bocejo, retornando ao que eu tinha começado a dizer a ele.

— Ah, nada — respondo com um bocejo recíproco, mudando de assunto e contando-lhe, em vez disso, que havia levado as crianças para uma caminhada, para ver minha antiga casa, embora decida não mencionar o episódio sobre Tommy correndo para a rua, nem dizer que a culpa tinha sido de Tyler. Ele iria me culpar por ser irresponsável, e com razão.

Depois de nos despedirmos e desligarmos, coloco meu telefone para carregar. Então, olho para o que encontrei no chão, embaixo do banquinho da penteadeira, mais cedo. Chamou minha atenção quando estava pegando uma toalha molhada; meu coração acelerou quando percebi o que era. Mas, então, Matt me ligou.

Eu o viro várias vezes, entrelaçando a corrente manchada entre os dedos. Os elos de metal de latão estão cobertos de lama, e o pendente está manchado de ferrugem. Quando comparo com meu próprio colar, colocando as duas metades do pendente lado a lado, as bordas em zigue-zague se encaixam para formar um coração completo.

No lado em que há um banho dourado sobre o latão, que agora está desbotado, há uma gravação: *Melhores Amigas*. Uma palavra em cada metade do colar da amizade. Fazia muitos anos que não via o lado escrito *Amigas*, que faz par com o meu, em que está escrito *Melhores*. Acho que desde que todas nós ainda estávamos na escola, juntas. Nós quatro tínhamos dois colares idênticos entre nós, uma metade de um pendente de coração cada. Um símbolo do GALS para consolidar nossa amizade.

Alguns anos antes, quando lhe perguntei sobre o colar, Annie admitiu não saber mais onde estava o dela. Assim como Sara, ela tinha uma metade escrito *Amigas*. E Laura disse que sua metade *Melhores* deveria estar em uma antiga caixa de joias, em algum lugar, embora não tivesse certeza.

Será que sou a única que guardou meu pendente esse tempo todo, carregando-o como um amuleto da sorte, usando-o no pulso, mantendo-o seguro mesmo depois que o incêndio consumiu a maioria dos nossos pertences?

Olho para a corrente. O pendente deve ser de Annie; de alguma forma, deve ter ido parar no chão do quarto, mas não consigo imaginar por que está tão enferrujado e coberto de lama.

Vou até a janela, contemplando o jardim dos fundos, e olho para a terra coberta de mato, lá atrás. Mal consigo acreditar que já faz quase vinte e cinco anos que Sara morreu. Então, Mary volta a povoar meus pensamentos. Como a peguei bisbilhotando aqui, fico imaginando que esse colar era o que ela estava procurando.

DEZOITO
O PASSADO

Gina não pretendia convidar Matt para um encontro, mas era isso ou admitir que o estava espionando.

Mortificante.

Ela teve uma intuição de que ele havia começado a namorar alguém e queria muito descobrir quem era. Desvendar a concorrência. Não admitiria às outras que estava bisbilhotando, mas teria prazer em dar a notícia: *Oh, meu Deus, você nunca vai adivinhar que... Matt Dalton está saindo com fulana de tal... Eu os vi e... e...*

Bem, talvez não fosse um prazer *de verdade*. Estava mais para desolação. Na realidade, todas elas ficariam arrasadas e começariam a planejar, de imediato, um modo de separá-lo de quem quer que fosse. Gina suspeitou de que fosse Katie Johns, da classe de Matt. Ela tinha ouvido alguns amigos dele comentando algo sobre a garota, que ela havia flertado com ele e estava andando atrás dele como um rabo de cometa. Além disso, havia rumores de que Matt tinha recebido alguém em casa na tarde de sábado enquanto os pais estavam fora. Com uma sondagem meio sutil e cílios postiços piscando de um jeito inocente, Gina induziu o amigo de Matt, Evan, a contar onde Matt morava, sob o pretexto de deixar livros de matemática para um projeto em que estavam trabalhando juntos.

Então, lá estava Gina, escondida atrás de um arbusto no jardim da frente da casa de Matt, esperando conseguir evidências de que Katie Johns estava dentro da casa com ele. Talvez ela os visse pela janela da sala de estar, ou talvez testemunhasse Katie saindo, o par se beijando na porta. Mas, tal como aconteceu, ela não viu nenhuma dessas coisas.

Precisava desesperadamente ir ao banheiro e, depois de ficar agachada atrás do arbusto por, pelo menos, uma hora e meia, estava cansada, com frio e entediada, e tinha quase se convencido de que talvez não gostasse tanto assim de Matt. Estava claro que ele não gostava de nenhuma *delas*.

A costa parecia livre, por isso Gina deixou a cobertura do esconderijo meio agachada, meio correndo, apressando-se em direção a um carro estacionado na entrada.

A porta da frente se abriu quando ela estava no meio do caminho entre o arbusto e o carro.

— Gina? — uma voz gritou.

Ela congelou. Então, se virou. Matt estava parado na porta. A expressão em seu rosto passou de atordoamento para um sorriso torto e constrangido.

— Oi. — Ela fez um pequeno aceno.

— O que está fazendo aqui? — Ele parecia perplexo, mas também divertido. Vestia jeans e uma camiseta preta desbotada, e os cabelos pretos, cacheados e desgrenhados denunciavam que havia acabado de sair da cama. Os pés estavam descalços, e, por algum motivo, Gina percebeu que ele tinha dedos muito longos.

— Eu... só vim para... bem...

Merda.

O que ela deveria dizer? Não esperava ser pega com a boca na botija, por isso não havia preparado nenhuma desculpa inteligente. Procurar seu gato não colaria, porque ela morava em outro ponto da cidade, então ele não poderia estar zanzando por ali. E ela não podia alegar que estava entregando panfletos ou jornais, porque não tinha nenhum com ela. Então, disse a primeira coisa que lhe veio à mente.

— Vim convidar você para sair — ela anunciou com um sorriso forçado e o coração batendo forte. — Para um encontro. Você gostaria de sair comigo, Matt? — Ela levantou a cabeça e caminhou em direção à porta, sabendo que ele diria não, mas, pelo menos, isso o impediria de chamá-la de perseguidora bizarra e lhe daria uma razão para estar lá. Ela riria ao se lembrar disso com as outras meninas, mais tarde, mas ao mesmo tempo morreria por dentro. Sentiu um rubor escarlate queimar as bochechas enquanto rezava para que o chão a engolisse.

Então, alguém apareceu na soleira da porta, ao lado de Matt. Uma garota. Uma garota que não era Katie Johns.

— *Sara?* — Gina exclamou. — O que *você* está fazendo aqui?

Sara disse alguma coisa ininteligível e olhou para Matt, com expressão nervosa no rosto.

Gina não entendeu o que era, então se aproximou, cada passo seu tão hesitante quanto um felino se aproximando da presa. Embora, nesse momento, ela se sentisse mais como a presa caminhando para uma emboscada.

— O que você disse, Sara? — ela perguntou. Seu tom soou acusatório, embora ela não quisesse que soasse dessa forma. Gina ficou chocada ao ver uma das melhores amigas, uma das GALS, parada ali ao lado de Matt, olhando para ele com adoração. Pelo menos, ela achava que era isso. Sara parecia... de alguma forma, nervosa, quase reticente, como se preferisse estar em qualquer outro lugar. Gina ficou ainda mais chocada quando baixou os olhos e viu os dedos deles entrelaçados. Adeus, *sem segredos*.

— Estou com Matt — Sara repetiu baixinho. Ela olhou de novo para ele e sorriu, um sorriso desconfortável, como se não tivesse certeza do que queria. — Tudo bem, Gina?

Já era uma bênção o fato de Sara não perguntar o que ela estava fazendo ali, forçando-a a repetir que tinha ido convidar Matt para sair, mesmo que não tivesse. Ela teria se enrolado e morrido ali mesmo no caminho para a garagem. Em vez disso, ela disse:

— Vocês dois estão... — ela sacudiu um dedo entre eles — juntos, tipo... *juntos*?

Se eles já estavam se encontrando, por que Sara não disse nada, caramba? Ela era uma das GALS, afinal, e sabia como todas se sentiam a respeito de Matt; as quatro falavam sobre ele sempre, imaginando que alguma delas poderia ter uma chance, buscando maneiras de fazê-lo perceber a existência delas. Elas compartilhavam tudo. *Sem segredos, porra.*

No entanto, ali estava Sara, com uma mentira. Traindo todas elas na surdina.

Gina engoliu a sensação de mal-estar subindo pela garganta. Essa era uma traição do pior tipo, e ela não gostou nem um pouco. As outras ficariam pasmas.

Sara sorriu constrangida quando Matt envolveu sua mão na dele. Ele se aproximou mais dela e disse, parecendo meio desconfortável:

— Ainda é cedo para afirmar qualquer coisa. Mas, sim, acho que estamos juntos... — Meio tímido, ele deu um beijo no topo da cabeça de Sara, como se quisesse provar isso.

Por algum motivo, Gina achou que Sara parecia meio desanimada com sua resposta vaga, apesar do beijo.

— Vim estudar — declarou Sara, quase tendo que gritar para que sua voz alcançasse os dois metros aproximados entre ela e Gina. Seu rosto se iluminou quando ela olhou para Matt.

— E vocês já... *estudaram* muito? — Gina balançava de um pé para o outro, sentindo-se incapaz de acreditar que tinha acabado de perguntar isso. No entanto, se é que havia algo de bom a ser colhido dessa situação excruciante, pelo menos ela tinha eliminado a pressão de ter de explicar por que espreitava entre os arbustos, convencida de que estava prestes a encontrar evidências de que Katie Johns era a nova namorada de Matt. Ela nunca esperaria tal desfecho nem em um milhão de anos. Quão errada poderia estar?

Como nenhum deles respondeu, para quebrar o silêncio, Gina disse:

— Bem, você é uma caixinha de surpresas, não é, Sara Shaw? — O casal trocou um olhar de cumplicidade, e isso fez Gina se sentir tola, como se estivesse perdendo uma amiga e também toda a esperança de ter uma chance com Matt. — Divirtam-se, então — ela disse, fazendo uma pequena saudação, virando-se para ir embora.

Enquanto caminhava pela estrada, Gina conteve as lágrimas que começaram a se formar. *Dobre a esquina antes de chorar.* Suas unhas cravaram nas palmas das mãos.

— Gin — Sara gritou. — Gin, espere. — Gina parou no meio do caminho e olhou devagar para trás. — Não conte às outras sobre isso, está bem? — ela continuou, de repente, conseguindo falar num tom mais forte. — Ainda não.

Gina assentiu de maneira discreta antes de se afastar de novo. Quando chegou ao fim da rua, mordeu a manga da jaqueta jeans e gritou com todas as forças.

Annie estava esparramada na cama de Gina, com as pernas para cima e os braços bem abertos. Tocava Britney no CD player, no volume máximo. Sem dúvida, se a mãe de Gina chegasse em casa agora, mandaria diminuir o volume. Graças a Deus, o pai dela estava no galpão consertando alguma coisa. Um típico sábado à tarde no subúrbio. Que estava prestes a ser arruinado com essa notícia.

— Estou me sentindo mal — disse Gina.

— Conte-me de novo exatamente o que aconteceu. — Annie sentou-se, rangendo o maxilar enquanto extraía o sabor do chiclete. Tomou um gole da lata de Coca-Cola que estava sobre a cômoda ao lado da cama. Ainda não conseguia acreditar. — Gina repetiu a história. Pela décima vez. — E eles estavam, sem sombra de dúvida, sabe, juntos? A Sara? A *nossa* Sara?

— Poxa, Annie... É como se eu não a tivesse reconhecido.

Elas estavam patinando sobre o mesmo assunto durante a última hora. Ligaram para a casa de Laura, a fim de chamá-la para que fosse até lá, mas ninguém atendeu. Então, lembraram-se de que ela e a família tinham viajado no fim de semana para visitar uns primos ou algo assim.

— Amo a Sara, amo *de verdade* — disse Annie. — Mas... mas *ela* com Matt? Você sabe do que estou falando, certo? — Ela soltou um suspiro lentamente, incrédula.

Ambas as garotas ficaram olhando para o carpete, cada uma se sentindo uma vadia por pensar o que estava pensando. Mas estavam se sentindo traídas. Apunhaladas pelas costas. Achavam que seus pensamentos eram justificados.

— Antes de qualquer coisa, ela deveria ter nos contado. Ela faz parte das GALS. Tipo... o que aconteceu com *sem segredos*, não é?

Essas palavras desencadearam seu aperto de mão secreto, feito com pouco entusiasmo, enquanto roçavam os nós dos dedos e entrelaçavam os dedos um a um. Suas mãos despencaram de novo sobre a cama.

Grande amor, amigas verdadeiras, sem segredos, o mantra pelo qual as quatro viviam. E, ainda assim, quão facilmente a traição de Sara se deu?

— Eu a odeio por isso, mas ainda a amo também — declarou Gina. — É isso que torna tudo tão difícil.

— Existem outros garotos no mundo — observou Annie, sem emoção.

— Mas não outro Matt Dalton — respondeu Gina. — Pelo menos, você vai beijá-lo na peça. E, de qualquer maneira, essa não é a questão. Sara mentiu para nós por omissão.

Annie levantou-se e foi até onde estava o CD player para mudar a faixa.

— O que você acha que vai passar pela minha cabeça, agora, quando tiver que dar o beijo no palco? — Annie se virou, com as mãos nos quadris. — Pois vou dizer... que nossa suposta melhor amiga Sara Shaw enfiou a língua venenosa lá, primeiro. *Puta merda.* — Ela bateu o pé.

Gina foi até Annie e deu um abraço nela, apoiando a cabeça em seu ombro. Elas balançavam juntas no ritmo da música que Annie tinha colocado para tocar, a letra emotiva sobre corações partidos e primeiros amores.

— Posso contar um segredo? — Gina sussurrou, sem ousar olhá-la nos olhos. Ela sentiu Annie concordar com a cabeça. — Sou muito apaixonada por Matt há séculos.

Uma risada.

— Entre na fila.

— Não, mas, tipo... apaixonada *mesmo*. Eu achava, de verdade, que ele sentia o mesmo por mim. Você sabe, os sinais que eu estava recebendo.

— Sinais? — Annie se virou, segurando Gina à distância de um braço, para que pudesse ver seu rosto. Ela ergueu o queixo de Gina e viu as lágrimas em seus olhos. — Oh, Gin — ela disse, puxando-a para abraçá-la.

— Eu me sinto tão idiota. — Gina soltou um soluço, percebendo como os ombros de Annie, de repente, ficaram mais tensos que antes.

— Olha, deixe Sara se divertir, está bem? — disse Annie. — Todas nós sabemos que a vida dela em casa está meio ruim agora, sem mencionar que ela ficou doente no fim do último semestre e na maior parte das férias de verão. Isso pode dar a ela o incentivo de que precisa. E sinto muito por soar como uma filha da puta... — ela baixou a voz —, mas nós duas sabemos que não vai durar. — As duas trocaram um olhar.

— Falou como uma verdadeira amiga — Gina disse, rindo, enquanto passava um dedo sob os olhos para enxugá-los, tomando cuidado para não borrar o rímel. — E você está certa, é claro. — Ela sorriu, decidindo não contar a Annie que estava literalmente preparada para fazer *qualquer coisa* para se livrar de Katie Johns ou de quem quer que fosse a namorada misteriosa de Matt, quando espreitou do lado de fora da casa dele, naquele dia, mais cedo.

DEZENOVE
GINA

— Bom dia, querida!

A princípio, não consigo identificar de onde vem a voz. Examino as janelas dos fundos da casa de Annie, de onde estou pendurando roupas para secar, no jardim (tendo, por fim, convencido Mary de que cuidarei da lavagem das roupas da minha família), mas não há sinal de Mary nem de qualquer outra pessoa me chamando.

— Oh, oi! — respondo, com a mão na testa, protegendo os olhos do sol, quando, de repente, vejo uma cabeça balançando sobre o muro do jardim. A mulher, de sessenta e poucos anos, deve estar se equilibrando em algo do outro lado do muro que separa Genoa House da casa ao lado. De outra forma, seria alto demais para espiar por cima. Dou a ela um sorriso simpático e me viro para continuar pendurando os pijamas de Gracie.

— Ela raramente está aqui, aquela lá — continua a mulher. — É uma pena que ela nunca tenha tempo para se sentar no jardim. — A mulher, usando um chapéu cáqui camuflado, estilo exército, parecendo totalmente deslocado, assentado sobre o rosto pálido suavemente empoado e com batom pêssego, gesticula com a cabeça em direção à casa. — Annie — ela acrescenta quando lhe lanço um olhar interrogativo.

— Ah... entendo. — Dou outro sorriso. — É o preço da fama, acho. Ela viaja muito. — Pego um dos vestidinhos de algodão de Gracie.

— Ela é famosa? — De repente, a mulher agarra as pedras de arremate do muro, como se o que querem que estivesse pisando tivesse acabado de oscilar. Então, parece ficar ainda mais alta; talvez tenha subido outro degrau em uma escada, revelando que está usando um macacão jeans com camisa branca por baixo, com a gola levantada em volta do pescoço.

— Atualmente, sim. Esteve em todo tipo de coisas ao longo dos anos, incluindo papéis principais em alguns lançamentos cinematográficos de sucesso. Você viu a última temporada do drama dela na Netflix? É uma comédia de humor negro chamada *Left Field*, e ela arrasa.

— Minha praia são os livros — a vizinha revela. — E jogo *bridge* três noites por semana. — Então, ela segura uma tesoura de poda e corta o ar algumas vezes. — Gosto de vir para o jardim quando o tempo está bom. Faz bem para as articulações.

— Pensei em aproveitar o tempo seco também — respondo, apontando para o varal.

— Tem um bebê em casa? — ela pergunta, observando as roupas minúsculas.

— Sim, uma garotinha, Gracie, e Tommy, que tem 3 anos.

— Você vai ficar muito tempo?

— Ficaremos aqui algumas semanas — conto, sem querer entrar em detalhes sobre o motivo.

— Que bom, querida. Billy e eu sempre quisemos ter filhos, mas Deus nunca nos abençoou. — Ela solta um suspiro profundo. — Billy não conseguiu... — ela confessa, num tom melancólico, decidida a não revelar o histórico médico do marido, algo pelo qual sou grata. — Estas casas foram construídas para famílias. — Ela olha para os fundos de sua propriedade, a alvenaria brilhando em castanho-avermelhado e dourado na luz do início do outono. Seus olhos se demoram na janela do sótão do último andar. Sigo seu olhar e, por um instante, acho que avisto um rosto por trás do vidro (talvez seja Billy nos observando), mas deve ter sido o sol ou um reflexo, porque não há ninguém lá, agora. — Bem, é bom ver a Genoa House sendo usada. Repleta de sons animados, para variar. Aquela governanta dela nunca falou muito comigo nas poucas vezes em que a vi. — A mulher faz som de desaprovação e revira os olhos.

— Está falando de Mary?

— É esse o nome dela, é? Nós nos cruzamos uma ou duas vezes na frente de casa, e eu disse olá, mas tudo o que recebi de volta foi um olhar rude antes que ela se afastasse rápido. — A mulher faz uma pausa para recuperar o fôlego. — E você pode dizer a ela, por mim... — ela faz uma pausa para balançar um dedo sobre o muro —, não pense que não percebo o que ela anda aprontando nos fundos a qualquer hora do dia ou da noite. — Então, ela aponta para o pedaço de terra abandonado atrás dos jardins. — Billy e eu ficamos de olho nas coisas por aqui, sabe? Podemos estar envelhecendo, mas não somos cegos.

— Ah, é? — digo, a curiosidade levando a melhor. — O que quer dizer com *aprontando*?

Se Mary está envolvida em coisas duvidosas, tenho o direito de saber. Afinal, ela está morando com meus dois filhos pequenos. Então, eu me lembro de que encontrei o portão do muro dos fundos aberto, outro dia, quando Mary levou meus filhos para a praia sem permissão.

— Procurando — a mulher diz em voz baixa, com os dedos agarrando as pedras de arremate, enquanto se inclina sobre o muro. — Ela fica com a cabeça baixa e continua sua caçada, vasculhando em todos os arbustos, usando uma lanterna depois de escurecer. — Então, a mulher dá de ombros. — Ela não fez isso nos últimos dias.

— Entendo — digo, sem saber se estou aliviada ou meio decepcionada pelo fato de ela não ter flagrado Mary realizando um ritual de sacrifício ou se encontrando com um traficante de drogas. Annie não toleraria nenhuma bobagem e demitiria Mary na mesma hora. Sinto vergonha por desejar que ela perdesse o emprego, mas preferiria que só estivesse nossa família morando aqui. — O que ela estava procurando? — Já decidi que vou dar uma olhada lá fora quando as duas crianças estiverem tirando a soneca da tarde. O monitor da bebê funciona onde estou agora, então espero que alcance um pouco mais.

— Não tenho ideia — diz a mulher. — Mas vou ficar de olho nela, com certeza. Há algo errado com ela. Quando você chega à minha idade, simplesmente fareja as coisas. Sou Bridget, a propósito. — Ela estende a mão sobre o muro, e vou até ela, esticando-me para cumprimentá-la. Sua pele é fria e fina como papel, seus dedos longos são fortes e ágeis.

— Meu nome é Gina — eu me apresento, de forma cordial. — E meu marido se chama Matt. Ele é agrimensor de prédios comerciais e está fora a trabalho agora, mas volta amanhã. Você precisa conhecê-lo.

— Eu gostaria disso — afirma Bridget, puxando a aba do chapéu para baixo. — Por que vocês dois não vêm tomar café da manhã na quinta-feira comigo? Que tal dez horas? Meu marido adora crianças, então traga-as também. E você pode me contar tudo sobre minha vizinha famosa.

E, assim, a mulher da casa ao lado se abaixa atrás do muro de novo, e, logo depois, ouço o *snip snip snip* de sua tesoura de poda, embora seja abafado de imediato, quando o choro estridente de Gracie soa pelo monitor, invadindo o ar.

VINTE
MARY

Assim que ela abre a porta, entro. De cabeça baixa. Não consigo dizer nada gentil enquanto deslizo de lado por ela, no corredor estreito da casa geminada de dois cômodos no andar de cima e dois cômodos no andar térreo, da minha mãe. A porta suja de PVC rígido abre direto para a rua. Eu me lembro de que, quando era criança, ficava deitada no chão, com o rosto colado ao capacho, observando as sombras dos pés das pessoas passarem por baixo da fresta da velha porta de madeira que tínhamos naquela época. Então, eu voltava correndo para cima, quando *ele* chegava em casa.

— O que houve com você? — Minha mãe enche a chaleira e acende um cigarro. Empurra a parte superior da janela da cozinha para abrir, soltando para fora a fumaça. — Você parece chateada.

— Perdi o colar.

Ao ouvir isso, ela solta uma risada e sopra fumaça para dentro do aposento. Uma nuvem tóxica ondula ao meu redor.

— Descuidada — ela critica, torcendo a tampa de meia garrafa de vodca sem marca. — Você acabou de encontrá-lo. — O rosto da minha mãe se enruga enquanto ela toma um gole. Com certeza, não é sua primeira bebida do dia. Ela se serve daquela garrafa, como se fosse um gotejador, vinte e quatro horas por dia, sete dias por semana.

Fecho os olhos o suficiente para me ver vasculhando freneticamente o quarto de Gina, para o caso de tê-lo deixado cair quando estava lá, então me vejo pega em flagrante.

— Vou recuperá-lo — asseguro, sem me preocupar em explicar que ele deve ter ficado preso em uma pilha de roupas, de alguma forma, enquanto eu estava fazendo meu trabalho idiota. Ela me diria que sou *inútil, um desperdício de espaço, uma perdedora...* provando que todos os nomes dos quais ela e meu pai costumavam me chamar ainda são verdadeiros.

Minha mãe dá outra tragada no cigarro e solta uma tosse seca. Isso se transforma em risada.

— Você sempre foi estúpida. Peça ao Ty que procure — ela diz, como já era previsível, embora eu seja invulnerável à dor agora; as palavras escorrem por mim sempre que ela as atira. — Ele vai encontrar.

— Gostaria que você parasse com tudo isso — declaro, olhando para a garrafa e para o cigarro dela. — Você vai ter câncer de pulmão ou insuficiência hepática.

Minha mãe dá outra risada insana.

— Meus órgãos resistiram por setenta anos, Mary, minha querida. Não são eles que vão me mandar para o túmulo. — Seus lábios se contorcem em um sorriso desagradável, desencadeando dentro de mim um sentimento que há muito aprendi a bloquear. Uma habilidade que me fez sobreviver ao passar dos anos.

Seria essa a maneira *dela* de superar também? Acompanhar tudo o que aconteceu, fechando os olhos, negando tudo? Eu deveria odiá-la, excluí-la da minha vida, planejar um assassinato pelo que ela permitiu que acontecesse.

Mas não o faço. Como eu, ela foi vítima. Ela simplesmente não viu na época. Não importa o que tenha acontecido, ela ainda é minha mãe.

— Não se preocupe com o colar — digo a ela, minimizando o problema. — Essa é a menor das minhas preocupações agora. Estamos na casa, pelo menos.

— E quanto ao... você sabe? — Minha mãe dá um tapinha na lateral do nariz. Cautela é sua marca registrada.

— Vai ficar tudo bem — garanto-lhe com a voz trêmula, embora não deixe transparecer que o que fiz me mantém acordada à noite, suando em um emaranhado de lençóis em meio a pesadelos nos quais a polícia vem, me algema e me joga na parte de trás de um camburão. No último pesadelo, fui empurrada para uma cela de prisão bem ao lado do meu pai. Tyler estava gritando, dizendo que eu o decepcionei, que me odeia, que nunca mais quer me ver. A verdade é que ele é tudo o que me resta.

— Você não parece segura — minha mãe retruca. — Ou está tudo bem ou não está.

Assim, num estalar de dedos, volto por um buraco de minhoca, para quando, aos 9 anos, estava parada nesta mesma cozinha, minha mãe pairando sobre mim com um cigarro pendurado na boca e uma espiral de fumaça subindo. Ela cerrava os olhos o tempo todo por causa disso.

— Ou aconteceu ou não aconteceu. — Seus polegares estavam enganchados nos passantes do cinto da calça jeans larga de *hipster*, o formato dos seios empinados e sem sutiã visíveis sob o tecido da blusinha colete, e o cabelo louro ondulado a tornavam muito diferente das mães das minhas amigas, que usavam saias conservadoras e trabalhavam como secretárias ou enfermeiras. Minha mãe era bonita, mas também era feia. Se não fosse pelo veneno dentro dela, seria de chamar a atenção. Do jeito que as coisas estavam, era apenas meu pai que tinha olhos para ela, para sua *Pammie*. Bem, para ela e todas as outras para quem ele tinha olhos, embora ela fosse sua favorita. Ela foi a única que lhe deu filhos.

Seu interrogatório continuou até eu chorar, voltar atrás e realmente acreditar que tinha imaginado tudo, como ela estava insistindo em me fazer acreditar. Ela me forçou a confessar que tivera um pesadelo. Que eu devia estar enganada a respeito do sangue entre minhas pernas, que não havia nenhum homem na minha cama, que tudo deveria ser esquecido. Era mais fácil para ela lidar com isso dessa forma.

— Eu disse que está tudo bem — repito agora, recuando enquanto levo uma baforada de fumaça no rosto. — Está tudo saindo conforme o planejado. — Abro minha jaqueta jeans, por baixo da qual está minha bolsa a tiracolo. Tiro três notas enroladas de vinte libras e as entrego para minha mãe. Quase me mata dar-lhe o dinheiro, pois não tenho muito sobrando, mas para ela é só isso que interessa. Dinheiro. Dinheiro para cigarros, para bebidas, para caça-níqueis e para bingo. E abro a carteira como um pai dando mesada ao filho. Ela não sobreviveria de outra forma. — Abro a porta enferrujada da geladeira. — Céus — digo, recuando enquanto olho para dentro. Retiro um bloco de queijo com círculos verdes de mofo crescendo nele e, da mesma forma, jogo fora um pacote aberto de bacon que sei que está ali há pelo menos dois meses. — Você está comendo?

Minha mãe dá de ombros.

— Val vai passar por aqui. Vamos comer batatas fritas. — Ela apaga o cigarro em um pires perto da pia.

— Você viu Dennis recentemente? — pergunto, embora não queira falar sobre meu pai.

— A passagem é cara. — Ela olha para minha bolsa. Como a otária que sou, tiro mais quarenta libras e entrego a ela.

— Vá vê-lo — digo, sabendo que as visitas à prisão a mantêm ativa. — E compre comida extra esta semana com o que sobrar. Você perdeu mais peso. — De alguma forma, ela parece curvada e mais baixa também, e há mais áreas calvas no cabelo grisalho e pegajoso, manchado de nicotina.

— Obrigada, querida — ela agradece, enrolando as notas e colocando-as no bolso do moletom, a parte de cima de um conjunto esportivo surrado, que juro que ela tinha desde quando eu era criança. — Vou mandar um "oi" seu para seu pai.

Fico olhando para ela, então respondo:

— Por favor, não faça isso.

VINTE E UM

GINA

Eu não pretendia levar Tommy comigo na minha missão de reconhecimento esta tarde, mas, ao que parece, ele tem sexto sentido. Em geral, não consegue manter os olhos abertos depois do almoço, e sempre tira um cochilo, mas hoje é como se tivesse ingerido açúcar ou conseguisse operar a máquina de café, porque está pulando pela cozinha com seu avião de brinquedo e mais acordado que nunca.

— *Avilão* caindo! — ele anuncia, jogando o brinquedo de plástico na superfície polida da mesa de jantar cara de Annie.

— Eu disse para *fazer de conta* que tem um aeroporto, Tommo. Você vai arranhar as coisas legais da tia Annie brincando desse jeito. — Inspeciono o tampo da mesa, estremecendo ao ver algumas linhas opacas no brilho. Mas depois resolvo isso. Enquanto Gracie está tirando uma soneca em seu carrinho no escritório, quero dar uma boa olhada no local para ver se consigo descobrir o que Mary andou fazendo, aproveitando a oportunidade enquanto ela e Tyler estão fora. — Pegue suas galochas, Tommy — digo, mas acabo pegando-as no corredor eu mesma, com o monitor da bebê. Assim que ele está acolchoado com casaco e botas, eu o levanto e o apoio no meu quadril, mas ele se contorce, tentando se jogar no chão, até que eu o convenço dizendo que vamos procurar fadas, além de suborná-lo com um biscoito de chocolate.

Lá fora, o portão na extremidade do jardim bem-cuidado de Annie, que leva ao campo comum, precisa de um puxão para abrir, mas acaba cedendo.

— *Plocular* fadas — Tommy murmura, lambendo o chocolate do biscoito enquanto o carrego.

— Isso mesmo, garotão. Mantenha os olhos abertos. — Como descobri outro dia em meu estado de pânico, não há muito o que ver ali além de ervas daninhas, arbustos, algumas árvores secas e anos de abandono. Saindo direto do portão, há uma espécie de trilha, onde a vegetação rasteira foi devastada e pisoteada. Sigo as ervas daninhas amassadas, indo mais para dentro do terreno comum, imaginando que foi Mary quem deve ter aberto esse caminho. — Alguém andou fazendo uma fogueira, olha — digo, avistando a área enegrecida em uma pequena clareira. — Talvez tenham sido as fadas. — Digo qualquer coisa para manter Tommy interessado.

A trilha me leva a um local mais distante da casa de Annie, embora eu esteja aliviada em ouvir o fungado ocasional de Gracie ainda vindo pelo monitor de bebês. Seguimos em direção a várias árvores retorcidas, amontoadas, com um aglomerado de arbustos espinhosos abaixo. Para onde quer que eu olhe, vejo um gramado alto, na altura do meu joelho, ressequido e curvado, ou arbustos intransponíveis bloqueando meu caminho.

— Fadinhas! — Tommy grita no meu ouvido, me fazendo dar um salto. Ele estica a mão, apontando, deixando cair o biscoito sobre as ervas daninhas. Então, começa a chorar, contorcendo-se para descer.

— Espere, vamos procurar juntos — peço, mas é tarde demais. Tommy, que está mais forte a cada dia, empurra o corpo contra mim; então, sou forçada a soltá-lo e a deixá-lo deslizar até o chão. Ele aterrissa sobre os restos do biscoito, o que desencadeia um lamento estridente que imagino que todos na vizinhança consigam ouvir.

No entanto, mal estou consciente da crise de choro do meu filho, porque, embora não sejam fadas o que Tommy tinha avistado, com certeza beira ao surreal.

A um canto do terreno comum, envolto pelas folhas secas esvoaçantes de uma pequena bétula prateada, está o que parece, à primeira vista, algum tipo de santuário. Bandeirinhas de pano desbotadas de diversas cores pendem dos galhos mais baixos da bétula, algumas delas emaranhadas e rasgadas, balançando com a brisa. Embaixo da árvore, alguém isolou uma área circular de cerca de um metro e meio de diâmetro com tijolos velhos, colocando-os de ponta a ponta e formando uma curva irregular. E ao redor deles há uma borda decorativa de seixos dispostos de modo cuidadoso.

— Que bizarro... — sussurro, segurando a mão de Tommy com firmeza enquanto nos aproximamos. Ele ainda está chorando sobre o biscoito caído. — Você pode ficar com o pacote inteiro quando voltarmos — digo a ele. — Deixe a mamãe olhar isso por um momento. — Como ele continua a reclamar, emito um suspiro forçado, mais alto. — Oh, Tommy, *olhe*! Pegadas de fadas! — Isso funciona, e ele segue em silêncio ao meu lado, encantado, olhando para o chão e andando meio agachado, enquanto nos aproximamos do que, de forma estranha, se assemelha a algum tipo de gruta abandonada. — Se você ficar bem, *bem* quietinho, conseguiremos ver algumas fadinhas — eu lhe asseguro, para que mantenha a calma. De maneira milagrosa, funciona.

Dentro do círculo fechado com tijolos, há um velho toco de árvore, e o chão ao redor dele foi limpo de modo que a terra aparece nua, abaixo. De forma estranha, há trechos cobertos de cascalho miúdo, disposto em pilhas aleatórias, com algumas pétalas de flores silvestres não identificáveis espalhadas aqui e ali, e as pétalas parecem estar frescas. Algumas ervas daninhas brotaram do solo, mas, então, avisto um pequeno monte de dentes-de-leão e cardos arrancados ao lado, como se alguém os tivesse arrancado pouco tempo antes.

— É a casa das fadinhas — diz Tommy, apontando de novo. Ele está certo. O velho e retorcido toco de árvore no centro do círculo, na altura do joelho, tem fendas e buracos suficientes para abrigar uma população inteira de fadas.

Antes que eu consiga impedi-lo, Tommy larga minha mão e entra no círculo, agachando-se em frente ao tronco, espiando dentro dele. Ele enfia a mãozinha em um dos buracos, colocando o braço nele, até chegar ao cotovelo.

— Você viu uma fada? — pergunto, aproximando-me dele, tomando cuidado para não atrapalhar nada. A área toda está me dando arrepios, e eu não ficaria surpresa em ver crânios de bodes pendurados nos galhos acima de mim ou símbolos pagãos esculpidos no tronco da árvore.

— Aqui! — Tommy diz, tirando algo do tronco e o segurando. É o toco de uma vela de cerca de sete ou oito centímetros de altura com pavio queimado. — Mais! — ele grita, animado por invadir a casa das fadas.

— Não, espere — falo, agarrando sua mão enquanto ele está indo colocá-la no buraco de novo. — Mamãe vai fazer isso — digo, já esperando mais um ataque de birra. Mas Tommy permanece calmo. Não quero que ele tenha contato com apetrechos de drogas, considerando os tipos que costumavam ficar aqui. Não vou arriscar e permitir que meu filho seja picado por uma agulha.

Coloco a mão em um dos buracos maiores na base do tronco podre e vou tateando e procurando algo com os dedos. No início, tudo que sinto são folhas podres e lama, mas, conforme vou mais fundo, encontro algo que parece duro... e plano. Assim que consigo alcançá-lo, eu o puxo e o arranco do buraco, limpando a lama e a terra em sua superfície.

Franzo a testa, olhando para a moldura prateada escurecida, de apenas cerca de sete por dez centímetros, com o vidro rachado e uma velha fotografia dentro. Passo os dedos para limpá-la, revelando uma foto desbotada de uma adolescente.

— Meu *Deus*... — sussurro, ofegante, quando vejo seu rosto. Então, a pequena moldura cai dos meus dedos e despenca sobre o chão.

VINTE E DOIS
GINA

A*tenda, pelo amor de Deus, atenda...* Estou prestes a enviar uma mensagem quando ela atende.

— Caramba! Cinco chamadas perdidas? Acabei de sair de uma reunião. O que houve?

Agora que consigo falar com ela, não sei por onde começar. Desenterrar coisas sepultadas há tanto tempo não é uma perspectiva que estou apreciando.

— Encontrei a Sara — digo num rompante, o que provoca silêncio do outro lado da linha.

Depois de uma pausa, ouço:

— *O quê?*

— Ela estava enterrada... não, *oculta*. Num terreno comum. É assustador pra caramba, tipo... com velas, bandeirinhas e flores, mas tudo parece bem antigo. Isso é um bom sinal, certo? — Eu me ouço ofegando enquanto meu coração bate duas vezes mais rápido que o normal. — Estava imunda. Coberta de lama.

— Gina, acalme-se — Laura responde. — Não tenho ideia do que você está falando. O que quer dizer com *encontrou* a Sara? — Sei que seu pensamento imediato será chamar a polícia... Sei que devemos entrar em contato com a justiça. Relatar isso. Contar tudo a eles. Reabrir o caso.

— Na verdade, não *ela*, é claro. Eu... eu encontrei uma foto. Uma foto antiga de *Sara*.

— Pelo amor de Deus, Gina. Achei que você estivesse dizendo que...

Ouço vozes ao fundo; então, o som de uma porta se abrindo e se fechando, saltos estalando no concreto. Pássaros cantando. Tráfego de carros. Ela saiu de onde estava.

— Tirei uma foto dela. — Alguns toques, e a foto já está no telefone de Laura, com dois tiques azuis aparecendo de imediato, quando ela a visualiza. Ouço-a expirar, assobiando de leve entre os dentes da frente. — É ela, não é?

— Que Deus a tenha — Laura sussurra. — Seu rostinho.

— Você confirma que é ela, então? Quer dizer... a foto está desbotada. Está suja. Esperava que você fosse dizer que eu estava imaginando coisas. Que era outra pessoa.

— Não. Não! É ela, sim.

— O que faremos? — Ando de um lado para o outro na cozinha, de olho em Gracie, que está no bebê-conforto observando Tommy brincar, enquanto também estou de olho na porta da frente, caso Mary e Tyler voltem. Ninguém mais pode escutar essa conversa. Daí, conto a Laura que encontrei o colar enferrujado no chão do meu quarto. — Então, isso significa que é o pendente de Annie ou... — Eu me calo.

— Ou de Sara — Laura completa.

— Sim — confirmo.

— Olha, como você está na casa de Annie, provavelmente é dela, certo? Essa seria a resposta mais sensata.

— Por que você continua me *dizendo* isso? — Então, Matt me vem de novo à mente. Como sinto falta dele... Como queria que ele estivesse aqui, agora. Embora eu não queira contar a ele nada sobre isso, pelo menos me proporcionaria um par de braços fortes para me apoiar até que eu descubra o que fazer. Mas não preciso disso agora, porque Laura explica exatamente quais devem ser meus próximos passos.

— Certo! Você vai mandar uma mensagem para Annie. Pergunte a ela onde está o colar dela. Diga que estar em Hastings fez você se sentir emotiva e você quer uma foto dos colares reunidos... ou algo assim. Se você o encontrar onde ela disser para procurar, então teremos um problema... tipo... de onde diabos veio esse *outro* colar?

— Mas, se eu não encontrar o colar de Annie — observo —, mesmo assim, ainda não teremos avançado. Pode ser... ou pode *não* ser dela. Além disso, eles são bastante comuns e idênticos.

A mensagem não expressa que paira entre nós diz que não é tão simples quanto esperávamos; que o colar de Annie, se *estiver* nesta casa, não estará enferrujado nem coberto de lama, como se estivesse do lado de fora durante anos. Em vez disso, estará enfurnado em algum lugar, emaranhado em uma caixa de joias velha ou algo parecido. E não ser capaz de encontrá-lo não significa que ele não esteja em algum lugar da casa nem me aproxima de uma explicação.

— Gostaria que nunca tivéssemos aceitado nos mudar para cá — digo, ainda andando de um lado para o outro. — Gostaria que nossa maldita casa nunca tivesse pegado fogo. — Bato o punho contra a coxa.

— Eu sei, eu sei. Você passou pelo inferno, Gin. E não é surpreendente que fantasmas estejam surgindo. Eu também sentiria arrepios. É compreensível.

— Venha para cá, Laura — digo de repente. — Venha e fique. Tipo... neste fim de semana. Você pode? *Por favor*?

Silêncio.

— O trabalho está meio corrido agora — Laura responde, por fim. — Falando nisso, preciso voltar para a reunião. Meus peitos serão servidos em uma bandeja se eu não voltar.

Mais um pouco de súplicas minhas sobre ela vir para ficar, que Laura acolhe com um embaraçado *talvez*, então ela vai embora, a linha fica muda. Envio uma mensagem para Annie no mesmo instante, enquanto Tommy atira um trem de brinquedo nas portas dobráveis, Gracie choraminga e se contorce, e um cheiro de fralda suja chega até mim.

> *Oi, Annie, tem alguma ideia de onde seu colar da amizade das GALS pode estar? Estou me sentindo muito emotiva, então adoraria reunir as duas metades. Insta gold lol. GAAVSS bj*

Acontece que raramente posto algo no Instagram, e Annie sabe disso. Uso o aplicativo, sobretudo, para espioná-la e acompanhá-la, para ser franca; além disso, sigo algumas contas sobre criação de filhos e alimentação saudável, o que invariavelmente me faz me sentir inadequada, por causa da minha casa bagunçada e das refeições prontas, embora eu prefira muito mais bagunça a ruínas queimadas. Então, minha mensagem para Annie provavelmente vai gerar perguntas, embora eu só vá lidar com elas quando for preciso.

Vinte minutos depois, estou empoleirada na ilha da cozinha ainda olhando para o meu telefone enquanto espero a resposta de Annie, quando a porta da frente se abre, e meu coração dispara. Mary e Tyler estão de volta. Ouço suas vozes e as risadas preenchendo o corredor.

Passam-se duas horas antes de eu receber uma resposta de Annie.

> *Nossa... o colar pode estar em qualquer lugar. Não o vejo há anos. Provavelmente, eu o perdi na mudança. Desculpe. Tá tudo bem aí no acampamento-base? Bjs e abs*

Num impulso, aperto o botão de chamada em nossa conversa do WhatsApp e ouço o toque em meu ouvido tão claramente... como se ela estivesse na mesma rua, não em um safári no Quênia.

Como ela não atende, desligo. Então, vejo Annie digitando.

> *Desculpe, não posso falar agora, estou saindo para uma caminhada. Tente achar meu colar no meu* closet. *Prateleira de cima, caixas cheias de recordações sentimentais bj*

Já é alguma coisa, pelo menos. Um lugar para começar. Subo a escada e paro no patamar da suíte de Annie, do lado de fora, consciente de que Mary entra lá com regularidade para verificar as coisas, tirar o pó e regar as plantas. Além do som de Tyler clicando de modo frenético nos botões em seu console de jogos no quarto do sótão, não ouço nenhum outro barulho vindo do andar de cima. Não tenho ideia do que Mary faz sozinha, enquanto está lá, em seu quarto. Ela nem tem uma televisão à qual assistir.

Prendendo a respiração, giro a antiga maçaneta de latão da porta do quarto de Annie, olhando para dentro de forma cautelosa. O carpete felpudo cor de marfim está recém-listrado, por causa do aspirador, o que me preocupa, pois não posso deixar pegadas. No entanto, penso: por que me preocupar tanto com o que Mary acha? Afinal, ela é paga para arrumar tudo, e tenho uma mensagem de Annie para provar que ela não se importa que procure o colar. Contudo, apesar disso, ainda parece que estou bisbilhotando.

Vou direto para o *closet*, sentindo o leve cheiro do perfume de Annie (suave e floral), assim como o dos lençóis recém-lavados. Tudo no quarto está arrumado e perfeitamente no lugar, e a roupa de cama de linho e a colcha de veludo dão aparência de hotel de luxo.

No *closet*, abro uma das portas com espelho e dou de cara com araras de roupas cuidadosamente penduradas e separadas por cor. Um universo à parte do meu pequeno quarto em casa. Como anseio dormir lá com o guarda-roupa de pinho desajeitado que Matt e eu dividíamos, suas poucas camisas e calças de trabalho lutando por espaço contra meus achados de lojas de pontas de estoque...

Na ponta dos pés, mal consigo alcançar a prateleira de cima. Sorrio ao ver todos os chapéus de Annie lá, a maioria deles guardada em caixas redondas listradas, tipo embalagem de doces. Ela sempre se vestia com estilo, mesmo quando éramos crianças na escola e contávamos com apenas algumas libras de mesada por semana. Seu guarda-roupa beirava o teatral, abarrotado de achados de brechós que ela mesma personalizava.

— Talvez esteja aqui — digo a mim mesma, avistando uma caixa de sapatos surrada que parece deslocada entre as outras coisas de Annie. Estico-me ainda mais, meus dedos mal conseguindo deslizá-la para a frente da prateleira, mas, de repente, ouço um grito estridente bem atrás de mim, me fazendo derrubar a caixa no chão, e seu conteúdo se espalha aos meus pés.

Meu coração dispara enquanto me viro; meus olhos se fixam nos olhos de Mary por uma fração de segundo, antes que ela bata a porta do *closet.*

— Que *diabos...*? O que você está fazendo? — grito, correndo e agarrando a maçaneta, puxando-a com força enquanto ouço a chave girando na fechadura do outro lado. Puxo e empurro e grito e bato, mas não adianta, a porta não se move. Mary me trancou lá dentro.

VINTE E TRÊS
O PASSADO

Gina, Annie e Laura haviam organizado um encontro secreto — sua própria ocorrência e a exclusão de Sara quebraram de imediato a regra de ouro das GALS: *sem segredos*. As três estavam sentadas em um banco à beira-mar, congelando e tremendo de frio, apesar de estarem envoltas em casacos. Os narizes pingavam em meio ao vento cortante que varria o calçadão, e seus ombros estavam erguidos para proteger as orelhas.

— Ela literalmente *morreria* se soubesse que estamos fazendo isso. Vocês sabem como ela é sensível. — Annie puxou o chapéu para baixo, sobre as orelhas, e encarou o mar agitado como bronze, fixando o olhar no horizonte.

— Sara guardou segredo primeiro — Laura observou. Sempre a única a considerar os dois lados de uma discussão. Ela juntou os longos cabelos castanhos com uma das mãos, deslizando um elástico ao redor deles com a outra, de modo hábil. — Então, ela não tem direito de nos censurar por nos encontrarmos sem ela.

Gina observou uma gaivota pousar na grade entre elas e a praia de cascalho, as asas marrons e salpicadas, pensando que Laura soava mais como alguém de 25 anos, não de 15. Se *havia* alguém que sabia o que queria da vida era Laura, assim como conhecia o caminho para chegar lá: qualificações acadêmicas avançadas que a preparariam para a universidade, para a faculdade de Direito; um emprego de primeira em uma empresa de uma cidade grande. Tudo conforme as regras para Laura Draper.

Quanto a Annie, Gina sabia que tinha seus planos firmemente fixados no palco, as visões futuras iluminadas por um holofote de longo alcance. Sem dúvida, seria uma jornada tortuosa e de construção de caráter para chegar lá, repleta de decepções e autoaversão, vício em álcool e drogas, enquanto viveria em um bairro habitado por outros atores e estudantes de artes.

Até Sara estava se resolvendo, agora. Ela sempre fora inteligente, de modo discreto, apesar de todos os problemas que tinha em casa — não que elas soubessem muito sobre eles, porque nenhuma das GALS jamais havia sido convidada para ir à casa dela. De forma curiosa, porém, elas suspeitavam de que era por *isso* que Sara era aluna nota A: porque se agarrava aos estudos como se fossem uma boia de salvação. Embora ela não soubesse o que pretendia fazer quando saísse da escola, sua inteligência lhe dava opções. E, como sua família não tinha dinheiro, provavelmente ela conseguiria bolsas de estudo e financiamento para ser auxiliada ao longo do caminho.

Ah, e isso sem mencionar que Sara agora tinha o garoto mais gato e popular da escola como namorado. Tinha isso. *Tinha isso, droga.*

Gina olhou para a gaivota idiota enquanto ela ciscava em torno de seus tornozelos, quase admirando sua bravura. Ela sabia que, se tivesse comida, a maldita coisa estaria em cima dela, investindo contra ela com seu bico ganancioso. Certa vez, uma gaivota lhe tirou um saco inteiro de batatas fritas num mergulho rasante. Sara, que estava junto, ofereceu as próprias batatas fritas para Gina, sem hesitar.

— Podemos dividir — ela disse. Sara, sempre gentil.

Sara, gentil e mentirosa.

— Acho que não devemos fazer nada — Laura continuou. — É a nossa *Saz*, afinal. Sorte dela, que fisgou Matt Dalton. Embora... — Laura se deteve, com expressão de dor no rosto. — Odeio ser a única a dizer isso, mas não acho que vá durar.

— Tarde demais, já dissemos. — Annie olhou para o mar, com o queixo nas mãos. O sol estava baixo no céu, marcando o horizonte com uma linha branca e incandescente que brilhava sobre as águas cinzentas. — Se ela quer ficar com Matt, deveria investir mais nela mesma, vocês sabem. Nos cabelos e na maquiagem, para começar.

— Talvez pudéssemos ajudá-la — Gina sugeriu, enxotando a gaivota para longe conforme ela se aproximava. — Dar uma repaginada nela. — Seus ombros estavam curvados, e ela tinha uma sensação de vazio na boca do estômago, como se nada mais tivesse sentido agora que Matt estava fora do mercado.

— Eu amo a Sara, claro que amo — Laura afirmou. — Mas tem algo tão... transparente nela. Sabe? — Maldade não era a praia dela, mas agora ela exalava isso.

— Deus, você está certa, é exatamente isso... — Annie retrucou. — Tipo... ela é quase um fantasma. Nunca fala muito, agora, quando estamos juntas. E nunca nos chama para ir à casa dela. Isso me faz questionar se ela ainda *quer* ser uma das GALS. Como se achasse que é melhor que nós.

Laura suspirou ao concordar, dando um aceno de cabeça.

— A questão é que nós ainda seríamos GAL mesmo sem ela — Gina disse. — E, como somos três, isso, em teoria, ainda nos torna GALS. — Não havia como ela admitir isso para as outras, mas não gostava da ideia de Sara deixar o grupo. Não seria o mesmo sem ela.

As outras duas riram, mas sem muita animação. A luz estava diminuindo, e isso significava que suas mães ficariam apavoradas se elas não chegassem em casa logo. Gina se levantou e foi até a grade que as separava da praia e do mar. A gaivota a seguiu, grasnando e batendo as asas horrorosas, quando Gina abanou as mãos para ela. Mas ela logo voltou.

Annie tirou um maço de cigarros do bolso da jaqueta jeans, e ela e Laura se juntaram a Gina na grade.

— Então, o que vamos fazer? — ela perguntou. — Sara fica no GALS?

— Acho que sim — Gina interrompeu. — Ela precisa da nossa amizade. — Ela se surpreendeu ao dizer isso, apesar de ter ficado magoada por causa do lance com Matt. Mas, várias vezes, nos últimos tempos, ela tinha visto hematomas nos braços de Sara; percebia que ela quase nunca almoçava na escola porque não tinha dinheiro. Ela não conhecia muito bem a irmã de Sara, pois ela era alguns anos mais nova que elas, mas, na semana anterior, ela a tinha visto em uma loja roubando roupas íntimas. Vendo o medo e o desespero nos olhos injetados da garota, ela ficou quieta e se virou, resolvendo cuidar da própria vida.

— Ainda não consigo acreditar que Sara nos enganou — comentou Annie, chutando uma lata de Coca-Cola amassada na praia. — Que ela mentiu para nós.

— Voto para mantê-la, porque, assim, ficamos sabendo tudo sobre Matt — disse Laura em seu tom sério e analítico. — Quando as coisas derem errado, o que vai acontecer, estaremos aqui para apoiá-la, e uma de vocês pode tomar o lugar dela. Estou mais a fim de garotas agora, então podem me tirar dessa. — O fato de Laura ser bissexual não era novidade para Gina ou Annie, embora ela não tivesse se assumido para mais ninguém, nem mesmo para os pais. Ela ainda estava se descobrindo.

— OK, então, a Sara fica — Annie decidiu, torcendo o pé sobre sua bituca de cigarro. As outras assentiram de modo solene. — Grande amor, amigas verdadeiras, sem segredos — ela acrescentou, e as outras concordaram, com punhos e dedos entrelaçados para o aperto de mão.

Enquanto caminhavam de volta para a cidade, com a forte brisa do mar atacando suas costas, Laura e Annie conversaram sobre a peça da escola e o beijo no palco que viria pela frente. Mas Gina ficou em silêncio, absorta em pensamentos. Odiava pensar que elas haviam se encontrado escondidas de Sara.

Ela se virou, olhando para o litoral, onde estavam sentadas. A gaivota com a asa marrom salpicada ainda estava empoleirada na grade, com os olhos redondos parecendo segui-las enquanto caminhavam de volta para casa. Mas, então, ela abriu as asas e levantou voo, navegando pela corrente de ar descendente, enquanto circulava lá no alto algumas vezes. Por fim, soltou um grasnado estridente e fez um mergulho íngreme antes de voar para o mar.

Gina balançou a cabeça e seguiu andando, mas algo continuava incomodando no fundo de sua mente, de forma obstinada, enquanto uma vozinha insistente lhe dizia que a presença da gaivota era um mau agouro, um aviso, um presságio de algo ruim. No entanto, quando chegou em casa, ela se convenceu de que estava sendo estúpida. Que aquilo não era nada mais que uma ave irritante.

VINTE E QUATRO

GINA

Matt cheira a aconchego do lar quando o abraço. Não ao meu lar incendiado em Crawley, ou mesmo ao lar com cheiro fresco de Annie, mas, sim, ao lar da minha *alma*, o lugar ao qual pertenço. E é exatamente de que preciso depois do dia que tive. Assim que ele entra pela porta da frente, pressiono o rosto na concavidade onde seu ombro encontra o pescoço, lutando contra as lágrimas.

— Graças a *Deus* você voltou — murmuro contra o tecido de sua camisa.

— Preciso usar o banheiro, Gin — ele sussurra. — Foi uma viagem longa.

Relutante, eu o solto.

— Senti tanto sua falta — digo, seguindo-o até o banheiro do andar de baixo, parando do lado de fora da porta que ele deixa entreaberta. — Não gostei de ficar aqui sem você. — O que é um eufemismo, considerando tudo o que aconteceu.

A descarga do vaso sanitário é acionada, ouço um rápido movimento de lavar as mãos, então Matt está na cozinha comigo, arrulhando para Gracie e erguendo Tommy até o peito.

— Meu grandão — ele diz com voz grave que me arrepia e faz Tommy rir. — Como estão as coisas? — ele pergunta, pegando uma cerveja da geladeira.

— Bem… — respondo entre dentes, lançando a Matt um olhar que lhe diz que as coisas não estão nada bem. Estou desesperada para lhe contar que continuo nervosa desde que Mary me trancou no *closet*, mas o aguardo colocar Tommy no chão. — … De qualquer forma, foi tudo porque ela viu uma aranha no *closet* de Annie, você acredita nisso? — digo quando explico a ele. Mantenho a voz baixa para que Mary não ouça de onde quer que esteja na casa. — Uma maldita *aranha* que a transformou em uma louca e a fez me trancar no *closet*. Juro que ela tinha um sorriso irônico no rosto quando me deixou sair. — *E ainda não encontrei o colar*, penso, tirando Gracie do bebê-conforto e erguendo-a para Matt lhe dar um beijo. Minha pequena família em um aconchego seguro, deixando meu coração aquecido.

Matt tira Gracie dos meus braços, sorrindo, e sua expressão vai ficando séria conforme faço cara feia para ele.

— Sinto muito que isso tenha acontecido com você, amor. Parece assustador. Vou lá em cima e caçarei a aranha, se você quiser. Sei meu valor por aqui. — Ele sorri.

— Não seja bobo — digo. — Não sou incapaz. Ficaria feliz em capturá-la em um copo e colocá-la do lado de fora. Mas... não havia aranha nenhuma. Não que eu visse, pelo menos. — Dou de ombros, puxando o saca-rolhas da gaveta da cozinha. — Quer saber o que eu acho? Não acredito que seja por isso que ela me trancou no *closet*.

Matt franze a testa.

— Você acha que ela inventou a história da aranha... para assustar você?

Estou prestes a dizer que é exatamente isso que penso, mas me contenho, arregalando os olhos para Matt, a fim de avisar a ele: Mary está parada atrás dele, na porta.

— Oh, oi, Mary... — digo, tentando soar espontânea.

Seu olhar se move desconfiado entre nós dois, mas então ela se inclina por trás de Matt e, para meu horror, desliza uma mão no ombro dele, pressionando seu corpo contra o dele, enquanto arrulha para Gracie. Vejo Matt ficar tenso, mas ele não se afasta.

— Eu... eu acabei de contar a Matt a história da aranha — falo para Mary, franzindo a testa. — E também contei que você me trancou no *closet*. — Meu tom de voz é áspero, mas não me importo. Ela está forçando meus limites aqui.

Ela dá um sorrisinho, com os dedos ainda massageando o ombro de Matt, o mesmo lugar onde meu rosto estava enterrado alguns minutos antes.

— Sinto muito, Gina — ela diz, parecendo sincera. — Eu exagerei, mas tenho literalmente *pavor* de aranhas. Começou na infância — ela conta. — Foi uma reação instintiva trancar a porta. Que bobagem da minha parte, na verdade. — Ela descansa a cabeça no ombro do meu marido, com os olhos ainda fixos nos meus, me fazendo pensar que estou imaginando o que estou vendo, porque é muito descarado. Matt não consegue ver o rosto dela, mas o sorriso de Mary se transformou em outro sorriso irônico, lançado diretamente a mim.

— Também não tenho predileção por elas — comento, forçando-me a jogar com calma e não morder a isca dela. — Quer vinho? — Ergo a garrafa, mas, felizmente, ela balança a cabeça, negando. Talvez volte para cima e nos deixe em paz.

— Você encontrou o que estava procurando no *closet* da Annie? — ela pergunta.

— Não, não encontrei — respondo, aliviada por vê-la, enfim, se afastando do meu marido. Embora ela ainda esteja arrulhando sobre meu bebê.

— Quem sabe eu possa ajudar... — ela sugere.

— Não é nada de mais. É só uma coisa boba de quando éramos jovens.

— O que é?

O olhar de Mary me dá arrepios. Espio Matt, mas ele está andando de um lado para o outro com Gracie, perto da lareira, provavelmente feliz por estar longe das garras de Mary. Tommy atira tijolos de madeira no tapete felpudo, tentando chamar a atenção do pai.

— É sério, não era nada importante — digo, sem querer explicar a história do colar, sobretudo porque tenho certeza de que ela tem algo a ver com o fato de ele ter aparecido no meu quarto.

— Você pode me contar, Gina. Estou interessada em saber. — Para meu horror, Mary desliza para um dos bancos de couro cor de creme do balcão, inclinando-se para a frente sobre os antebraços. — Acho que vou tomar esse vinho, afinal. — Ela me lança um olhar que, na superfície, é agradável, mas, por algum motivo, me dá outro arrepio na espinha.

A contragosto, sirvo-lhe uma taça, desejando que Matt me olhe nos olhos para que possa vir aqui me ajudar. Sei que Mary está em situação difícil e Annie quer ajudá-la, deixando-a ficar aqui, mas, depois de tudo o que aconteceu nos últimos dias, odeio dividir nosso espaço com essa pessoa estranha e seu filho.

— Sou toda ouvidos — Mary acrescenta, tomando um longo gole.

— É... não é nada, sério mesmo. É que... quando éramos jovens, tínhamos uma... bem, uma gangue, eu acho — começo a explicar, na esperança de que isso faça eu me livrar dela. — Não, estava mais para um clube. Gangue parece sinistro. — Ergo minha taça em um "brinde" sem entusiasmo, quando Mary ergue a dela. — Éramos quatro amigas.

— Vocês eram as garotas más da sua escola? — Mary pergunta, olhando para mim por cima da borda da taça. — Que importunavam as crianças menos populares?

— O quê? — Faço uma pausa, sem saber se ela está brincando ou não. — Não, *não*, claro que não. Éramos apenas quatro amigas vivendo o melhor de nossa vidinha adolescente aqui em Hastings. Tudo girava em torno de garotos, roupas e maquiagem. — Dou uma risada que soa tão forçada quanto de fato é.

— Desculpe — Mary diz. — Não quis parecer... rude. É um pouco mais daquele trauma de infância, sabe? — Ela bebe metade do vinho de uma vez. — Como você pode imaginar, era no *meu* pé que pegavam, na escola. — Ela termina o resto do vinho e empurra a taça para mim, como pedindo mais. — Havia algumas garotas desagradáveis na minha classe.

Relutante, encho a taça dela.

— Bem, as “GALS” não eram assim — digo, fazendo aspas com os dedos, desejando que ela não fique sentimental.

— GALS?

Dou um sorriso sem graça, sentindo-me meio envergonhada por contar a ela.

— Gina, Annie, Laura e Sara.

Ela balança a cabeça formando um arco lento; um sorriso se espalha em seu rosto.

— Isso é legal — ela diz. — Queria ter tido amigas assim.

— Nós quatro éramos inseparáveis — conto, sentindo uma pontada de culpa passar pelo meu coração. *Até que não éramos mais...*

— É a mesma Laura que vem ficar aqui neste fim de semana? — Mary pergunta, começando a tomar a segunda taça com entusiasmo. — Não pude deixar de ouvir, outro dia, quando você estava falando ao telefone. Mas não se preocupe, código de governanta. — Ela bate na lateral do nariz. — Nunca conto nada.

— É. Mas acho que ela não vai vir.

— Ah, que pena. Não tenho contato com ninguém da escola. Graças a Deus.

Mordo o lábio inferior e aceno com a cabeça de leve para ela, desejando desesperadamente que essa conversa acabe.

— Vou começar a preparar o jantar em um instante — grito para Matt, esperando que Mary entenda a indireta, mas ele nem se vira. Está com o telefone preso ao ouvido, não falando, apenas ouvindo. Provavelmente, um correio de voz.

— Então, onde está a outra garota, a Sara? — pergunta Mary.

Para evitar responder, viro as costas e tiro algumas embalagens da geladeira, ligando o forno para esquentar, pegando uma faca do cepo. Mas é difícil me concentrar com ela me encarando, esperando uma resposta para sua pergunta: *onde está Sara?* Minhas mãos estão tremendo, e minha visão fica turva, quase como se eu estivesse debaixo d'água.

É semelhante a um sonho que tenho a cada dois meses, ou melhor, um pesadelo. Aquele em que estou numa festa. Rostos me olhando de forma maliciosa, os olhos das pessoas distorcidos e deformados, como se eu tivesse usado drogas e não tivesse controle sobre meu corpo enquanto tento abrir caminho no meio da multidão. Então, como sempre acontece nesse pesadelo, de repente, estou lá fora, caminhando — não, *voando*, olhando de cima. Vou pela orla, vendo tudo por cima; tudo me parece familiar, embora, de alguma maneira, pareça outro mundo, outro tempo, outra chance de fazer as coisas direito — e, de repente, tudo fica escuro, com o luar brilhando nas ondas.

Então, Sara aparece, nua e sozinha, correndo pela noite, gritando e aterrorizada, os pés descalços estão cobertos de sangue, os cabelos esvoaçando, e lágrimas escorrendo pelo rosto. Mas tudo o que faço é observá-la do alto, sem fazer nada para ajudá-la, enquanto ela corre para seu destino, seja ele qual for. Por fim, acordo, ofegante, como se alguém tivesse as mãos em volta da minha garganta.

E é enquanto estou ofegante, agora, a cozinha voltando aos poucos ao foco, que vejo a faca na mão de Mary, os olhos enormes e distorcidos, e os dentes à mostra, enquanto ela se aproxima. Acontece em câmera lenta — a lâmina vindo na minha direção —, e solto um grito de queimar a garganta, berrando para Matt vir me ajudar.

VINTE E CINCO
GINA

— ...Gina? Gina, você está bem? Calma, está tudo bem, amor...

É o som da minha bebê chorando, em vez da voz de Matt, que me traz de volta ao presente, me tirando do pesadelo acordada.

— Meu Deus, sinto muito. Sim, sim... Estou bem — digo, ofegante, tentando me esquecer do que aconteceu. Uma das minhas mãos agarra a bancada, e a outra sobe até minha cabeça, enquanto me concentro de novo no cômodo. Tudo dentro de mim está vibrando e tenso.

— Eu estava tentando devolver isso a você... — explica Mary, mostrando a faca e a estendendo a mim, com o cabo virado em minha direção. — Você a deixou cair. — Como não a pego, e apenas a encaro, ela diz: — Vou lavá-la, então. — Ela a enxágua na torneira e a coloca de volta na tábua de corte, olhando para mim como se eu estivesse louca. — Você está meio pálida, Gina. Tem *certeza* de que está se sentindo bem?

— Vou ficar bem.

Aparentemente, Matt não acredita nisso, pois está fazendo um rebuliço em torno de mim agora, me dizendo que vá me sentar, me dando meu *kit* para que eu possa avaliar a glicose no sangue e injetar insulina antes de comer. Então, ele diz que vai cuidar do jantar, que eu deveria relaxar e pegar Gracie no colo um pouco, para acalentá-la.

— Olha, por que não cozinho? — Mary diz de repente, entrando na minha frente e invadindo a área do fogão. — É o mínimo que posso fazer para compensar o que aconteceu no *closet*. O que acha de um refogado?

— Na verdade, isso parece incrível — Matt responde, dando um olhar rápido e um aceno de cabeça para mim, enquanto me acomodo no sofá. — Você está pálida, querida — ele acrescenta. — Será que está anêmica? A amamentação pode estar exigindo mais de você do que imagina.

Sinto vontade de gritar com ele, dizer que mal me recuperei do parto, menos ainda do transtorno e do choque de perder nossa casa e nos mudar para cá, então não é de admirar que manter vivo outro ser humano com meu corpo esteja me esgotando. Mas me contenho, verificando rapidamente meu açúcar no sangue e injetando insulina em minha barriga. Estou tão acostumada a fazer isso que quase não demoro.

— Verdade, estou bem — asseguro, depois que meu *kit* é guardado. Desabotoo a blusa e solto a aba do sutiã de amamentação; então, Matt me entrega Gracie. Ela funga e ronca de empolgação, sabendo que a mamada está chegando. Felizmente, dei um chá com biscoitos a Tommy antes de Matt chegar em casa. Enquanto minha bebê mama, descanso um pouco, jogando a cabeça para trás e fechando os olhos, adormecendo, e parece que um minuto depois acordo de novo.

Com os olhos turvos, viro-me para ver se Matt está lá, mas não consigo acreditar no que vejo, quase convencida de que estou tendo outro pesadelo.

Mary e Matt estão parados juntos, em frente às portas de vidro, olhando para o jardim, o braço dela em volta da cintura dele.

Por algum motivo, Matt se vira, afastando-se de Mary quando vê que estou observando. Minha boca se abre, mas não consigo dizer nada; juro que vi a mão dele em volta da cintura dela também, embora, no meu estado de sonolência, eu possa estar enganada.

— O jantar está pronto, querida — ele avisa, soando como se nada tivesse acontecido. — E as crianças já tomaram banho e foram colocadas na cama. Estávamos... estávamos apenas admirando o jardim — ele acrescenta, vendo minha carranca.

— Desculpe, você estava *o quê*...? — murmuro, ainda não totalmente desperta. Demoro um instante para perceber que o peso do meu bebê não está mais pressionando meu peito. Não gosto de imaginar que eles não me acordaram quando ela foi tirada de mim, mesmo que tenha sido tirada pelo pai. Abotoo a blusa e fico em pé, franzindo a testa para o meu marido.

— Você estava fora de combate — ele declara, trazendo a *wok* para a mesa de jantar. Fico feliz em ver que agora há uma toalha de mesa com jogos americanos (*três* jogos americanos, para ser mais precisa). Então, para meu espanto, Mary se senta na cabeceira.

Eu a olho por um instante, concluindo que estou exausta demais para interrogá-la a respeito do que acabei de ver, ou para dizer que preferimos comer sozinhos. Mary serve porções de arroz para cada um de nós, me entregando uma colher grande para servir a carne e os vegetais.

— Nada de Tyler? — Matt pergunta.

— Ele saiu — Mary responde, servindo um pouco de refogado para si mesma. — Foi ao cinema com um amigo.

— Foi o que ele *disse* — Matt brinca. — Você sabe como são os rapazes.

Mary ergue a cabeça rapidamente, com o cenho franzido.

— É com as garotas que você tem que tomar cuidado — ela diz, virando-se para mim enquanto enfia o arroz na boca lentamente. — Elas podem ser umas vadias malvadas.

Quando terminamos de comer, percebo que não tenho energia para um confronto com Matt sobre essa questão de ele ficar tão próximo de Mary. Lembro a mim mesma de que ele é meu marido e confio nele.

Enquanto estamos carregando a máquina de lavar louça (convenci Mary a deixar isso conosco, e, felizmente, ela subiu a escada), meu celular toca do outro lado da sala.

— Oh, notícias maravilhosas! — digo, passando os olhos rapidamente pela mensagem do WhatsApp. — É da Laura. Ela disse que vai vir nos visitar, afinal. — Não consigo evitar o sorriso.

Matt ergue os olhos, largando a limpeza da bancada.

— Achei que íamos para Crawley, para começar a arrumar a casa neste fim de semana. Não vamos? — Ele seca as mãos. — Você disse que seus pais iam ficar com as crianças de novo. Os empreiteiros vão ficar presos na semana que vem e...

— Não podemos ter um fim de semana sem pensar na maldita casa? — explodo, me arrependendo no mesmo instante, quando vejo a expressão no rosto de Matt. — Desculpe, sei que você tem grandes planos e, acredite, quero voltar para nossa casa o mais rápido possível, mas... — Paro, decidindo guardar meus pensamentos para mim mesma, porque eles, invariavelmente, me levam de volta a... *Se ao menos você tivesse pagado um eletricista...*

Raramente discutimos, Matt e eu. Em vez disso, uma camada de ar azedo paira entre nós, até que um de nós a afaste, o que, conforme a noite avança, é exatamente o que acontece quando o silêncio entre nós se adensa. No final, abandono a ideia de uma noite aconchegante de Netflix juntos e me levanto do sofá, aquele em que estamos sentados em extremidades opostas.

— Acho que vou dormir mais cedo — digo.

Lá em cima, em vez de fazer qualquer um dos meus rituais noturnos, dou uma olhada em Gracie no berço ao lado da cama antes de me deitar sobre a colcha de algodão egípcio. Ainda não estou pronta para dormir, por isso abro o Instagram e percorro meu *feed*. As fotos das contas habituais passam, principalmente coisas sobre atividades para bebês e crianças pequenas e receitas saudáveis para a família. Mas um conjunto de imagens me faz sorrir: Annie postou algumas fotos de seu safári, uma das quais é a foto que ela me enviou.

A savana dourada tem céu vermelho-fogo brilhando no horizonte, com a silhueta de uma fileira de elefantes recortada sobre ele. A legenda diz: *O lance aqui é pôr do sol, leões, elefantes e o enorme céu noturno, pessoal. Às vezes, você só precisa de uma pausa. A sexta temporada de* Left Field *começa a ser filmada assim que eu voltar bjs*

Sorrio. É a cara de Annie. Ela postou isso há apenas vinte minutos e já teve mais de mil e quatrocentos curtidas e noventa e sete comentários, mas isso não é surpreendente, considerando que ela tem quase meio milhão de seguidores.

Começo a digitar um comentário, terminando com as iniciais que apenas Annie, Laura e eu entendemos. E Sara também entenderia, se estivesse aqui. *GAAVSS.* Mas paro antes de postar. Em vez disso, vou para o perfil do Instagram de Annie e volto a olhar as fotos dela.

As fotos do safári foram sua primeira postagem depois de algum tempo, embora, em geral, ela faça atualizações para os fãs várias vezes por semana. Fotos anteriores a mostram com cabelo arrumado e maquiagem nos estúdios, algumas no *set*, algumas com os outros atores se divertindo ou posando em um jantar de premiação. Espalhados por sua grade, há gráficos promocionais e *trailers* de qualquer que seja seu último filme ou sua última série e um ocasional vídeo de entrevista ou uma matéria. Sei que ela odeia toda a "exibição", como ela chama, e preferiria muito mais continuar com o negócio que é paga para fazer, o trabalho que tanto ama. Mas, hoje, as pessoas querem saber tudo sobre as estrelas que admiram, seja sobre sua vida amorosa, seja sobre seu lar e sua família, e Annie, até agora, conseguiu manter isso simples, permanecendo solteira.

— A boa e velha Annie — sussurro, sentindo profundo orgulho pelo que minha amiga conquistou. — Ela simplesmente foi lá e conseguiu.

Conforme rolo mais para trás suas fotos, percebo que há algumas imagens da ampliação da cozinha, logo depois de ela ter sido concluída, na primavera. Devo ter perdido o momento em que ela as postou pela primeira vez. Ninguém conseguiria descobrir a localização da casa por meio das poucas fotos internas e do jardim. Annie valoriza muito a privacidade.

Uma das fotos me chama a atenção. Claro, não faz muito tempo que Annie se mudou para a nova extensão, porque seus móveis estão na foto, mas o lugar está uma bagunça. As superfícies da cozinha estão cobertas de pratos sujos, copos e caixas de comida para viagem; há roupas aleatórias espalhadas pelos sofás; e a mesa de jantar está cheia de papéis, arquivos e pilhas de roteiros. Há também vários sacos de lixo transbordando perto das portas dobráveis.

Sério, pessoal, preciso de uma governanta... Candidatar-se no local... diz a legenda, seguida de emojis rindo e rezando. Dou uma rápida olhada em alguns dos cerca de novecentos comentários que ela recebeu, e fica claro que seus fãs adoraram sua franqueza.

Serei sua empregada, escreveu uma fã.

Eu, eu, eu, eu, eu arrumo tudo para você!, diz outra.

Adorei! Você é tão verdadeira, nós amamos você, Annie... é o tema de alguns comentários.

Wildies vindo em socorro... outra pessoa diz. Wildies é como os fãs se autodenominam desde que ela lançou seu primeiro álbum solo.

Os comentários são favoráveis, na maioria; pessoas oferecendo ajuda ou dicas de limpeza para Annie, com apenas um ou outro *troll* criticando-a por ser preguiçosa ou muito sincera sobre sua vida e dizendo que ninguém quer ver sua roupa suja.

Uma jogada genial de Annie para se relacionar com seus fãs e seguidores... mas algo sobre o *post* está me incomodando. Algo não faz sentido.

Não consigo identificar o que é, então volto para seu último *post*, do safári, e adiciono alguns beijos após *GAAVSS*. Sorrio para mim mesma enquanto posto meu comentário e, em seguida, envio uma mensagem para Annie no WhatsApp.

> *Você nunca iria imaginar — Laura vem passar o fim de semana comigo! Queria que você estivesse aqui também. Grande amor etc. Bj*

Levanto e vou até o banheiro em silêncio escovar os dentes. Enquanto os estou escovando, percebo o que havia de errado com o *post* de abril, da cozinha bagunçada de Annie.

Mary me disse que trabalha aqui há mais de um ano. Então, por que o lugar estava uma bagunça nas fotos de Annie há apenas cinco meses? E por que na legenda ela pedia uma governanta se já tinha uma?

VINTE E SEIS
GINA

Na manhã seguinte, a atmosfera tensa entre mim e Matt é esquecida, quando somos acordados pelos fungados de Gracie, sabendo que ela logo vai começar a chorar se não for pega. Porém, quando abro os olhos, lembro-me do que descobri no Instagram ontem à noite, sentindo-me enojada por alguém estar mentindo. Embora não acredite que esse "alguém" seja Annie, não sei por que Mary não foi sincera a respeito do tempo em que está trabalhando aqui.

Gemo, rolando e puxando o travesseiro sobre a cabeça, desejando bloquear tudo. Considerando que temos problemas maiores a resolver, decido ficar quieta no que se refere a isso, por enquanto, mas ficarei de olho na governanta de Annie, isso é certo.

— Eu cuido disso — Matt diz, dando-me um beijo no pescoço antes de ir até o berço de Gracie de cueca e camiseta. Estou surpresa que ele tenha se oferecido, pois ficou se revirando a noite toda, resmungando durante o sono.

— Venha aqui, mocinha — ele diz, pegando-a com suas mãos grandes, apoiando-a no ombro.

— Esqueci de mencionar — falo, de repente, percebendo que é quinta-feira. — Bridget, a vizinha, nos convidou para um café, nesta manhã. Você quer ir?

Matt está balançando para cima e para baixo, com delicadeza, apoiando a mão na parte de trás da cabeça felpuda de Gracie.

— Sério? Não dormi muito bem — ele admite.

Eu o observo com nossa bebê no colo; ele é tão gentil e bondoso com ela. Mas também vejo o cansaço em seus olhos.

— Mais pesadelos?

Matt confirma.

Desde que o conheço, ele tem tido uma série de pesadelos sem motivo aparente. Aplicativos de relaxamento noturno e rotinas de desaceleração, aconselhamento e até antidepressivos não fizeram muita diferença. No passado, quando lhe perguntei sobre a causa, ele foi vago. Porém, há pouco tempo, desde o incêndio, ele deu a entender que está ligado à sua claustrofobia e ao medo de ser sufocado ou não conseguir respirar.

— Mas vou sobreviver — ele acrescenta. — E, claro, vamos conhecer os vizinhos. O trabalho me deve um tempo, então posso tirar uma hora de folga.

Todos nós descemos para tomar café da manhã (felizmente, não há sinal de Mary nem de Tyler ainda), e, depois que comemos, trago Tommy de volta para vesti-lo. Ele está se tornando independente nos últimos tempos, de modo radical, querendo fazer tudo sozinho, então demora uma eternidade.

— Onde está Tyler, mamãe? — ele pergunta, lutando com as calças. Ele afasta minha mão quando tento ajudar.

— Acho que ele ainda está dormindo, querido — respondo. — Por quê?

— Tyler machucou Tommy — ele fala, parando para me mostrar o braço. Não há marcas que eu possa ver.

— O que quer dizer com isso...? Como ele machucou você? — Meu estômago dá um nó ao pensar em alguém machucando meu filho. — Mostre-me onde, querido.

Tommy olha para mim com os grandes olhos azuis se enchendo de lágrimas enquanto agita o dedo em volta.

— Tyler me machucou aqui — ele diz, embora não esteja exatamente claro para onde está apontando.

Pergunto de novo, mas ele toca a cabeça, depois o joelho e, então, a perna, em rápida sucessão, e depois dá uma risadinha. Mas, ainda assim, um arrepio me percorre a espinha, já que meu filho tocou no assunto. Vou ficar de olho nele mais que nunca.

Tommy ainda está lutando com suas calças pequenas, então me ofereço para ajudar, mas, de novo, ele empurra minha mão para longe. Enquanto finalmente as veste, ouço Mary empurrando o aspirador de pó lá embaixo, o que me faz pegar a camiseta de Tommy e insistir para que ele permita que eu o ajude, para que ela não fique sozinha com meu marido por muito tempo. Fora o que Tommy acabou de dizer, não consigo tirar da cabeça o jeito que ela olhou para mim ontem, quando estava toda enrolada em Matt, sem mencionar o fato de eu tê-los visto parados, abraçados, em frente à janela, juntos, quando acordei depois de adormecer amamentando Gracie.

Deus, que confusão! Não estou conseguindo pensar com clareza, tentando entender o que Tommy quis dizer, assim como o que Mary está fazendo, então estou avançando rapidamente para este fim de semana — a visita de Laura colidindo com Matt querendo que voltemos para casa.

É quando estou vestindo um moletom em Tommy e Matt entra no quarto que tenho a ideia.

— ... E você realmente não se importa? — Matt responde, depois que sugiro minha ideia a ele.

— Claro que não me importo — digo, sabendo quanto ele sente falta de sair com os amigos. Além disso, serão dois dias em que Mary não poderá se atirar nele. — Sobretudo porque Evan se ofereceu para ir e ajudar com a limpeza, e Dave mora muito perto da nossa casa e está sempre disposto. Você e Evan podem tomar um banho na casa de Dave antes de sair. Vocês merecem uma farra.

Embora eu não goste de Evan, um dos melhores amigos de Matt dos tempos da escola, e só o suporte por causa de Matt, e embora eu não queira ficar longe do meu marido o fim de semana inteiro, também quero passar um tempo muito precioso com Laura.

Percebo que Matt está pensativo enquanto descemos.

— Faz um tempo que não nos vemos — ele admite, começando a se entusiasmar com a ideia. — Poderíamos comer *curry* na cidade, como antigamente, e depois dormir no sofá do Dave. A esposa dele não vai se importar.

— Veja se os caras estão a fim — digo enquanto caminhamos em direção à casa da vizinha. Mary está na cozinha, por isso faço questão de passar um braço em volta das costas do meu marido, dando uma encarada nela, quando ela eleva os olhos. O aspirador de pó está ao lado dela, e ela está com o celular nas mãos, digitando uma mensagem. Então, enfia o celular sob o cardigã quando nos vê, dando-me um pequeno sorriso enquanto saímos.

— Estou muito feliz em conhecê-lo — Bridget diz quando a apresento a Matt. Seu corredor é uma imagem espelhada da entrada impressionante de Annie, com piso xadrez preto e branco semelhante, teto alto e escada ampla. — Este é Billy, meu marido.

Depois de nos cumprimentarmos, Bridget nos leva até o que ela chama de "sala matinal". O marido vai mancando devagar, ao lado dela, com uma bengala.

— Tommy, não — sussuro para meu filho, que já está fazendo travessuras, puxando uma sacola de compras do último degrau. Alguns itens caem, e, pelo tipo dos produtos, acho que Bridget os deixou lá para serem levados para cima, depois. Pego o frasco de xampu e o pacote de sabonete, coloco-os de volta na sacola e recupero a espuma de barbear que rolou para longe. — Me dá isso — sussurro para Tommy, que está abraçando um pacote de absorventes higiênicos contra o peito.

— Meu! — ele grita quando tento tirá-lo dele. Ele se afasta de mim, segurando o pacote roxo.

— Tommy, me dê isso agora! — Tento manter a voz baixa, e, quando prometo lhe dar balas depois (algo que odeio fazer), ele entrega os absorventes. Eu os coloco de volta na sacola, e Matt e eu reviramos os olhos.

A sala matinal está abarrotada de antiguidades e enfeites de aparência cara, o que me deixa nervosa, por causa do humor particularmente turbulento de Tommy hoje. Um grande relógio de madeira faz tique-taque alto na lareira de mármore. Bridget nos acomoda a uma mesa ao lado das portas francesas com vista para o jardim dos fundos. Longas cortinas de renda pendem da janela, e há uma pequena varanda elevada bem do lado de fora, com um gradil de ferro forjado que se estende por toda a largura da casa, correspondente ao mesmo local em que Annie construiu sua extensa ampliação, ao lado.

— São lindas suas plantas domésticas — digo, observando todos os tipos diferentes. Levanto Tommy e o sento sobre meu joelho, certificando--me de manter meus braços firmemente em volta de sua cintura. Há muito para destruir aqui.

— Muitas malditas plantas, se quer saber o que eu acho — Billy comenta enquanto se abaixa em uma cadeira de vime dando um grunhido, apoiando a bengala no braço. Por baixo do paletó de *tweed*, ele está usando um colete em tom mostarda abotoado em torno de uma barriga saliente. Um bigode grisalho em formato de guidão completa sua caracterização de cavalheiro do campo, cheio de empáfia. Não posso deixar de pensar que ele se daria muito bem com meu pai.

Bridget logo volta com um bule sobre uma bandeja, junto a xícaras e um prato de doces. Tommy estende a mão, esticando-se para a frente com dedos em garras, antes que ela tenha a chance de apoiar a bandeja.

— Ah, não, você não vai querer isso, rapaz — ela diz, pegando um pires de pílulas da bandeja e entregando-as a Billy, que as coloca na boca. — São pílulas para o coração, e não são boas para meninos. — Ela coloca uma torta de creme em um guardanapo de papel e a entrega a Tommy. — Isto é muito mais saboroso. E não se importe com a bagunça, Gina querida. Isso mantém o emprego e o salário de Hattie, minha faxineira. — Ela coloca para trás uma mecha de cabelo grisalho solta do coque em sua cabeça, e seu rosto gentil se abre como um nascer do sol de rugas suaves enquanto ela serve o café.

— Tome cuidado, Tommo — sussurro em seu ouvido, pegando algumas migalhas que caem no meu colo. — Hattie conhece Mary, a governanta de Annie? — pergunto. Isso também pode lançar alguma luz sobre a discrepância de informações relacionadas ao tempo em que Mary trabalha para Annie. Não que realmente importe, eu acho, mas, além de tudo, não gosto da ideia de ela mentir para mim. Não consigo pensar em uma única razão pela qual ela o faria, mas isso me faz pensar sobre o que mais ela está ocultando. Percebo a maneira como Bridget enrijece e olha para o marido, como se quisesse que ele respondesse à minha pergunta. — Só achei que elas poderiam ser amigas — acrescento, perguntando-me se a governanta de Annie os irritara mais do que Bridget havia sugerido. — Tenho certeza de que Mary poderia apreciar ter uma companhia, depois do fim de seu relacionamento. — Não menciono que foi abusivo.

— Não — ela diz, enfim. A única sílaba proferida de maneira convicta. — Elas não são amigas. E não sei de nenhum término de relacionamento. Ouvi dizer que ela era solteira.

— Mary está morando na casa de Annie, por enquanto — explico. — Passou por momentos difíceis, e Annie ficou feliz em lhe oferecer um lugar para se hospedar. — É preciso fazer muito esforço para omitir o que eu gostaria de dizer sobre ela de verdade.

— Bah! — Billy diz. Ele morde um pãozinho com glacê, deixando migalhas no bigode. — A mulher que comprou a casa ao lado precisa cuidar da própria vida. — Sua voz é mordaz e áspera. — Recém-chegados se mudando, trazendo todo mundo com eles... — Ele termina com um rosnado gutural, limpando a boca com um lenço de algodão chique.

Meus pelos estão arrepiados agora, prontos para defender minha amiga mais antiga, mas consigo manter meu tom de voz leve.

— Na verdade, Annie cresceu em Hastings, então ela não é recém-chegada. E eu também não sou, só para vocês saberem. A mãe e o pai de Annie adoravam Genoa House antigamente, e foi por isso que Annie a comprou. — Estou irritada no momento em que Matt coloca a mão em cima da minha.

— Esses DFLs* são todos iguais — Billy fala, claramente sem ter ouvido uma palavra do que eu disse. — Não têm consideração por aqueles que viveram aqui a vida toda.

— O que é DFL? — Matt sussurra, apertando minha mão.

— Um nativo de Londres — respondo o mais baixo que consigo, segurando um suspiro exasperado, sobretudo em consideração a Bridget. — Parece que Annie o aborreceu, de alguma forma, mas ela é uma local genuína — digo, esperando esclarecer as coisas. — Nascida e criada em Hastings.

— Ah, o problema não é *Annie*, querida — diz Bridget, tomando seu café. — Verdade seja dita, mal a vemos, e ela parece ser uma pessoa bem agradável. E os empreiteiros dela foram muito atenciosos durante os nove meses em que estiveram aqui.

— Uma perversão arquitetônica adicionar aquela monstruosidade de vidro — Billy retruca, de forma previsível.

— Muitas pessoas estão adicionando extensões semelhantes a essas propriedades antigas — diz Matt. — Sou inspetor de obras, sabe? Mais comercial hoje, mas, às vezes, agrimensor domésticas.

— Não tem nada a ver com a extensão — diz Bridget. — Não, querida, é a *governanta* de Annie que está nos preocupando. O comportamento dela é... bem, tem sido *estranho*, para dizer o mínimo. E ela não é nada amigável.

---

* Sigla para "Down from London", que é uma pessoa que se mudou de sua residência anterior em Londres para viver no Sul da Inglaterra. (N. da T.)

— O que quer dizer com *estranho*? — pergunto, com meus ouvidos atentos ao me lembrar do que Bridget dissera, outro dia, que eles a viram no terreno comum procurando por algo.

— Olha, não sou de fofocar — prossegue Bridget enquanto coloca sua xícara de café sobre a mesa. Ela aperta os braços ossudos em volta de si mesma, como se, de repente, estivesse com frio. — E sei que a garota só está trabalhando lá há algumas semanas, mas... depois que Annie saiu para sua viagem... de modo um tanto repentino, devo acrescentar... sua nova governanta trouxe alguns visitantes bem desagradáveis para a casa. Não é o tipo de pessoa que, em geral, vemos nesta vizinhança, digamos assim.

— Não queremos o tipo deles por aqui, ponto-final — Billy resmunga, seguido de uma tosse seca. — É uma boa região agora — ele diz. — Não como costumava ser.

— Espere... Você tem certeza de que faz apenas algumas *semanas* que Mary é governanta de Annie? — pergunto, com a postagem de Annie no Instagram fresca em minha mente.

— Claro — Bridget responde. — Ela se apresentou a mim em seu primeiro dia de trabalho, quando nossos caminhos se cruzaram, nos jardins da frente. Foi a única vez que ela falou comigo. E sei exatamente que dia era... 2 de setembro... porque era meu aniversário. Faz pouco mais de duas semanas.

— Entendo — digo, olhando para Matt, embora ele esteja ocupado em mostrar a Tommy algo no celular, para mantê-lo entretido. Ele não sabe nada sobre o colar nem o que ele significa, e também não contei a ele que encontrei uma foto de Sara no terreno. — O que você quer dizer com *visitantes desagradáveis*? — pergunto, sem ter certeza de que desejo saber. Embora Annie provavelmente desejasse.

— Um garoto rude, é isso — Billy interrompe. — Ele era magro como um pedaço de barbante e precisava de um bom corte de cabelo. Sem mencionar alguns anos no exército. Isso daria um jeito nele. — Bridget faz uma cara feia para o marido. — Todos nós cuidamos uns dos outros por aqui, então, quando o vimos entrando na casa ao lado, naturalmente, perguntei quem ele era. Ele disse que seu nome era Tyler. Estava com uma mulher muito mais velha também… uma figura de aparência desagradável. Ela estava fumando um cigarro e, quando perguntei quem ela era, ela me disse… bem, ela me disse que cuidasse da minha própria vida. Embora eu não possa repetir suas palavras exatas. — Bridget pigarreia, olhando para Tommy. — Ela entrou direto na casa com aquela coisa pendurada na boca.

— Não sei quem pode ter sido a mulher mais velha, mas Tyler é filho de Mary — digo a Bridget.

Uma imagem de Tyler levando Tommy para a área arborizada do parque, de repente, invade minha mente, assim como me lembro do que Tommy me disse hoje cedo, quando estava se vestindo.

— Não, não, você está enganada — diz Bridget, com confiança. — Perguntei a ele sobre isso, e o garoto me disse que Mary não é a mãe dele.

VINTE E SETE

MARY

— O que você está fazendo? — pergunto, batendo à porta de Tyler. Pergunta boba, na verdade, porque sei que ele ou está jogando ou está programando algo.

Quando entro no quarto do último andar e escuto as tábuas rangendo e vejo o teto inclinado, lembro-me de como foi fácil nos acomodarmos aqui, embora tenham se passado apenas alguns dias.

Enfim, uma casa que é *quase* nossa.

Em breve, não estaremos mais enfurnados nesses quartos do sótão, que antes eram usados pelos empregados. Estremeço, consciente de que esse é o papel que devo desempenhar agora: a governanta obediente, a faxineira leal, a auxiliar sempre prestativa. Criados lá em cima, patrões lá embaixo. Isso me deixa enojada.

Pego um controle de PlayStation e me sento na cama. Gina e sua família foram tomar um café na casa ao lado, então é uma boa hora para pular a limpeza.

— Vamos jogar — digo, inclinando-me e dando um empurrãozinho em Tyler, que está sentado em frente ao seu computador.

Ele não diz uma palavra nem olha para mim. Em vez disso, clica em seu controle de jeito hábil, olhando fixo para o monitor, e sei que está em seu lugar feliz... um mundo de fantasia, onde nada mais importa. Bem diferente do jogo que estou jogando. Um movimento errado, e tudo acaba. Sem segundas chances.

Sinto a vibração de uma mensagem chegando, então tiro o celular do bolso do uniforme. Não recebo mensagens divertidas de amigos me convidando para ir ao bar ou para dar uma volta na praia. Essas coisas nunca fizeram parte da minha vida.

— Você vai jogar ou não? — Tyler diz enquanto leio a mensagem. — *Call of Duty*?

— Claro — digo, colocando o celular no bolso de novo. Sorrio. Não desejo responder a ela de imediato, isso não pegaria bem. Preciso ser extremamente cuidadosa na minha resposta, de alguma forma, eliminando esse pequeno problema pela raiz, enquanto levo as coisas adiante. Não que eu não esperasse encontrar problemas ao longo do caminho. Não sou tão ingênua. É um grande salto para o próximo nível.

— Aí está, Mary — Tyler diz, segurando o controle. — É meu jogo favorito. — Ele só me chama de "mãe" na frente de outras pessoas, embora tenha prometido que seguiria o plano e não se referiria a mim como Mary nem diria a ninguém que não sou sua mãe de verdade. Quero confiar nele, mas, considerando sua estupidez com o episódio envolvendo Tommy no parque, estou preocupada, porque não sei se ele continuará mantendo a farsa por muito mais tempo.

Depois de uns dez minutos de jogo, ouço um barulho vindo de lá de baixo: o grito agudo do filho pequeno de Gina anunciando que estão de volta. Embora tenha apenas 3 anos, até que ele não é uma criança chata, mas não sou fã de crianças. Eu mesma era pequena quando Tyler nasceu, embora eu não o tenha conhecido naquela época.

Desde que ele foi morar comigo, fiz o que pude para nos manter alimentados e com algum tipo de teto sobre nossa cabeça. Fazendo bicos aqui e ali, com pagamento em espécie, e um pouco de furto, quando estou sem dinheiro. Morei em um carro durante quase um ano, quando Tyler estava prestes a fazer 9 anos. Foi quando arrisquei e o peguei no supermercado, levando-o para o velho Ford enferrujado no campo, onde ele morou comigo por quase uma semana. Comíamos balas de goma e bebíamos leite, amontoados embaixo de cobertores, enquanto eu contava a ele histórias sobre o passado.

Mas a pressão estava alta — helicópteros dia e noite, cães farejadores, panfletos em postes de luz, seu nome no noticiário de hora em hora, polícia em todos os lugares da cidade. Depois que se cansou dos doces, Tyler chorou por sua mamãe, então eu o deixei ir, largando-o em um ponto de ônibus movimentado, sabendo que ele logo seria encontrado, fazendo-o prometer que não contaria a ninguém sobre mim. Capuz levantado, cabeça baixa e ziguezaguear entre as câmeras de vigilância para impedir meu rastreamento garantiram que eu nunca fosse apanhada, enveredando por um atalho rápido de volta ao meu carro. Não ter residência fixa, emprego, amigos nem família com quem tivesse contato na época foi útil. Eu me mantive sozinha, evitando interação social. Não precisava de mais ninguém.

Ao longo dos anos, eu o observava, de vez em quando, dando-lhe um pequeno sorriso ou acenando se ele olhasse para mim em uma loja ou na praia, ou quando ele se virava no ônibus e me via sentada dois assentos atrás dele.

Depois do episódio do carro, fui morar em um *trailer* abandonado em um campo, até que uma tempestade derrubou uma árvore, esmagando uma extremidade dele enquanto eu dormia lá dentro. Não foi a pior coisa que já me aconteceu à noite.

Albergues e abrigos para pessoas em situação de rua também foram meus amigos com o passar do tempo, embora eu tenha tentado evitá-los desde que Tyler voltou a viver comigo. Ele gosta de sua privacidade. Somos bem conhecidos nas ruas, apesar de eu não ter mais que dormir embaixo da ponte ferroviária já faz um tempo. A equipe do centro esportivo local sempre fez vista grossa para nós quando usávamos os chuveiros, nos deixando passar pela catraca de graça quando precisávamos de um banho. Tyler consertou a rede de computadores de lá muitas vezes, em troca.

— Teremos que terminar o jogo mais tarde — aviso Tyler, largando o controle e indo até a porta. — É melhor eu descer e fingir que estou trabalhando.

Tyler se vira para mim, com olhar confiante.

— Quando vai acontecer, Mary? — ele pergunta; sinto o tremor em sua voz revelando seu nervosismo.

— Em breve — asseguro, colocando meu dedo sobre os lábios. — Em breve.

A mão no meu ombro me faz pular. Abafo um grito.

— Desculpe, Mary — diz Gina, com cara de preocupação. — Não queria assustar você.

Desligo o aspirador de pó, e ele para fazendo um chiado. Gina está balançando de um pé para o outro, embalando a bebê nos braços. Não consigo deixar de olhar para a cabecinha de Gracie, com cachos macios e sedosos, finos e felpudos, aquele pequeno ponto mole que a torna tão vulnerável e indefesa.

Não... pare! Saia de cima dela...! Braços se debatendo, cuspe voando... Mordendo, chutando, gritando... A garotinha tão vulnerável e indefesa...

— Mary... Mary, você está bem? — A voz dela me traz de volta ao presente.

— Desculpe, sim. Estou só um pouco cansada. — Sou dramática ao enxugar a testa, rindo disso.

— Venha aqui, sente-se. Tome um pouco de água, talvez seja melhor — ela diz, levando-me até um banquinho na ilha da cozinha e me servindo um copo do jarro com água filtrada. — Há algo que quero perguntar a você.

De repente, meu coração está pulando no peito, o sangue, bombeando de maneira furiosa. Aquele sentimento familiar de querer fugir me percorre, mas me mantenho firme, olhando-a nos olhos, com a cabeça inclinada para um lado.

— Claro — digo, fingindo doçura.

Será que ela sabe?

— Acabei de tomar um café com Bridget, na casa ao lado — ela continua.

Aquela velha. Aliso meu vestido engomado, tomando um gole de água na esperança de que isso me dê alguns segundos para pensar, para estar pronta com uma resposta inteligente que explique de modo fácil o que quer que esteja na mente dela.

— Um casal adorável, ela e Billy — digo com um sorriso falso.

Só o encontrei uma vez, mas, por algum motivo, o homem me dá arrepios.

— É meio estranho... — Gina hesita, com expressão ansiosa no rosto —, e, provavelmente, sou eu que estou meio confusa, mas Bridget mencionou que faz apenas algumas semanas que você está trabalhando como governanta de Annie. Eu poderia jurar que você disse que está aqui há mais de um ano. — Mais sacudidelas e mudanças de posição da bebê enquanto ela choraminga nos braços da mãe. Gina está ficando mais ansiosa. — Quer dizer... Você sabe, isso não importa muito, mas... — Ela encolhe os ombros, parecendo nervosa, enquanto se esforça um bocado para parecer indiferente a respeito do que descobriu, mas, na verdade, parece apavorada por saber que tem uma estranha não confiável na casa morando com ela e os filhos.

Isso nunca daria certo.

E, embora ela tenha razão em se preocupar, estou aliviada que seja só com isso que esteja preocupada. Posso lidar com isso de modo bem fácil.

— Oh, pobre Bridget — digo, fazendo cara de pena. — Abençoada seja — acrescento para garantir, tomando mais um gole de água. — É muito triste, mas ela está ficando cada vez mais confusa nos últimos tempos. E Billy está indo pelo mesmo caminho. São um casal de idosos tão gentil, mas o filho deles mora na França e não está por perto para cuidar deles. Sinto que deveria visitá-los mais vezes. Talvez até fazer alguma limpeza na casa.

— Limpeza? Mas eles têm a Hattie — Gina diz, ainda não parecendo convencida com a minha explicação.

— Ah, sim, claro. Hattie — repito, para disfarçar, já que não tenho a menor ideia de quem é Hattie. — E, olha, entendo suas preocupações... Eu também ficaria preocupada, mas estou trabalhando para Annie há pouco mais de um ano. Você não iria querer uma pessoa qualquer, desconhecida, morando com você e seus filhos agora, não é? — Dou uma risadinha.

— Bem, é por aí mesmo — Gina diz, parecendo um pouco mais aliviada enquanto reage com a própria risada estridente.

— Vou dizer uma coisa... Por que você não manda uma mensagem para Annie, para confirmar? Não vou ficar nem um pouco ofendida. Se achasse que minha governanta não estivesse dizendo a verdade, também ficaria em cima. Aposto que ela vai enviar uma cópia do meu certificado DBS, se você pedir. Prefiro saber que você está totalmente confortável com esse acordo. Sei que eu e Ty morando aqui não era exatamente o que você esperava...

— Oh... bem, tenho certeza de que isso não será necessário — Gina responde, distraída por sua bebê, que agora choraminga. — E sinto muito por soar... bem, você sabe... ansiosa. — Ela dá de ombros. — Vou deixar você continuar seu trabalho.

Concordo e volto para o aspirador, ligando-o com o pé e empurrando-o de maneira aleatória pelo chão enquanto Gina sobe as escadas.

Poucos minutos depois, sinto o telefone no meu bolso vibrar, quando uma mensagem chega. Pego-o, sentindo um pequeno sorriso crescendo no rosto, enquanto leio a notificação na tela.

> *Oi, Annie, só refresque a minha memória: há quanto tempo Mary trabalha para você? Faz pouco mais de um ano? E você verificou direito as referências dela, certo? GAAVSS bj*

Guardo o telefone no bolso, decidindo esperar um pouco antes de responder, terminando de varrer o chão da cozinha e esvaziando todo o lixo nas lixeiras do lado de fora, primeiro. Depois, rego as plantas do andar de baixo antes de ir até o banheiro digitar minha resposta.

> *Oi, sim, Mary está comigo há pouco mais de um ano. Totalmente verificada. Total dádiva de Deus! Eu a amo muito. Grande amor bj*

Meu dedo paira sobre as teclas, e eu me pergunto por que ela continua colocando essas letras no fim das mensagens. Eu deveria fazer o mesmo? Volto a rolar a sequência de mensagens para poder imitar o estilo de Annie, mas tudo o que ela escreveu no passado foi *Grande amor*, então adiciono isso e alguns beijos, anexando uma foto aleatória de safári que encontrei *on-line* para garantir, certificando-me de que não há placas de carro na foto, desta vez. Não posso me dar ao luxo de cometer mais erros.

VINTE E OITO
O PASSADO

No fim das contas, Gina não conseguiu vê-los se beijando no palco. Não pensou em mais nada durante as primeiras cenas de *West Side Story*, preparando-se para Annie roubar o momento com o qual ela só poderia sonhar. *Maldito Matt e seus olhos comoventes, e seus cabelos escuros, e suas mãos fortes. Maldito seja por nem sequer olhar para mim e maldito seja por ter vindo para Collingwood High no ano passado!*

Ela se acomodou nos assentos apertados do ginásio da escola que havia sido transformado em teatro, com Laura e Sara pressionadas cada uma de um lado seu. Cerrou os olhos quando os lábios de Matt pousaram nos de Annie, com a ala de violinos da orquestra da escola tocando o coração de todos.

Para superar isso, Gina recriou a cena na mente, mas, em vez de Annie, imaginou que eram ela e Matt se beijando à beira-mar, em seu quarto, nos fundos do Davy's — ela não se importava onde, desde que não tivesse que testemunhar a melhor amiga beijando o garoto por quem ela estava perdidamente apaixonada. O garoto que estava namorando sua *outra* melhor amiga, que hoje estava sentada à sua esquerda.

A vida era *tão* injusta.

Por fim, quando voltou a olhar, em vez de ver Annie parada no palco, imaginou-se ali com Matt, seus dedos deslizando nos dedos dele enquanto eles se separavam, parecendo desolada quando o beijo foi interrompido.

Caramba, que merda mais triste, Gina pensou com amargura quando Tony, o personagem de Matt, acabou sendo baleado. Ela ficou horrorizada ao sentir lágrimas escorrendo pelo rosto com o excelente desempenho de Annie, e, quando a cortina desceu, foi a primeira a se levantar enquanto o elenco fazia as reverências, batendo palmas e gritando freneticamente enquanto o restante da plateia se levantava também para uma ovação em pé. Apesar das pontadas de ciúme, a noite de estreia do musical da escola foi um sucesso estrondoso.

— Oh, meu Deus, oh, meu *Deus*... — Gina, Laura e Sara concordaram em uníssono assim que saíram do ginásio e encontraram Annie nos vestiários, onde ela estava trocando de roupa. Seus pés sapateavam de empolgação enquanto se agarravam em um abraço coletivo.

— Você foi incrível! — disse Gina, abraçando-a. Por um instante, pensou em dar um beijo nos lábios de Annie para ver se conseguia captar um vestígio de Matt, mas se conteve.

— Vocês gostaram mesmo? — A aparente timidez de Annie não enganava a ninguém. Ela estava radiante por dentro, e isso emanava dela.

Depois que Annie tirou a maquiagem e se trocou, elas foram a pé até a orla e, então, para o Davy's, com Annie prometendo que os *shakes* seriam por sua conta.

— Amanhã à noite, farei tudo de novo para os pais — cantarolou Annie, animada. — Poderia me acostumar com a vida de atriz. Estar no palco é tudo o que quero fazer.

Enquanto aguardavam as bebidas, Sara levantou-se da mesa, parecendo ainda mais silenciosa que o normal, e dirigiu-se ao banheiro. Os olhos de Annie a seguiram pelo café.

— Adivinha só, pessoal — ela gritou assim que Sara saiu de vista. Laura e Gina aproximaram-se mais da mesa, com as sobrancelhas erguidas e a respiração suspensa, enquanto esperavam que Annie contasse a novidade. Elas se recostaram por um momento conforme a garçonete trazia seus *shakes*. — O maldito Matt Dalton vai dar uma de suas malditas festas lendárias neste fim de semana — revelou Annie em voz baixa e ofegante. Ela deu outra espiada na direção dos banheiros. — É um lance secreto, mas estamos todas convidadas.

— *Todas*? — quis saber Laura. — Tipo... nós quatro?

— Em teoria, não — respondeu Annie. Ela fez uma careta, os olhos se voltaram mais uma vez para a porta do banheiro.

— O que Matt disse? — Gina perguntou, confusa.

Sem dúvida, Sara já devia saber. Matt era o namorado dela.

— Ele me disse para espalhar a notícia sobre a festa. Seus pais estarão fora no fim de semana, então tudo estará disponível para ele no sábado à noite, após a apresentação final do espetáculo. Vai ser incrível. Uma repetição da véspera de Ano-Novo.

— Sara sabe disso? — questionou Laura.

— Ela deve saber, com certeza — assegurou Gina, não gostando do rumo que a conversa estava tomando, embora as festas ilícitas de Matt fossem, de fato, lendárias. Apesar de estarem um ano abaixo de Matt e seus amigos, as quatro, de alguma forma, haviam conseguido convites para sua festa de fim de ano, na véspera de Ano-Novo anterior, embora, pensando bem, ela não se lembrasse de Sara se divertindo tanto. Por alguma razão, ela tinha ido embora antes da meia-noite.

Annie nunca enrubescia de vergonha nem de choque, mas, naquele momento, suas bochechas ficaram vermelhas.

— Não. Sara não sabe. — Ela hesitou, curvando-se para se aproximar. — Matt disse que... bem, ele disse que não tinha certeza de que as coisas iriam durar entre eles.

— Nossa... — disse Gina, recostando-se na cadeira. — Coitada da Sara.

Ela se surpreendeu ao perceber que seu primeiro pensamento não foi que Matt logo estaria solteiro, *disponível*, mas, sim, que Sara ficaria com o coração partido. Ficaria devastada, até. Sabia quanto Matt significava para Sara, apesar de o relacionamento deles ser tão improvável.

Ele era uma espécie de saída de emergência para Sara, uma fuga de uma vida que Gina estava começando a suspeitar ser mais horrível do que Sara jamais havia deixado transparecer. Ela tinha visto os hematomas em suas coxas quando estavam se trocando para a aula de educação física, num outro dia, da mesma forma que Sara nunca tomava banho depois do hóquei porque não queria exibir o corpo. E ela ficou bastante tempo afastada da escola no fim do último semestre em consequência de uma doença misteriosa, que durara as férias de verão inteiras. Embora ninguém soubesse de verdade o que havia de errado com ela, não demorou muito para Gina perceber que sua vida doméstica era uma merda, e seu pai estava em apuros com a lei. Quando ligavam para a casa dela e deixavam mensagens com a mãe, Sara nunca retornava as ligações.

E, desde que Sara voltara à escola, neste semestre de outono, não disposta a conversar sobre o que havia de errado, Matt havia se tornado uma luz na escuridão para ela. Alguém em quem se agarrar. Alguém para tornar seus dias um pouco mais luminosos. Algo pelo que viver. E, agora, ele estava prestes a largá-la.

— Isso é uma merda total — acrescentou Gina. — Ela está apaixonada por ele. E ela ainda não tem ideia... do rompimento ou da festa?

Annie balançou a cabeça. Então, deu outra olhada em direção ao banheiro.

— Como ele pensa em terminar as coisas com ela, não quer que ela fique de cara fechada na festa e estrague a noite. Ele disse que foi o que ela fez na véspera de Ano-Novo: ficou bêbada e estragou a noite dele.

— O que diabos ele quer dizer com *isso*? Ela não estava bêbada — protestou Gina, relembrando o episódio. Todas estavam de olho em Matt, sendo agradáveis e sorridentes, incluindo Sara, além de estarem dançando e desfrutando de uma ótima noite. A certa altura, ela se lembrou de ter visto Sara saindo sozinha para tomar um pouco de ar fresco, mas elas ficaram juntas na maior parte da noite, exceto nesse momento. Ela não se lembrava de ninguém fazendo cena. — Então, por que ele a convidou para sair, para começo de conversa? — questionou Gina, sentindo-se cada vez mais irritada com ele. — Só para terminar com ela? Talvez devêssemos boicotar a festa idiota dele, em solidariedade a Sara — ela acrescentou, sentindo-se furiosa.

Annie deu um sorriso sarcástico.

— Está quase no fim do semestre e no fim da semana de apresentações, Gin. O elenco precisa de uma festança. Trabalhamos muito duro nessa produção. Não tem como *eu* não ir.

— Mas você não tem nenhuma consideração pelos sentimentos de Sara? — Nada disso agradava a Gina. Seria o mantra delas (*grande amor, amigas verdadeiras, sem segredos*) tão sem sentido e descartável para as outras... para *Annie*? Se era assim, ela se perguntava quais segredos elas teriam escondido *dela*. Ela não gostou nem um pouco desses novos sentimentos. Pequenas fraturas na amizade do grupo.

— Até entendo o que Annie quer dizer — interrompeu Laura, chocando Gina ainda mais. — Não vejo como nossa culpa a decisão de Matt de terminar com ela, e não deveríamos perder a festa por causa disso. Será uma noite memorável. E não se esqueça de que Sara escondeu primeiro seu relacionamento de nós.

E por que ela sentiu que deveria fazer isso...?, Gina questionou, sentindo a raiva aumentando. *Alguém já perguntou a Sara* o motivo *pelo qual ela escondeu de nós um segredo tão grande?*

— Olha, se Sara não for convidada para a festa, eu não vou. — Gina beliscou a própria coxa para ter certeza de que estava mesmo dizendo aquelas palavras, porque sabia que teria de cumpri-las. — Imaginem se isso estivesse acontecendo com uma de nós. Eu ficaria furiosa se vocês escondessem isso de mim e agissem pelas minhas costas.

— Para ser justa, Gina também tem razão — disse Laura a Annie, fazendo pender a balança. — Você iria querer nos matar se nós a traíssemos.

Annie pensou sobre isso por um momento, o rubor se intensificando, enquanto permanecia firme em suas ideias.

— Eu iria mesmo querer matar vocês — ela respondeu. — Mas não vou perder a oportunidade para proteger os sentimentos de Sara. Não quando ela escolheu mentir para nós em primeiro lugar. Podem ter certeza de que vou à festa de Matt, aconteça o que acontecer com Sara.

VINTE E NOVE
GINA

Depois que Tommy e Gracie decidiram disputar quem berrava mais alto na casa de Bridget e Billy, Matt e eu demos o café da manhã por encerrado, antes que as coisas ficassem mais complicadas. Estou feliz por termos conhecido os vizinhos, mas voltei com mais preocupações e dúvidas que antes.

Mary estava ocupada passando aspirador quando voltamos, e decidi manter a calma, mas permanecer preparada para tudo, e não a interrogar *muito* sobre o que Bridget tinha me contado; contudo, não pude resistir a meter o dedo na ferida um pouco mais.

— Você poderia me dizer há quanto tempo mesmo trabalha aqui? — perguntei, dando um tapinha no ombro dela, fazendo-a sobressaltar-se.

Em resposta, Mary foi inflexível ao afirmar que já fazia pouco mais de um ano e disse que os vizinhos estavam ficando confusos. Não mencionei nada sobre o fato de Tyler não ser filho dela (isso parecia extrapolar um pouco os limites, e eu queria verificar com Annie, primeiro). Então, mandei uma mensagem a ela.

Agora, sou tomada de alívio quando vejo a resposta dela aparecer na minha tela logo depois, fazendo eu me sentir paranoica demais ao ler suas palavras.

Oi, sim, Mary está comigo há pouco mais de um ano. Totalmente verificada. Total dádiva de Deus! Eu a amo muito. Grande amor bj

E ela me enviou outra foto, de girafas, desta vez.

Sorrio, mostrando os animais para Tommy, mas então a *Peppa Pig* rouba a atenção dele na enorme TV, fazendo-o afastar-se cambaleando para assistir ao desenho.

Toco na tela para digitar uma resposta a Annie, vendo que ela ainda está *on-line* no celular.

Você tem mais informações sobre Tyler? Ele é mesmo filho de Mary? É que ele é...

Eu me detenho, apagando o que escrevi. Basicamente, estou acusando a governanta que Annie contratou e em quem confiou durante um ano de mentir, com base em algo que uma senhora idosa, que talvez tenha problemas de memória, me disse. Embora, para ser justa, tenha sido Mary quem mencionou a falta de confiabilidade de Bridget, então ela também pode estar mentindo a respeito disso.

Sento-me ao lado de Tommy, concluindo que *Peppa Pig* parece preferível a incomodar Annie mais uma vez em suas férias, mas penso que, se fosse eu e minha governanta estivesse escondendo coisas, gostaria de saber.

Digito uma nova mensagem.

Você tem mais informações sobre Tyler? Sua vizinha falou que ele não é filho de Mary. Esquisito, né? Desculpe incomodá-la de novo nas férias. Tommy adorou as girafas! GAAVSS bj

Clico em enviar, e, por sorte, Annie responde rápido. Estou tentada a ligar para ela, mas, como Mary ainda está por perto, ocupada com a casa, não quero correr o risco de ser ouvida.

> *Relaxa, Gina. Bridget é uma velha intrometida com memória ruim. Conheci Tyler. Com certeza, ele é filho de Mary. Um rapaz legal que já passou por muita coisa. Ele é o cara que você procura quando tem problemas de TI. Estou indo para o aeroporto. Próxima parada, Bangkok! Grande amor bj*

Não sei se é uma pontada de inveja pelo fato de Annie ter ido para a Tailândia ou a suspeita persistente sobre o que Bridget me contou, mas algo ainda está me incomodando (tem alguma coisa martelando lá no fundo da minha mente). Bridget parecia tão segura quando afirmou que Mary não era mãe de Tyler, convencida pelo que o próprio Tyler havia dito a ela; além disso, não gostei da história sobre aquela mulher de aparência desagradável com um cigarro que Bridget descreveu entrando na casa de Annie.

Mas me controlo quando respondo. Não quero estragar as férias de Annie, por isso lhe desejo uma boa viagem e peço-lhe que me avise quando chegar em segurança à Tailândia. Só quando estou guardando o celular é que percebo que o modo como ela escreveu "amor" na última mensagem não tem nada a ver com Annie. Ignoro, imaginando que ela deve estar com pressa para chegar ao aeroporto.

Uma hora mais tarde, quando volto das compras, avisto Mary descendo a colina, afastando-se da casa, na Wessex Square, depois de terminar seu turno. Como Matt está trabalhando em casa, ele se ofereceu para cuidar das crianças enquanto eu saía, tornando minha corrida até o supermercado muito mais rápida. Tudo leva três vezes mais tempo com as crianças a tiracolo.

Por alguma razão, fiquei atrás de uma árvore quando a vi. Mary estava ao telefone e não me notou enquanto se afastava de casa, vestindo jeans *skinny* e tênis Nike, com um casaco de moletom cinza folgado por cima. Apesar do traje elegante, ela se mistura, parece alguém comum, assim como qualquer outra jovem cuidando da própria vida. De cabeça baixa, com óculos de sol grandes, ela soltou o coque que usa para trabalhar, e o cabelo louro chicoteou seu rosto com a forte brisa do mar.

Não sei o que me faz segui-la, mas mantenho uma distância segura, pronta para entrar em um beco ou baixar a cabeça e fingir que estou verificando o celular se ela se virar.

Antes de chegar ao sopé da colina, Mary vira à direita, enveredando por uma rua paralela à praia, a quatrocentos metros de distância. Mais adiante, na rua, as casas com varanda dão lugar às geminadas do pós-guerra, e, depois de mais cinco minutos de caminhada rápida, Mary olha para a esquerda e para a direita antes de atravessar uma rua mais movimentada, virando de novo à direita e seguindo para o miolo do bairro. É uma área familiar para mim, não muito distante da casa da minha infância.

Estou meio que esperando que ela pegue um ônibus — talvez ela esteja saindo para encontrar amigos ou para ir a uma área comercial fora da cidade, ou talvez esteja apenas caminhando para se exercitar.

Mas Mary não faz nenhuma dessas coisas. Continua andando por mais alguns minutos, antes de seguir por uma rua onde há casas menores e muito mais degradadas — pequenos blocos de casas de tijolos vermelhos com portas da frente que abrem direto para a calçada irregular e carros velhos e surrados com pneus furados que parecem estar estacionados ali há anos. A atmosfera da área está muito longe da Wessex Square, e a menos de dois quilômetros de distância.

A adrenalina faz meu coração bater forte enquanto sigo Mary. Ela está andando rápido, apesar da inclinação do terreno. É só quando chega ao fim da rua, que termina em grades de metal, semelhantes a uma prisão, com um terreno arbustivo nos fundos de uma área industrial, que ela para, virando-se para entrar em uma das pequenas casas geminadas localizadas na extremidade.

Mantive a cabeça baixa, preparada para virar para o outro lado e ir embora, caso ela olhasse na minha direção. Mas ela não faz isso. Mary bate à porta e, pouco depois, entra na casa, e a porta se fecha com força atrás dela.

Depois de alguns minutos, eu me aventuro a ir mais longe, pela rua, ousando olhar a casa mais de perto. Os tijolos estão manchados, com marcas de umidade; as calhas estão quebradas e corroídas pela ferrugem; e ervas daninhas crescem na borda do telhado. A porta da frente e as janelas estão sujas, e dá para ver a condensação escorrendo pelo interior do vidro.

Ao me aproximar da fachada, não consigo deixar de me perguntar se essa é a casa do parceiro abusivo de Mary, talvez o lugar de onde ela e Tyler escaparam, há pouco tempo. Se for esse o caso, espero que ela não esteja sendo atraída de volta para esse relacionamento; espero que esteja apenas retornando para pegar alguns pertences, antes de partir para sempre.

Nervosa, eu me arrisco e me aproximo da janela da frente. Há cortinas manchadas de nicotina cobrindo o vidro; um dos lados está caído e rasgado, deixando espaço suficiente para que eu possa ter um vislumbre da sala da frente. Passo pela calçada do modo mais casual que consigo, com a mão protegendo o rosto, fingindo estar ao telefone, enquanto dou uma olhada rápida no interior.

O que vejo é apenas de relance, mas avisto duas figuras na penumbra da pequena sala de estar — uma delas é Mary, gesticulando de forma descontrolada, inclinando-se para a frente como se estivesse gritando para defender uma ideia. E a outra é uma mulher mais velha, com o rosto contraído e zangado, com um cigarro pendurado na boca.

TRINTA

GINA

Estou querendo contar a Matt o que vi ontem à tarde — Mary entrando naquela casa do outro lado da cidade —, mas as palavras não vêm. Estou preocupada; temo que isso me leve a mencionar o colar que encontrei em nosso quarto e a foto de Sara no estranho santuário no terreno comum, e sinto que não estou pronta para falar sobre nenhuma dessas coisas. Porque sei que me levarão direto de volta a Sara.

No passado, cada uma de nós lidou com a morte dela à sua maneira, e Matt e eu só conversamos sobre o que aconteceu algumas vezes — e, com certeza, não nos últimos tempos. Hoje, há quase uma sensação de que ela nunca existiu.

Isso não quer dizer que não penso nela em particular, porque penso, ainda mais desde que voltamos a esta cidade. Seu fantasma está em toda parte. Imagino o tipo de mulher que ela teria se tornado; me pergunto se teria se casado, tido filhos, viajado; que trabalho teria enquanto criasse a vidinha perfeita para si mesma — muito distante de sua infância.

Lembro-me de uma vez em que ela me disse que gostaria de ser cientista, veterinária ou enfermeira. Sara transbordava bondade.

Talvez seja porque a polícia nunca encontrou seu corpo que esperávamos e rezávamos para que um dia ela batesse à porta e aparecesse como se tivesse acabado de sair para tratar de um assunto qualquer e tivesse apenas perdido a noção do tempo.

Ainda não consigo acreditar que ela se foi.

— Gina, sente-se, não tem ninguém aí — Matt insiste enquanto me levanto do sofá mais uma vez.

É sexta-feira à noite, e Laura chegará no sábado de manhã, mais ou menos na mesma hora em que Matt partirá para Crawley. As crianças estão na cama, e Mary levou Tyler ao cinema, então estamos só eu e Matt na parte de baixo. Mas não consigo deixar de sentir que as paredes têm ouvidos; que, de alguma forma, Mary está nos observando, nos escutando. Por alguma razão, tenho a sensação de que não estamos sozinhos.

— *Juro* que vi alguma coisa — digo, andando até as portas do pátio e perscrutando a noite. Algumas luzes nos andares de cima das casas do outro lado do terreno comum são visíveis, mas, fora isso, está escuro como breu lá fora, exceto pela sombra do que quer que seja, ou de *quem* quer que seja, que vi se movendo de maneira furtiva pelo jardim, alguns minutos atrás.

— Relaxe, amor. Deve ter sido apenas nosso reflexo o que você viu.

— Mas nenhum de nós estava se mexendo — argumento, colocando as mãos em concha ao redor da caneca. — A coisa lá fora *estava*.

— Talvez seja um reflexo da TV.

— Não estava ligada quando a vi — digo, virando-me para encará-lo. — Olha, estou lhe dizendo, havia alguém lá fora. Você pode sair e verificar?

Matt suspira.

— Sério mesmo? Por que não assistimos a um filme? — ele sugere, me acompanhando com os olhos enquanto vou até a cozinha. — OK, OK — ele diz, por fim, quando olho feio para ele.

Matt destranca as portas de vidro e sai, iluminando o jardim com a lanterna do celular; o raio de luz varre os arbustos. Tenho um vislumbre do portão que dá para o terreno comum e tomo um susto quando vejo que está entreaberto. Mais cedo, verifiquei e confirmei que estava fechado.

— Nada lá fora, literalmente — diz Matt, limpando os pés enquanto tranca de novo a porta. — Fechei o portão dos fundos, então pare de se preocupar. Você pode vir se sentar agora?

Verifico se a porta deslizante está devidamente trancada.

— OK, me desculpe — falo, segurando sua mão. — Só estou um pouco nervosa. — Vou até o outro lado da sala e aperto o botão para fechar as persianas eletrônicas. Se ainda houver alguém lá fora, não quero que fique espiando aqui dentro. — As persianas estão apenas parcialmente fechadas quando param, exatamente no mesmo instante em que as luzes do teto piscam algumas vezes. — Que diabos...? — Movo mais uma vez o interruptor para cima e para baixo, ligando-o e desligando-o, mas nada acontece. Matt se aproxima e também faz algumas tentativas. — Não acho que seja minha técnica — protesto com desdém, revirando os olhos. — É a porcaria da eletricidade de novo. — Assim que digo isso, as luzes piscam mais algumas vezes, fazendo meu coração disparar. — Você acha que é seguro? — Agarro o braço de Matt, pensando em nossa luminária em casa, perguntando-me se aconteceu o mesmo antes de incendiar tudo enquanto estávamos na casa de Laura.

-- É um pouco estranho, admito — reconhece Matt, ligando e desligando os *spots* principais do teto algumas vezes. — Eles parecem normais agora — diz ele, dando de ombros. — Talvez algumas lâmpadas estejam prestes a explodir. — Ele tenta acionar de novo as persianas, e, felizmente, elas funcionam e continuam se fechando.

— *Todas* as luzes do teto estavam piscando — insisto. — Acho que as lâmpadas não explodiriam todas juntas, né? E por que isso aconteceu no momento em que eu estava baixando as persianas? — Não consigo evitar o leve pânico que cresce dentro de mim. Saber que há possíveis problemas elétricos na casa de Annie me dá vontade de pegar as crianças e voltar para o hotel, sem mencionar a ideia de alguém espreitando lá fora. — Como vou conseguir dormir ciente dessa fiação perigosa?

— Relaxa — diz Matt, me abraçando. — Talvez tenha sido um pico na fonte de alimentação principal. A extensão é totalmente nova e deve ter seguido os regulamentos de construção. Com certeza, há documentação para tudo. Não consigo imaginar Annie economizando nisso.

— Eu sei... Você tem razão — concordo, tentando ser racional, mas também queria lembrar a ele de que *nossa* luminária era nova, veio de uma loja respeitável, e Matt sabia exatamente o que estava fazendo quando a instalou. Os problemas acontecem, mesmo assim. As casas ainda pegam fogo.

— Olha, vamos colocar uma comédia ou algo assim para animar você. Quer uma taça de vinho?

Balanço a cabeça, negando.

— Na verdade, não — respondo, desejando me manter sóbria. — Em vez disso, quero uma caneca de chá. — Matt coloca a chaleira no fogo e põe dois sachês nas canecas. — Você vai checar a placa de fusíveis ou o painel de controle da parte elétrica? Vai verificar se tudo está seguro? — pergunto quando voltamos a nos sentar. — Porque, do contrário, não vou relaxar.

Matt ri, balançando a cabeça, mas logo para quando faço uma careta. Ele sabe que meus medos são reais.

— Não faço ideia de onde fica o quadro de luz, amor. De qualquer forma, não vejo como isso vai adiantar.

— Talvez fique no corredor... Ou na despensa... Você não pode apenas dar uma olhada?

Matt suspira e larga o chá, levantando-se.

— Não vou ter sossego enquanto não verificar, não é? — Ele sai para procurar, e sigo atrás dele enquanto ele abre o armário de limpeza na despensa e, em seguida, verifica outro pequeno armário perto da porta da frente, e também o banheiro do andar de baixo. Então, abre a porta na parte de trás da escada, no corredor, revelando um saguão interno atrás dela com uma porta muito mais moderna e segura por trás.

— Esta é a entrada para o que antes era o porão — explico. — O estúdio de gravação da Annie fica lá agora. Ela o mantém trancado por causa de todos os equipamentos caros — eu lhe conto.

Matt dá uma rápida olhada, mas balança a cabeça.

— Nada aqui também. Que tal perguntar a Annie onde fica o quadro de luz — ele sugere, parecendo exasperado. — Porque, se estiver no porão e não for de fácil acesso, então quem desenhou o *layout* precisa de uma repreensão severa. — Matt me segue de volta à cozinha enquanto digito uma mensagem rápida para Annie, esperando para ver se ela fica *on-line*, mas ela não fica. Na verdade, sua mensagem não foi entregue.

Apenas quando Mary retorna do cinema com Tyler é que obtemos alguma resposta.

A dupla permanece em pé ao lado da ilha da cozinha, Tyler segurando um grande balde de pipocas pela metade, enquanto Matt pergunta a Mary o que ela sabe sobre a parte elétrica da casa. Embora eu veja clara semelhança entre ela e Tyler (covinhas similares nas bochechas, olhos quase idênticos, cabelos louro-acinzentados), em termos de idade, não posso deixar de pensar que eles parecem mais irmão e irmã que mãe e filho. E também não consigo tirar da cabeça as palavras de Bridget: *O menino me contou que Mary não é mãe dele.*

— Toda a parte elétrica fica lá embaixo, no porão — confirma Mary. — Vi quando ela me deixou descer para limpar. Há um teclado no topo da escada. Vou mandar uma mensagem a Annie e pedir o código — ela oferece ajuda. — Tenho certeza de que ela me dará acesso, se for uma emergência.

— Bom, caso contrário, vamos demorar um pouco para descobrir o número — diz Matt, cruzando os braços e revirando os olhos.

— Você quer saber qual é o número máximo de tentativas necessárias para encontrar o código de seis dígitos, correto? — Tyler intervém, do nada. — Isto é... presumindo que você literalmente descubra o número correto, no final.

Mary se vira para ele, balançando a cabeça.

— Agora, não, Ty — ela diz.

— Provavelmente, mais tentativas que o tempo que tenho para perder com isso. — Matt desliga a TV. — Vou me preparar para dormir, amor — ele me diz. — Vejo você lá em cima.

Antes que eu tivesse a chance de protestar, vejo-me sozinha com Mary e Tyler (e com uma sensação crescente de desconforto). Como diabos Matt espera que eu durma sabendo que há uma falha elétrica em algum lugar da casa?

Explico a Mary que já mandei uma mensagem a Annie, mas ainda não recebi resposta; então, quando verifico minhas mensagens, percebo agora que foi entregue. Olho para o relógio, tentando calcular que horas seriam na Tailândia.

— Posso ligar para um eletricista de manhã — diz Mary. — Embora possa apostar que Annie já terá respondido até lá. Em geral, ela é muito boa em resolver problemas domésticos.

Sorrio, tentando me convencer de que tudo ficará bem; que não precisarei ficar acordada a noite toda, farejando o ar, para verificar se há cheiro de queimado ou planejando nossa rota de fuga, caso os alarmes de incêndio soem. No entanto, quando estamos prestes a subir, paro e me volto para Mary.

— *Você* já notou algum problema com as luzes da cozinha ou se as persianas pararam de funcionar alguma vez? — pergunto, olhando para as luzes embutidas no teto, quase esperando que ela dissesse sim. Isso me provaria que o problema não passa de uma pequena falha que acontece o tempo todo e que não há nada com que me preocupar.

Tyler passa por mim, indo para o quarto dele, enquanto Mary e eu ficamos de frente uma para a outra na cozinha. E, enquanto ela balança a cabeça, com o cenho franzindo aos poucos, as luzes do teto piscam três vezes seguidas.

TRINTA E UM
GINA

Na manhã seguinte, depois de não dormir direito, eu estava na soleira da porta com Tommy equilibrado no quadril, acenando para Matt, enquanto ele partia de carro para Crawley. Eu mal havia acabado de entrar quando a campainha tocou. Quando abri a porta, Laura estava ali, parada, e ainda vi o Uber saindo do caminho da garagem.

— Oh. Meu. Deus — cantarolamos em uníssono. Depois, veio o abraço, enquanto nos envolvemos em uma confusão de braços e gritos. — Caramba, Laura. É muito bom ver você. A última vez que estivemos juntas foi na noite do incêndio.

— Sinto o mesmo, Gina. *Sinto o mesmo.* — Então, ela dá uma espiada na fachada da casa. — Caramba, Annie! — ela exclama, observando a propriedade; é a primeira vez que a visita. — Nossa garota se saiu bem.

Trocamos sorrisos no degrau mais alto da entrada da casa, embaixo do grande pórtico, encarando uma à outra como duas patetas, de mãos dadas, enquanto rimos e discutimos os planos para o fim de semana, que serão efetuados a pé ou por meio de transporte público, explico a Laura, pois Matt ficou com o carro.

— Um pequeno preço a pagar por uma zona livre de homens — ela diz, rindo.

— Bem, tem um mocinho que não para quieto e... um... um adolescente com o qual lidar lá dentro — falo, sem saber como definir Tyler. Eu ia dizer "rabugento", mas ele não é particularmente rabugento. E ele não parece ranzinza, mal-humorado, desorganizado nem preguiçoso, como seria de esperar de outros rapazes de sua idade. Na minha cabeça, decidi chamá-lo de "assustador". — Entre, entre — digo, conduzindo-a para dentro e pegando sua bolsa de viagem. — Hummm... você tem um cheiro adorável — acrescento, sentindo a fragrância do perfume emanando atrás dela.

Ela ri.

— Não sei por que... — ela diz. — Não estou usando nenhum perfume, passei calor no trem e fiquei suada.

Quando fecho a porta da frente, sinto de novo o cheiro: um aroma doce e atraente que me lembra algo do passado, embora eu não consiga identificar exatamente o que é.

Depois de fazer com Laura um rápido *tour* pela casa, mostrando-lhe o outro quarto de hóspedes, para que ela deixe a bolsa lá, preparo um café para nós e nos sentamos no sofá de canto, perto da lareira. Tommy mostra sua coleção de aviões, e Laura é infinitamente paciente com ele.

— Nossa... Tommo — ela diz, segurando mais uma aeronave de plástico. — Este parece super-rápido.

— É *rááápido*! — Tommy responde, agarrando-o de volta enquanto se levanta e avança com ele, emitindo um barulho estridente.

Fico sentada amamentando Gracie enquanto conversamos.

— Com certeza, Annie tem uma casa linda — comenta Laura, olhando ao redor da impressionante extensão. Reconheço o tom de sua voz; também reagi assim quando eu mesma vi o lugar pela primeira vez. Muito longe de ser inveja, está mais para uma constatação melancólica do tipo *imagine se eu morasse aqui*, sabendo que nunca estaremos em tal posição. — Mas... — Laura hesita, com uma carranca no rosto. — Quer dizer... — ela se detém, suspirando. Franzindo mais a testa.

Dou risada, fazendo Gracie se contorcer em meus braços.

— Quer dizer... *pois é*! — falo, balançando a cabeça. — Entendo perfeitamente o que está querendo dizer.

— Por que aqui, *nesta* cidade? É uma casa linda, sem dúvida, e sei que a mãe dela sempre adorou o lugar, mas, com certeza, Annie fica mais em Londres, com seu trabalho atual. E, *sem dúvida*, ela gostaria de fugir de...

— Concordo com tudo isso também. Ela vem aqui nos fins de semana sempre que pode, mas também gasta muito dinheiro em hotéis em Londres. Embora tenha me contado que gravou seu novo álbum aqui, quando o estúdio foi concluído, há alguns meses. Ao que parece, ela também grava muitos trabalhos de narração lá embaixo. Acho que viver à beira-mar a inspira.

— Imagino que sim — responde Laura. — Não sei, talvez seja só impressão. — Ela muda de posição, descruzando as pernas e se inclinando, aproximando-se. — É que, depois do que aconteceu... depois de perdermos a Sara, não consigo nem imaginar como é voltar a viver aqui. Enfrentando o turbilhão de sentimentos todos os dias, pensando que... poderíamos tê-la ajudado, mas não o fizemos. Não saber a verdade sobre o que de fato aconteceu naquela noite...

— Eu sei, *eu sei*... — digo, concordando por completo. — Mas, veja, você conhece Annie. Ela é teimosa que só. — Olho para a porta, ciente de que Mary está lá em cima com Tyler, embora eu não tenha visto nenhum deles esta manhã. — Há algumas coisas que preciso lhe contar — sussurro. — Annie tem uma governanta que...

Nesse exato momento, Mary aparece na cozinha, com os braços repletos de roupa suja.

— Bom dia! — ela grita para nós, espiando por cima dos lençóis emaranhados. Estou prestes a apresentá-la a Laura, mas ela se apressa, indo para a área de serviço.

Arregalo os olhos para Laura, com o coração disparado, quando percebo que foi por pouco que Mary não ouviu o que eu estava falando.

— *Conto a você mais tarde* — articulo com os lábios, e, enquanto termino de amamentar Gracie, Laura me conta sobre a última viagem de Patrick, de bicicleta, para Lanzarote.

— É assim — explica Laura uma hora depois, agachando-se enquanto mostra a Tommy como segurar um seixo plano na praia. — Então, puxe o braço para trás e jogue-o nas ondas o mais forte que puder, mantendo o ângulo de noventa graus, para...

— Laura, ele tem 3 anos — intervenho, rindo enquanto limpo um fio de ranho do nariz do meu filho. — Ele não liga muito para geometria.

— É melhor que aprendam cedo habilidades essenciais para a vida — justifica Laura, dando um sorriso, levantando-se e atirando a própria pedra no mar. Ela quica em alta velocidade cinco vezes na superfície, antes de afundar. Tommy grita e bate palmas enquanto entrego a Laura o café que está no porta-copos do carrinho. Nós nos sentamos sobre as pedras tomando nossas bebidas quentes e ficamos vendo Tommy atirar seixos na espuma das ondas. — Está vendo? Foi por *isso* que Annie comprou a Genoa House — diz Laura, espalmando a mão e olhando ao redor. Há alguns barcos de pesca coloridos amontoados no Stade, mais ao longo da costa, com as redes empilhadas e penduradas sobre eles como se fossem faixas de lenços, e gaivotas circulando no alto, e as icônicas cabanas dos pescadores despontando adiante. — *Temos que* parar no quiosque de peixe fresco no caminho de volta e comprar algo para cozinhar mais tarde — diz Laura. — Deus, sinto tanta falta de estar à beira-mar.

— Eu também — digo, embora saiba que ela está pensando, assim como eu, que, se algum dia voltássemos a morar perto da costa, não poderia ser por aqui. — Olha, sobre o que eu queria dizer antes... Coisas estranhas têm acontecido desde que chegamos — falo, mantendo a voz audível apenas um pouco acima do som das ondas. Não quero que Tommy capte uma única palavra nem correr o risco de vê-lo repetindo-a na frente de Mary.

— Como o que, por exemplo?

Expliquei tudo, inclusive o que Bridget, a vizinha, me contou; falei que Mary me trancou no *closet*, que estava dando em cima de Matt; falei da sujeira na minha cama; contei que Tommy disse que Tyler o havia machucado, de alguma forma, além de eu estar convencida de que havia um intruso no jardim, na noite anterior.

— Meu Deus, isso é muita coisa para suportar, Gin — diz Laura, parecendo chocada, mas não tenho chance de responder, porque meu telefone apita.

— Por falar no diabo, é a Annie — digo, abrindo o WhatsApp. — Deus, é um alívio. — Falo rapidamente sobre os problemas elétricos. Ela diz para eu não me preocupar, porque aquela oscilação estranha acontece o tempo todo; então, não é urgente. Tudo estará resolvido quando ela voltar da Tailândia.

Laura olha fixamente para mim, atônita, balançando a cabeça devagar.

— Não acredito que ela esteja tão calma em relação a tudo. Sem falar naquela foto que você encontrou no toco da árvore. É a *Sara*, pelo amor de Deus. Você contou à polícia? O que acha que isso significa? Pode ser algum maluco, obcecado pelo caso dela… ou alguém obcecado por garotinhas — ela acrescenta, fazendo cara de nojo. — Mas também pode ser uma pista, Gina. A polícia pode reabrir o caso.

Sinto a hesitação em sua voz e quase posso ler sua mente, já que percebo que ela está começando a desejar jamais ter feito essa visita agora, imaginando que o fantasma de Sara vai ficar conosco durante todo o fim de semana.

— Eu sei... *Eu sei*, você está certa — concordo. — Mas, ouça... eu poderia jurar que a governanta de Annie sabe alguma coisa sobre isso. Segundo Bridget, Mary tem estado muito no terreno comum, nas últimas semanas, procurando alguma coisa. Sabe... foi sobre isso que lhe contei. — Enfio a mão na bolsa e tiro o colar de coração enferrujado, segurando-o no alto. — Mary parecia ter sido pega com a mão na massa quando me deparei com ela no meu quarto. Minha teoria é de que ela o perdeu lá antes e voltou para procurá-lo. E também acho que era isso que procurava no terreno. Aposto que estava com a foto. — O sorriso desaparece do rosto de Laura quando ela estende a mão para pegar o colar, deixando-o escorregar entre os dedos. — Nunca encontrei o colar da Annie no *closet*, sabe... Considerando tudo o que aconteceu, acredito, de verdade, que esse poderia ser o colar de Sara — declarei solenemente. — E... não — acrescentei, aproximando-me e sussurrando em seu ouvido —, *é claro* que não denunciei isso à maldita polícia.

TRINTA E DOIS
MARY

Nunca foi minha intenção matar Annie. Era mais uma questão de querer ela fora do caminho. Mas, às vezes, os planos mudam, as coisas dão errado, o destino intervém, e as pessoas nunca se comportam da maneira que a gente espera. Foi um bom trabalho. Sou uma planejadora rápida e adaptável. Não vou parar até conseguir o que desejo. Enfim, chegou a hora da vingança.

Depois que coloquei a roupa para lavar, mais cedo, Gina me apresentou sua amiga, Laura, bem rápido. O que ela não sabe é que já a conheço muito bem, e, provavelmente, sei mais sobre sua vida atual que Gina — que Laura e o marido, Patrick, fazem aconselhamento matrimonial uma vez por semana; que Laura tem um caso secreto com um sócio de seu escritório de advocacia, que começou nos últimos seis meses, e posso jurar que algo está acontecendo entre Patrick e uma mulher muito mais jovem em seu clube de ciclismo, embora não tenha certeza absoluta disso. As habilidades de *hacker* de Tyler revelaram-se extremamente úteis, e ele nunca faz perguntas difíceis nem me acusa de ser imoral, porque entende que estou fazendo tudo isso por ele.

Ainda assim, sorri com doçura e apertei a mão de Laura, me entrosando durante alguns minutos na conversa enquanto era apresentada de maneira formal.

— É uma pena que Annie também não esteja aqui — eu disse, depois que Gina falou, de novo, sobre o grupo de amizade de infância do qual Laura também fazia parte. Quase sinto como se eu mesma pertencesse a esse grupo. — Teria sido uma reunião adorável.

Observei o semblante delas, a maneira como as sobrancelhas franziram um pouco, o rápido olhar que trocaram, os pensamentos simultâneos circulando entre elas, dizendo: *Não, não seria um reencontro, porque uma de nós ainda estaria desaparecida.*

Mas, é claro, elas não sabem que sei disso.

Então, Gina me contou que ela e Laura não moram muito distantes uma da outra agora e se viram pela última vez há algumas semanas.

Na noite do incêndio, pensei, mas também fiquei calada a respeito disso.

Outra coisa que ela não sabe é que Laura só veio passar o fim de semana por minha causa. Ela não queria, de fato, viajar para o litoral sul, porque já tinha feito planos para passar um tempo com o amante enquanto Patrick estava viajando de bicicleta. Mas uma amiga precisava de um ombro amigo...

Estou muito preocupada com Gina, afirmara em minha mensagem no WhatsApp para Laura. Ou melhor, a mensagem de *Annie* no WhatsApp, até onde Laura sabia. Minhas palavras foram enviadas do telefone de Annie, que está em minha posse há algum tempo. Mudei a senha e o reconhecimento facial assim que consegui.

A infeliz da Annie não vai mais precisar dele.

Ah, não, por quê?, foi a resposta de Laura.

Ela não admite, mas não está conseguindo controlar as coisas, foi minha resposta — isto é, a resposta de Annie. *Está obcecada com o passado e muito ansiosa. Talvez seja depressão pós-parto. Gostaria de poder estar lá em casa, para ficar com ela. Ela precisa de apoio. Você iria visitá-la?*

Considere feito, Laura havia respondido, sem hesitação. *Irei neste fim de semana.*

Enviei outra mensagem sugerindo que ela levasse o colar da amizade com ela, pois isso traria conforto para Gina quando elas relembrassem, e Laura concordou. Na verdade, foi muito mais fácil do que eu pensava reunir as duas — e muito mais fácil para mim, considerando o destino delas, tê-las sob o mesmo teto.

Aguardo minha hora até que elas saiam para aproveitar o dia. Do meu quarto no sótão, ouço a conversa animada delas enquanto, dois andares abaixo, elas preparam as crianças. Imagino a cena no corredor — as duas mulheres vestidas com jeans e botas —, Gina talvez com aquela jaqueta verde que ela usa, e Laura com o casaco de lã azul-marinho com o qual chegou, como se estivesse indo para uma reunião de negócios. Tommy com um punhado de brinquedos e seu balbucio animado enquanto a mãe fecha o zíper de seu anoraque vermelho, colocando um gorro de lã em sua cabeça. A bebê aconchegada no carrinho.

Então, o silêncio quando a porta da frente se fecha. Admito que os dois filhos são um problema. A inocência deles em tudo isso inspira empatia — crianças apanhadas na mira. Na melhor das hipóteses, acabarão na assistência social, o que coloca um sorriso em meu rosto enquanto desço até o andar do meio para remexer nas coisas que Laura trouxe para o fim de semana. Há algo de um círculo completo e kármico nessas crianças sendo adotadas. Mas, na pior das hipóteses... bem, não posso pensar nisso agora. Haverá sujeira suficiente para limpar, do jeito que as coisas estão indo.

Vou direto para a bolsa de maquiagem de Laura, que foi deixada na prateleira acima da pia do banheiro adjacente, e abro o zíper, encontrando bem rápido o que procuro. O colar está enrolado em um lápis de olho e num tubo de brilho labial. Com cuidado, desenrolo a corrente, segurando-a como se fosse um prêmio. Imagino Laura o procurando de cima a baixo antes de sair da casa, pensando em como isso poderia ajudar Gina e amaldiçoando a mim (*Annie*) por sugerir que o trouxesse. Passo o dedo pela linha irregular do coração, o metal barato e manchado. A palavra *Melhores* está gravada no centro.

— Melhores amigas... — sussurro, enfiando a corrente no bolso de trás. — Está mais para *traidoras*.

Então, volto para o quarto de Gina a fim de ver se consigo encontrar o colar dela; meu erro foi não pegá-lo na primeira vez que o vi, embora eu não quisesse revelar meus planos tão cedo quando ela percebesse que ele havia sumido. Além disso, agora, preciso encontrar a corrente de Sara de novo. Não acredito que fui tão descuidada com isso. Claro, já tenho o coração de *Amigas* de Annie escondido em segurança, encontrado em uma gaveta de seu escritório antes mesmo de Gina chegar.

Ao voltar para o patamar, sorrio comigo mesma, ciente de que muito em breve terei o conjunto completo dos quatro pendentes.

Algumas horas depois, encontro minha mãe, mas ela não está satisfeita em me ver. Na verdade, nunca está. Sou a primeira a admitir que minhas visitas são motivadas por sentido de dever e codependência. Além de Tyler, ela é tudo o que tenho.

Ela permanece na posição habitual, ao lado da pia da cozinha, jogando a cinza do cigarro no ralo e soltando a fumaça pela janela aberta. Sua pele está pálida, e suas unhas estão manchadas de nicotina. Ela leva o cigarro até o beicinho fino e enrugado.

— E então? — ela pergunta com aquela voz rouca pela qual eu, um dia, esperei e rezei, quando criança, que me salvasse, que me protegesse.

Saia de cima dela... Deixe-a em paz... Tudo bem, Mary, você está segura... Cuidarei de você...

Mas essas palavras nunca vieram. Minha mãe era covarde demais para falar. Vivia muito preocupada com o próprio bem-estar e com o que seria *dela* se enfrentasse ele ou os outros. Em vez disso, fazia vista grossa. Permitia que coisas ruins acontecessem.

— Então... — eu disse, abrindo o zíper da bolsa, enfiando a mão lá dentro e tirando os três colares: o de Laura, o de Annie e o de Gina. — Terei que encontrar o outro mais tarde — eu lhe digo, segurando as correntes emaranhadas.

— Não sei por que você está tão obcecada com essas malditas coisas — minha mãe diz, nada impressionada. Ela bate as cinzas, olhando para mim. — Esses pedaços de metal não valem nada. — Ela desenha uma linha no pescoço com o dedo, e as cinzas caem em sua blusa. — Não vão colocar comida no prato daquele garoto nem bebida na minha barriga, não é?

— Eu sei, apenas pensei que... — Mas paro, percebendo que estou me esforçando à toa tentando explicar o que os colares significam para mim, por que estou tão determinada a possuí-los. Essa mulher não está interessada em mim nem no que aconteceu no passado. Não está interessada em vingança ou em conseguir o melhor para Tyler. Só está interessada em saber de onde virá o próximo maço de cigarros e se terá dinheiro suficiente para comprar um *pack* de seis cervejas ou uma garrafa de vodca barata.
— Você viu Dennis? — pergunto, mudando de assunto. Não consigo chamá-lo de *pai*.

Minha mãe faz que sim com a cabeça, e um sorriso aparece em seu rosto, expondo mais lacunas que dentes. Além de visitar Dennis na prisão, ela não tem muitos motivos para sorrir (mais codependência ali mesmo). Com ou sem dinheiro em nossas contas bancárias, minha mãe está destinada a ser infeliz e amarga.

Não é à toa que se entorpece com álcool. Lembro-me das porradas que ela também recebia de Dennis quando eu era criança, das pancadas e dos baques surdos vindos do quarto deles. Ela nunca gritava, nem chorava, nem revidava. Apenas aguentava, cobrindo os hematomas no dia seguinte com maquiagem. Talvez acreditasse que, se ele descontasse sua raiva nela, a raiva não iria parar em outro lugar. Só que parou. Ele tinha muito a oferecer.

— Seu pai quer saber quando vamos pegar o dinheiro. Ele vai ser avaliado para receber a liberdade condicional no ano que vem e acha que vai conseguir. Quer garantir que exista algum lugar para onde voltar. Ter algo pelo que ansiar. — Olhei para minha mãe. Para Pammie. Pam. Minha Pâmela. Dennis a chamava de todos esses nomes, conforme o humor. A antiga e perdida beleza de cabelos dourados, cintura fina e coração de pedra. Meu próprio coração se aperta ao pensar em meu pai sendo libertado da prisão. Nos dois já esfregando as mãos ao pensar nas grandes somas imaginárias. Como não respondo, minha mãe continua:

— Afinal, fui eu quem a encontrou. — Ela acende outro cigarro, cerrando os olhos enquanto traga. — Aquela Annie Wilde. Se não fosse por eu ter reconhecido seu rosto presunçoso na televisão, enchendo a boca para falar naquela cerimônia de premiação, gabando-se para todos como se fosse a porra da Rainha de Sabá, não estaríamos ganhando nada — ela continua. — Ela tem muito pelo que responder, essa aí. Quero o que me é devido.

Então, para acalmá-la enquanto espera o desfecho, pego um dos pendentes de coração e o coloco em volta do pescoço dela, prendendo o fecho na parte de trás, resistindo à vontade de puxá-lo com tanta força a ponto de ela não conseguir respirar.

TRINTA E TRÊS
GINA

Depois de contar a Laura como segui Mary outro dia e onde fui parar, ela insiste para darmos um passeio. Quer refazer meus passos até a casa em ruínas onde Mary entrou.

— Sim, sem dúvida, esta é a rua — eu disse quando chegamos lá, desejando que meu coração não ficasse tão acelerado. — Eu me lembro daquela loja. — Aponto para a Sunny's, uma pequena banca de jornal na esquina, com bandejas de legumes empilhadas na calçada ao lado de caixotes de refrigerante e sacos de carvão. Laura assente de maneira solene, verificando se o cinto de segurança de Tommy está preso. — Laura? — digo, detendo-me enquanto ela desce a rua, com a gola do casaco levantada. — Espere. O que você pensa que vai encontrar? — pergunto, embora não tenha certeza de que, de fato, quero saber a resposta.

— É um palpite — ela responde por cima do ombro, num breve sussurro, embora ainda estejamos no extremo oposto da rua da casa onde Mary entrou. — Apenas me deixe continuar. — Ela acena para mim, inclinando a cabeça, com expressão decidida no rosto, e, então, sigo em frente, fechando o zíper da jaqueta e baixando a cabeça também (não que alguma dessas coisas me proporcione proteção ou anonimato, mas isso faz eu me sentir melhor).

— Qual é a casa? — pergunta Laura, parando no meio da rua. Tommy está cantarolando consigo mesmo, uma música sem sentido, segurando seu avião no alto, batendo as botas contra o apoio para os pés do carrinho, enquanto Gracie se mexe e se contorce ao lado dele.

— Quase no fim da rua, à esquerda — respondo em voz baixa. — Porta da frente branca e suja — acrescento, certa de que me lembrava desse detalhe.

— Você não se lembra do número da casa?

Balanço a cabeça enquanto continuamos avançando, aproximando-nos das grades de metal que cercam a área industrial. Quatro adolescentes estão brincando com uma bola de futebol em um beco sem saída, chutando-a de maneira preguiçosa entre eles, com capuzes levantados, calças de treino abaixadas na cintura, mãos enfiadas nos bolsos. Um deles está fumando um baseado, olhando o jogo, então ergue a vista e nos observa com os olhos semicerrados enquanto nos aproximamos.

Laura olha de soslaio para trás enquanto eu a sigo com o carrinho. O casaco longo e escuro ondula atrás dela, com a camisa branca elegante dando-lhe aparência oficial, com certeza não uma que pertence a esse tipo de lugar. São apenas os jeans, ainda que de grife, que a impedem de parecer uma autoridade do governo com assuntos sérios a tratar.

— É aquela casa ali — sibilo num sussurro à medida que nos aproximamos.

Laura segue meu dedo conforme aponto para a porta com o número 45 pintado nos tijolos ao lado, com tinta branca descascada.

— Parece que Dennis se meteu em alguma merda de novo, rapaziada — grita alto para os outros um dos garotos.

— Não, ele ainda está na prisão, não é, não, cara? — corrige o outro, chutando a bola na grade de metal. Vários cães começam a latir em casas próximas, seguidos de uma voz masculina gritando: "Cala a boca!".

— O que você está procurando? — sussurrei para Laura enquanto passávamos devagar pela janela da frente. Ela está à minha esquerda agora, dando uma boa olhada lá dentro. O interior da casa parece escuro e deserto.

— Não sei ao certo — ela admite com voz cautelosa.

Depois de passarmos pelas duas casas seguintes, chegamos às grades de metal e paramos a poucos metros dos adolescentes, que ainda chutam a bola.

— Ei, cuidado! — grita Laura enquanto a bola roça a roda do carrinho. — Tem um bebê aí dentro, vocês não sabem disso? — Ela faz cara feia, chutando a bola na direção deles.

— Foi mal... — grita um dos garotos. — Belo chute, senhora. Quer jogar?

— O bebê é seu, mano? Você pegou alguém, cara? — provoca o outro garoto, fazendo com que os outros três caiam na gargalhada.

— Não gostaria de fazê-los passar vergonha — responde Laura, deixando-me chocada ao ir até eles. — Quem mora ali naquela casa, hein? — Ela aponta para o número 45. — Algum de vocês?

Paira um silêncio conforme os meninos se aproximam com olhares desconfiados pousando sobre Laura. Suas perguntas os colocaram em modo defensivo. Eles se amontoam, aproximando-se dela.

— Não, nós, não — responde um deles, com os olhos grandes vidrados enquanto suga um baseado. — Quem quer saber?

— Eu — diz Laura, com as mãos nos quadris, o casaco longo preso para trás e o queixo erguido. Lentamente, arrastando o carrinho atrás de mim, caminho até o lado dela.

— São aqueles velhos, não é? — diz o garoto de aparência mais jovem, inclinando a cabeça em direção à casa geminada. Mas ele foi pego. Condenado à prisão perpétua, ouvi dizer, não é? — Ele olha para os outros.

— Um puta de um pedófilo — resmunga o cara do baseado, cuspindo no chão.

Laura olha para mim.

— Quem mora lá agora? — ela pergunta, mas o grupo de garotos, de repente, olha para o número 45, quando ouve alguém saindo pela porta da frente.

— Falando do diabo... — um garoto ri. — É ela. Ela mora lá. A velha bruxa, não é? — acrescenta ele, olhando com escárnio na direção dela.

— Eu tiraria seus filhos do caminho, senhora — provoca o garoto do baseado em voz alta, fazendo a mulher mais velha parar no meio do caminho. Ela se vira devagar, com um cigarro pendurado na boca, uma coluna de cinzas presa na ponta.

— Vão se foder, seus bostinhas! — a mulher grita, balançando o cigarro. As cinzas caem sobre sua blusa colete branca e suja, sob a qual os seios pendem sem sutiã, quase chegando ao umbigo. Ela balança as mãos acima da cabeça; a pele enrugada e solta dos braços ondula enquanto ela coloca as mãos nos quadris. Cerrando os olhos e franzindo o nariz, ela olha para Laura e, depois, para mim. Então, para meu horror, ela se aproxima. — Eu disse: caiam fora, seus idiotas! — Ela faz outro movimento de mão para os quatro garotos, com a voz rouca e determinada, mas eles se mantêm firmes, observando o que suspeito está prestes a se tornar um confronto final, um que temo poderá nos incluir. — E o que vocês duas querem espreitando assim? Vi vocês aqui bisbilhotando. — Ela aponta o dedo para Laura e para mim. Em seguida, limpa o nariz com as costas da mão antes de tirar um lenço de papel rasgado do bolso da calça jeans larga. Olha para ele por um instante antes de deixá-lo cair no chão; depois, cruza os braços. Os pés estão descalços, e as unhas dos artelhos são amareladas e compridas, quase se curvando até o chão, como garras. Embora seja uma mulher magra, possivelmente com apenas um metro e cinquenta, um metro e sessenta de altura, ela manifesta uma presença forte. Não gostaria de estar do lado oposto a ela, embora suspeite de que já estejamos. — Perguntei: o que vocês querem? — Ela se aproxima, e sinto o cheiro do seu cigarro. Por instinto, viro o carrinho para o outro lado, para que Tommy não tenha pesadelos com a mulher. Ela está emitindo vibrações de bruxa malvada, no mínimo.

— Há quanto tempo você mora aqui? — Laura pergunta, fazendo-me desejar cutucá-la. O que diabos ela está fazendo... tentando irritá-la de propósito? Só precisamos ir embora. Desse jeito, entre a mulher e o grupo de rapazes, estamos encurraladas num beco sem saída. A menos que Laura pense em arrastar o carrinho e as duas crianças por cima da cerca de metal de quase dois metros de altura encimada por espigões, nossa rota de fuga está, no momento, gravemente comprometida.

— Acho que... o que minha amiga quer dizer — começo a falar — é que parece uma rua bonita e... e estamos pensando em ver uma propriedade que está à venda.

A mulher entorta o queixo para trás.

— Que propriedade? — ela rosna. — Não há nenhuma propriedade à venda por aqui. — Ela se aproxima, fazendo meu coração disparar ainda mais. Algo nela não me agrada, embora eu não consiga descobrir o que é. — Falem o que vocês duas querem *de verdade* ou vão embora. Conheço seu tipo.

— Policiais, não é? — um dos garotos interrompe.

A mulher lança um olhar para ele e, depois, para nós.

— São, é? — ela vocifera. — Vocês parecem policiais mesmo. Sei como são os tiras, e vocês parecem ser umas porras de umas tiras.

— Cheiram a federais também — vem a voz de outro garoto.

— Não somos da polícia — assegura Laura com ousadia. — Não acredito que policiais levem os filhos para o trabalho, então relaxem. Estamos apenas procurando alguém.

— É seu dia de sorte, Kane — cantarola um dos garotos, empurrando o companheiro para o lado. Os outros riem e zombam.

— Estamos? — sussurro para Laura, puxando sua manga. — Vamos embora. Isso é idiotice — falo, desejando que nunca tivéssemos vindo. Poderíamos estar em um café comendo bolo e colocando nossas novidades em dia agora mesmo, sem nos sentirmos encurraladas e ameaçadas por um bando de estranhos furiosos que não nos querem em seu território.

— E quem vocês estão procurando, então? — pergunta a mulher, aproximando-se ainda mais. Sinto cheiro de odor corporal rançoso enquanto ela endireita o corpo, com as mãos nos quadris.

— Estamos procurando Sara — anuncia Laura, encarando a mulher, que é mais baixa que ela. — Éramos grandes amigas na escola.

Ao ouvir isso, a mulher de repente se aproxima de nós, com os punhos erguidos e irritada, e algo ininteligível sai de sua boca.

Então, em vez de me virar para ir embora, em vez de fugir e levar meus filhos para um lugar seguro, percebo o que está me deixando ainda mais nervosa. Olho fixo para a corrente em volta do pescoço dela, incapaz de tirar os olhos do pendente de coração recortado, até que, por fim, saímos correndo.

TRINTA E QUATRO
GINA

— Eu não tinha *isso* na minha lista de possibilidades esta manhã — digo a Laura, com o coração ainda acelerado, enquanto estávamos sentadas no café na orla marítima enevoada. Não é o Davy's (que já fechou há muito tempo), onde nós quatro costumávamos nos encontrar, mas um lugar nos mesmos moldes.

— Eu *soube* assim que a vi — admite Laura, recostando-se na cadeira e cruzando os braços. — Os mesmos olhos. A mesma expressão triste, embora fugidia, sob aquele exterior duro. Poderia apostar minha vida que ela é a mãe de Sara.

— A única coisa triste naquela mulher são as unhas dos pés — comento, ainda assustada, embora queira me retratar de imediato, sentindo-me uma pessoa ruim. Se ela é, de fato, quem Laura acredita que é, então sofreu uma perda imensurável na vida. — Assim que você mencionou o nome de Sara, a expressão dela mudou. Foi estranho... os olhos dela ficaram sombrios e vazios. — Eu me inclino para Tommy, segurando seu *milk-shake* com firmeza enquanto ele suga o canudo. — Quer saber? Foi aquele pendente de coração que não deixou dúvidas para mim.

Laura fica pensativa por um tempo.

— *Só pode* ser de Sara — Laura diz, por fim.

Balanço a cabeça, negando.

— Mas isso significaria que aquele pendente enferrujado que encontrei no meu quarto não é de Sara, como eu pensava. — Minhas mãos ainda estão trêmulas enquanto levo a caneca de café aos lábios.

— Você disse que não chegou a encontrar o colar de Annie quando foi procurá-lo, não é? — pergunta Laura.

Balanço a cabeça de novo, lembrando a ela de que Mary me trancou no *closet* por causa de alguma aranha imaginária.

— E se ela já tivesse pegado o pendente de Annie e dado para aquela mulher? — pergunto.

— Por que diabos a governanta de Annie roubaria um colar barato? — Laura retruca, encolhendo os ombros. — Com certeza, há coisas muito mais valiosas que ela poderia pegar.

— Não faz nenhum sentido — digo, sentindo a mente girar com tudo isso. — Quero dizer... como elas se conhecem? Elas parecem tão diferentes. — Ficamos pensando por um tempo, ouvindo os sons do café movimentado ao nosso redor. E eu me lembro dos modos elegantes e precisos de Mary, da aparência imaculada no trabalho, da maquiagem aplicada de forma cuidadosa e de como ela é totalmente oposta, pelo menos na superfície, à mulher do número 45. Olho para dentro do carrinho quando ouço Gracie despertando do cochilo.

— Isso me afetou de verdade, você sabe — Laura continua. — A expressão em seus olhos. Ela me fez lembrar muito a Sara, a cara corajosa que ela sempre fazia. E juro que Sara uma vez me disse que morava em uma rua cujo nome soava como Waites, Water ou Watling Avenue. Embora ela não tenha deixado nenhuma de nós visitá-la. Ela sempre teve o cuidado de nos manter afastadas de sua vida doméstica; nunca nos convidava para ir à casa dela, mesmo quando dizíamos que era a vez dela de nos receber, para variar. Estou começando a entender por quê.

— Laura... — hesito, sem querer tocar no assunto, mas isso está na minha cabeça há anos. — Por que *não* fizemos nada a respeito da chamada "cara corajosa" de Sara naquela época? Não fomos boas amigas, fomos?

— Éramos adolescentes, Gin, e estávamos envolvidas demais nos nossos próprios problemas para perceber o que se passava — admite Laura. E ela tem razão: não éramos maduras, ainda que nossos próprios problemas fossem relacionados apenas a espinhas, garotos ou lição de casa esquecida. Abuso não era um termo com o qual estávamos familiarizadas. — Não era nossa responsabilidade fazer verificações do bem-estar dela — ela conclui.

Sou surpreendida pelo tom um tanto frio e desdenhoso na voz de Laura, mas, provavelmente, é a culpa dela vindo à tona. O mesmo tipo de autoproteção e autojustificação contra o qual eu luto. Todas nós decepcionamos Sara.

— Ela nunca fez alarde sobre isso — digo, mantendo a voz baixa para que Tommy não capte nada. — E sempre foi muito grata pelas pequenas coisas — acrescento, pensando no passado. — Uma vez, paguei a ela um ingresso de cinema e comprei-lhe uma bebida e uma barra de chocolate, e foi como se ela tivesse ganhado na loteria. Ela não parou de me agradecer durante um mês.

Laura morde o lábio, pensativa.

— Desconfio de que não foi tanto por causa do ingresso ou do chocolate, mas, sim, pelo fato de você ter pensado em incluí-la. Você foi bondosa com ela.

— Acho que ela não recebia muito disso em casa — respondi, desejando ter feito mais por ela; no entanto, quando percebemos que Sara precisava de ajuda, era tarde demais. — Quando Matt... Quando ele disse que iria terminar as coisas com ela — sussurrei, aproximando-me mais —, foi aí que tudo deu errado. Como se ela tivesse desmoronado, como se ele fosse sua única saída de uma vida de merda, mas ele tivesse ido embora e trancado a porta atrás de si. — Não posso acreditar que acabei de dizer isso... traindo meu próprio marido. Olho para Tommy, mas, por sorte, ele parece absorto no próprio mundo, pousando seu aviãozinho na mesa do café.

— Vocês dois já conversaram sobre isso? — pergunta Laura. — Sobre o que aconteceu?

Nego com um aceno de cabeça.

— Não. Nunca. Para ser sincera, gostaria que tivéssemos feito isso. Grande parte daquela noite é um borrão. Jovens de 15 anos e vodca não combinam. — Compartilhamos um olhar envergonhado. — Às vezes, acho que quero ouvir a opinião de Matt sobre as coisas, do que *ele* se recorda, em vez do que os jornais escreveram, mas, de fato, só quero que tudo desapareça.

— A polícia também o interrogou, não foi?

— Várias vezes, como fizeram conosco — respondo, balançando a cabeça. — O problema é que as lembranças que Matt tem daquela noite batem exatamente com as nossas.

Laura toma um gole de café, refletindo, enquanto cada uma de nós pensa no passado. Lembro que estava ameaçando chover naquela noite, e minha principal preocupação era não molhar o cabelo ou estragar a maquiagem a caminho da festa de Matt.

Ele nos disse que chegássemos logo depois das nove da noite, para dar a ele e ao restante do elenco tempo para voltar depois que a apresentação terminasse. Disse que planejava tomar alguns drinques antes da festa, no intervalo, e sei que isso incluía Annie e alguns outros amigos.

Se eu tivesse contado aos meus pais para onde iria naquele sábado à noite, eles nunca teriam me deixado sair de casa. Eu tinha 15 anos (faltavam três meses para fazer 16) e nunca tinha beijado um garoto, muito menos um namorado. Estava perdidamente apaixonada por Matthew Dalton, embora jamais tivesse admitido isso para alguém, muito menos para Sara.

— Você *tem* que vir, Ginazinha — Annie me disse ao telefone, na manhã da festa, quando eu ainda não tinha decidido se a boicotaria ou não. — A noite inteira estará arruinada para mim se você não estiver lá. É a apresentação final, e quero todas as GALS juntas.

À medida que cada uma de nós percebia as implicações do que ela acabara de dizer, de que *não* estaríamos todas juntas, houve um silêncio no telefonema, eu lutando com minha consciência pelo fato de Sara não ter sido convidada, mas também porque estava nervosa por ter de escapulir, pois não queria que meus pais me ouvissem e me castigassem pelo resto da vida.

No entanto, quanto mais tempo passava ao telefone com Annie, mais uma rachadura começava a se formar dentro de mim. Uma brecha. Algo para ela trabalhar e explorar.

— Matt disse que gostaria que você viesse.

E aí estava. Ela havia tocado em meu ponto fraco. Meu calcanhar de Aquiles.

Hesitei, repassando os detalhes de novo. Era horrível Sara não ter sido convidada por Matt (na verdade, ela nem *sabia* da festa), mas, sobretudo, era horrível porque ele tinha sido covarde e ainda não havia terminado com ela. Annie me contou que ele faria isso naquela manhã, como se Sara fosse algo em que ele tivesse pisado, algo para ser raspado do sapato. Apenas um pouco incômodo.

Respirei fundo, cutucando a pele ao redor do polegar, enquanto pressionava o telefone no ouvido. Fiquei com raiva, triste e chateada por Sara, tentada a avisar eu mesma os pais de Matt. Mas, então, a festa seria cancelada, e eu não queria estragar tudo para Annie e Laura, sabendo quão ansiosas elas estavam por uma comemoração. Era quase o fim do semestre, e logo viria o Natal. Todas estavam prontas para as férias de inverno.

— OK — sussurrei do outro lado da linha. Minha cabeça era habitada por Matt e apenas por Matt (*ele quer que você venha*), e meu corpo formigou com esse pensamento.

— Com quem você está conversando esse tempo todo? — minha mãe perguntou, me dando um susto quando apareceu atrás de mim no corredor.

Balancei a cabeça, franzindo o rosto.

— Ninguém... É só a Annie. — Minhas bochechas ficaram ardendo conforme mamãe revirava os olhos e se dirigia para a cozinha.

— Sério? — ouvi Annie gritar ao telefone. — Você *vai*?

— Sim, sim, vou — sussurrei de novo, apertando os olhos ao pensar em trair Sara.

TRINTA E CINCO
O PASSADO

Matt a inspirou, sentindo os seios dela pressionarem contra seu peito, enquanto a puxava para perto. Saber que todos os olhares recaíam sobre eles no momento em que estavam no centro do palco lhe deu uma emoção como nenhuma outra.

Ele já estava quase acostumado a beijá-la agora — quando ele a notara pela primeira vez, no início do semestre, nunca pensou que conseguiria *isso* — e, com certeza, não estava tão nervoso quanto na primeira vez que seus lábios se encontraram. Afinal, essa era a quarta apresentação deles, além dos ensaios. Mas, droga, essa era a última vez que fariam isso. Não havia razão para ele ficar perto de Annie depois do espetáculo dessa noite. Não havia razão para voltarem a se beijar, a menos que ele criasse uma oportunidade.

Deixa para uma festa secreta.

Quando começou a namorar Sara, com relutância, algumas semanas antes, ele se consolou acreditando que, pelo menos, isso poderia aproximá-lo de Annie, permitindo que descobrisse coisas novas sobre ela, que passasse mais tempo em sua companhia, que isso despertasse seu interesse por ele. Mas estava errado. Na verdade, tudo o que conseguiu foi fazer papel de idiota perante os colegas de classe. Uma fonte de vergonha por namorar uma garota tímida e insignificante.

Parte dele sentia pena de Sara e da maneira como todos falavam dela pelas costas. E, claro, ele sabia coisas sobre ela que ninguém mais sabia. Coisas que não queria saber. Coisas que nunca poderia apagar da mente.

Matt estava acostumado a ser o cara legal, aquele que tinha todas as garotas implorando por sua atenção, sempre capitão do time de rúgbi, e parecia transitar pelas aulas com facilidade. Sabia que era tudo por causa de sua aparência: alto, bonito, com o corpo em forma e um sorriso deslumbrante. Garotos iguais a ele eram privilegiados, certo? Tudo caía em seu colo. Abençoado com um charme que derreteria um *iceberg*. Professores e colegas o adoravam.

Ele achava que tudo isso seria verdade não fosse pela ansiedade paralisante que o destruía de dentro para fora toda vez que saía de casa e precisava falar com alguém, sobretudo com garotas.

Ninguém sabia que Matt vomitava no banheiro por causa do nervosismo, ou que, às vezes, ele se escondia quando um ataque de pânico o atingia. Ninguém suspeitava, também, de que ele precisava de todas as células cerebrais que possuía para se sair bem nas provas, e que, muitas vezes, dormia apenas três ou quatro horas por noite porque ficava estudando até tarde.

Então, sim, ele sentia pena de Sara. E, se fosse franco a respeito disso, sentia-se mal por tudo o que havia acontecido a ela. Mas não queria namorá-la.

Matt manteve o foco. Concentrado no lindo rosto de Annie encarando-o pela última vez enquanto estavam sob os holofotes. Ele conhecia cada centímetro de suas feições — a suavidade dos olhos, os ângulos simétricos das maçãs do rosto, o queixo pronunciado, o cabelo ruivo brilhante. A plateia ficou em silêncio, extasiada ao ver os dois no palco compartilhando o beijo delicioso que estava prestes a ser interrompido, a qualquer momento, pelo irmão irado de Maria.

E lá estava. O ombro de Matt foi puxado para trás por Tim, o garoto da série abaixo, fazendo o papel de Bernardo.

Matt respondeu à deixa, cambaleando para longe de Annie, com os olhos ainda presos nela, os pulsos batendo no mesmo ritmo, enquanto as mãos deles deslizavam, afastando-se. Será que ela também havia sentido isso? Continuava sendo apenas uma atuação?

Os lábios de Annie brilhavam, as pupilas estavam dilatadas, e, por um horrível instante, ele pensou que ela havia esquecido as falas. Matt respirou fundo, se recompôs, preenchendo a mente com as falas seguintes em vez dos sentimentos que se agitavam dentro dele, esperando que o ponto nos bastidores a estimulasse.

Meu Deus, eu a desejo tanto.

Mas nenhum aviso foi necessário, pois Annie, depois do que pareceu uma eternidade, fez seu discurso com paixão. Matt sentiu-se dissolver por dentro enquanto ela implorava seu amor, implorava ao irmão para deixá-los em paz, para deixar o amor juvenil florescer. *Que interpretação...* ele pensou, embora, ao mesmo tempo, estivesse arrasado por ser apenas isso. Uma atuação. Algo falso. Nem uma única palavra que saía de sua boca era verdadeira.

Ou será que era?

— Ei, ei, Mattie, meu garoto... O palco estava fervendo hoje à noite! — alguém gritou, um garoto do coro dando-lhe uma cotovelada amigável enquanto eles passavam para os bastidores pela última vez.

— *Não é?* — disse uma garota que tinha feito a maquiagem, pulando para cima e para baixo de animação ao seu lado. — Atuação apaixonada, Mattie!

Matt contorceu-se por dentro, olhando ao redor, vendo o elenco empolgado, enquanto eles se abraçavam em grupos, indo para os camarins em uma onda de energia, alívio e tristeza por tudo ter acabado. Todo o trabalho duro que eles haviam colocado no espetáculo durante o último período atingia o auge nessa noite, culminando em sua melhor *performance* até então. Os aplausos tinham parado, embora tivessem continuado bem depois de a cortina ter descido, numa ovação em pé.

— Saudações, companheiro — disse Matt, batendo as palmas das mãos erguidas nas de alguns outros colegas, enquanto todos se parabenizavam a caminho do camarim, para se trocar. Ele não sabia para onde Annie tinha ido; estava procurando por ela desde que deixaram o palco.

Mas o entusiasmo de Matt com os colegas não passava de uma fachada de coragem para não demonstrar as emoções negativas que sentia — uma fachada luminosa, bem usada; uma máscara familiar que ele já estava acostumado a usar havia muito tempo. As únicas ocasiões em que a tirava era quando estava sozinho em seu quarto e, com certa dificuldade, quando estava só ele e os pais. Eles eram pessoas decentes, sua mãe e seu pai, embora o pai fizesse o possível para manter sob controle aquelas "malditas demonstrações emocionais", como ele as chamou uma vez, quando encontrou Matt chateado e derramando algumas lágrimas — do motivo, ele nem conseguia se lembrar. E a mãe sempre o encorajava a manter o lábio superior rígido, o queixo erguido, ser homem como o pai.

Ele estava ficando cansado de tudo isso agora. Não *queria* ser o atleta, o cara popular, o bom aluno. O garoto-propaganda dos adolescentes de classe média em toda parte. Queria experimentar o lado caótico da vida, ter pessoas fofocando sobre ele por todos os motivos errados, namorar as garotas más e ganhar seu coração partido da maneira mais difícil. Queria que os pais ficassem fulos com ele, o castigassem, se desesperassem com ele e ameaçassem expulsá-lo.

Queria tudo o que merecia.

Mas, acima de tudo, queria Annie, a garota por quem havia se apaixonado profundamente desde o primeiro momento em que a notou do outro lado do refeitório da escola, dez semanas antes, tão profundamente, que lhe doía até os ossos saber que seria provável que ela não lhe daria a mínima atenção se eles não estivessem no musical juntos. E ainda mais se ela soubesse como ele era de verdade: um perdedor total sem confiança, que tinha a sorte de ter boa aparência.

— Hora de festejar, Matt! — disse Evan, que havia se tornado um de seus melhores amigos no último ano, enquanto tiravam os trajes da peça. —Tenho algo para apimentar um pouco as coisas. — Ele deu uma piscadela, colocando a mão na mochila.

Matt hesitou. Ele estava falando de *drogas*?

Tudo bem, se fosse maconha, ele supôs, mas... e se Evan estivesse se referindo a algo mais pesado? Era quando as coisas ficavam mais propensas a se tornar confusas. Pessoas fazendo coisas estúpidas. Coisas sendo roubadas ou destruídas. Brigas surgindo. Emoções à flor da pele ou embotadas.

Matt sentiu náuseas ao se lembrar da última festa que dera no Ano-Novo, quando os pais tinham ido para a Escócia comemorar a festividade com a irmã da mãe. Também havia drogas naquela ocasião. Ele estremeceu com a lembrança, começando a desejar nunca ter planejado outra confusão estúpida. Encostou-se na parede, sentindo-se fisicamente doente.

A lógica por trás da festa desta noite era se aproximar de Annie. Ele não tivera coragem de convidá-la para um encontro. Nem tivera coragem de terminar as coisas com Sara, primeiro. Isso nunca aconteceria — nunca *poderia* acontecer. Em vez disso, era algo que ela mesma teria de fazer. Ele só precisava que ela o odiasse o suficiente, a princípio.

— Legal, ótimo... — Matt pegou-se respondendo a Evan, rezando para que não fossem drogas. — Tenho a bebida escondida no meu quarto — ele acrescentou, esperando que o amigo pudesse entender a dica de que era uma festa para ficar bêbado, dançar e beijar algumas garotas, em vez de ficar chapado ou doidão. E para ele talvez... *quem sabe*... se as coisas corressem bem... contar a Annie como se sentia.

Na caminhada de volta para casa, antes de todos os outros, Matt pensou sobre o que poderia dizer a Annie para que ela soubesse quanto gostava dela, sem, de fato, dizer que gostava dela, caso ela risse na cara dele. Ele arrastava os pés pelo pavimento enquanto andava de cabeça baixa, as mãos enfiadas nos bolsos.

— Ei, Matt — uma voz gritou. Ele estava quase em casa e precisava começar a organizar a festa antes que todos chegassem. Os pais dele, que tinham ido assistir à apresentação da noite anterior, haviam partido durante a tarde, por isso a barra estava limpa. — Espere! — Evan correu até ele, ofegante. — Acabei de ver sua namorada. — Ele deu uns tapas nas costas de Matt. Ele continuou andando, cerrando os dentes com força, o maxilar tenso. — Ela parecia muito brava.

Ela não é minha namorada, ele queria gritar. Mas, do jeito que as coisas estavam, não o fez.

— Como assim? — Matt perguntou enquanto se dirigiam para a entrada. O carro dos pais não estava lá. Talvez ela já estivesse farta dele porque ele a evitara nos últimos dias. Ótimo.

— Ela estava perguntando para todo mundo onde você estava. Parecia muito aborrecida, de verdade.

— E...?

Evan deu uma gargalhada.

— Calma aí, parceiro. Ninguém disse nada. A maioria apenas a ignorou, como sempre. Não sei o que você vê nela, cara. Poderia arranjar coisa muito melhor.

Matt enfiou a chave na fechadura desejando dizer a Evan que não via nada nela além de uma alma perdida que vinha de uma família ruim.

Ele estremeceu, abrindo a porta da frente. O interior da casa cheirava a lar, o aroma reconfortante do perfume floral da mãe, bem como o ambiente limpo e caseiro que ela proporcionava. Carpete recém-aspirado. Na geladeira, refeições para ele esquentar quando desejasse. Os tacos de golfe do pai estavam no corredor; os sapatos de trabalho pretos, lustrados, posicionados embaixo da mesa do telefone, prontos para a manhã de segunda-feira. Coisas familiares. Coisas legais. Coisas deles.

Onde diabos eu estava com a cabeça convidando um bando de adolescentes para vir para cá e se embebedar?

— Onde estão as bebidas, então, cara? — Evan disse, atirando-se no sofá. — Vou ficar bem bêbado. — Matt correu escada acima, para seu quarto. Abriu o guarda-roupa e, trouxe as duas sacolas de bebidas alcoólicas que havia escondido lá por uma semana. — Só isso? — Evan questionou, olhando para o interior de cada sacola. — Uma garrafa de vodca, duas garrafas de sidra e dois *packs* de seis cervejas? — Ele olhou para Matt.

— É... Por quê? — Matt praguejou consigo mesmo.

Evan estava certo. Essa quantidade de bebida não ia dar nem para o começo. No entanto, ele não tinha dinheiro para comprar mais nem considerado, de fato, o quanto os amigos beberiam, imaginando que eles trariam um pouco de bebida também. Se parasse para pensar ainda mais sobre isso, concluiria que eles nem eram seus amigos de verdade. Era óbvio que estavam vindo apenas por causa da bebida grátis.

— Isso não vai dar conta, amigo. — Evan sorriu. — Você ainda tem tempo de ir à loja de bebidas antes que todos cheguem. Tome, use isso. — Evan enfiou a mão no bolso de trás e entregou a Matt sua identidade falsa. — Pegue o dobro, o triplo, desse lote. O máximo que puder carregar. Tomo conta de tudo aqui na sua ausência e deixo todos entrarem, quando chegarem.

Matt assentiu, sem nem pensar de onde viria o dinheiro para pagar tudo aquilo. Ele já sabia. Se não desse uma boa festa, todos o considerariam o perdedor que era, incluindo Annie. Ele correu para a cozinha e pegou o recipiente plástico do fundo do armário, onde a mãe guardava o dinheiro das despesas domésticas: pouco mais de cem libras.

Fechou os olhos por um instante, enquanto enfiava o dinheiro no bolso, agradecendo a Deus que as coisas não estivessem tão ruins quanto poderiam ficar enquanto pegava a jaqueta e descia a colina em direção à loja de bebidas mais barata da cidade.

TRINTA E SEIS
GINA

Laura me ajuda a levantar o carrinho e a subir os degraus de pedra da Genoa House quando voltamos do café, então entramos na casa, deixando nossos casacos e os calçados no corredor.

Faço uma pausa, aguçando os ouvidos, perguntando-me se Mary e Tyler estão em casa, mas é um exercício inútil quando Tommy sai correndo para a cozinha fazendo barulho e Gracie começa a chorar, e o choro logo se transforma em um berreiro urgente de fome.

— Vou preparar o almoço — Laura diz enquanto eu me acomodo no sofá para amamentar minha bebê e injetar a insulina de ação rápida antes de comermos. O clima entre nós permanece melancólico, pois ainda estamos processando os eventos da manhã.

Quando Gracie para de mamar, sonolenta, com a barriguinha cheia, eu a coloco no carrinho e a levo para o escritório, onde está mais escuro e silencioso. Laura esquentou um pouco de sopa e fez sanduíches.

— É com isso que estamos lidando lá em casa — sussurro quando uma mensagem de Matt chega, mostrando a Laura a foto que ele enviou da nossa casa incendiada.

— Meu Deus... — Laura comenta quando vê nossa sala de estar enegrecida.

Faço um *sshhh*, lançando um olhar para Tommy. Já disse a ela que não falo sobre o incêndio na frente dele. A última coisa que quero é que Tommy tenha pesadelos. Para ele, a casa está ruim e sendo "arrumada", para que possamos morar nela de novo.

Depois do almoço, Tommy descansa em frente à TV e logo pega no sono. Laura o cobre com um cobertor e me ajuda a colocar os poucos pratos na máquina de lavar louça.

— Nenhum sinal da governanta de Annie? — ela pergunta.

Balanço a cabeça rápido, negando.

— Acho que ela não está aqui — digo.

— Devemos fazer isso agora, então?

Um único aceno positivo que faço com a cabeça nos faz subir a escada e pairar no patamar do primeiro andar. Conforme passamos pelas portas de cada quarto, fico atenta, porque ela pode estar lá dentro, limpando (talvez fazendo hora extra em um sábado). Ou bisbilhotando, como tenho certeza de que estava antes.

— Mary? — eu a chamo em voz alta quando chegamos ao pé da escada do sótão. — Você está em casa? — Nenhuma resposta. — Tyler? — chamo. — É a Gina. Você está aí em cima?

Nada também. Nenhum som de videogame.

— Procure seu colar no seu quarto — Laura me orienta. — Vou procurar o meu também. Se ainda estiver onde os deixamos, então é bem provável que seja só uma coincidência que a mulher estivesse usando um.

Cada uma de nós vai para o próprio quarto, e eu procuro meu colar na gaveta da mesa de cabeceira. Como não há nem sinal dele, dou uma olhada no lado de Matt, só para garantir que não me enganei quando o guardei, mas, como eu suspeitava, também não está lá. Ainda estou com o colar enferrujado na bolsa.

Depois de vasculhar todas as minhas coisas na penteadeira, encontro Laura no patamar, com as mãos na cintura.

— Desapareceu, como eu imaginava — digo.

— O meu também — diz Laura, parecendo preocupada.

— *Só pode* ter sido Mary — falo, sentindo-me ainda mais assustada. — Matt não estaria interessado nisso e, além de tudo, saiu antes de você chegar.

Laura concorda solenemente.

— Certo, vamos fazer isso, então. Vou ficar de ouvidos atentos enquanto você procura no quarto dela.

A ideia de ser pega me faz transpirar. Paro por um instante, ouvindo Gracie, espiando por cima da balaustrada e por baixo, para os ladrilhos xadrez no corredor abaixo. Tudo está silencioso.

Olho para Laura apreensiva, antes de subir com cautela a escada estreita do sótão, tentando me convencer de que isso é necessário, que Annie gostaria de saber que sua governanta é uma ladra.

— Me avise com bastante antecedência se ouvi-la voltando. Distraia-a, se precisar; só não deixe que ela me pegue aqui em cima.

Laura acena com a cabeça quando para na metade da escada do sótão, atrás de mim, perto o suficiente para poder me avisar a tempo, se Mary voltar, mas ainda com vista da escada para o andar térreo, caso a porta da frente se abra.

Entro primeiro no quarto de Mary. A cama de solteiro está arrumada: lençóis de algodão branco simples e travesseiros afofados. Um par de sapatos pretos baixos está posicionado de forma cuidadosa na extremidade da cama (os sapatos que sei que ela usa para trabalhar), e sua mala, agora vazia, está em cima do guarda-roupa. Abro as portas, revelando algumas blusas e moletons, um par de jeans e as roupas mais elegantes que ela usou quando fomos ao restaurante, tudo de maneira ordenada, pendurados ao lado de dois uniformes limpos e passados, prontos para o trabalho da semana que vem. Não há mais nada aqui.

A cômoda embaixo da janela da água-furtada também não fornece muitas evidências; tem apenas uma pequena coleção de roupas íntimas simples, além de meias e algumas camisetas. É claro que Mary não trouxe muitos pertences depois de fugir do ex-companheiro abusivo.

— Tudo bem por aí? — sussurro para fora da porta, avistando Laura, tensa, na escada.

Ela faz sinal de positivo, gesticulando para que eu volte para o quarto.

Vasculho a *nécessaire* de Mary em cima da cômoda, mas tudo o que encontro são alguns produtos de maquiagem. Ao lado dela, há uma escova com alguns fios de cabelo louro presos nas cerdas e um pente em que faltam alguns dentes. Mas nenhum sinal de colares. Dou uma rápida olhada na mesa de cabeceira e no banheiro que ela divide com Tyler. Também não há nada de interessante ali.

— Você olhou embaixo do colchão dela? — Laura sibila do topo da escada.

— Primeiro, quero dar uma olhada no quarto de Tyler — digo, abrindo uma fresta da porta para verificar se ele não está lá. Mas, de repente, congelo com a mão na maçaneta. — O que foi isso? — Eu me viro para Laura.

Ela está totalmente imóvel, prestando atenção lá embaixo. Então, balança a cabeça.

— Está tudo bem. Só a casa rangendo.

Continuo no quarto de Tyler, surpresa ao ver quão limpo e arrumado está. Acho que é fácil para um adolescente manter as coisas em ordem quando ele não tem quase nada. Os principais itens em seu quarto são seu computador e o console de jogos, além dos controles e outros vários acessórios.

Eu me desloco de maneira furtiva até a penteadeira que ele está usando como escrivaninha, examinando tudo e olhando atrás dos dois monitores. Não há muito para ver, apenas um emaranhado de cabos e um adaptador de energia. A cama também está bem-arrumada: o edredom de algodão listrado azul e branco alisado com cuidado com uma toalha pendurada na ponta da cabeceira de metal.

Estou prestes a sair quando ouço um zumbido. Algo vibrando. Um celular, é inconfundível.

Eu me viro, meus olhos passam rápido por todas as superfícies, e eu me pergunto se não deixei passar o telefone de Tyler perdido por ali, embora ele quase sempre esteja grudado nele. Mas não há sinal de nenhum celular ali. Não consigo imaginar um adolescente tão viciado em tecnologia quanto ele deixando-o para trás.

De novo, ouço o som de algo vibrando.

Vindo da penteadeira.

Prendo a respiração, prestando atenção no som.

Como as duas gavetas estão vazias, eu as puxo completamente para fora, tateando por baixo da parte superior da penteadeira. Nada. Levanto o console de jogos, empurrando todos os fios para fora do caminho; então, verifico embaixo do teclado de Tyler e...

... e lá está. Um iPhone. A tela acende, quando outro alerta de mensagem chega.

Não me dou conta, a princípio, porque o ritmo do meu coração acelera, e minha espinha começa a formigar de cima para baixo. Mas, aos poucos, percebo que não é o telefone de Tyler — e que não há razão para ele ter uma foto dos pais de Annie, quando mais jovens, como papel de parede. Não há nenhuma razão para ele estar recebendo mensagens de alguém chamado Bryan Adler, que sei que é o agente de Annie.

Estendo a mão devagar e pego o telefone — o modelo mais recente em capa de silicone branca.

Nem ouso respirar enquanto levo o telefone para fora do quarto.

— Você está com seu telefone?, sussurro para Laura; minha voz está ofegante e fraca. Ela assente para mim, parecendo confusa. — Mande uma mensagem para Annie. Qualquer coisa... Envie qualquer coisa. *Agora*, rápido!

Com expressão confusa, Laura faz o que peço, e, um segundo depois, o telefone na minha mão vibra com um alerta de Laura Draper:

Oi, Annie...

— *Minha nossa senhora...* — digo, mal conseguindo acreditar no que estou vendo. Deslizo para acessar o telefone, mas é claro que está bloqueado. Inclino a tela para que Laura possa ver. — Isso estava escondido no quarto de Tyler — sussurro, mas nós duas congelamos de repente, ouvindo um barulho alto vindo de lá de baixo.

É a porta da frente se abrindo e se fechando.

— Olá! Chegamos em casa... — uma voz grita.

E, quando ouso espiar por cima da borda do corrimão, vejo Mary subindo o primeiro lance de degraus.

TRINTA E SETE
MARY

Algo não parece certo. Algo está estranho.

Ninguém responde ao meu olá quando entro pela porta, embora eu saiba que estão em casa, porque seus sapatos estão no corredor. É quase um… *cheiro* que estou captando no ar. O cheiro da desconfiança.

Tyler sobe as escadas na minha frente, as pernas longas o transportando com facilidade, mas sou mais cautelosa. Ele carrega uma sacola cheia de rolinhos de salsicha que comprei no Greggs antes de encontrá-lo no fliperama, depois que saí da casa da minha mãe. É o melhor lugar para ele aguardar enquanto a visito — não quero que nenhuma influência dela respingue nele.

No entanto, quando viro a esquina para subir o último lance de escada, eu me deparo com um congestionamento. Tyler parou no meio do caminho para o sótão, e Gina e a amiga estão paradas no patamar acima dele. A expressão indefinida na cara de ambas me dizem que foram pegas em flagrante… mas fazendo o quê?

— Oi — digo, tentando soar o mais despreocupada possível, tentando não demonstrar que estou abalada. — Vocês tiveram uma manhã agradável?

É claro que estavam bisbilhotando nossos quartos, embora não devam ter encontrado nada, tenho quase certeza disso. E minha mãe afirmou que não havia entregado nada quando as confrontou do lado de fora de casa, mais cedo, mas estou começando a duvidar disso agora. Gostaria que ela tivesse deixado para lá e ficado dentro de casa.

— Fomos à praia, mas estava ventando um pouco — Gina me diz com a voz oscilante enquanto seus olhos se voltam para a amiga. — Tomamos um café rápido naquele lugar em frente ao minigolfe. Você conhece?

— Não, não conheço — respondo, enquanto Tyler passa por elas, desaparecendo em seu quarto. Dou um passo para trás, gesticulando para as mulheres descerem primeiro, dando meu melhor sorriso, quando elas passam. Só preciso que saiam do meu caminho enquanto decido o que fazer. — Tenho que fazer umas coisas — acrescento, estremecendo ao perceber quão falsas as palavras saem da minha boca. — Preciso enviar alguns e-mails para a família, então talvez eu as veja mais tarde, meninas. Uma boa tarde a vocês — acrescento. Elas descem o próximo lance de escada, lançando olhares desconfiados para mim, mas depois prosseguem.

Quando fico sozinha, começo a andar pelo meu quarto, verificando se mexeram em algo. Nada parece estar fora do lugar ou ter sido levado, então vou para o quarto de Tyler.

— Essa foi por pouco — digo, embora ele não entenda minha preocupação. *World of Warcraft* está na sua tela, enquanto ele se prepara para uma partida, mastigando um pastel de batata com queijo.

— *Precisamos* continuar morando aqui? — ele pergunta, erguendo os olhos rápido para mim, com expressão preocupada no rosto. Então, ele aponta para a parede atrás de sua cama.

— Mais barulhos? — pergunto, tentando soar solidária, ainda que eu diga que é apenas sua mente pregando peças nele. Ele assente com um aceno de cabeça. — Eu lhe disse, Ty, esses lugares antigos produzem todo tipo de barulho. Canos chacoalhando, assoalhos rangendo, janelas batendo. É sério, não precisa se preocupar.

— Mas não é nenhuma dessas coisas. Parece mais... como asas batendo. Como se houvesse algo preso.

Para demonstrar boa vontade, vou até a parede e coloco o ouvido no gesso.

— É, ouço pombos se empoleirando — minto. — É apenas isso. Eles podem fazer um barulho infernal.

— Bem, não gosto disso — ele insiste, voltando-se para o computador. — E se for um fantasma?

— Se ajudar, podemos trocar de quarto — sugiro, sabendo quanto pequenos sons ou aborrecimentos podem perturbá-lo. — Seja como for, vim apenas pegar o telefone — sussurro, mas Tyler está de novo focado no monitor. — Ty, você pode me entregar o celular? — Eu o cutuco, fazendo-o se virar.

— O quê?

— *Pode me dar o celular*? — articulo com os lábios, sem querer ser ouvida lá embaixo.

Ele arqueia a cabeça, demonstrando ter entendido, e se vira para sua mesa, erguendo o teclado.

— O que está fazendo? — pergunto, confusa. Mas Tyler apenas fica sentado ali, olhando para o espaço vazio em sua mesa.

— Esqueça, eu mesma pego — digo, indo até onde seu casaco está pendurado, atrás da porta. Não queria invadir sua privacidade ao passar por ali, mas é evidente que ele está em um dos estados de espírito em que não fica nada prestativo. Verifico cada um dos bolsos externos antes de enfiar a mão no bolso interno do casaco acolchoado. — Ty, onde está? — Ele se vira para mim com expressão vazia no rosto. — Quando saímos hoje mais cedo, você me disse que estava com o celular — lembro a ele. Entreguei lhe algumas horas antes de sairmos de casa, instruindo-o a mantê-lo seguro enquanto eu tomava banho. Não queria que ele fosse deixado sem vigilância nem por um segundo. — Você estava mentindo para mim?

— Não, eu não estava mentindo — Tyler responde, por fim. — Você me perguntou se eu estava com o celular.

— Fale baixo — sibilo para ele, franzindo a testa enquanto fecho a porta. — Sim, e você me disse que estava com ele.

— Disse que estava com o celular em minha *posse* — ele me corrige, batendo no espaço vazio em sua mesa. — Tipo... eu o escondi aqui, embaixo do meu teclado. Então, em teoria, eu estava com ele, aqui no meu quarto, escondido sob *meus* pertences e...

— Tyler... — Minha voz oscila. — Onde está o maldito celular?

— Não posso responder a isso — ele diz, colocando o teclado de volta na mesa. Ele está prestes a colocar os fones de ouvido, mas eu os agarro, tirando-os de seu pescoço.

— Ah, não, você não vai colocar isso — sibilo em seu ouvido. Então, caio de joelhos ao lado de sua cadeira, sabendo que ele vai se calar e, provavelmente, não falará comigo por três dias se eu ficar brava. — Ty, você não está em apuros. Apenas me diga onde está o celular. Ele está em algum lugar neste quarto? *Por favor...* — Agarro suas mãos e o encaro.

— Considerando que deixei o telefone nesta mesa, e que ele não está mais aqui, sua ausência sugere que ele não está mais neste quarto.

— Então, onde está, Tyler? — pergunto. — O que fez com ele?

Tyler franze a testa.

— Nada. É um mistério.

Eu me levanto e começo a andar de um lado para outro no pequeno quarto. Passo os dedos pelos cabelos.

— Não é um mistério, Ty — digo baixinho, sabendo que ele não fez a conexão com o que Gina e a amiga estavam fazendo aqui em cima.

Alheio à minha angústia, Tyler coloca os fones de ouvido e continua o jogo. Volto para o meu quarto, tentando me convencer de que não é um desastre, que as coisas agora só terão de ser antecipadas — *urgentemente*. De certa forma, é positivo, pois atingirei o objetivo final mais cedo do que esperava.

Pego meu próprio celular do bolso de trás, meio que esperando ouvir sirenes soando na rua, enquanto faço uma ligação para minha mãe.

— Elas sabem — digo quando ela atende.

Silêncio na linha, além de ela suspirar pesado conforme sopra uma nuvem de fumaça.

— O que quer dizer com "elas sabem"?

— Fale a verdade sobre o que aconteceu quando você as viu na rua — exijo.

Quando estive na casa da minha mãe, mais cedo, entregando mais um pouco do meu salário, vislumbrei Gina e Laura passando pela janela da frente. Sou culpada por reagir, por dizer à minha mãe quem elas eram, mas fiquei chocada ao vê-las. Eu me mantive afastada da janela, oculta pela penumbra da casa, para que elas não me vissem, mas minha mãe marchou para fora de forma audaciosa e sem um pingo de polidez.

— Vou resolver isso. Deixe comigo — ela assegurou, sem se preocupar em calçar os sapatos. Fiquei atrás da porta da frente aberta, fora de vista e ouvindo enquanto ela gritava para um grupo de rapazes irem embora. Mas, conforme ela se afastava, não consegui entender muito mais.

— Não disse nada a elas, já lhe falei isso. Falei que uma delas parecia policial. Perguntei o que estavam fazendo, e isso foi tudo.

— Não acredito em você — rosno ao telefone. — Por que elas estavam bisbilhotando sua casa, para começo de conversa?

— Como é que vou saber? — minha mãe retruca. — Você é quem causou tudo isso, não eu.

Eu me contenho e fico quieta, recusando-me a morder a isca.

— Elas disseram que estavam procurando uma casa para comprar — minha mãe conta. — Essa é a verdade.

Decido não mencionar que o celular de Annie desapareceu, que suspeito de que Gina e Laura o pegaram e, portanto, provavelmente, estão perto de descobrir o destino dela. Não duvido de que, no instante em que juntarem as peças, vão chamar a polícia, se é que já não chamaram.

— Vou antecipar tudo — digo a ela. — Você entendeu?

— Já era hora — é a resposta curta da minha mãe antes de ser acometida por uma tosse longa e seca. — Não sei o que você está esperando. Acabe logo com isso. Precisamos do dinheiro.

Não tem como eu explicar a ela que, para mim, não é questão de dinheiro — dinheiro nunca consertará as coisas. É sobre fazer as pessoas pagarem pelo que fizeram. Olho por olho. Mas fazer minha mãe compreender meu desejo de vingança está além do que sua inteligência limitada pode compreender.

— Aviso a você quando tiver terminado — digo, prestes a desligar.

— Espere, antes de desligar... tem mais uma coisa que as mulheres falaram — minha mãe diz, dando outra tragada no cigarro. — Elas disseram que estavam procurando por Sara.

TRINTA E OITO
GINA

Na manhã seguinte, a primeira coisa que Laura faz quando me vê é me agarrar pelos ombros.

— Pelo amor de Deus, acalme-se — ela insiste quando digo, atropelando as palavras, que Matt foi preso, que ele tinha acabado de ligar para me contar. — Você vai assustar as crianças.

— Ele... Ele disse que não queria me preocupar ontem à noite — explico a ela, puxando meus cabelos.

Ela olha para mim com ar de seriedade, mas eu me afasto, procurando meu *kit* de insulina na cozinha. Então, lembro-me de que o deixei lá em cima, quando saí correndo para cá em pânico, logo depois do telefonema de Matt.

Ando de um lado para outro na cozinha, sem saber para onde ir; minha garganta ainda arde com o grito que escapou de mim depois que Matt desligou. Sinto vergonha por assustar Tommy.

— Sente-se e respire um pouco — Laura me aconselha, levando-me até o sofá. — Não vamos perder a cabeça.

— Meu marido foi *preso*... — sibilo, não querendo que Tommy ouça enquanto brinca ali por perto. — Como posso ficar calma? Ele disse que tinha algo a ver com uma briga que começou ontem à noite. Mas Matt é um gigante gentil... Não há a menor possibilidade de ele sair na mão com alguém... *nunca*. Ele está detido na delegacia de polícia de Crawley. Só o deixaram falar comigo por um instante. Preciso ir até lá agora. Laura, você pode ficar e cuidar das crianças? — Pego uma almofada, pressionando-a contra o rosto para impedir outro grito. Não é de admirar que ele não tenha respondido à minha mensagem de WhatsApp ontem à noite. Apenas presumi que tivesse saído e estava se divertindo.

— *Claro* que vou ajudar. — Laura se senta ao meu lado. — Olha, acho que parece mais dramático do que de fato é. Deve ter sido apenas uma coisa relacionada à bebedeira e à desordem, por isso eles o trancaram em uma cela, para ficar sóbrio. Vocês dois vão rir disso daqui a alguns dias. Matt não é grande bebedor, é? Provavelmente, Evan deve tê-lo encorajado a tomar umas a mais.

Deixo a almofada cair no colo, olhando para ela.

— Você acha?

Laura nunca gostou de Evan, e eu só o tolerei ao longo dos anos por causa de Matt. Na escola, ele sempre foi o encrenqueiro, aquele que incitava os outros, espreitando no fundo, enquanto os colegas eram punidos por seus erros. Lembranças da festa de Ano-Novo de Matt, quando éramos adolescentes, se infiltram em minha mente: Evan comportando-se de forma terrível, zombando de Matt, provocando-o. Nunca esqueci como ele era desprezível.

— É totalmente plausível — garante Laura. — Agora, olhe, pare de se preocupar. Deus sabe que Patrick mentiu à beça para se safar de muitas enrascadas, com o passar dos anos. Em geral, quando está no exterior, e sua roupa suja cheira a perfume. O mais insultuoso é que ele acha que acredito em suas mentiras patéticas. — De repente, sua expressão se torna amarga.

— Oh, Laura, sinto muito... — A distração funciona por um instante, mas, então, volto a pensar em Matt enclausurado em uma cela de delegacia de novo. — Preciso dirigir até Crawley e... Ah, *merda*. — Eu me lembro de que não estou com o carro. — Um carro de aplicativo vai custar uma fortuna. Vou ligar para o papai. Ele virá me buscar. Então, trago Matt de volta em nosso carro... *Onde* quer que esteja agora — acrescento, tentando resolver a logística. Estou muito chateada porque meu fim de semana com Laura foi arruinado.

— É um bom plano — Laura responde, estendendo os braços e apertando minhas mãos. — Vocês vão voltar logo, e ainda poderemos ter uma noite agradável, mais tarde. Ainda bem que reservei folga do trabalho para amanhã. Matt pode ficar de babá como penitência quando sairmos! — Ela me dá um abraço reconfortante. — Vou ficar aqui com as crianças enquanto você estiver fora. Eles vão se divertir muito com a tia Laura, não é, Tommo? — ela diz, deitando-se no tapete para brincar com meu filho no momento em que ligo para o papai.

— Droga... Correio de voz — falo, desligando. Tento ligar para o número da mamãe, mas acontece o mesmo. — E agora?

— Parece que você vai precisar de um táxi, então — ela diz. — Se o dinheiro estiver curto, ajudo com a corrida — ela oferece, mas, antes que eu tenha a chance de responder, uma voz soa vinda da área da cozinha.

— Alguém está a fim de uma xícara de chá? — Mary trina, segurando algumas canecas.

Laura e eu a encaramos inexpressivas, mas, então, eu me levanto e vou até ela; minha mente tem seguido o mesmo caminho que a de Laura, a julgar pelo olhar que ela me dá.

— Você não tem acesso a um carro, tem? — digo, esperançosa. — O carro da *Annie*, talvez?

Prendo a respiração, esperando a resposta de Mary, tentando tirar da cabeça que ontem encontrei o telefone de Annie no quarto do filho dela, o qual agora está escondido na minha bolsa. Se ele tocar ou vibrar, terei de fingir que é meu.

Ontem à noite, Laura e eu refletimos sobre o que isso significava, enviando várias outras mensagens para Annie, as quais vimos aparecer no telefone dela. Considerando que ela estava respondendo às minhas mensagens de modo perfeitamente normal até agora, concluímos que talvez Annie tivesse dado a Tyler seu telefone antigo de presente, e ele ainda não tinha conseguido vinculá-lo à sua conta — o que não seria sinistro nem suspeito —, e que Annie devia ter um telefone novo com encaminhamento de chamadas e mensagens que não estava funcionando agora porque ela estava na Tailândia e... e...

Eu me estressei pensando em várias razões pelas quais o telefone de Annie estava no quarto de Tyler, até que Laura me disse que eu deveria parar, que ela não queria ouvir mais nada sobre isso, que haveria uma explicação absolutamente razoável.

— Gin, não perca o fim de semana inteiro quebrando a cabeça com isso. Vamos aproveitar esta noite, OK? — ela disse antes de pedir comida no *delivery*.

Ela estava certa, é claro, e tivemos uma boa noite, embora isso ainda estivesse me incomodando nesta manhã. Mas até que eu tenha certeza de que Matt está seguro e o traga de volta para casa, terei que continuar me convencendo de que isso não significa nada.

A alternativa é impensável demais.

Mary me encara, parada, completamente imóvel, segurando as canecas; seus olhos vão se estreitando de leve.

— Por que você precisa de um carro? — ela pergunta, ao que parece, sem se importar com uma resposta. — Não está planejando ir embora, está? — Bem devagar, ela coloca as canecas sobre a ilha da cozinha e se aproxima.

Uma escolha estranha de palavras, penso, mas, assim como o caso do telefone, eu me forço a ignorar.

— Preciso ir a Crawley urgentemente — respondo, indo até ela. Não quero lhe contar o que aconteceu com Matt, mas não tenho escolha, por isso minimizo. — Matt se meteu em uma confusão ontem à noite, então preciso ir até lá. Meus pais não estão atendendo aos meus telefonemas.

— Espero que ele esteja bem — Mary diz devagar, com os olhos fixos nos meus, enquanto me observa. — Mas não se preocupe, levo você. O Mercedes da Annie está na garagem.

— Oh, Deus, *muito* obrigada — digo, odiando quão grata estou a ela mesmo depois do que encontrei lá em cima. — Você é uma salvadora.

— Sem problemas. É para isso que estou aqui, afinal — ela diz, dando um sorriso. — As chaves estão lá em cima. Vou buscá-las.

Olho rapidamente para Laura, rezando para que ela entenda meus pensamentos: *Não mencione que encontramos o telefone de Annie*. Não posso me arriscar a aborrecer Mary e ficar sozinha no carro com ela por uma hora e meia, tendo de explicar por que estávamos bisbilhotando os quartos dela e de Tyler.

— Vou pegar minhas coisas também — digo. — E, Laura — grito por cima do ombro —, tem leite suficiente no congelador para duas, talvez três mamadas — digo a ela, agradecendo a Deus por ter tirado um pouco nas últimas noites.

— Pode deixar — assegura Laura. — Vou cuidar dessas crianças como se fossem minhas — ela promete. — Você vai me mandar uma mensagem quando chegar lá em segurança, certo?

— Claro — digo, correndo para colocar meu casaco e minhas botas. Pego minha bolsa no gancho do corredor, sabendo que há um *kit* de insulina extra lá. Vou injetar no carro e pegar algo para comer no caminho. Entro no escritório para dar uma olhada em Gracie, que está começando a se contorcer e a acordar no carrinho. Eu a levanto com delicadeza, sentindo seu cheiro suave. — Papai tem sido um homem bobo — sussurro para ela. — Então, a mamãe vai trazê-lo para casa. Volto em algumas horas. — Beijo sua bochecha e a levo comigo de volta para a cozinha, entregando-a a Laura.

Laura balança Gracie enquanto ela começa a fungar e a choramingar, e o choro vai aumentando até virar uma lamúria.

— Certo, vamos até o carro — diz Mary, aparecendo na cozinha e balançando as chaves do Mercedes para mim. — Temos que passar pelo porão.

— Qualquer problema com as crianças é só me ligar — digo a Laura, dando outro beijo rápido em Tommy e Gracie.

— Vamos ficar bem — garante Laura, embalando Gracie enquanto se senta onde Tommy está brincando.

— Tchau, mamãe — meu garotinho grita do tapete, erguendo seu dinossauro e o mostrando a mim.

Aceno e sorrio, embora meu sorriso desapareça quando Tyler passa furtivamente por mim em direção à cozinha, com os olhos arregalados e curiosos conforme observa o que está acontecendo.

Paro por um instante, observando-o, antes de lançar um olhar preocupado para Laura. Ela acena para mim, articulando com os lábios *Está tudo bem...*, então sigo Mary com relutância até a porta abaixo das escadas. Ela a abre para revelar o saguão interno que Matt e eu encontramos quando estávamos procurando o quadro de fusíveis, além do qual está a porta de segurança que leva ao porão.

— Graças a Deus, Annie respondeu com o código — diz Mary, olhando por cima do ombro enquanto mexe no sistema de entrada; o teclado fica escondido por seu corpo conforme ela digita o número. — É tudo à prova de som daqui para dentro... por causa do trabalho de gravação dela — ela me diz com um sorriso, olhando para trás.

Há um bipe seguido de um clique quando a porta pesada destranca, e Mary a abre lentamente, revelando um espaço escuro para além da entrada.

— Uau! Ela não poupou despesas — comento enquanto uma luz azul neon de baixa intensidade ilumina a escada de modo automático. A escada parece elegante e moderna, e tudo (até meus passos e minha respiração) de repente parece muito, muito silencioso.

— Essa é a nossa Annie — diz Mary, dando um passo para o lado e gesticulando para que eu desça primeiro. — Só o melhor serve. — Ela me dá outro pequeno sorriso.

Enquanto me aventuro para baixo, virando à esquerda em um desvio na escada, ouço um baque surdo quando a porta acima se fecha, e a fechadura clica no lugar.

— Tem luz adequada aqui embaixo? — pergunto, olhando para cima, para ver se Mary está me seguindo. — Oh, minha voz está muito estranha — digo, dando uma risada nervosa, perguntando-me onde ela está.

— É por causa do abafador de som — Mary responde, aparecendo de repente ao meu lado, com um halo de luz azul atrás dela produzido pelos LEDs. — O estúdio é por ali. — Ela aponta para outra porta. — Quer dar uma olhada rápida? Tenho certeza de que Annie não vai se importar.

— Oh... bem, acho melhor irmos embora — respondo, vendo outra porta que presumo leve à garagem. — Outra hora. — Só quero chegar até Matt.

— Bobagem, não quero nem ouvir falar nisso — diz Mary com voz que soa... bem, diferente. *Estranha*, até. Digo a mim mesma que é a acústica incomum aqui embaixo que a faz parecer sinistra e fria, quase como se estivéssemos em uma cela acolchoada. Então, Matt volta à minha mente, preso em uma cela de verdade na delegacia de polícia. Antes que eu possa protestar sobre querer pegar a estrada de novo, Mary tira algumas chaves do bolso, coloca uma na fechadura e gira. Então, na escuridão parcial, ela abre a porta do estúdio bem rápido.

Tudo acontece muito rápido! Ela me agarra pelo braço e me puxa com tanta força que minha cabeça vira para trás, me desorientando. Meu grito de choque não soa como algo meu quando escapa; em vez disso, parece que está preso dentro da minha cabeça, como se alguém estivesse martelando meu crânio.

— Que *diabos*... — Mas não tenho a chance de terminar a frase nem mesmo de lutar quando sinto minha bolsa ser arrancada do meu ombro antes de ser empurrada de maneira rude para dentro da sala, atrás da porta. Sou mergulhada na escuridão total e, de repente, tropeço em algo e caio; minhas mãos se apressam para me salvar enquanto despenco no chão.

Algo duro bate contra minha cabeça, me desorientando por um instante, embora meus sentidos estejam completamente confusos com o estranho silêncio aqui embaixo, a escuridão total e... o *cheiro* pungente.

Fico ali por um tempo, esperando perder por completo a consciência ou o zumbido nos ouvidos cessar. Então, ouço algo atrás de mim: o baque surdo soando muito como uma porta se fechando.

Gemo, tocando a cabeça, deitada de bruços na escuridão total, sentindo a cabeça latejar. Lentamente, eu me sento, tendo náuseas.

— Mary? — grito, forçando-me a acreditar que fui desajeitada, tropecei e caí nesta sala por causa da minha própria estupidez... que ela não me empurrou aqui. — Você está aqui? Tropecei e... — Paro, farejando o ar. — Mary, onde você está?

Um perfume. Sinto um perfume doce e floral. Como se alguém tivesse borrifado um frasco inteiro dele por perto.

E, então, ouço uma voz. Uma voz que não é minha. Uma voz que não é de Mary. Abafada e silenciosa, vindo de alguns metros de distância. Alguém diz:

— *Olá?*

TRINTA E NOVE

GINA

— Olá!? — respondo receosa, sentindo minha voz oscilante. — Quem é?

Silêncio.

Tateio à minha volta e encontro algo rígido e frio com bordas de metal bem definidas. Parece uma lata de lixo quadrada. Além disso, há o que parece ser a perna de um móvel, algo duro, sólido e reto. Eu a uso para me levantar. A dor na minha cabeça continua latejando dentro do crânio. Quando toco minha têmpora, ela parece pegajosa e úmida. *Sangue.*

— Mary? — volto a chamar. — É você? Pode acender a luz? Estou machucada.

— Ela já está bem longe — diz a outra voz, fazendo-me congelar no lugar. Eu a reconheço... mas, ao mesmo tempo, *não* a reconheço; talvez seja de novo a acústica que deturpa o som.

— Quem está aí? — pergunto, apoiando-me no que parece ser a borda de uma mesa ou uma escrivaninha.

— Quem *pergunta*? — a voz feminina questiona de volta. Ela parece amedrontada e fraca, como uma criança com suas palavras finas e quase imperceptíveis.

— É Gina — respondo. — Gina Dalton. Acho que houve algum engano. Eu estava a caminho da garagem com Mary, mas parece que…

— Não há engano algum — ela diz, parecendo resignada, quase como se tivesse desistido. — E também não há saída.

Paro, assimilando o que ela falou. Processando quem eu agora percebo que ela *é*. Recusando-me a acreditar.

— Meu Deus, *Annie*? — sussurro incrédula, perguntando-me se perdi a consciência depois da queda e estou imaginando que é ela. *É claro* que não é Annie.

Annie está de férias. Annie estava em um safári. Annie voou para a Tailândia não faz muito tempo. Annie está aproveitando as praias de Koh Samui.

Por outro lado… *o telefone de Annie estava no quarto de Tyler*.

Um arrepio percorre meu corpo.

— Gina… — a voz retorna. — Sim, sou eu. Annie.

Engulo em seco, forçando para baixo o vômito que está prestes a subir. Não sei se a náusea que sinto é de choque ou por ter batido a cabeça, ou se estou apenas desorientada na escuridão total de onde quer que eu esteja.

— O que… o que, em nome de Deus, você está fazendo aqui embaixo, Annie? Quero dizer, *por que*… onde… merda! Tenho tantas perguntas que não sei por onde começar. — Tateio em busca de algo, *qualquer coisa* que me faça perceber que isso é um pesadelo, que não é real. Não acredito que isso está acontecendo; não acredito no que estou ouvindo. — Foi Mary… agora mesmo, ela estava… uma hora estávamos indo para o carro, e agora isso. Ela vai voltar a qualquer momento para nos deixar sair, eu juro…

— Gina, pare — Annie suplica, emitindo um grunhido, como se estivesse lutando para se levantar. — Quando Mary voltar, não será para deixá-la sair. Não importa. Indo direto ao assunto… o que *você* está fazendo aqui?

Fico em silêncio por um momento, absorvendo o que ela está me dizendo. Não consigo acreditar nela.

— Estamos hospedados aqui... depois do incêndio... sua mensagem, você nos ofereceu... — tento explicar, mas as palavras saem atropeladas. — Onde... onde você está? Preciso tocá-la. — De repente, tenho uma vontade avassaladora de me agarrar a outro ser humano, de encontrar uma âncora no que, com certeza, é um pesadelo. Estou tremendo de maneira descontrolada. — Estou aqui. Fique aí, vou até você — falo. Tateio ao redor da mesa, que, mais acima, parece ser uma bancada coberta por centenas de botões e interruptores. — Acho que estou na sua mesa de mixagem — eu lhe digo, esperando que ela seja atraída por minha voz, por mais distorcida que pareça.

— Feche os olhos — Annie me orienta, soando como se estivesse a apenas alguns metros de distância agora, perto da porta onde tropecei. De repente, a sala se enche de luz, fazendo-me apertar os olhos e cobri-los com a mão. — Eu avisei — ela acrescenta.

Eu os abro aos poucos, observando o ambiente. Como pensei, estou bem ao lado de uma enorme mesa de som, com vários monitores, em uma sala de cerca de três metros e meio quadrados, com vários outros equipamentos técnicos, alguns dos quais tiveram as tampas frontais extraídas, e os fios, arrancados. Há alguns instrumentos armazenados ao redor do perímetro da sala, incluindo várias guitarras quebradas. Há algumas cadeiras na mesa e, no canto, um bebedouro. Acima da mesa de mixagem com seus muitos controles, há um pequeno painel de vidro grosso com vista para outra sala.

Mas não estou interessada em nenhuma dessas coisas. Em vez disso, estou focada na mulher pálida, magra e debilitada parada diante de mim, usando calças largas de moletom cinza e uma camiseta verde-clara. Ela está com olheiras cor de cogumelo e feridas nos lábios, como se estivesse mordendo a própria pele. O cabelo ruivo, que era brilhante, está engordurado e emaranhado, e um cheiro azedo a envolve, um contraste com o doce perfume que paira no ar.

— Oh, meu Deus, *Annie*... — grito, caindo sobre ela, enquanto ela abre os braços. Nós nos abraçamos (ela parece esquelética), choramingando entre os cabelos uma da outra, mas, então, eu me afasto, segurando-a com o braço estendido. — O que está acontecendo aqui, porra? Por que você está aqui? Por que diabos Mary fez isso? Seu telefone, eu o encontrei ontem... e Mary... — Balanço a cabeça, me lembrando. — Eu a segui até uma casa do outro lado da cidade, e havia uma mulher mais velha que parecia... e os colares e... — Perco o fio da meada, de repente, percebendo o verdadeiro horror da situação. — Oh, meu Deus, oh, meu *Deus*... meus filhos estão lá com *ela*... — Meu coração troveja a mil quilômetros por hora quando a realidade me atinge. — Está tudo bem, está tudo bem — tento me convencer, segurando a cabeça, enquanto procuro me controlar, respirando fundo. — Vai ficar tudo bem. Laura está cuidando deles. Assim que ela perceber que não cheguei a Crawley, ficará preocupada. Prometi que mandaria uma mensagem quando chegasse lá e...

— A *Laura* está aqui?

Concordo com um aceno de cabeça e, então, digo:

— Ah, *não*... — Minha mente está a mil, mas, quanto mais tento descobrir o que diabos está acontecendo, mais confuso tudo fica. — A Laura disse que veio porque *você* mandou uma mensagem de texto dizendo que eu precisava de ajuda — esclareço. — Ela disse que você estava preocupada comigo.

— Mas não mandei nenhuma mensagem a ela — Annie diz, ofegante, como se fosse muito custoso para ela falar. — Estou presa aqui há várias semanas... sem telefone... talvez vários meses, nem sei. Não tenho ideia de quando é dia ou noite. É por isso que, às vezes, apago as luzes... para tentar dormir.

— *Exato* — continuo. — *Não foi* você que enviou uma mensagem a ela. O que significa que era outra pessoa usando seu celular... — Paro, preparando-me antes de contar a ela. — Encontrei seu telefone ontem, no quarto de Tyler.

— *Tyler*? — Annie pergunta.

— É o filho de Mary — explico. — Bem, não tenho certeza de que é ou não. Embora... embora eu não ache que foi ele quem enviou a mensagem. — Balanço a cabeça. — Se você o conhecesse, saberia por quê. O modo de falar... era de uma mulher. — Annie parece confusa com o que estou dizendo a ela; seus olhos estão vazios, enquanto tento aceitar a nova realidade, essa coisa repentina que aconteceu, e bem debaixo dos nossos narizes. — Deve ter sido Mary mandando mensagens para Laura do seu telefone. *E* para mim... Meu Deus, todas aquelas mensagens que enviei a você questionando a integridade de Mary estavam indo diretamente para *ela*. — *Não é de admirar que ela tenha me trancado aqui também*, penso, mas fico quieta a respeito disso. — Mary arquitetou essa coisa toda. Mas *por que* ela fez isso tudo? E por que está fazendo isso?

Annie respira fundo, como se estivesse prestes a explicar tudo, mas congelamos quando a porta para a câmara externa do porão de repente clica e então se abre, o isolamento acústico bloqueando qualquer ruído de aviso.

— Gina está por aqui — a voz de Mary diz de repente, enquanto a porta se abre alguns metros para dentro. — Ela ficou insistindo que você descesse para ajudá-la antes de sairmos. Ela parecia muito chateada. Acho que ela precisa muito de você.

Então, ouço murmúrios confusos de Laura, os quais interrompo gritando a plenos pulmões:

— Não! Laura, *não*! — Avanço em direção à porta aberta assim que percebo o que está acontecendo.

Annie está mais longe que eu, então faz sentido eu arriscar, mas, antes mesmo de atravessar o estúdio, Laura tropeça na sala como se tivesse sido empurrada, assim como eu, agarrando-se à mesa de mixagem, antes de ir ao chão. Quando se endireita, seu rosto é uma imagem de puro horror ao me ver ali com sangue na testa. Seus olhos alternam entre mim e Annie.

Agarro a porta enquanto ela ainda está aberta cerca de trinta centímetros, espaço suficiente para eu ouvir minha bebê chorando lá em cima, o som descendo escada abaixo.

— *Tyler!* Dê um jeito nessas *malditas* crianças de uma vez por todas, OK? — Mary grita bem atrás da porta, e suas palavras me estimulam.

No entanto, não sou tão rápida quanto deveria. Não consigo segurar a porta com a força necessária, e ela se fecha mais uma vez, emitindo um baque surdo, seguido de um clique ao ser trancada.

— Annie... Oh, meu Deus, *Annie*! — Laura grita, agarrando a mesa para se apoiar. Está ofegante como se tivesse sido jogada em água gelada.

Bato na porta com os dois punhos, gritando até minha garganta doer.

— Mary... Ma-*ry*! Pa-*re*! Volte! Deixe-nos sair... *Por favor*, podemos resolver isso... Ma-*ry*...

— Esqueça — Annie diz sem emoção, largando-se em uma das cadeiras giratórias. — Ela não consegue ouvir você.

Laura começa com as perguntas... reclamando e resmungando e choramingando e botando para fora... exatamente as mesmas coisas que fiz há apenas dez minutos... beirando à histeria, enquanto me empurra para que eu saia do caminho, puxando a maçaneta da porta.

— Quem em sã consciência colocou a fechadura *do lado de fora*... — ela berra, virando-se para encarar Annie. — O que diabos está acontecendo? Por que estamos aqui?

— Puxa, desculpe-me por querer proteger centenas de milhares de libras em equipamentos com uma fechadura — defende-se Annie, mal erguendo os olhos.

— Deixem isso para lá — digo baixinho, a princípio, mas, quando a dupla começa a discutir sobre fechaduras e quer saber de quem é a culpa, ergo a voz. — Eu disse para *deixarem para lá*, vocês duas!

Ambas ficam quietas, me encarando.

— Tudo o que *me* importa é que *você* deveria estar cuidando dos meus filhos, Laura, e agora está aqui sem eles. — Estou tremendo; sinto a saliva se acumulando nos cantos da boca, os cabelos grudados nas bochechas. — O que sugere que eu faça agora, hein? — Agarro-a pelos braços.

— Mas... mas Mary me disse que você precisava de mim aqui embaixo com urgência, que Matt havia ligado de novo, e você estava transtornada. Eu estava vindo ajudar você.

Baixo a cabeça, murmurando baixinho:

— Onde estão meus filhos, Laura? Onde eles estavam quando você veio para cá? — Estou me esforçando muito para não gritar com ela.

Imagino Gracie dando um jeito de rolar para fora da beirada do sofá, Tommy pisoteando-a violentamente, seus brinquedos voando. Então, na minha mente transtornada, imagino Mary arrumando todas as suas coisas e indo embora com meus filhos... mudando o nome deles, criando-os como seus, Matt voltando para uma casa vazia, e eu nunca mais os vendo e... e...

De repente, não consigo me concentrar. Meus olhos se enchem de raiva e lágrimas, e uma fúria tão intensa, que todos os meus sentidos são bloqueados.

— *Tenho* que resgatar meus filhos! — grito, batendo na porta várias vezes. Meus joelhos cedem, e, juntas, Laura e Annie me descem até o chão, enquanto desmorono, entregue, soluçando.

E, então, fico em silêncio, quando ouço Laura dizer:

— Oh, Deus. Gina... eu os deixei com Tyler...

QUARENTA
O PASSADO

— Isso não me agrada nem um pouco — Gina disse enquanto ela e Annie se dirigiam para a festa de Matt, de braços dados. Estava escuro como breu, os postes de luz lançavam cones de luz amarela por onde passavam, e Gina desejou ter usado sapatos baixos. — Esconder coisas de Sara... Não parece correto. Ela é nossa amiga. — A dupla havia se encontrado no cruzamento da estrada principal, ao pé da colina. Annie estava vindo direto da apresentação da escola. — Não gosto *nada* disso — ela repetiu, parando. Estava prestes a ir para casa.

— Gin, *preciso* de você aqui. Você é meu braço direito. Tenho um bom pressentimento sobre esta noite...Você sabe, com Matt. — Annie cutucou Gina, virando-se para encará-la. Ela ainda estava com um pouco da maquiagem de palco, mas tinha adicionado nos olhos o delineador de gatinho, sua marca registrada, e o batom vermelho sangue na boca. Havia trocado de roupa no camarim, vestindo uma saia curta preta com babados e meia-calça por baixo, uma camiseta do AC/DC que ela cortou, produzindo um *top* curto, e a jaqueta jeans preta desbotada. E, claro, os coturnos favoritos. Ela se encharcou com um perfume floral enjoativo e doce, que Annie amava, mas Gina achava que cheirava como a colônia que a mãe usava.

Gina olhou para a calçada do outro lado da rua. Estavam quase na casa de Matt, mas ainda dava tempo de ela se virar e ir para casa, fingir para as outras que estava com dor de cabeça. Ela simplesmente esqueceria sua paixonite idiota por Matt, desistiria de esperar que ele *um dia* a notasse, ainda mais agora que as intenções de Annie em relação a ele estavam claras. Não tinha como competir com ela. Era melhor jogar a toalha enquanto ainda havia algum resquício de dignidade.

Ou... ela pensou que poderia ir até a porta da frente, entrar, conversar com as outras amigas, tomar uns drinques, dançar um pouco, talvez dar uns amassos em outro garoto... embora não conseguisse tirar da cabeça que, provavelmente, teria que assistir a Annie e Matt fazendo o mesmo.

— Só acho que Sara deveria saber sobre a festa, é só isso o que estou dizendo — Gina esclareceu enquanto voltavam a caminhar. — Ela teve um ano difícil, e será horrível para ela descobrir isso pelas conversas dos outros na segunda-feira. Matt *ainda* não teve a decência de terminar com ela.

— Você não *sabe* se ele não terminou com ela ainda — Annie respondeu, soando como se soubesse de algo, e Gina, não. — E não sabemos ao certo se Sara teve um ano difícil ou não, porque ela nunca conta nada para a gente. — Elas tinham chegado à casa de Matt a essa altura e parado do lado de fora. O som de música alta vinha da casa. — Às vezes, eu me pergunto se ela quer mesmo ser nossa amiga.

— Pelo amor de Deus, Annie! — Gina retrucou. — Se você parasse de pensar em si mesma por um instante, poderia ter notado que as coisas têm sido bastante ruins para Sara nos últimos tempos. Ela ficou *semanas* sem ir à escola no último semestre e não passou bem o verão. — Gina balançou a cabeça, decidida a se virar e ir embora. Então, lembrou-se de que a mãe tinha tentado ligar para a mãe de Sara, a fim de perguntar se poderiam visitá-la ou mesmo enviar um cartão de melhoras. Mas não conseguiu.

— Olha, acho que já saberíamos se Matt tivesse dado um chute nela — Gina continuou. — Sara ficaria arrasada. Teria ligado para uma de nós procurando consolo.

Annie assentiu e deu de ombros. Matt lhe dissera que iria terminar com ela; e, se ele tinha ou não feito isso, não era problema dela. No que lhe dizia respeito, ele estava solteiro agora e disponível.

— Vamos lá — ela disse, agarrando a mão de Gina e a levando até a porta da frente com um sorriso no rosto. — Não seja estraga-prazeres. Vamos festejar!

Sara estava em seu pequeno quarto, sentada na parte de baixo do beliche, tremendo de frio. Uma raiva queimava dentro dela. Ela tapava os ouvidos com as mãos — em parte, para bloquear os gritos vindos do andar de baixo, e, por outro lado, para silenciar as vozes em sua cabeça.

Mas ela ainda conseguia ouvir os dois — os berros raivosos do pai, o baque surdo ocasional, e os gritos agudos, enquanto ele avançava contra a mãe, e a risada zombeteira e cruel de sua voz interior dizendo que ela era perdedora, feia, solitária, gorda, nojenta, inútil, que merecia morrer.

Ela estava a ponto de fazer alguma coisa, embora não conseguisse identificar o quê. Podia ser motivada por raiva ou medo. Ela havia aprendido que existia uma linha tênue entre os dois.

Sara tinha saído para procurar Matt mais cedo, esperando encontrá-lo depois da última apresentação, mas ninguém sabia onde ele estava. Parecia que ele tinha desaparecido do camarim às pressas, o que combinava com a fofoca que tinha ouvido de alguns de seus amigos. Corria um papo de que Matt estava dando uma festa. Uma festa para a qual ela não havia sido convidada.

Sara sentou-se na cama, olhando para o papel de parede descascado, arranhando o pulso com as unhas, enquanto se esforçava para não sair à caça de uma lâmina de barbear. Não sabia o que fazer para consertar as coisas. Sentia-se entorpecida. Abandonada. Inútil e desesperada.

A irmãzinha entrou no quarto que dividiam, sem dizer nenhuma palavra, enquanto se esgueirava até Sara e se enrolava na parte de baixo do beliche, enterrando o rosto em seu colo. Sara colocou os braços em volta dos ombros dela, balançando-a com delicadeza, desejando poder melhorar tudo.

Idiota que era, ela acreditou, quando começara a namorar Matt, que isso significaria o fim de todos os seus problemas... fazendo-a se sentir completa e desejada, de repente, levando a uma vida melhor para ela e para a irmã, longe desse inferno. Mas não aconteceu. Na verdade, aquilo piorou tudo.

O primeiro encontro deles foi uma caminhada pelo calçadão — chocolate quente e mãos dadas em meio a um vendaval —, mas Matt passou a maior parte do tempo fazendo perguntas sobre Annie. *De quais garotos ela gosta na escola? Quando é o aniversário dela? Ela já falou sobre mim? Qual é a banda preferida dela?*

Depois disso, eles se encontraram no Davy's para dividir um cone de batatas fritas, e Matt ficou perguntando o tempo todo se Annie estaria lá, se Sara sabia onde ela estava ou onde estaria mais tarde. Durante as duas horas em que ficaram sentados lá, Matt ficou olhando pela janela, virando-se em direção à porta toda vez que ela se abria, parecendo decepcionado quando um novo cliente entrava e não era Annie.

Ela também tinha ido estudar na casa de Matt em várias ocasiões, incluindo a vez em que Gina apareceu do nada, ao que parecia, espreitando no jardim da frente. Foi algo estranho, já que ela não tinha contado às outras GALS que tivera alguns poucos encontros com Matt, mas Gina foi gentil, não fez julgamentos, e ela imaginou que Gina tinha mantido isso em segredo. Não que parecesse muito que ela e Matt estivessem namorando, para ser sincera. Eles não tinham se pegado no cinema nem ido a piqueniques ou a passeios românticos adequados onde pudessem ficar totalmente sozinhos, e ela nem tinha recebido um beijo na bochecha ainda, muito menos um beijo de verdade. Ela também não tinha conhecido a mãe e o pai dele, embora Matt a tivesse levado para o andar de cima nas poucas vezes em que fora à casa dele.

Então, veio o golpe no dia anterior, na escola, quando um dos amigos de Matt, Evan, sussurrou algo em seu ouvido enquanto se cruzavam no corredor, algo que fez seu sangue gelar:

— Matt vai largar você — foi tudo o que ele disse ao passar. Sua risada ficou ecoando nos ouvidos dela enquanto ele corria para a próxima aula.

— Odeio isso aqui — a irmãzinha de Sara sussurrou para ela, agora, com a cabeça ainda em seu colo.

— Eu também — Sara respondeu, alisando sua franja rala para trás da testa. — Eu também.

— Papai disse que eles virão me buscar mais tarde — ela disse a Sara. Seus olhos jovens estavam fundos e cansados, e a pele do rosto, amarelada e pálida. — Eu o ouvi falando com aquele homem. Aquele com o bigode.

Isso acontecia desde que conseguiam se lembrar, desde quando eram pequenas. Às vezes, uma vez por semana, ou, se tivessem sorte, a cada poucos meses. Era sempre um dos mesmos dois ou três homens — *meus bons amigos*, dizia o pai delas, o que, assegurava-lhes, tornava tudo OK. Ao entregar qualquer uma das filhas por algumas horas, o pai delas seria pago. O dinheiro extra significava que os pais podiam comprar bebida, drogas e fumo. Às vezes, até compravam comida.

Sara sabia a qual homem a irmã se referia: àquele cujas roupas cheiravam como se tivessem ficado na máquina de lavar por muito tempo. Àquele cujas mãos eram ásperas e escamosas. Àquele com os olhos redondos que queimavam sua pele quando ele as olhava nuas. O pai disse que elas deveriam fazer o que lhes fosse pedido, que não deveriam causar confusão, que nunca deveriam contar a ninguém.

A mulher do serviço social tinha ido lá de novo, pouco tempo antes — acontecia a cada seis meses ou mais. Durante a última visita, a mãe tinha se comportado da melhor maneira possível, dizendo a ela que o pai estava procurando trabalho, que as filhas estavam bem alimentadas, limpas e indo felizes para a escola.

As meninas ficaram na porta de mãos dadas, assentindo e sorrindo, quando a mulher perguntou se isso era verdade. Exatamente como a mãe havia dito que fizessem. Sara queria desesperadamente dizer algo, implorar para que ela as ajudasse, para que as levasse embora, mas os riscos eram muito altos, e a punição, muito severa. E ela não podia arriscar que fossem separadas e enviadas a lares adotivos diferentes. Então, em vez disso, Sara lhe deu um sorriso torto, que rezou fosse interpretado como qualquer coisa, menos felicidade.

A assistente social, que nem teve tempo de se sentar ou de tomar uma xícara de chá, depois de um momento olhando para elas, franziu a testa ligeiramente, e seus lábios se abriram, como se estivesse prestes a falar. Mas ela mudou de ideia e lhes deu um sorriso satisfeito em troca, anotou algo em um formulário e correu para atender o próximo caso.

— Não vou deixar que levem você esta noite — Sara falava para a irmãzinha, agora. — Vou no seu lugar. Vou dizer a eles que você está menstruada pela primeira vez. — Ela estava resignada a se sacrificar mais uma vez; era o que fazia. Embora quisesse resolver as coisas com Matt, ir até a casa dele descobrir se ele *estava* dando uma festa, não suportava a ideia de a irmãzinha ser levada.

— Vou fugir hoje à noite — a irmã mais nova disse, de repente, sentando-se e olhando nos olhos de Sara. Sua voz soava velha e cansada demais para uma garota de apenas 12 anos. — Você vem comigo?

Ela já havia ameaçado antes, e fizera isso uma ou duas vezes, não indo além da estação de ônibus com sua sacola plástica contendo roupas. Uma vez, ela foi levada para casa por um policial; outra vez, foi arrastada de volta do litoral pelo pai, onde ela fizera uma cama em um banco; e na outra vez ela voltou sozinha depois de algumas horas, com fome e frio. Mas, por algum motivo, dessa vez, Sara sentiu que a irmã mais nova falava sério. Que ela, enfim, estava indo embora para sempre.

QUARENTA E UM

MARY

Apesar do medo que me invade, do terror de ter estragado tudo, de ter feito tudo errado, de ter piorado tudo para Tyler, preciso manter a calma. Estou na cozinha de Annie, com os dedos cruzados, olhando para fora, além das portas de vidro, enquanto tento descobrir o que fazer a seguir.

Merda...

Arranho o rosto com os dedos. Tudo parecia muito mais fácil na minha mente, quando nossos planos estavam tomando forma, meses atrás, mas a realidade — executá-los —, agora, parece muito diferente. No entanto, muitas pessoas se safaram de muita coisa por muito tempo. É hora de acertar as contas.

Cerro os punhos, desejando ser capaz de apagar o passado da mente — que não tivesse memórias para vingar, que pudesse apenas viver minha vida e cuidar de Tyler, prepará-lo para um futuro digno. Fiz uma promessa à mãe dele, afinal. Mas as coisas não funcionam assim. Há um fogo dentro de mim, uma necessidade pulsante de acertar as contas, de fazer as pessoas culpadas, por fim, pagarem pelo que fizeram.

O sofrimento delas acabará com o meu, e, se ninguém confessar, *todas* elas terão de morrer.

Respiro fundo quando a grandeza da situação me atinge. Há três mulheres trancadas no porão. Três mulheres cuja sobrevivência depende do meu próximo movimento. E não apenas isso, mas duas crianças das quais preciso me livrar.

A voz na minha cabeça me bombardeia com diálogos intermináveis (*faça isso... não faça isso... elas merecem... não é culpa delas... mate-as... solte-as*), até que fecho as mãos sobre os ouvidos e balanço a cabeça, apertando os olhos.

Que diabos fui fazer?

Ouço um barulho atrás de mim: os murmúrios suaves da bebê.

— Você tem talento natural para isso — digo, virando-me para encarar Tyler, observando-o enquanto ele embala a cabeça da bebê no canto do cotovelo. Em pânico, Laura a entregara a ele conforme eu a atraía para baixo com a falsa emergência. — Mas essas crianças são um problema — declaro a ele. — Não podemos ficar com elas.

Tyler olha para mim com aquela expressão vazia nos olhos. Ele me dá um único aceno afirmativo de cabeça, indicando que entende o que quero dizer.

— Vou dar um jeito nas crianças. Não se preocupe.

Então, Tommy se lança entre as pernas de Tyler, balançando um livro de imagens para ele.

— *Qué stólia*! — o garotinho resmunga. — Lê *stólia agola*! — Ele está à beira do que parece ser um acesso de raiva, as bochechas estão vermelhas, e o lábio inferior, trêmulo. — *Qué mamãe* — ele acrescenta num gemido.

— Faça o que achar que deve fazer com os dois — digo a Tyler. — Há algo que preciso resolver.

Tyler arranca o livro da mão de Tommy (há um pequeno carro de bombeiro vermelho na capa; sem dúvida, é um livro comprado por Gina para ajudar a explicar ao filho o que aconteceu com a casa deles), então agarra o pulso do menino. Não consigo evitar o sorriso enquanto vou até a porta de vidro deslizante, fechando-a com cuidado atrás de mim ao sair.

O sol de outono se projeta sobre o muro de tijolos vermelhos, lançando sombras douradas, enquanto caminho pelo jardim. Ouço Bridget, da casa ao lado, podando as plantas. Então, quando me aproximo do canto do jardim onde o portão leva ao terreno comum, ouço o tom áspero do marido dela dizendo algo. Quando estou abrindo o portão, paro, vendo o lenço de algodão manchado caído no chão — um lenço masculino, molhado e enlameado, meio escondido pela grama. Uma sensação pesada se arrasta por mim, como se fosse uma mão apertando meu pescoço, com os dedos cravando em minhas veias, a pressão desacelerando meu batimento cardíaco no momento em que o passado alcança o presente.

Expulso tudo para fora da mente enquanto atravesso o portão para o pedaço de terra coberto de mato, meio que esperando ver uma garotinha correndo pelo terreno comum em sua saia escolar suja, com sua risada feliz e alegre ouvida por ninguém, exceto por mim, logo substituída por gritos penetrantes no instante em que ela grita por socorro... e, em seguida, o silêncio, quando sua vida é apagada. Essa é a trilha sonora que preenche meus pesadelos desde a noite em que ela não voltou para casa.

Pego um graveto caído, usando-o para abrir caminho entre as urtigas e as ervas daninhas que nasceram, embora não consiga deixar de me perguntar se mais alguém esteve aqui desde minha última visita. Há trechos de caules quebrados e vegetação pisoteada onde não havia antes.

Por instinto, olho para trás, por cima do ombro, para verificar se estou sendo seguida — para ver se Gina e a amiga intrometida me perseguiram. Mas, então, me lembro... elas estão trancadas com Annie. Imagino-as desesperadas, tentando descobrir o que está acontecendo, por que as aprisionei, rezando para que seja um engano, um mal-entendido, convencidas de que logo as deixarei sair; imagino suas vozes ficando mais altas enquanto tentam, cada uma delas, se sobrepor à outra, transformando-se em gritos inúteis e berros de queimar a garganta.

Tyler e eu testamos o isolamento acústico quando chegamos, enquanto Annie ainda estava inconsciente.

— Minha voz soa mais parecida com a dela — eu disse a ele. — Tranque-me no porão e veja se consegue me ouvir gritando. Depois, vá lá fora e tente escutar da rua. Se ouvir alguma coisa, grave no celular.

Eu também estava cautelosa com a ventilação; tentei descobrir onde o poço desembocava da casa, mas não consegui encontrá-lo. Não queria deixar nada ao acaso, o menor som alertando o carteiro ou as pessoas que passavam pela casa, ou, claro, Gina ou seu marido, quando Annie ofereceu, ou melhor, quando *eu* ofereci, um espaço para ficarem aqui. Eles morderam a isca, como eu esperava.

Sento-me dentro do círculo de tijolos, do outro lado do terreno comum, de pernas cruzadas, ao lado do velho toco de árvore.

— Olá, Sara — sussurro, enfiando os dedos na terra macia. Na minha cabeça, é nesse lugar que imagino que ela mora agora. — Estou tentando fazer tudo certo para ajudar Tyler, mas é muito, *muito* difícil.

Engulo as lágrimas, embalando as pernas, apoiando o queixo nos joelhos, enquanto me sento na grama rala ao lado do túmulo improvisado, ou santuário, ou o que quer que eu pensasse que fosse quando o fiz, quando era criança. Esse lugar não está tomado de boas lembranças (ao contrário, na verdade), e não consigo nem pensar nos horrores que costumavam acontecer aqui. No entanto, eu precisava de um lugar privado que não fosse violado.

Quando me tornei governanta de Annie, demorei alguns dias para encontrar o toco de árvore de novo, abrindo caminho pela vegetação rasteira enquanto o procurava. Além de estar mais coberto de mato, nada mudou muito aqui. Estou feliz por ter feito esse pequeno memorial, tantos anos atrás, porque é tudo que me resta dela agora. A fotografia de Sara ainda estava aqui, mas o envelope que continha a mecha de cabelo de bebê de Tyler foi mordiscado por ratos, então seu conteúdo sumiu.

Enfio minha mão dentro do toco de árvore para encontrar a foto, familiarizada com todos os recônditos nodosos e retorcidos de seu interior. Mas, quando tateio, não consigo encontrá-la, então me ajoelho, remexendo lá dentro, blasfemando quando percebo que ela sumiu. Eu me levanto chutando o chão, apostando que foi Gina quem a pegou.

— *Vagabunda* do caralho! — rosno, marchando de volta para casa, furiosa com ela. Furiosa para caramba com todas as mulheres que estão trancadas no porão. Uma delas sabe o que aconteceu, muito tempo atrás, e é hora de a verdade vir à tona. Não me importo com dinheiro (tudo isso seria para Tyler). Só me interessa a vingança.

Uma delas vai pagar. Uma delas vai morrer.

Abro a porta de correr da cozinha com um puxão, fechando-a com um estrondo. Procuro Tyler, mas ele não está aqui. Não há bebê, nem Tommy.

Ótimo. Ele está fazendo o que eu disse para fazer. Cuidando daqueles pirralhos.

Então, ouço um som vindo da porta da frente — alguém entrando.

Congelo, sem saber o que fazer. Com a mente acelerada, entro de maneira furtiva na área da cozinha, pegando uma das facas de *chef* do bloco, colocando-a sob o moletom.

Então, do corredor, ouço uma voz familiar gritar:

— Gina? Sou eu. Estou em casa! A polícia me liberou.

Matt voltou.

QUARENTA E DOIS
GINA

— Você fez *o quê*? — pergunto quando entendo o que Laura acabou de me dizer. — Você deixou meus filhos com o *Tyler*?

Sinto que estou prestes a desmaiar. Empurro uma das cadeiras giratórias com força sobre a mesa de mixagem para descarregar minha raiva, mas ela tomba e cai de lado, emitindo um baque surdo. As palavras de Mary ecoam em minha mente... *Dê um jeito nessas malditas crianças de uma vez por todas...*

Isso não pode estar acontecendo! Alguém me diga que estou em um pesadelo, que meus filhos não estão com um monstro, que vou acordar a qualquer momento. *Glorioso Deus, por favor, mantenha-os seguros.*

— Eu não tinha muita escolha — Laura se defende, com a voz trêmula. — Tommy estava bem... Deixei-o brincando no tapete. Ele queria que eu lesse uma história. E Gracie estava prestes a dormir. Tyler... ele pareceu feliz em segurá-la. Pensei que só ficaria aqui por alguns minutos, pelo amor de

Deus! — Laura cobre o rosto e solta um soluço de lamento. — Mary me disse que houve uma emergência e você precisava da minha ajuda. Se quer saber, eu ia convencê-la a voltar lá para cima e sugerir que *eu* fosse buscar Matt. — Ela está à beira das lágrimas.

Sem dizer uma palavra, levanto a cadeira de novo e me sento nela, segurando a cabeça entre as mãos, com os cotovelos apoiados na borda da mesa de mixagem. Uma dor lancinante parece rasgar minha testa enquanto cravo as palmas das mãos em meu crânio, tentando imaginar o que aconteceu, tentando descobrir como posso chegar até meus filhos, ou, melhor dizendo, *resgatar* meus filhos, porque é isso que sinto que preciso fazer.

Levanto a cabeça bem rápido.

— Não pensei que íamos ficar trancadas em um maldito porão com nossa amiga que devia estar a milhares de quilômetros de distância, pensei? Não pensei em muitas coisas, na verdade. *Você* pensou? — Eu me levanto de repente, posicionando-me, determinada, diante de Laura, mas me sento na cadeira de novo, sentindo-me sobrecarregada pela dor na cabeça, conforme a pressão desce pela espinha. Sinto-me tonta e trêmula, e meu coração está acelerado, lembrando-me de que ainda não tomei minha injeção de insulina hoje. *Droga*, penso, percebendo, de repente, que meu *kit* médico está na minha bolsa. A bolsa que Mary arrancou de mim quando me empurrou para dentro.

— Vocês duas precisam ficar quietas — Annie diz, de onde está, sentada no chão ao lado da porta. Suas pernas estão dobradas, os pés, separados, e ela está olhando para nós. — Precisamos pensar juntas, descobrir quem diabos é essa mulher e o que ela quer.

— Sim... Sim, Annie está certa, Gina. Não devemos discutir nem culpar uma à outra ou... — Laura começa a falar, mas eu a interrompo.

— Espere, você está me dizendo que não tem nem *ideia* de quem é Mary? — Eu me aproximo de Annie rolando a cadeira, pairando sobre ela.

Não ouso me levantar, estou tremendo.

— Não — Annie responde.

— Ela é... Ela não é sua governanta, então? — Laura pergunta.

Annie olha para ela, as pálpebras parecendo pesadas, enquanto a contempla, balançando a cabeça lentamente.

— Porra, Laura, acompanhe... — Então, de quatro, Annie rasteja até o bebedouro no canto e coloca a boca sob a torneira, abrindo-a. A água escorre pelo seu queixo enquanto ela bebe, conforme o grande recipiente de plástico acima gorgoleja algumas vezes.

— Preciso de um pouco disso — digo, indo até o recipiente, agora meio vazio. — Estou com muita sede. — Eu me ajoelho e bebo direto da torneirinha. — Não me diga que essa é toda a água que temos. — Enxugo a boca no braço e volto a me sentar, encostando-me na parede outra vez.

— Há uma cozinha ali com pia e torneira — Annie responde, apontando para outra porta, oposta àquela por onde entramos. — Ela não me traz comida há um bom tempo, mas talvez ela o faça agora que vocês duas estão aqui. Quem sabe...? — Annie dá de ombros, resignada.

— E quanto a... — Laura olha ao redor do estúdio. — Não tem um banheiro aqui?

— Tem um na cozinha — Annie esclarece.

— Você consegue chegar à garagem por lá? — pergunto. — Podemos sair por lá? — Sinto suor brotando por todo meu corpo. Estou precisando desesperadamente da minha insulina. Já me atrasei com as aplicações algumas vezes, no passado, mas sempre havia alguém por perto para me ajudar (Matt ou minha mãe, quando eu era mais nova), e nunca fico longe do meu *kit*. Se meus níveis de glicose no sangue subirem muito, pode ser extremamente perigoso.

Annie olha para mim do mesmo jeito que olhou para Laura.

— Ah, sim, que boba que sou. Esqueci completamente da rota de fuga pela porra da garagem. — Ela inclina a cabeça para trás contra a parede, com o maxilar cerrado.

— Annie, querida, está tudo bem, entendemos sua raiva. Sentiríamos o mesmo se tivéssemos ficado presas aqui por tanto tempo. — Laura me olha. — Gin, você está bem? Não parece bem. Está muito pálida. — Ela se abaixa para tocar em mim, mas Annie se vira e range os dentes, como se estivesse prestes a mordê-la. Laura pula para trás.

— Vou ficar bem — asseguro, sem querer preocupá-la. — Só estou em choque. — Meu estômago se revira outra vez quando penso em meus filhos deixados sozinhos com Tyler e Mary. — Nós... precisamos de um plano — digo, sentindo-me ainda mais tonta. — Devemos descobrir o que está acontecendo antes que Mary volte. Annie, conte-nos exatamente o que aconteceu quando você encontrou Mary pela primeira vez. Tudo que levou ao momento em que ela trancou você aqui.

Esfrego a manga da blusa no rosto para enxugar o suor, e Annie olha para mim. Está tão magra que juro que não a teria reconhecido se passasse por ela na rua. Mas também há um toque de algo lúcido em seus olhos. O fogo ainda queimando por dentro.

— Tudo começou com um anúncio — ela conta. — Coloquei um aviso solicitando uma governanta no quadro comunitário do correio local. Bridget, da casa ao lado, me deu a ideia, dizendo que foi assim que encontrou sua faxineira, Hattie.

Ela encosta a cabeça na parede de novo, respirando fundo algumas vezes, como se cada vez fosse um esforço. Laura e eu trocamos um rápido olhar.

— Recebi alguns telefonemas e entrevistei duas candidatas, mas não deu certo com elas. Então, Mary se candidatou, e marquei um horário para ela vir conhecer a casa. É estranho, porque, assim que abri a porta para ela, juro que a reconheci.

— De onde? — pergunto, querendo saber cada detalhe. Pelo menos, isso me mantém distraída até que eu possa, de alguma forma, chegar até meus filhos. Não estou me sentindo nada bem.

— Eu não tinha certeza, no início. Mary disse que nos esbarramos no correio quando eu estava colocando o aviso, mas... — Annie para de falar e começa a tossir de repente, segurando a barriga. — Mas foi mais que isso. Eu a tinha visto por aí, em outro lugar. Talvez até mesmo rondando a praça, escondida entre as árvores. A princípio, pensei que ela morasse por aqui, mas... bem, ela não parecia o tipo de pessoa que mora por aqui, para ser sincera. Não pensei muito mais sobre isso e fiquei feliz por ter alguém decente se candidatando.

— O que aconteceu depois? Você deu o emprego a ela? — pergunto.

Annie fica em silêncio por um instante; o maxilar está tenso enquanto ela tenta se lembrar do que aconteceu. Então, começa a balançar a cabeça e olha para nós duas.

— Não. Nunca chegamos a isso.

— Então, o que houve, Annie? Pelo amor de Deus, *fala logo*! — Caio de joelhos ao lado dela, cambaleando e me sentindo tonta, enquanto a agarro pelos braços, dando-lhe uma pequena sacudida.

— Mostrei a casa a ela — Annie nos conta. — Ela estava fazendo um monte de perguntas. Parecia mais que *ela* estava me entrevistando que o contrário.

— Que tipo de pergunta? — Laura questiona, juntando-se a nós, no chão. Ela segura a mão de Annie e a acaricia. Eu pego a outra mão, tentando encorajá-la.

Annie engole em seco.

— Coisas sobre o passado... sobre os namorados que tive, sobre meus pais... perguntou quem eram minhas amigas... Quando mencionei o nome de vocês, ela começou a fazer perguntas sobre vocês também.

— Você não estranhou nada disso? — digo, tentando me controlar.

— Não particularmente. Ela parecia tão... tão *normal*. E ela tem esse dom de extrair coisas...

— Santo Deus, Annie, e *ainda assim* você deu o emprego a ela? — Eu me ergo sobre os calcanhares, agarrando a cadeira para me apoiar.

Annie começa a balançar a cabeça de novo.

— Não, como eu disse, nunca *dei* o emprego a ela — Annie afirma de forma categórica. — Mostrei a casa a ela, então ela perguntou se poderia dar uma olhada aqui no estúdio. Sabia sobre o meu trabalho, é óbvio, e me disse que era musicista iniciante que estava aprendendo a tocar violão. Havíamos conversado sobre diferentes bandas, musicais e coisas afins, por isso me pareceu um pedido razoável.

— E depois? — pergunto.

Não consigo acreditar no que estou ouvindo: que Annie esteve a poucos metros abaixo de nós nas últimas semanas. Uma prisioneira na própria casa enquanto vivíamos nossa vida *em cima* dela, alheios à sua presença. É quase impossível acreditar.

— Eu ia oferecer o emprego a ela — Annie continua. — Já tinha decidido isso. Ela parecia... organizada e equilibrada. E calma... *muito* calma. Sim, é isso. Como se estivesse totalmente no controle de si mesma e de sua vida. Imaginei que não haveria problema deixá-la dar uma olhada aqui embaixo, já que ela também passaria a limpar esses cômodos. — Annie faz uma pausa, observando o estúdio, os olhos pesados e cansados. Uma mesa de som foi destruída, há fios pendurados por todo o lugar, e vários painéis de controle, na parede, estão em estado semelhante. — Ainda mais porque ela disse que gostava da minha música. Fiquei lisonjeada, acho.

— Meu Deus, você deveria ter passado por uma agência para contratar uma governanta — Laura a interrompe. — Alguém tão conhecida como você não pode apenas contratar uma pessoa qualquer na rua.

Dou um tapinha no braço de Laura, balançando a cabeça e franzindo a testa.

— Eu sei, eu *sei*... — Annie diz, baixando a cabeça. — Mas não quero ser uma celebridade inatingível, que não vive no mundo real. Será que vocês não entendem? — Annie tem um nó na garganta; a voz soa tensa, e ela está à beira das lágrimas. — *Odeio* ser famosa. — Ela solta um soluço sufocado.

— Está tudo bem — eu a consolo, envolvendo-a num abraço. — Você achou que estava fazendo a coisa certa. Conte-nos o que aconteceu depois. — Laura também a envolve num abraço.

Mas Annie não tem chance de responder, pois, de repente, ouvimos um barulho. A gente se vira bem rápido. Então, ouvimos um clique quando a porta se destranca e... um segundo depois, ela se abre devagar.

QUARENTA E TRÊS
GINA

Em vez de gritarmos ou de nos lançarmos contra a porta para atacar, por uma fração de segundo, ficamos todas paralisadas, aterrorizadas, quando a porta se abriu; nenhuma de nós ousava sequer respirar.

Vejo a mão primeiro, os dedos rastejando ao redor da borda da porta. Então, temos um vislumbre de seu corpo enquanto ela fica de lado, como se estivesse esperando alguém passar.

Agora, estou gritando mentalmente, desejando que as palavras saiam. *Agora… Laura, você está mais perto… agarre-a! Dê um soco nela! Puxe-a para o chão enquanto seguro a porta! Qualquer coisa!*

Mas Laura e eu apenas ficamos agachadas ali, em choque, ao lado de Annie, no chão, todas nós mudas e imóveis, enquanto Matt entra, com um sorriso constrangido no rosto, tentando entender o que está acontecendo. A pele dele está cinza-amarelada; ele está com olheiras e descabelado.

— Meninas… — ele diz apenas isso, a princípio, de maneira animada, embora eu pudesse jurar, pelos olhos injetados, que ele estava esperando levar uma bronca minha. Porém, enquanto absorve a cena, ele faz uma careta, franzindo o rosto. — O que vocês estão fazendo…

Antes que termine de falar, forço meu corpo trêmulo e suado a agir, atirando-me e passando por Matt em direção à porta, antes que ela se feche, gritando com todas as forças, rezando para que ele entenda e me ajude.

— Segure ela! Segure-a! Matt…!

Agarro a borda da porta com a mão direita, puxando-a para abri-la com toda minha força, que não é muita, considerando que estou passando mal. E se a faca de cozinha não tivesse acertado meu pulso (Mary espetou a lâmina em mim com uma das mãos enquanto puxava a porta com força, com a outra), e se Matt tivesse sido mais rápido, teríamos conseguido dominá-la.

Em vez disso, uma dor irradia por meu braço, fazendo com que eu solte a porta no instante em que a fecha de novo, quase prendendo meus dedos antes que eu os retire, no último momento. Atordoada demais para gritar, vejo uma fina linha de sangue escorrer da minha pele. Então, despenco, sentindo que estou prestes a desmaiar.

— *Oh, meu Deus*, Gin — ouço Matt dizer, com os braços em volta da minha cintura. Ele tem braços fortes para me segurar. — Você não parece bem. O que diabos está acontecendo? — Ele olha assustado para Laura e, então, para mim. — Acabei de chegar, e ela me disse que você estava aqui embaixo mexendo na parte elétrica, tentando consertar as luzes piscantes, e que eu precisava descer aqui rápido antes que você se eletrocutasse. O que está acontecendo?

No mesmo instante, Laura desenrola um lenço de algodão do pescoço e enfaixa meu pulso para estancar o sangramento. Ela amarra firme, enquanto observo meu marido, cujos olhos estão percorrendo o estúdio. Seu cérebro está tentando juntar as peças, sobretudo porque Laura também está aqui. Mas é só quando olha direto para quem está sentada no chão que ele percebe o horror da nossa situação.

— *Annie*? — ele diz, como se tivesse visto um fantasma. — Pensei que estivesse em... — Ele para de falar e vai até a porta, puxando com força a maçaneta, sacudindo-a várias vezes. Mas ela não se move. — Merda — é tudo o que ele diz antes de se encostar na parede à prova de som e inclinar a cabeça para trás.

— Você não veio aqui para consertar as luzes, então? — Matt pergunta pela terceira vez.

— Matt... — digo, exasperada e sem fôlego. Minha visão está começando a ficar turva, mal consigo manter a cabeça erguida. — *Não*... — sussurro. — Minha... minha insulina. Está lá em cima... e as crianças...

— Mas Mary disse...

— Esqueça o que Mary disse — digo a ele. — É tudo mentira. Ela não é governanta de Annie e, com certeza, não é nossa amiga. — Agarro a cabeça com a mão trêmula. — Você... você viu as crianças? — pergunto a ele. — Elas estavam bem? O que diabos está acontecendo lá em cima? Você está com seu celular? Ela disse alguma coisa a você? Por que você foi preso? — Tenho tantas perguntas, mas preciso de todo esforço para falar.

— Uau! Acalme-se, meu amor — Matt diz, segurando minhas mãos. Posso dizer que seu cérebro está processando as coisas lentamente depois de muito álcool e nenhuma noite de sono, na noite passada. — Não vi as crianças, não. Elas estão bem?

— Não *sei*. Esse é o maldito objetivo de eu perguntar a *você*! — retruco, sentindo-me desesperada de preocupação. — Laura as deixou com Tyler. Ele não está em casa com elas? Mary inventou umas besteiras para trazê-la aqui também, e agora estamos todos trancados! — Não consigo evitar os soluços, porém não estou chorando por mim, mas, sim, pelos meus filhos.

— OK, OK, vou tirar a gente daqui — garante Matt, de repente, parecendo estar no controle. Por hábito, ele dá um tapinha no bolso de trás da calça jeans. — *Merda.* Meu celular... ficou na mesa do corredor. Deixei lá com minhas chaves quando entrei. — Ele fecha os olhos por um instante, respirando fundo. — Vi um teclado eletrônico do lado de fora da porta — ele diz a Annie, sacudindo a maçaneta de novo. — A qual circuito elétrico ele está conectado? O quadro de luz está aqui?

Annie olha para ele inexpressiva.

— Esqueça — Annie diz a Matt. — Ela deve ter inutilizado o teclado e deve estar usando a chave manual. Há algum tipo de unidade elétrica no fundo da escada, mas é do outro lado dessa porta — ela explica, soando como se tivesse perdido todas as esperanças de sair dali. — Ela controla a casa inteira. Tive problemas com essa maldita coisa desde o início. Se tivesse muitos equipamentos funcionando ao mesmo tempo aqui embaixo, as luzes piscariam na nova extensão — ela nos conta. — Desde que Mary me trancou aqui, tenho ligado tudo... todas as mesas de som, todos os equipamentos, incluindo meus instrumentos, tentando sobrecarregar o sistema e fazer as luzes da casa piscarem. Então, tentei provocar um curto-circuito em tudo, arrancando alguns fios e reconectando-os.

Sinto um arrepio percorrendo minha pele enquanto Matt e eu trocamos um olhar.

— Meu Deus, Annie, era *você*?

— Funcionou? As luzes se acenderam e se apagaram?

Confirmo, sentindo-me péssima por não termos investigado o problema mais a fundo.

— Oh, *Annie*... — digo, incapaz de imaginar quão difícil tem sido para ela ficar trancada aqui sozinha.

— Também fiquei abrindo e fechando a água. Outro erro dos empreiteiros. Sempre que a torneira aqui embaixo está aberta, a pressão da torneira da cozinha cai. Eu estava tentando lembrar o código Morse para S.O.S., mas não conseguia, então apenas a abria e a fechava em um padrão definido, de vez em quando, na esperança de que isso fosse notado.

— Oh, isso foi notado — Matt confirma, jogando-se sobre uma das cadeiras giratórias. — Apenas pensamos que era uma peculiaridade irritante do encanamento.

— Há quanto tempo você está aqui embaixo? — Laura pergunta, abrindo o zíper do moletom.

Está ficando quente, e há pouca ventilação no pequeno espaço.

— Não sei — responde Annie. — Parece que foram semanas. Quando trouxe Mary aqui, passamos um tempo falando sobre o equipamento, sobre como a cabine de gravação funciona. — Ela aponta, pela pequena janela, para a outra sala. — Ela parecia particularmente interessada no isolamento acústico.

— Ela tinha tudo planejado, não é? — digo, quebrando a cabeça para entender por que ela quer prender todos nós aqui, mas meus pensamentos estão confusos e vagos.

Annie assente, confirmando meus medos.

— Quando ela me trancou aqui, tudo aconteceu muito rápido. No início, não percebi o que ela havia feito. Em um instante, ela estava atrás de mim, espiando por cima do meu ombro, enquanto eu explicava a ela como funcionava o equipamento; logo depois, ela desapareceu. Eu me distraí na cabine de gravação; então, quando voltei aqui para encontrá-la, a porta de saída estava trancada. Na maioria das vezes, consigo abri-la por dentro, mas também há outra fechadura que precisa de uma chave. Comecei a procurar meu chaveiro, há um conjunto-mestre para a casa inteira, mas logo percebi que ele tinha sumido. Juro que o deixei no canto da mesa, aqui.

— Minha nossa... — diz Matt, bufando entre os dentes. — Diga que vou acordar de novo na cela da delegacia a qualquer momento.

— Sim, quanto a isso... — digo, sem querer ouvir suas desculpas agora.

— Sou inocente, só para você saber — assegura Matt, erguendo os braços. — Bebi duas cervejas durante a noite toda. Evan, sim, exagerou, como sempre, e se meteu em uma briga com um grupo de rapazes. Então, entrei na briga para defendê-lo. A polícia chegou e prendeu todo mundo.

Quero segurar a mão de Matt, apertá-la e consolá-lo, mas não tenho energia. A conversa sobre o que aconteceu ontem à noite vai ter de esperar.

— Quando você entrevistou Mary para o trabalho? — Laura pergunta a Annie. — Consegue se lembrar da data?

— Quase no fim de agosto. Dia 28, talvez? Não tenho certeza.

— Hoje é dia 22 de setembro — Laura continua. — Gina, quando Annie convidou você para ficar aqui...? Ou seja, *Mary*, como sabemos agora.

— Verifique seu telefone para saber a data — Matt sugere.

— Não *estou* com meu telefone — digo, olhando para meu marido. — E Laura também não. Você acha que não teríamos pensado em usá-los até agora? Quando Mary me empurrou para cá, pegou minha bolsa. Ela está com minha insulina e... Não quero preocupar vocês, mas preciso muito *mesmo* da minha medicação. — Respiro fundo algumas vezes, tentando acalmar meu coração acelerado. — De memória, acho que recebi a mensagem no fim de agosto, talvez início de setembro. Ficamos no hotel por uma semana, talvez dez dias.

— Mesmo se vocês estivessem com seus telefones, não tem sinal aqui, de qualquer maneira — diz Annie. — E vocês podem apostar que ela desligou o wi-fi do estúdio. Tem um sistema separado do restante da casa, e isso é fácil de fazer.

— *É claro* que sim — diz Laura, raspando o chão com o pé, porque, além de um de nós, não há muito mais para chutar.

— O incêndio... — sussurro, pensando. — Matt, você acha que Mary *sabia* sobre o incêndio? Talvez ela tenha visto a matéria no jornal local e imaginado que precisaríamos de um lugar para ficar. — Nem ouso pensar que foi tudo armação, que ela sabia exatamente o que havia acontecido conosco e tirou vantagem da nossa situação.

Vejo a boca de Matt aberta e que ele está prestes a responder, mas ele não tem a oportunidade, porque, de repente, somos mergulhados na escuridão, quando as luzes se apagam.

QUARENTA E QUATRO
O PASSADO

— Alguém precisa diminuir as luzes — disse Annie, cutucando Gina, enquanto entravam na sala de estar, abrindo caminho entre as pessoas na festa. — Está muito claro. Sem clima.

Gina olhou ao redor para ver se conseguia avistar Matt. Havia mais pessoas na festa do que ela havia imaginado; tinha gente até na cozinha. Ela só tinha estado na casa de Matt uma vez, na festa de Ano-Novo, e achou que o ambiente era aconchegante e bege. Algo que a mãe gostaria.

— Quem aí trouxe mais cerveja? — alguém gritou, um rapaz que Gina reconheceu do ano anterior. Ele tinha aparência decente, ela pensou, lançando-lhe um olhar, enquanto Annie a conduzia pela mão em direção à cozinha. Ele retribuiu com um sorriso no momento em que Annie apagou as luzes, deixando apenas uns abajures acesos para iluminar. Algumas vozes se sobrepuseram à música, e umas poucas garotas começaram a dançar.

— Meu Deus, cadê as bebidas? — perguntou Annie, examinando a bancada da cozinha, abrindo caminho entre duas garotas do mesmo ano, enquanto inspecionava uma garrafa de vodca. Restavam apenas alguns centímetros do líquido, então ela o dividiu entre dois copos de papel, despejou um pouco de Coca-Cola por cima e entregou um para Gina.

— Matt foi reabastecer — disse uma voz atrás delas. Gina sentiu uma mão na cintura e se virou para ver Evan olhando para elas. As bochechas dele estavam coradas, os olhos, vidrados e fixos, e ele passava o outro braço em volta da cintura de Annie. — Esperem um pouco que as coisas ficarão animadas logo mais — ele sorriu. — Enquanto isso… — Ele bateu no bolso de cima. — Tenho algo para apimentar o clima, se vocês quiserem. — Ele tirou um saquinho plástico pequeno com um pó branco dentro.

— Vai se foder, Evan! — disse Annie, percorrendo a cozinha com os olhos de forma rápida e descontrolada.

Gina estava chocada, mas, por dentro, orgulhosa da amiga. Não gostava de Evan, e gostava ainda menos agora que ele tinha acabado de lhes oferecer drogas. Ela mal havia tocado em álcool antes, quanto mais em uma coisa desse gênero. Ela se afastou da mão suada de Evan, que ainda estava pousada em suas costas, e observou os olhos de Annie vasculhando todos os lugares ao mesmo tempo. Ela também estava de olho em Matt, claro.

— Vamos, Gin — disse Annie, levando-a de volta para a sala. — Quero ficar muito bêbada hoje à noite — ela sussurrou no ouvido de Gina quando se afastaram de Evan. Então, sorriu, balançando a cabeça ao som da música, fechando os olhos e embalando com o ritmo. — Me avise se vir Matt — disse ela, com os olhos ainda fechados.

— Avisarei — respondeu Gina, gritando acima do barulho. — Vou ficar de olho para ver se encontro Sara também — ela acrescentou, imaginando que Matt poderia ter ido à casa dela, fazer a coisa certa, enquanto estava fora. Gina estava preocupada, pensando que, se Sara aparecesse ali, seria porque tinha ouvido falar da festa e estava vindo para desabafar com Matt, ou porque havia lidado mal com o término e queria lhe falar poucas e boas. De qualquer forma, não seria bom. Gina não pretendia beber muito. Queria estar sóbria, caso Sara precisasse dela.

— Tudo bem, meninas? — disse o garoto para quem Gina havia sorrido ao entrar, aproximando-se com seu amigo. Gina estava prestes a se apresentar, mas ele se virou para Annie. — Você foi incrível na peça — ele disse, chegando mais perto dela, arrastando os pés. O amigo não tão bonito estava ao lado de Gina. Ela sentiu a respiração dele na bochecha enquanto ele lhe dizia algo, mas o ignorou quando percebeu que Annie estava flertando com o outro garoto.

— Quer um pouco disso? — Gina o ouviu dizer a Annie. O rapaz, que se apresentou como Gaz, tirou uma garrafinha de algo verde de baixo da jaqueta jeans e piscou para Annie. Ele derramou o líquido no copo de papel dela antes de estender a garrafa para Gina.

Gina balançou a cabeça, franzindo a testa.

— O que é isso? — Gina sussurrou para Annie.

— Não faço ideia, mas, se me ajudar a ficar bêbada, eu quero. — Ela deu uma risada estridente.

Enquanto Annie conversava com Gaz, os dois, enfim, se afastaram para dançar; então, Gina terminou sua bebida falando o mínimo possível com o amigo de Gaz antes de dizer a ele que o veria por aí e subir as escadas para procurar o banheiro.

O cômodo estava vazio. Ela trancou a porta atrás de si, isolando-se do barulho da festa, e foi se sentar na tampa do vaso sanitário. Abriu sua pequena bolsa de ombro, tirou alguns itens médicos do *kit* que sempre carregava e colocou-os sobre o joelho, antes de fazer o teste e se injetar insulina. Como tinha sido diagnosticada aos 11 anos, já estava acostumada a fazer isso.

Depois, ela segurou a cabeça entre as mãos. Fazia apenas meia hora que tinham chegado ali, e ela já estava se arrependendo de ter ido. Poderia ter ficado em casa, talvez ter ligado para Sara, a fim de saber como ela estava — não que alguém atendesse ao telefone na casa dela —, ou simplesmente poderia estar sentada com a mãe e o pai assistindo a uma reprise de *Family Fortunes* na TV. Eles adoravam aquele programa.

Mas não. Lá estava ela na casa de Matt, empoleirada na tampa do vaso sanitário sem nem mesmo tê-lo visto ainda e morrendo de preocupação com a amiga. Algo não estava certo com Sara, nos últimos tempos, e ela não se referia apenas ao seu relacionamento com Matt. Gina havia mencionado suas preocupações a Laura algumas vezes, naquele semestre, e, no modo prático de sempre, ela sugeriu que Gina contasse à enfermeira da escola. Gina achou a ideia sensata, mas, quando chegou à sala de enfermagem, recebeu um severo "cuide da sua vida" e um olhar duro, que a fizeram voltar correndo para a sala de aula, para assistir às aulas da tarde.

Alguém mexeu na maçaneta do banheiro e bateu, impaciente.

— Tem alguém aí? — chamou uma voz.

— Só um minuto — respondeu Gina, levantando-se e dando descarga, mesmo sem ter usado o vaso sanitário.

Ela deixou a torneira da pia aberta por alguns instantes, olhando-se no espelho do armário do banheiro, estremecendo diante do próprio reflexo. Achara que estava bonita quando se arrumou em casa, mais cedo, mas ali, sob a forte luz fluorescente, sua maquiagem parecia pesada e pastosa, e seus cílios pretos estavam grudados.

Ela partiu vários pedaços de papel higiênico e limpou o batom, achando que parecia barato e vampiresco. Quem estava tentando enganar? Matt não ia notá-la, não quando Annie estivesse ali. Enfim, Matt nem estava na própria festa ainda, o que lhe deu mais um motivo para ir para casa.

Ao destrancar a porta do banheiro, ela fez um pacto consigo mesma. Se Annie estivesse muito ocupada com aquele outro garoto, e se Matt ainda não tivesse voltado da loja de bebidas, ela iria para casa. Essa festa não poderia ficar mais chata.

Matt desceu devagar a ladeira em direção à loja de bebidas, arrastando os pés. Já havia decidido como lidaria com Sara essa noite.

Evitá-la. Não fazer absolutamente nada.

Alguns diriam que seria covardia, mas ele estava esperando aquela noite havia tempo demais para arriscar arruinar suas chances com Annie.

Ele *precisava* dizer a ela o que sentia.

Ele apressou o passo enquanto caminhava. O monte de dinheiro no bolso queimava e gerava mais culpa nele que a decisão sobre Sara. A mãe teria um ataque quando descobrisse que o dinheiro havia sumido, e o pai... ele não queria nem pensar. Mas eles não conseguiriam provar que fora ele que levara o dinheiro, e, quando voltassem para casa, a sujeira da festa já teria sido limpa havia muito tempo. Todas as evidências teriam sido apagadas.

Matt olhou para o relógio. Precisava se apressar. Annie e as amigas chegariam à sua casa em breve. Quando chegou ao cruzamento, hesitou, decidindo pegar o atalho pelo terreno atrás dos casarões da Praça Wessex. Isso lhe pouparia uns bons dez minutos de caminhada, dando-lhe vinte minutos a mais do tempo de Annie, raciocinou, disparando pela rua.

A rua que levava à praça estava deserta, com apenas alguns postes de luz iluminando os casarões, um dos quais estava abandonado havia anos. Ele sabia que aquele era o caminho que Annie e as amigas, às vezes, faziam para chegar à orla, e que seus pais as haviam alertado, com severidade, sobre o atalho que ele estava prestes a pegar. Como era homem, ele imaginou que seria diferente. Se alguém o visse, não lhe daria atenção nem o incomodaria.

Matt atravessou a área verde no centro da Praça Wessex, desviando pela rua estreita que contornava os fundos das casas do lado oeste. Por algum motivo, não havia postes de luz naquele trecho da rua, e o lugar parecia assustador e desolado, e tinha má reputação de atrair prostitutas e traficantes de drogas. Mas, naquela noite, não havia ninguém por perto, apenas as latas de lixo transbordando ao longo do caminho. Então, mais adiante, Matt jurou ter visto o brilho de um par de olhos de raposa, embora fosse difícil afirmar, no escuro.

Ele espiou por cima do ombro enquanto enveredava pelo beco que levava ao terreno comum, parando por um instante, quando achou ter ouvido passos atrás de si. Devia estar enganado, pois sabia que, se voltasse agora, levaria ainda mais tempo para chegar à loja. Decidiu seguir em frente, mesmo que isso significasse voltar pelo caminho mais longo.

Matt soltou um grito abafado quando um homem surgiu na sua frente fechando o zíper da calça e lançando um olhar furioso por baixo de uma cabeleira desgrenhada, esquivando-se por uma passagem estreita e cheia de lixo. Matt sentiu que toda a área fedia a urina, enquanto avançava, apressado.

Merda... merda... merda... ele pensou, mas manteve a cabeça baixa, enfiando as mãos nos bolsos e seguindo em frente, agarrando o dinheiro com os dedos. Quando voltou a erguer os olhos, o homem havia sumido. Ele só precisava chegar à entrada do terreno comum e atravessá-la correndo. Depois disso, assim que saísse do outro lado, estaria quase na loja.

No entanto, Matt parou de repente ao ouvir o que parecia ser um grito. Um guincho estridente, mas breve, cortando o ar da noite.

— É apenas uma raposa — murmurou para si mesmo, já tendo ouvido seus gritos assustadores antes. Continuou andando.

Pronto. De novo. Outro grito... *Isso* era uma raposa?

Claro que *é uma raposa*, ele convenceu a si mesmo, prosseguindo. Só queria voltar para a festa e comemorar o fim da semana de apresentações — e, com sorte, o início de algo bom com Annie. *Pelo menos, isso vai render uma boa história aos outros, mais tarde*, ele riu consigo mesmo, esticando-se para a frente, a fim de ver onde ficava a saída para o beco.

Desta vez, porém, não foi um grito nem uma raposa que o fez parar abruptamente. Foi uma pessoa. Uma garota perambulando logo adiante.

— Merda — ele praguejou baixinho, reconhecendo-a de imediato: a única garota no mundo inteiro que ele não queria ver nesse momento.

Sara.

Merda! O que ela está fazendo sozinha aqui fora, à noite?, ele se perguntou, jogando-se contra a parede de tijolos do beco, rezando para que ela desviasse para o terreno comum e não tivesse que passar por ele. Se ele esperasse ela ir embora, poderia continuar a certa distância, atrás dela, evitando encontrá-la.

Então, a maldita raposa gritou de novo (era uma raposa, não era?), embora soasse mais distante, desta vez, abafado e ainda mais humano. Matt prendeu a respiração, virando lentamente a cabeça para o lado, para tentar ver o que estava acontecendo, esperando que a figura à espreita adiante, por fim, desaparecesse.

Mas espere... havia *outra* pessoa com Sara, agora? Era difícil ter boa visão, porque estava quase escuro como breu... Sim, havia outra pessoa ali, um homem, muito mais alto que Sara, embora Matt não pudesse vê-la direito agora. Não era o homem que ele tinha acabado de ver urinando. Matt espremeu-se contra a parede mais uma vez, sem ousar respirar, aguardando, aguardando, aguardando pelo que pareceu uma eternidade.

Foi o grito mais alto e penetrante até então que o arrancou do beco, gelando-o até os ossos, enquanto queimava sua cabeça.

Ele não se importava que ela o visse agora. Daria um rápido *oi* e seguiria em frente. Só queria sair daquela área maldita e chegar à loja de bebidas. Mas foi o grito seguinte, de congelar o sangue, que escutou ao correr para o terreno comum (deparando-se com o mato alto e uma trilha irregular pisoteada no meio), que o fez tapar os ouvidos com as duas mãos. Pelo menos, não havia sinal de ninguém ali.

Acelerando o passo, fixou o olhar nas luzes quase invisíveis na rua do outro lado do terreno comum, a fileira de estabelecimentos onde a loja de bebidas ficava. Mas, então, algo lhe chamou a atenção, algo à sua esquerda, nos fundos dos grandes e antigos sobrados da Praça Wessex, atrás da casa abandonada na esquina. Seria algo se movendo no mato? Não. Estava fazendo mais que se mover. Estava se debatendo.

Ele parou e encarou, semicerrando os olhos na escuridão, incapaz de acreditar no que estava vendo. O braço de uma garota se agitando. O arco das costas de um homem agachado sobre algo. *Alguém.*

Matt sentiu a saliva se acumular na boca enquanto a náusea aumentava. Não, ele estava errado. Estava enganado. *Sem dúvida*, estava vendo coisas. Sua respiração acelerou enquanto ele se convencia de que não era nada — não havia nada anormal acontecendo. Não havia ninguém lá...

Matt começou a correr, ignorando outro grito arrepiante — um grito que tinha o potencial de assombrá-lo pelo resto da vida.

Ele lançou um olhar rápido para a esquerda enquanto passava voando pelo que quer que estivesse lá, a cerca de cinco metros de distância, nas sombras da casa abandonada e... e... Jesus Cristo, *era* ela...

Ele a viu... *Sara*... e ela também o tinha visto.

Seus olhos se encontraram... fixaram-se por um segundo, enquanto ele hesitava, quase parava. Os olhos dela imploravam, injetados, aterrorizados. Os olhos dele estavam arregalados e incrédulos. Ela estava no chão... se contorcendo. Gritando. Suplicando. Com a mão estendida.

— Merda, merda, merda, continue correndo... — Ofegante, Matt repetia as palavras sincronizadas com a respiração, enquanto suas pernas voltavam a acelerar. — Corra, corra, corra...

Depois do que lhe pareceram quilômetros e quilômetros, alguns minutos mais tarde, ele saiu cambaleando do terreno comum e atravessou a faixa de pedestres em direção à loja bem iluminada. Ficou parado na calçada, a poucos metros de distância, com as mãos nos joelhos, a cabeça baixa, semicerrando os olhos e rezando, como nunca antes rezara, para que o que havia acabado de ouvir fosse apenas uma raposa e o que tinha visto fosse fruto da sua imaginação. Coisa que só se vê em pesadelos. Ele cobriu a boca com a mão, tentando conter o vômito, mas o vômito subiu mesmo assim, respingando em sua calça jeans e no chão.

QUARENTA E CINCO
GINA

— Fique calma, fique calma... — diz a voz grave de Matt em meio à escuridão, embora eu perceba o pânico por trás de suas palavras. Seu medo de ficar preso em espaços fechados, ainda mais no escuro, foi posto à prova.

— Meu Deus — ouço Annie dizer, seguindo-se de um som abafado de um punho batendo na parede. — Ela está de sacanagem, agora.

— Talvez não seja Mary — Laura interrompe. — Pode ser apenas um corte de energia. Provavelmente, as luzes vão voltar logo mais.

— Acorda, Laura — Annie dispara. — É *óbvio* que não é um corte de energia. A vadia fez de propósito. O que significa que está do lado de fora da porta, porque é onde fica o quadro de luz. Ela deve ter acionado um interruptor para desligar o circuito de iluminação deste andar.

Na escuridão, eu me concentro na minha respiração, me forçando a manter a calma, ainda que cada célula do meu corpo esteja tremendo e zumbindo. Meus ouvidos estão zunindo, e minha cabeça, latejando. E agora estou sentindo dores abdominais lancinantes, sinal claro de que as coisas não estão bem. Então, ali perto, ouço um barulho, algo sendo arrastado, uma cadeira sendo arrastada, um grunhido e um gemido. Parece que Annie está se levantando.

— Sei que você está aí fora, sua vadia! — ela grita perto da porta. — E sei o que está fazendo. — Então, ouço mais pancadas enquanto ela bate na porta.

— Ela não vai ouvi-la, Annie — lembro a ela no momento em que algo atinge minha perna. — *Ai!*

— O que está acontecendo? — Matt pergunta, à minha direita, com a voz tomada de medo. Arregalo os olhos, na esperança de captar os menores pontos de luz. Mas não há nada. Está um breu completo. É totalmente assustador. Talvez seja essa a sensação de ser cego.

— Estou bem — respondo a Matt, ciente de que Annie deve ter chutado alguma coisa (a lixeira de metal, eu acho), que depois me atingiu. Coloco-a de volta debaixo da mesa.

— Mary está tentando nos assustar, fazer com que a gente entre em discórdia aqui dentro — diz Laura em meio à escuridão que parece estar nos engolindo.

— Mas *por quê*? — pergunto de maneira aleatória; porém, tenho a sensação de que não é coincidência que Mary tenha trancado nós três juntas.

— Porque ela é uma psicopata do caralho, por isso — diz Annie, esbarrando em mim enquanto tenta encontrar a cadeira giratória. Tateio ao redor, firmando-a conforme ela se senta.

— Ela quer alguma coisa — Laura insiste, tentando raciocinar. — Deve ser algo que *uma* de nós tem, ou algo que *todas* nós temos em comum, Annie, Gina e eu. Matt, acho que você está sobrando aqui. Está no lugar errado, na hora errada.

— Sei que é errado desejar estar de volta à cela da delegacia — ele interrompe —, mas queria estar de volta à cela da delegacia mesmo.

— Deus, só quero ficar com meus filhos — soluço, dobrando-me de dor física ao pensar neles lá em cima com Tyler, ou, o que é pior ainda, sem ninguém para cuidar deles. Respiro fundo, tentando manter a calma, enquanto meu coração dispara, fazendo-me me sentir mal. Não sirvo para ninguém estando em pânico e tenho certeza de que meus níveis de cetona no sangue estão subindo, colocando-me em grave risco de cetoacidose diabética. Mas não consigo me concentrar nisso agora. — Você acha que ela pode estar atrás de algo que *uma* de nós tem — digo, pensando que a lógica de Laura faz sentido —, mas por que trancar *todas* nós, se for esse o caso?

Um silêncio se instaura entre nós enquanto pensamos.

— Será que é porque ela não sabe qual de nós está com o que deseja encontrar? — sugere Laura.

— Faz sentido. Mas, se é Gina que está com o que ela deseja, então não é dinheiro — Matt intervém primeiro.

— E, se é dinheiro que ela quer, não precisaria prender a Gina *nem* a mim — diz Laura. — Ela pediria isso direto a Annie.

— Estou rica só em bens, no momento — diz Annie, séria. — Se é dinheiro que ela quer, não tem muito. Gastei a maior parte do que tinha neste lugar e nas reformas.

— Mas Mary não sabe disso, né? — pergunta Matt. — Preciso de água. Minha cabeça está latejando.

— Você poderia me trazer um pouco também? — pergunto a ele. Minha boca está áspera e seca (outro sintoma comum, mas fico quieta, não quero preocupar os outros). Matt sabe a gravidade da situação se eu não tomar meus remédios, embora aparente não ter percebido como estou piorando rápido. — Não sobrou nenhum copo de papel para o bebedouro — Annie diz a ele. — Passe pela porta na parede oposta e encontrará uma área de cozinha com uma pia e uma torneira. Há copos no escorredor de pratos.

Pego a mão de Matt e o oriento, lembrando-me do espaço que há entre mim e a mesa de som.

— Aqui — digo, colocando a mão dele na maçaneta. — Por ali.

— Dê uns três passos para a frente e vai encontrar a pia — Annie o instrui.

Quando ele sai, ficamos em silêncio, embora nossos pensamentos estejam gritando.

Sara...

— Alguém está pensando no que estou pensando? — Laura diz, quebrando o silêncio.

Ouvimos a água da torneira correndo atrás da porta meio aberta.

— Sim — Annie e eu sussurramos em uníssono.

— O que mais nós três temos em comum além... *disso*? — pergunto, afirmando o óbvio.

— O colégio? — Laura sugere. — E a amizade.

— Que ainda nos leva de volta a... — Minha voz some.

— Mas quem *é* ela, porra? E por que agora, depois de todo esse tempo? — Annie diz em um sussurro tenso.

— Talvez não haja lógica nisso — sugiro. — Talvez não tenha nada a ver com... — Não consigo dizer o nome dela quando ouço a torneira parar de correr e Matt voltar para o pequeno aposento. — Talvez seja totalmente aleatório e Mary seja apenas uma psicopata que se interessou pela mansão da Annie.

— Ou uma fã maluca? — sugere Laura. — Alguém agiu como *stalker* com você ou a assediou nos últimos tempos, Annie?

— Ah, ótimo — ouço Matt dizer antes que Annie tenha a chance de responder. — Então, enquanto Mary Maluca está morando lá em cima na psicopatolândia, estamos todos presos aqui embaixo até... — Ele para de falar, sem querer dizer o que estamos pensando. Em vez disso, tateia em busca da minha mão, envolvendo meus dedos no copo. Bebo a água com avidez, sabendo que não será o suficiente.

— Meu Deus, Matt, *precisamos* sair daqui. Nossos filhos estão lá em cima — digo, enxugando a boca, mal conseguindo me manter em pé.

Estendo a mão e encontro Matt na escuridão, me pressionando contra o peito. Ele aninha minha cabeça em seu ombro.

— Que cheiro é esse? — ele pergunta, um ou dois segundos depois de ouvirmos um *tss-tss*.

Farejo o ar, esperando que o cheiro que eles estão sentindo não esteja vindo de mim. Só cheguei perto de ter cetoacidose diabética uma vez, e foi detectado logo, mas me lembro do médico comentando os sinais a serem observados. Hálito adocicado era um deles.

— Perfume — diz a voz de Annie na escuridão. — Últimas borrifadas. Alguém quer?

— O quê... *por quê*? — pergunta Matt, incrédulo. — Como você consegue pensar em perfume em um momento como esse?

— Porque não há mais nada que eu possa fazer agora! — ela retruca, irritada. — Sempre mantenho um frasco aqui embaixo... para borrifar em mim mesma e me refrescar quando estou trabalhando. Gina conhece esse perfume... é o que sempre usei, sempre usava, muito tempo atrás. Tenho um monte deles lá em cima.

— Oh, meu *Deus*... — digo, com a mente confusa, mas me lembrando. — Senti o cheiro na escada da frente quando Laura chegou — digo a ela. — Chama-se... Flora ou Floristique, ou algo assim.

— Florista — lembra Annie. — Então, é por *ali* que sai o duto de ventilação. Borrifei a maior parte do frasco no duto do ar-condicionado para ver se alguém sentia o cheiro. O restante usei para borrifar em mim mesma, porque, depois de algumas semanas aqui embaixo, estou fedendo.

— Ah, Annie — digo, desejando a Deus que eu tivesse notado os sinais. — Sinto muito por não ter feito nada... Isso me fez recordar... me lembrar dos nossos tempos de escola... me levou de volta à...

— À noite da minha festa — Matt diz, interrompendo minha lembrança. — Depois da nossa apresentação. Você estava usando esse perfume, Annie.

— *O quê?* — pergunto, sem conseguir conter a indignação na voz. Aperto a barriga, fazendo uma careta em meio a outra onda de dor. — Você se lembra mesmo do *perfume* que Annie estava usando naquela noite?

Então, um silêncio cai sobre nós de novo, interrompido pelo som de Matt pigarreando.

— Cheiros são evocativos. — Ele pigarreia mais uma vez, mas o pigarro se transforma em tosse. — Nossa... não estou me sentindo muito bem, Gina — ele diz, provavelmente tentando esconder a culpa.

— Sente-se no chão — digo, ignorando minha própria dor. — Você está em choque. — Deslizo a mão pelo braço dele e o guio até a parede atrás de mim. — Tem um lugar ali. Pode estar um pouco mais fresco no chão também. Está ficando muito quente aqui.

— Se serve de consolo, se eu não estiver em casa amanhã à noite, Pat vai pirar — diz Laura. — Pela primeira vez, o fato de ele ser um babaca controlador é uma coisa boa. Se não conseguir falar comigo, vai imaginar que tem alguma coisa errada. Vai direto procurar a polícia. — Todos nós consideramos as implicações disso. — Do que mais você se lembra da noite da festa? — Laura pergunta, com tom profissional de novo.

— Por que você está *me* interrogando? — Matt retruca.

— Eu estava perguntando *a qualquer um* — retruca Laura. — Estou tentando encontrar um motivo para estarmos todos aqui. Se tem a ver com algo do nosso passado, então aquela noite é um bom lugar para começar. A menos que você se lembre de outra ocasião em que uma amiga nossa foi assassinada.

— Você não sabe se ela foi assassinada — diz Matt, lá do canto, sentado no chão. — Nunca encontraram o corpo dela.

— Desaparecida, presumivelmente morta, então — afirma Annie, dando um suspiro impaciente. — A história saiu nos jornais locais quase sete anos depois do dia em que ela desapareceu. Eu morava em Londres quando minha mãe me enviou um recorte de jornal contando que os pais de Sara tinham entrado com um pedido de registro de óbito. Foi repugnante ler aquilo. Eles estavam explorando a história, tentando aparecer na TV, e tudo mais. Mas isso não deu em nada, além de pôr em destaque os pais terríveis que Sara teve. A mãe dela parecia meio bêbada, e o pai já tinha sido preso várias vezes.

— Acho que podemos dizer, com segurança, que a pobre Sara não viu o sol nascer na manhã seguinte à sua festa, Matt — diz Laura. — Além disso, com certeza, *não* é coincidência que Mary tenha visitado recentemente uma casa na rua onde Sara morava.

Explico bem rápido que eu tinha seguido Mary, uns dias antes, e que, depois, Laura e eu tínhamos voltado para ver quem morava lá, descrevendo a mulher grosseira que encontramos.

— Ela parece exatamente a mãe da Sara no recorte de jornal, até o cigarro pendurado na boca, na foto — responde Annie.

— Sara tinha uma irmã mais nova, não tinha? — pergunto. — Alguém se lembra de alguma coisa sobre ela? — Meus pensamentos estão vagos demais para eu me lembrar de detalhes.

Ficamos todos em silêncio de novo, relembrando, cada um perdido nas próprias lembranças, todo mundo se lembrando de Sara, de sua própria versão dos eventos daquela noite. Sabíamos pouca coisa sobre ela e os problemas que sofria em casa. Ela deve ter se sentido muito excluída, à margem do nosso grupo de amigas, por isso parecia se sentir tão grata por qualquer migalha de companhia que oferecíamos.

— Ela tinha uma irmã, sim — diz Matt, receoso, com a voz baixa, no escuro, provavelmente porque todas nós sabíamos que ele não estava levando a sério seu namoro com Sara; que estava apenas a enganando, ferindo seu coração. Olhando para trás, tudo parece tão volátil... foram apenas algumas semanas de nossas vidas, mas custou a vida *inteira* de uma de nós. — Uma irmã *mais nova* — ele acrescenta lentamente, e tenho a sensação de que tem outra coisa a dizer.

— Como ela se chamava? — pergunta Laura. — Você se lembra?

Ficamos todos em silêncio de novo; o único som é um irritante *tap-tap-tap* vindo de onde Matt está sentado no chão. Acho que é a perna dele balançando, como ele faz quando está nervoso.

— Eu me lembro — ele diz baixinho e respira fundo. — Sara me disse que o nome dela era Mary.

QUARENTA E SEIS
GINA

— Quer dizer... é um nome bem comum — diz Matt, quebrando o silêncio. — Quando Gina mencionou, pela primeira vez, o nome da governanta da Annie, nem me passou pela cabeça que fosse um nome de alguém do passado... Não pensei em nada. Só no meu escritório tem duas Mary, pelo amor de Deus. — Sua voz parece subir um pouco de tom.

— Uma das amiguinhas do Tommy na creche se chama Mary-Ann — interrompo, defendendo Matt cegamente.

Não tinha como ele ter feito a conexão, não depois de todo esse tempo, ainda mais se considerarmos que nenhum de nós conhecia a irmãzinha da Sara.

— Só a vi uma vez, quando estava namorando... — Matt para, respira fundo. — Não é fácil para mim falar sobre isso, tá? E não me orgulho do meu comportamento naquela época. Deveria ter tido mais juízo. — Ele pigarreia. — Nunca quis magoar a Sara.

— Matt, cara, teremos bastante tempo para absolvição quando sairmos daqui — diz Annie, amarga. — Conte-nos o que sabe sobre a irmãzinha dela, porque já estou convencida de que foi ela quem nos trancou aqui.

— Como eu disse, ela era mais nova que a Sara — continua Matt. — Mas era difícil afirmar. As duas meninas eram tão... sei lá, pareciam tão negligenciadas. Pálidas e magras. Desamparadas. E havia uma ingenuidade nelas, mas também... — Matt solta um gemido, e eu o imagino puxando os joelhos para cima, apoiando a testa neles. — Só para vocês saberem, Sara e eu... nós nunca... Não foi assim.

— Não precisamos saber seu histórico sexual em detalhes, pelo amor de Deus, Matt — diz Annie.

— Annie, *pare* com isso — digo a ela. — Não precisamos de você criticando todo mundo. Temos que trabalhar juntos aqui ou...

— *Ai!* — alguém grita. É a Laura. — Que porra é essa? Quem atirou isso?

— Não queria que acertasse em ninguém — rosna Annie. — Foi só meu sapato. Estou puta.

— Pare com isso, tá? — Matt diz em voz alta. — Precisamos descobrir o que está acontecendo, para que, da próxima vez que aquela psicopata vier aqui, possamos negociar com ela, talvez explorar seu lado vulnerável.

— Matt tem razão — digo. — Annie, apenas ouça o que ele tem a dizer.

— Uma vez, Sara e eu fomos dar uma volta no calçadão — diz Matt. — Era sábado de manhã e estava ventando muito. Annie, por acaso, nós a encontramos, lembra?

— Não... Não, na verdade, não me lembro. Mas me lembro de cruzar com você no Davy's algumas vezes, quando você estava com a Sara. Você ficou lá me olhando, boquiaberto, a maior parte do tempo.

— Vai logo, Matt — diz Laura.

— Depois de uma conversa rápida com a Annie no calçadão, Sara avistou a irmã na praia. Ela estava parada na beira do mar, olhando para a água. O engraçado é que ela estava usando sapatos comuns, mas a água batia em seus pés e em seus tornozelos. Ela devia estar encharcada, e o vento estava gelado.

— Ela estava sozinha? — pergunto, dobrando-me no escuro em silêncio, enquanto outra onda de dor me atinge. Nunca fiquei tanto tempo sem insulina antes.

— Não. Aí é que está. Havia um homem com ela. Mary era uma coisinha magrinha como a irmã, e esse homem parecia três vezes maior que ela. Uma grande sombra pairando ao seu lado. O braço do homem estava em volta dos ombros dela, eu me lembro disso.

— E depois? — pergunto.

— Só me lembro da Sara dizendo "Ah, não!", parecendo muito preocupada, antes de correr para a praia, com os braços abertos. Decidi ficar de fora e fiquei observando de cima, do calçadão. Parecia que a Sara tinha dado uma bronca naquele cara. Estava agitando os braços, gritando com ele... embora eu não conseguisse ouvir o que ela dizia. Então, de repente, ela o empurrou, para que ele ficasse longe da irmã.

— E você não foi ajudá-las? — pergunta Annie, fazendo um som de *pff*.

— Deixa para lá, Annie — peço, embora estivesse pensando a mesma coisa.

Matt continua:

— No fim, o homem saiu mancando, com as mãos nos bolsos e a cabeça baixa. Não consegui vê-lo direito, mas ele aparentava estar na casa dos 50, embora fosse difícil determinar sua idade. Ele parecia inadequado na companhia de uma garota jovem.

— Não vejo como uma viagem pela memória possa nos ajudar agora — desdenha Annie.

— É o único contato que qualquer um de nós já teve com a irmã mais nova da Sara, se nossa teoria estiver certa e ela for a mesma Mary — digo. Então, sugiro que ouçamos Matt por um instante. — Vamos lá, querido — acrescento.

— Sara levou Mary de volta para o calçadão. Ela ficava olhando por cima do ombro para se certificar de que aquele sujeito não as estava seguindo. Mas ele tinha ido em outra direção.

— Quando foi isso? — pergunta Laura.

— Não muito antes de a apresentação começar e eu dar a festa — diz Matt. — Acho que algumas semanas antes.

— Sara falou para você quem era o homem? Mary lhe disse alguma coisa? Como ela era? Ela se parecia com a governanta Mary? — pergunto a Matt, as palavras se atropelando.

— Sara agiu com naturalidade, me dizendo que o homem estava incomodando Mary — responde Matt. — Mas, então, Mary disse algo em voz baixa para a irmã. Ficou claro que elas estavam preocupadas, temendo que o pai ficasse bravo porque Sara tinha expulsado o homem, que ambas levariam uma boa… — Matt hesita. — Tenho quase certeza de que ela disse *uma boa surra*, mas também mencionou algo sobre dinheiro. — Ficamos todos em silêncio por um tempo, absorvendo, tentando entender o que isso poderia significar. — Quanto à aparência de Mary, sinceramente, não consigo me lembrar — prossegue Matt. — Ela era uma daquelas pessoas facilmente esquecíveis, para ser sincero. Um pouco como Sara… Um tanto tímida e insignificante. — De repente, ouve-se um som de pancada, e Matt grita alto. — *Aiii*… Eu sei, *eu sei*… Mereço isso. Mas só estou tentando ser honesto. Só quero nos ajudar a construir uma imagem.

— A única imagem que estou construindo é a de que você era um babaca de marca maior, Matthew Dalton — diz Annie.

— Parem com isso, vocês dois — digo, forçando meu cérebro dolorido a se lembrar de algo útil. Nunca tive uma dor de cabeça como essa antes. Está me dando vontade de vomitar. — Sinto-me péssima por nunca termos nos inteirado muito da vida de Sara fora da escola. O que sei é que ela tinha um coração de ouro e faria qualquer coisa por qualquer um.

Lembro-me da vez em que ela esperou comigo no parquinho quando me esqueci de levar a insulina para a escola. Sara encontrou minha mãe no portão da escola, quando ela chegou com meu *kit*, e recusou-se a sair do meu lado até que eu conseguisse injetar.

Eu me abraço, sentindo o corpo gelado, de repente, embora estivesse suando, e o estúdio, abafado e com pouca circulação de ar.

— E odeio o fato de termos deixado de falar sobre ela desde... desde que ela morreu — digo, tentando disfarçar quanto estou sem fôlego. — É como se todos nós fingíssemos que ela nunca existiu.

— Para aliviar algumas consciências pesadas, acho — murmura Laura.

Mais silêncio enquanto assimilamos a imensidão do nosso egoísmo; como, de forma coletiva, nossas ações levaram Sara a perder a vida sem ninguém verificar onde ela estava, como se sentia, se estava bem. E agora parece que estamos prestes a perder *nossa* própria vida.

— O que você acha que deveríamos ter feito então, Gina? — Annie dispara para mim, na escuridão. — Vamos lá, se é tão especialista, diga-nos *você*.

— Para começar, deveríamos ter contado à Sara sobre a festa — digo, com a voz fraca. — Em vez de ela descobrir por conta própria. E também... — *Droga.* Não consigo dizer. Está na ponta da língua, mas as palavras não saem.

Quando reencontrei Matt, alguns anos depois de terminarmos a escola (os outros já tinham cursado a faculdade, enquanto eu trabalhava em empregos mal remunerados, morando com meus pais ou dividindo apartamento com pessoas que eu não conhecia), senti que estava conhecendo um Matt diferente. E eu também era uma pessoa totalmente diferente naquela época (os golpes duros da vida tinham acabado com minha inocência). A morte de Sara foi o motivo de eu ter abandonado a escola aos 16 anos, para desgosto dos meus pais. Aprendizados fracassados levaram a empregos sem futuro, que levaram a meses de benefício social. Era oficial. Eu era uma perdedora. Mas ainda era melhor que estar morta.

— Matt, você devia ter terminado com ela — deixo escapar, sentindo-me ainda mais tonta. — Escolheu a saída covarde. Se tivesse feito a coisa certa, talvez Sara não tivesse saído naquela noite... ou talvez estivesse se divertindo com a gente. E... e talvez ainda estivesse viva hoje.

Pronto. Eu disse. Sinto-me mal. *Pior* do que estava.

— E não estaríamos presas aqui embaixo — acrescenta Annie.

— Espera, *Gin*... Nossa... Não foi bem assim. Nããão... Qual é...? — diz Matt, com a voz embargada e indignado. — Nós nem estávamos namorando de verdade. Não mesmo. — Ele dá uma risada nervosa. — De fato, era *você* quem devia ter dito alguma coisa a ela. Você era a melhor amiga dela.

— Meu Deus, Matt — retruco, ainda que isso exija todo meu esforço. — Ela estava apaixonada por você, seu idiota.

Estou arrependida por ter falado abertamente contra meu marido. Sinto-me péssima, uma traidora, mas precisava ser dito. Tenho remoído isso todos esses anos. Então, as lágrimas vêm quentes e rápidas, não consigo evitar. São por Sara e pelos meus pobres filhinhos lá em cima (e por mim, enquanto sinto meu corpo desvanecer). Um braço desliza em volta de mim, mas não parece ser o de Matt; é mais fino e mais leve que o dele. Quando me inclino contra o corpo ao qual ele está preso, sinto o perfume de Annie, conforme ela me deixa soluçar em seu ombro.

QUARENTA E SETE
MARY

Depois que tranquei Matt com as três mulheres, não consegui mais ver nem ouvir o que estava acontecendo por trás da porta à prova de som, nem o que poderiam estar tramando ou pensando. Sentei-me nos degraus do porão que levavam de volta ao corredor, sentindo-me esgotada e assustada. A única fonte de luz vinha das luzes neon azul-claras da escada, fazendo-me sentir como se estivesse em um mundo diferente. Eu tremia sem parar, de repente, morrendo de frio, como se estivesse com febre.

O que eu estava *fazendo*? Poderia ir para a prisão por isso — e depois? Tyler não teria nada, ficaria totalmente sozinho.

Mas, então, me lembrei da pessoa por quem estava fazendo isso.

Minha irmã.

Minha irmã *morta*. E o filho dela.

Mesmo na penumbra, eu via seu rosto doce, como se ela estivesse sentada no degrau ao meu lado. Senti seu braço deslizar em volta dos meus ombros, ouvi suas palavras suaves em meu ouvido para fazer tudo ficar bem, como sempre fazia.

Calma, calma, Mary... Vai ficar tudo bem, você verá. Amanhã é um novo dia...

Então, um dia, para Sara, o amanhã nunca chegou.

Lágrimas ardem em meus olhos quando me lembro. Ela havia prometido ir em meu lugar na noite em que desapareceu, implorando ao nosso pai que deixasse aquele homem repugnante levá-la em vez de mim.

Mas eu não queria que ela se sacrificasse. Não queria que voltasse à meia-noite, devastada e silenciosa, como das outras vezes em que tinha ido no meu lugar. Não queria que perdesse dias de aula por causa dos hematomas — ela *amava* a escola, amava as amigas. Sara era inteligente, dizia que ia estudar muito, conseguir um bom emprego e tirar nós duas de lá, levar-nos para longe dos nossos pais. Para longe daqueles homens. E acredito que ela teria feito isso mesmo.

Foi no fim do ano anterior que tudo mudou, embora nenhuma de nós soubesse disso, na época. Na primavera, Sara reclamou que estava engordando, então parou de comer para que coubesse no uniforme escolar. Eu não entendia bem o motivo, mesmo quando, semanas depois, ela me explicou que um bebê estava chegando. Nosso pai ficou furioso.

Depois que Sara deu à luz seu filho, depois que voltou do hospital no fim das férias escolares de verão, nos deitamos na parte de baixo do beliche, com o sol da manhã batendo em nossos rostos, e ela me contou que lhe permitiram segurá-lo por uma hora.

— A enfermeira disse que ele nasceu um mês antes do previsto — ela me contou. — Ele era muito pequeno, mas, ainda assim, me deu amor suficiente para o resto da vida — ela disse, sorrindo, enquanto eu brincava com seus dedos.

Se ela soubesse que o restante da vida dela duraria apenas três meses...

— Tyler! — grito, subindo as escadas do porão.

Fico escutando, me perguntando se ele já voltou após resolver as coisas com os filhos de Gina. Depois de procurar pela casa e encontrar todos os cômodos vazios, pego meu celular e ligo para ele. Mas a ligação cai direto na caixa postal.

Procuro a bolsa de Gina para encontrar o telefone dela e, como suspeitava, encontro o de Annie também. Meus instintos estavam certos; eu tinha certeza de que ela o havia pegado. Há várias notificações de mensagem, incluindo algumas do agente de Annie, Bryan.

> *Annie, precisamos conversar sobre sua agenda. O tempo está ficando curto. Preciso avisar à emissora sobre sua situação. Ligue o mais rápido possível. Bry bj.*

E há três chamadas perdidas dele também.

Até agora, foi fácil ignorar colegas e amigos ou qualquer pessoa que pudesse ter entrado em contato com ela.

Dizer que eu — *Annie* — precisava de um tempo para espairecer, que estava tirando umas férias muito necessárias, funcionou muito bem com seus amigos. Com algumas postagens no Instagram com fotos de bancos de imagem para comprovar a história dela, ninguém questionou nada. Bryan, admito, foi um pouco mais difícil de convencer a respeito da insensatez das férias inesperadas de Annie, sobretudo porque eu não podia atender às ligações dele, então tive de avisar-lhe por e-mail que estava descansando.

Só conseguirei enrolá-lo por mais um tempo, até que ele apareça aqui procurando por ela. Annie é uma das maiores clientes dele, por isso o bem-estar dela é sua prioridade.

Também preciso considerar quem procurará Gina, Matt e Laura. Suspeito de que o marido de Laura sentirá falta dela se ela não chegar em casa amanhã à noite; será o primeiro a dar o alarme. Embora ele tenha aproveitado bem o fim de semana prolongado com a amante, pelo que sei, também gosta de ficar de olho na esposa.

É improvável que os pais de Gina imaginem que há algo errado, por alguns dias — se ela não responder às mensagens da mãe logo de cara, os pais vão presumir que ela está ocupada com as crianças. O trabalho de Matt pode ser um problema, mas não de imediato, porque ele trabalha parte do tempo em casa.

Na melhor das hipóteses, acho que tenho cerca de vinte e quatro horas para obter uma confissão de uma das mulheres trancadas no porão. Uma confissão de quem matou minha irmã. Porque sei que foi uma delas, e, enfim, chegou a hora de descobrir a verdade. Hora da vingança.

QUARENTA E OITO
GINA

— Matt, *esquece* logo isso — ouço alguém dizer. — Como estamos presos aqui embaixo, precisamos nos unir.

Enquanto a escuridão os enlouquece, uma fraqueza geral está se apoderando de mim bem rápido. Se eu não tomar insulina logo, não sairei daqui viva.

Foi Laura quem falou — a Laura prática, calma, sempre capaz e competente. Na noite da festa, ela se manteve discreta, e quem pode culpá-la, considerando como as coisas terminaram? Ela não tinha interesse em bajular o Matt, como Annie e eu. Laura não tinha nada a provar a nenhum garoto, pois, na época, ela nos disse que gostava mais de garotas.

Ela chegou à festa depois da gente, mas não bebeu nem usou a cocaína que o Evan estava empurrando para as pessoas. Olhando para trás, acho que ela só foi porque sabia que eu estava preocupada com a Sara e, como eu, queria ter certeza de que, se ela aparecesse na festa, ficaria bem. Ter todas as GALS ao seu redor, como eu disse no Davy's, mais cedo, naquela semana, era de que ela precisava para superar o término com o Matt.

— Meu Deus, Gin — diz Matt em resposta à minha acusação de que ele havia tratado Sara muito mal. — Você entendeu tudo errado. Você precisa me ouvir... — Sinto a mão dele se estender, me procurando no escuro, tentando agarrar a minha, mas eu me afasto. — Olha, a Sara sabia tudo sobre a minha festa — ele continua, dando uma risada nervosa. — Eu a *convidei*, pelo amor de Deus. — Ele respira fundo. — Ela me disse que não queria ir, entende? E não havia nenhum rompimento a fazer porque já tínhamos terminado tudo de maneira amigável naquele dia. Ela estava bem em relação à...

— Estou me sentindo *muito* mal, Matt. — Quero muito acreditar nele, mas não consigo me concentrar nisso agora. — Preciso da minha insulina, antes que seja tarde demais...

— Bem, foi você quem tocou no assunto — retruca Matt, ignorando meu comentário sobre estar indisposta. Percebo, mais uma vez, uma hesitação em sua voz. O tom de um homem no limite. De um homem assustado. — Como eu disse, *vocês* eram amigas dela. E *vocês* deveriam ter estado lá para apoiá-la. O que quer que tenha acontecido com Sara, *não* foi por causa de nada que eu tenha feito. Tem muita gente esquisita no mundo. — De repente, a voz de Matt muda, como se ele estivesse à beira de um de seus ataques de pânico. — Meu Deus, eu... eu preciso sair daqui. Não consigo respirar. E está *escuro* pra caralho aqui dentro. Meu Deus... — ele ofega. — Vou morrer aqui embaixo...

Eu me afasto de Annie, estendendo a mão para o meu marido, mesmo sentindo que vou desmaiar, mas ele dá um pulo assim que eu o toco.

— O que é isso? Sai de cima de mim! — ele grita, recuando. — Não aguento isso!

— Ai... *Matt*... — grito, recuando de forma brusca quando seu braço bate em minha têmpora, piorando ainda mais minha dor de cabeça latejante. — Pelo amor de Deus, controle-se, Matt. Por favor, sei que isso o está assustando, mas você precisa se acalmar. — Eu me inclino para sussurrar, mas acho que ele não está me ouvindo. — Você ouviu o que eu disse antes? Não estou tentando preocupá-lo, mas acho que meu nível de açúcar no sangue está absurdamente alto agora. Não injetei insulina esta manhã.

Matt não responde. Em vez disso, ouço sua respiração em pânico, as respirações curtas e agudas da hiperventilação.

— Olha, essas luzes não vão voltar tão cedo — diz Annie. — Acho que pode ter uma lanterna em algum lugar na cozinha, ou talvez na cabine de gravação, não me lembro exatamente onde.

Laura e eu gememos juntas.

— E você só nos fala isso *agora* — Laura interrompe.

— Pode estar sem pilhas, mas vale a pena tentar, se isso evitar que ele surte — acrescenta Annie. — Matt, por que você não vem comigo e me ajuda a encontrá-la? Vamos mudar de ares. — Ela bufa diante da ironia.

— Eu... eu não consigo me mexer. Não consigo respirar... — diz Matt, com a garganta apertada. Percebo que ele está caído no chão agora pela direção de onde vem sua voz. — Socorro! — ele grita de repente, mas o som parece ricochetear nas paredes e voltar para a sala com um baque surdo. — Alguém nos ajude!

— Cara, fique calmo. — Ouço Laura arrastando-se até ele, mas, então, ela grita alto quando ele se descontrola de novo, jogando-a contra algo e, em seguida, tropeçando em mim.

Por sua vez, o grito fraco que dou parece lançar Matt em algum tipo de precipício emocional, porque, de repente, ele se levanta e ataca.

— Sai! Sai de cima de mim! — ele grita, parecendo estar à beira da histeria. — Não... *Nããão...*

— Matt, pare! — imploro, abaixando-me ainda mais e batendo a cabeça na mesa de som. Nunca o vi desse jeito antes. O suor escorre do meu rosto, enquanto minhas entranhas se contorcem de dor. — Vai... vai ficar tudo bem, Matt, acalme-se! Preciso que fique calmo, *por favor*! Faça isso pelos nossos filhos! — Minha voz sai ofegante enquanto estendo a mão às cegas para ele; meus braços estão lutando no escuro.

— Estou aqui com você — diz Annie, de repente. — Matt… Matt… está tudo bem, estou aqui com você. — Ouço o esforço em sua voz enquanto ela tenta contê-lo, e, aos poucos, ele se acalma. Então, ouço apenas o som de Matt soluçando, o som de um homem destruído que, por fim, se acalma. — Vamos lá, cara. Vamos pegar aquela lanterna — diz Annie. — E mais um pouco de água.

— É… É o fato de estar aqui embaixo. A escuridão… os gritos… eu não aguento… — ele murmura em meio aos soluços, os quais raramente ouvi em todo tempo em que estivemos juntos. Matt nunca chora.

Com a bochecha ainda ardendo onde ele me acertou, sinto o calor do corpo deles enquanto se aproximam da porta que leva à cozinha, que fica em frente à porta por onde entramos. Pelo que Annie disse, há outra porta naquela área que leva à cabine de gravação, a sala bem menor atrás da janela divisória de vidro, onde Annie faz suas gravações vocais e instrumentais, enquanto o engenheiro de som fica sentado aqui onde estamos.

— Preciso fazer xixi de novo — digo, seguindo-os e tateando até o pequeno cubículo. Então, encontro a torneira da cozinha e bebo direto nela com avidez. Isso não é um bom sinal.

Volto para o estúdio, ouvindo a respiração superficial de Laura por perto.

— Isso não é típico do Matt — falo quando tenho certeza de que agora estamos só eu e ela aqui. Continuo sussurrando, mesmo que não consigam me ouvir. Annie fechou a porta da cabine de gravação atrás deles, abafando os fungados de Matt. — Perder a cabeça daquele jeito…

— Provavelmente, ele está cansado e de ressaca — afirma Laura. Ela parece prestes a desistir, resignada e assustada. — Não sei o que vamos fazer, Gin. Isso é um maldito desastre. Ela não pode nos deixar aqui até literalmente morrermos de fome, pode? Quer dizer… ela deve ter um motivo para ter nos colocado aqui.

— Tem... tem a ver com a Sara — digo, enxugando o rosto com a manga, sem que Laura consiga ver o suor escorrendo de mim. — Só pode ser.

— Tem a ver com nós três, e Matt voltar mais cedo que o esperado a abalou, acho. Ela não está mais seguindo o plano. Está agindo sem pensar.

— Mas qual *era* o plano dela? E quanto tempo demora para morrer de fome? — pergunto, sem querer saber a resposta, porque, sem meu *kit* médico, serei a primeira a morrer, entrando em coma diabético antes que meu cérebro e meu coração desistam. — Meu Deus, só quero ficar com meus filhos. — Bato na parede com o punho, sem força. — Mãe, pai, se conseguem ouvir meus pensamentos, então, por favor, *por favor*, venham para esta casa... — choramingo. — Sinceramente, Laura, não vou aguentar muito mais. Preciso muito *mesmo* da minha insulina. Estou enfraquecendo rápido, posso sentir. E Gracie precisa ser alimentada. Deixei um pouco de leite no congelador, mas só Deus sabe se aquela vagabunda da Mary vai...

Paro de repente, prendendo a respiração.

Laura também fica em silêncio enquanto ouvimos um barulho — nossos ouvidos estão em modo de vigilância máxima desde que as luzes se apagaram. É o som suave e abafado da porta se abrindo, a porta trancada pela qual entramos.

Meu Deus, meu Deus, meu Deus... Meu coração bate ainda mais forte enquanto me aproximo da mesa de som. Sei que a lixeira de metal está no chão, logo abaixo dela, e também me lembro de ter visto uma caneca vazia no canto da mesa. Qualquer uma das duas seria uma arma, se eu conseguisse reunir forças.

— Quem está aí? — Laura pergunta, mas não há resposta. Então, vemos uma tênue luz azul quando a porta se abre, seguida de uma sombra deslizando para dentro da sala. — Quem é? — Laura grita. Então, mais baixinho, ela diz: — Mary, é você?

Quem quer que seja, não responde, mas a luz azul desaparece de repente, quando a porta se fecha de novo, seguida do clique abafado de quando está sendo trancada.

Merda, queria que Matt estivesse aqui, mas ele e Annie estão do outro lado de uma porta à prova de som. Quem quer que esteja aqui conosco agora está em silêncio absoluto — há apenas o chiado lento da respiração de poucos em poucos segundos.

Minhas mãos tateiam de leve a mesa para encontrar a caneca, mas, ao dar um passo à frente, chuto acidentalmente a lixeira de metal, derrubando-a. Laura grita enquanto tropeço, me apoiando na mesa, quase agarrando a caneca com a mão esquerda no momento em que a derrubo no chão.

— Quem é você? — grito. — O que quer, porr…

Mas não consigo terminar a frase, porque um braço envolve meu pescoço e uma mão cobre minha boca.

QUARENTA E NOVE
GINA

Eu me debato descontrolada, tentando escapar das garras de quem quer que esteja me segurando, mas estou tão fraca que não consigo resistir por muito tempo. Perco o equilíbrio na escuridão, tropeçando em alguma coisa e caindo no chão, machucando o ombro com o impacto.

— Laura, onde você está? — grito, agarrando meu próprio braço, mas, antes de ela responder, um par de mãos me puxa para cima e me joga contra a mesa de som. Minha cabeça bate nos botões.

— Estou aqui — diz Laura. Mas não tem como eu chegar até ela. Não enquanto estiver presa. Ouço uma respiração acima de mim, mas na escuridão é impossível saber quem é. — Mary... é você? — pergunta Laura, hesitante, do outro lado do estúdio. — Eu... eu compreendo que você deve estar revoltada. Nós duas entendemos. Estamos do seu lado. Nós... nós queremos ajudá-la, mas não podemos fazer nada enquanto estivermos presas aqui embaixo. — Deixo escapar um gemido quando algo frio pressiona minha garganta, algo que parece muito uma faca. — Fale comigo, Mary — Laura insiste.

Ouço um som de algo se arrastando, como se ela estivesse se levantando. *Ah, Matt... onde diabos você está...?*

— Mary? — ouso sussurrar. — Não... não precisa ser assim, sabe? Podemos ajudá-la... só não me machuque... nem aos meus filhos... *por favor*... — Minhas palavras se transformam em soluços.

— Isso tem a ver com Sara? — pergunta Laura na escuridão. — É por isso que você está aqui? — Silêncio. Apenas a lâmina fria pressionando meu pescoço. — Sabemos quem você é, Mary — acrescenta Laura, mas isso só aumenta a tensão que cresce nesse espaço escuro como breu. Minha respiração é frenética, e meus olhos estão arregalados, enquanto encaro a completa escuridão, desesperada para distinguir o rosto que paira sobre mim.

— Nós também amávamos a Sara... — sussurro, sem saber mais o que dizer. Mas, no mesmo instante, desejo ter ficado quieta.

— Você não sabe *porra nenhuma* sobre a Sara... — grita uma voz bem acima de mim, a voz de *Mary*. Gotas de saliva respingam na minha bochecha.

Grito, lutando para me soltar, mas o peso dela acima de mim é mais do que consigo suportar em meu estado de fraqueza. A lâmina pressiona mais o meu pescoço.

— Laura... ela... ela vai me *matar*... — falo, embora as palavras mal saiam da minha boca.

— Mary, está tudo bem — diz Laura, a voz de repente mais próxima. — Nós entendemos...

— Vocês não entendem merda nenhuma! — vocifera Mary. — Não entendem nada *mesmo*.

— OK, OK, nós não entendemos — choramingo embaixo dela. — Você tem razão... nós não sabemos de nada — prossigo, rezando para que ela acredite em mim. — Só me diga... meus filhos estão bem? Quem está cuidando deles? Onde eles estão agora? — Quando falo, minha garganta pressiona a faca com mais força. Parece que ela já me cortou.

Mary solta uma risada maldosa.

— Não faço ideia de onde estão seus malditos filhos.

— Oh, meu *Deus*... — contenho um grito. Não posso mais irritá-la. Não se quiser voltar a ver Tommy e Gracie.

— Mas... mas deixei Tyler tomando conta deles quando você... quando você me empurrou para cá — diz Laura. — Onde eles estão, caramba?

— Laura, por favor... tenha cuidado — sussurro, rezando para que ela entenda a mensagem e não irrite Mary. Só quero ganhar tempo até Matt voltar. Laura e eu poderíamos tentar dominá-la agora, mas, com a faca na minha garganta, não posso me arriscar. No entanto, entre nós quatro, temos uma chance. As chaves da porta devem estar com ela, em algum lugar.

— Não é uma sensação agradável, é? Não saber onde um ente querido está, ou se está em perigo, ou se ainda está vivo — ela vocifera para mim. Percebo a mágoa por trás de suas palavras. — Sobretudo se o ente querido for uma criança. Ou criança*s*, nesse caso — acrescenta ela.

— Mary, eu imploro — digo, tremendo. — Gracie não tem nem dois meses ainda. Ela precisa de mim. Precisa ser alimentada e cuidada. E Tommy... ele é só um bebê. Vai ficar assustado sem mim. — Engulo forte, embora minha boca esteja muito seca. — Por favor, *por favor*, deixe a gente sair para que eu possa ver meus filhos, eu imploro. — Lágrimas quentes rolam dos meus olhos e caem sobre a mesa de som.

— Sem chance — retruca ela.

— Então... então você pode pegar minha insulina para mim? — peço. — Preciso injetar...

— Me mantenha aqui e deixe Gina sair — exige Laura. — Ela precisa de ajuda médica, porra, pelo amor de Deus.

Prendo a respiração esperando uma resposta, mas não é o que quero ouvir, e suas palavras quase me fazem desmaiar.

— As crianças não estão em casa. Elas se foram. E também não me importo com suas injeções idiotas.

Eu não sabia que podia existir tanta raiva dentro de mim, mas ouvi-la falar dos meus filhos daquele jeito fez uma ira vir à tona como um vulcão em erupção. Não paro para pensar nas consequências de ser esfaqueada; tudo o que me importa é dominá-la e chegar a Gracie e Tommy.

— Sua *vadia*! — grito, usando cada gota de energia que me resta para erguer uma perna, chutando Mary com força. Pega de surpresa, ela se desequilibra e tropeça, tirando a faca encostada na minha garganta e dando um grito, enquanto agarro seus cabelos, usando-os para me levantar da mesa de som. Dou um grunhido alto e me atiro contra ela, tateando a esmo na escuridão, tentando agarrar seu braço e a mão que segura a faca. — *Ai!* — grito, sentindo algo cortar meu ombro. Mas a dor não me detém, nem a sensação de umidade, enquanto o sangue escorre do ferimento. Na verdade, ela me impulsiona, fazendo-me encontrar uma força que eu nunca soube que tinha, minhas últimas reservas antes que meu corpo desista.

— Gina... pare, você vai se machucar! — ouço Laura gritar. — Mary... *saia* de cima dela! — Ela está por perto. Sinto suas mãos me chicoteando enquanto tenta intervir.

De repente, sinto uma dor aguda no antebraço direito, quando...

— Meu Deus, ela me *mordeu*! — Puxo de novo a cabeça de Mary com o punhado de seu cabelo, e nós duas tropeçamos para trás, quando a jogo contra a bancada de controles e botões deslizantes.

Mary grita obscenidades enquanto está caída na mesa de som, eu a imobilizando agora, embora eu esteja perdendo as forças a cada segundo que passa. Ela está ofegante, e imagino que seus olhos estejam esbugalhados e carregados de ódio, me encarando.

Estou suando, minhas bochechas queimam de raiva, e meus cabelos estão grudados no meu rosto. Aperto o pulso de Mary com força, tentando fazê-la largar a faca. Não consigo vê-la, mas sinto que está apontada para mim. Um movimento errado, e estará enterrada no meu pescoço.

— *Tire* a gente daqui! — grito na cara dela, com a boca a centímetros de sua boca. — Laura, pegue as chaves... olhe nos bolsos dela — oriento, mas, antes que ela responda, Mary tem uma onda de energia e se joga para o lado, me desequilibrando.

Estendo a mão esquerda para evitar cair por completo, soltando-a. Mas nós duas ficamos imóveis e chocadas quando toda a mesa de som se ilumina de repente, com uma série de botões e controles brilhantes. Acidentalmente, apertei o interruptor geral e liguei toda a mesa de som, provocando um leve zumbido de equipamentos ao nosso redor.

À meia-luz, vejo o rosto de Mary em pânico, os cabelos emaranhados nos controles. Ela está com a faca de cozinha na mão, e a lâmina de vinte e cinco centímetros brilha na iluminação fraca. E em seus olhos há terror, arrependimento, remorso e medo.

Mas é mais que isso: em seus olhos, há *Sara*.

— Meu Deus, agora vejo — sussurro, não desejando outra coisa senão abraçá-la, pressionar meu rosto em seu pescoço e dizer à nossa querida amiga que sentimos muito, que nunca desejamos que nada de ruim acontecesse a ela. — *Sara*...

Mary continua parada, silenciosa sob mim; nossos rostos estão bem próximos, na penumbra, enquanto ela ofega em explosões curtas e agudas de medo, encarando-me de baixo, imóvel. O terror em seus olhos me revela que ela sabe tão pouco o que está fazendo quanto eu. Que está agindo por puro instinto: o desejo de vingar a morte da irmã. Enquanto meu puro instinto é salvar meus filhos.

É nesse momento que Mary se vira para o lado de repente, rolando para longe de mim.

— Nãããão! — grito, mal encontrando energia para ficar em pé, muito menos lutar.

Estou tão fraca agora que Mary não precisa de muito esforço para me dominar e me empurrar de volta para baixo dela, invertendo nossas posições, antes que eu tenha tempo de pensar. Então, a lâmina está de novo em minha garganta.

A princípio, não percebo o que causou as vozes altas que ouvimos de repente à nossa volta — duas vozes, uma masculina e uma feminina, parecendo estar em um debate acalorado, vindas de alto-falantes espalhados pelo estúdio. Mary parece tão confusa quanto eu, os olhos tomados de ódio, movendo-se em todas as direções. Mas logo percebo que, na luta, meu cotovelo se prendeu em alguns interruptores perto da borda da mesa de mixagem.

— Pelo amor de Deus, controle-se, Matt — diz a voz feminina.

Reconheço que é a voz de Annie.

— Não consigo... não aguento mais isso... — Soluços se seguem à voz masculina, à beira do desespero. É *Matt.* — Estar preso aqui embaixo... eu... eu tenho claustrofobia.

— Cresça, Matt — Annie dispara, com sua voz clara e áspera ecoando pelos alto-falantes. — Nós não somos mais crianças. E, se quiser ver *seus* filhos de novo, sugiro que se recomponha e descubra o que será preciso fazer para sair daqui.

Sem querer, parece que liguei um comunicador na cabine de gravação, do outro lado da janela.

Não tenho ideia de como tudo está conectado, mas vi que há um microfone em um suporte lá, mais cedo, quando as luzes estavam acesas, e faz sentido que o engenheiro de som precise se comunicar aqui, de alguma forma, com o vocalista e com os músicos.

— Meu Deus, o que está acontecendo...? — Laura pergunta, como eu, sem acreditar no que está ouvindo.

— É a Annie e...

— Calem a boca e escutem — Mary grita, pairando acima de mim. Nós duas ficamos paralisadas, em um impasse. As sombras das luzes da mesa de som projetam-se sobre seu rosto magro, fazendo-a parecer insana e macabra.

— Eles conseguem *nos* ouvir? — sussurra Laura.

— Não, acho que não... — digo, mantendo os olhos fixos em Mary acima de mim. Ela está imóvel enquanto ouve com atenção o que está sendo dito, com a faca ainda pressionada contra meu pescoço.

— Mary nunca vai nos deixar sair, vai? — Matt choraminga pelo comunicador. — Vamos morrer aqui embaixo... — Ouvimos mais soluços antes de Annie gritar com ele pedindo que se controle. — Eu sempre quis você, Annie — Matt confessa. — Você sabia disso? — ele continua com uma voz que me gela o sangue. — Eu me apaixonei por você desde o primeiro momento em que a vi. — Suas palavras me dilaceram profundamente, e meu coração dispara contra minhas costelas. Mary paira sobre mim, me imobilizando, enquanto tento assimilar o que Matt acabou de dizer... *Ele está apaixonado por Annie...* Mas é o que meu marido diz em seguida que faz o mundo desabar à minha volta. — Eu... Eu sei o que aconteceu com a Sara.

CINQUENTA
GINA

— Você *sabe*? — Annie questiona; seu choque é palpável. Sua voz está embargada, mas clara, enquanto suas palavras saem pelos alto-falantes do estúdio. — Você precisa me contar o que aconteceu…

— Só para você saber — diz Matt, soando patético —, eu nunca quis sair com ela, para começo de conversa. Annie, você não percebe que tudo o que eu sempre quis foi *você*? Eu ia lhe revelar meus sentimentos na noite da minha festa, mas nunca tive a oportunidade. Eu amo você, Annie. *Sempre* amei.

Há um silêncio seguido do som de Annie expirando.

— *Matt…* — diz Annie, pronunciando o nome dele lentamente. — Você não está agindo de forma racional. Você não parece… *bem*. Se sabe o que aconteceu com Sara, precisa me contar.

— Cale a boca! — ele retruca. — Você não sabe o que está dizendo…

— Matt, escute. Está tudo bem, você pode falar comigo — Annie o encoraja. — Ninguém pode nos ouvir. O quarto é à prova de som, e estamos trancados. Por favor, me conte o que aconteceu naquela noite. — Sinto-me enjoada, incapaz de acreditar no que estou ouvindo. Estou paralisada, com Mary me prendendo, com a faca na minha garganta; sua mão treme enquanto ela também ouve as vozes ao nosso redor. — Olhe, Matt, se não me contar o que aconteceu — Annie continua —, então, quando sairmos daqui, você terá que ir à polícia.

— Você acha que *algum dia* vamos sair daqui? — pergunta Matt, de novo com a voz trêmula, como uma criança prestes a chorar.

— Só Deus sabe — responde Annie. — Mas não vou desistir sem lutar.

— Quando sairmos daqui e tudo se acalmar, poderemos, enfim, ficar juntos, certo? Você também deseja isso? Vou deixar a Gina. Ganho mais que ela... vou ficar com a custódia das crianças. Já resolvi tudo.

Oh, meu Deus... Solto um soluço sufocado. Meu marido é um cara patético. Rastejando pela atenção de Annie, mesmo sem ter ideia de onde nossos filhos estão, sem nem saber se estão bem neste momento. Ele destruiu nosso casamento com apenas algumas palavras.

— Não sei, Matt — diz Annie. — Um passo de cada vez, e...

— Não! — grita Matt, causando-nos um sobressalto quando sua voz ecoa à nossa volta. — *Não* é assim que funciona, Annie. Não depois de tudo o que aconteceu. Você e eu... pertencemos um ao outro.

— As coisas mudam, Matt. As pessoas mudam. Você tem uma família, uma bebê e...

— Esse era o sonho da Gina, não o meu. Eu nunca quis nada disso. Nós estarmos presos aqui embaixo... é tudo culpa dela. Se não fosse por ela, *nada disso* teria acontecido. Ela é um problema, Annie. Tudo o que eu sempre quis foi você...

Minha cabeça está girando enquanto Matt fala sem parar sobre como a vida dele comigo é horrível... que sempre amou Annie... que pensa nela o tempo todo, assiste a tudo o que ela faz, ouve o tempo todo suas músicas...

Não acredito no que estou ouvindo. Matt é obcecado por Annie.

— Meu Deus, meu Deus... — repito sem parar, lágrimas escorrendo dos meus olhos.

— Cale a boca e me deixe ouvir — Mary rosna. Seus olhos estão tomados de raiva, e sua respiração é rápida e superficial. Um movimento dela, e estou morta.

— Matt — Annie prossegue —, só me conte o que aconteceu na noite da festa.

— Annie, eu amo...

— Lembro-me de que você voltou para casa depois de comprar mais bebidas... tanta bebida que mal conseguia carregar — Annie enfatiza. — E estava nervoso como nunca, eu me lembro disso. Achei que tivesse tomado alguma coisa; você estava tremendo tanto... Você virou umas três cervejas seguidas antes de entornar a vodca. Evan o estava incentivando, mas vi algo diferente em seus olhos enquanto você bebia...

— Pare com isso! Pare! Não, você está equivocada! *Pare!* — Enquanto Matt choraminga, eu o imagino com as mãos tapando os ouvidos, a cabeça baixa, os olhos semicerrados, andando de um lado para o outro no pequeno espaço da cabine de gravação. — Não aguento mais ficar aqui dentro. Preciso sair... Isso está me deixando louco... Tem fantasmas, *tantos fantasmas...* — Matt volta a soluçar, e mal consigo acreditar que é meu marido que estou ouvindo em som estéreo, enquanto minha vida desmorona ao meu redor.

— Como assim, fantasmas? — pergunta Annie. — Onde estão os fantasmas?

Matt soluça.

— Estão por toda parte — ele responde, parecendo um garotinho. — Estão na minha cabeça. Estão nos meus sonhos. Estão nos meus pesadelos. E estão nas... *paredes.*

— Que paredes, Matt? Do que você está falando?

— Estas paredes, Annie. *Estas.*

Ouvimos mais soluços vindos dele, enquanto ouso olhar para Laura. Os ângulos dos nossos rostos estão realçados pelo brilho da mesa de som.

— Conte-me mais, Matt — Annie o pressiona.

— Ela está *nestas* paredes, Annie. Sara está aqui... Eu a vejo em todos os lugares. O fantasma dela me perseguindo, me assombrando. Dia e noite. Ela está aqui embaixo... Eu sei, ela está aqui embaixo conosco.

Ouvimos mais lamentos e soluços, enquanto Matt desaba por completo.

— Tente manter a calma ou vai passar mal — aconselha Annie com voz neutra, mas estranhamente persuasiva. Nunca a ouvi assim antes; é como se estivesse atuando, mas não atuando. É ela, mas também não é ela.

— Para que lado fica o fundo da sua casa? — Matt pergunta de repente, soando mais coerente. — Preciso saber.

Annie hesita.

— Hã... aqui é o fundo da casa. Nesta sala, a cabine de gravação. Por quê?

— E aqui tinha... tipo... uma janela num poço de luz profundo que levava ao térreo? Como se vê em porões? Ou talvez uma calha de carvão... algo que levasse do jardim para o subsolo?

— Matt... não entendo como...

— Só me diga! — Matt dispara, fazendo todas nós nos sobressaltarmos de novo.

— Sim, havia as duas coisas. Uma janela subterrânea num poço de luz e uma velha calha de carvão. Ambas foram escavadas e preenchidas com as reformas — explica Annie. — Mas não entendo, Matt. Por que você está me perguntando isso? — O choro é baixo, no início, um som débil e penoso de um homem sofrendo. Mas sua intensidade logo aumenta, e a cada respiração parece que ele está inspirando os males do mundo. — Matt, o que está acontecendo, porra? Você precisa me contar.

— Certo, certo... — ele diz entre mais choro e lágrimas. — Confio em você, Annie. Eu a *amo*. — Ele respira fundo. — No caminho para a mercearia, naquela noite, vi a Sara — Matt admite, fazendo-nos arfar tão alto que juro que vão nos ouvir através do vidro.

— Você *a* viu? Onde? O que aconteceu? — pergunta Annie daquele mesmo jeito persuasivo. Ela deve ter encontrado a lanterna, porque, quando me viro, esforçando-me para enxergar pela janela de observação acima de mim, vejo um cone de luz iluminando o rosto de Matt vindo de baixo de seu queixo.

— Não era uma coisa boa — admite Matt. — Nada boa. Mas, quando eu estava voltando, piorou muito. Era terrível.

CINQUENTA E UM
O PASSADO

Do que Matt mais se lembrava da mercearia onde comprou as bebidas, além do fato de ter vomitado do lado de fora, é que era bem iluminada. Depois de limpar a boca, ele olhou ao redor para ver quem o tinha visto vomitar. Ninguém, ao que parecia. Pela vitrine, viu o velho no caixa conversando com alguns clientes, então percebeu que a única outra pessoa que estava na rua caminhava na direção oposta.

Ele entrou, semicerrando os olhos por causa das luzes fluorescentes, imaginando se seus olhos estavam ardendo por causa do que acabara de ver.

Não... não... não... Ele não tinha visto nada. Pegaria o caminho mais longo para casa, e pronto. Estava equivocado. Apavorado com as raposas. Assustado por ver aquele homem fechando o zíper da calça. Com medo do escuro.

— Você está bem? — disse uma voz, enquanto Matt olhava para as prateleiras de bebidas alcoólicas alinhadas, não muito longe do caixa.

— Estou bem — respondeu Matt, pegando uma cesta e enchendo-a com o máximo de cerveja e vinho que conseguiu carregar. No caixa, pediu ao atendente (um homem careca com barriga redonda e macacão sujo) três garrafas de vodca da prateleira atrás dele. — E um maço de cigarro — acrescentou, pigarreando.

O homem hesitou, encarando Matt. Ele tremia, sentiu o suor brotar nas costas, mas não era por estar comprando bebida aos 16 anos. Era por causa do que acabara de testemunhar.

Não... não testemunhei nada...

Matt tirou a identidade falsa do bolso de trás, balançando-a para o atendente.

— Tá tudo certo, rapaz, não precisa. Vejo que você tem mais de 18 anos. — Ele deu uma piscadela, pegando o maço de notas que Matt estendia. — Tenha uma boa noite.

Quando Matt saiu da mercearia, passando pela porta com dificuldade, por causa das quatro sacolas, sentiu-se extremamente satisfeito com a facilidade com que conseguira bebidas extras para a festa.

Que comecem os bons tempos...

Foi só quando pisou no próprio vômito, quase escorregando perto do poste, que se lembrou do que tinha visto no terreno comum. Afastou-se alguns passos da mercearia, já sentindo os dedos se esticarem por causa do peso de toda a bebida que havia comprado, sem saber o que fazer.

Voltar e verificar se *de fato* tinha visto alguma coisa? Ou ignorar e seguir para casa pela rua principal?

O longo caminho de volta acrescentaria mais dez minutos, talvez quinze, à sua caminhada — seria exaustivo com aquelas sacolas pesadas. E isso significava passar menos tempo com Annie.

O atalho... voltar por ali o fez se sentir enjoado de novo. Mas, por outro lado, o que diabos temia? Uma raposa idiota e uma escuridãozinha de nada?

Então, ele pensou em Annie perguntando onde ele estava, talvez até mesmo saindo com outra pessoa, e isso o fez atravessar a rua e voltar para o terreno comum, refazendo os passos. Embora não pudesse correr com as compras, andaria em ritmo acelerado e chegaria rápido ao outro lado. Seja lá o que fosse que tivesse visto, já teria desaparecido.

Matt abaixou-se, passando pelo velho portão de metal. Olhou ao redor. Estava escuro, mas havia iluminação pública suficiente, além da lua, quase cheia, para guiá-lo.

Pelo menos, não há raposas gritando agora, pensou ele, voltando pela trilha, pela área coberta de mato. À sua direita, viu as sombras das casas altas que se projetavam de forma ameaçadora, várias com luzes acesas, embora a do outro lado estivesse às escuras. A cerca dos fundos que separava o jardim do terreno estava quebrada. Quando o via à luz do dia, o lugar sempre parecia abandonado.

Matt baixou a cabeça e continuou andando. As sacolas pareciam ficar mais pesadas a cada passo. Era difícil seguir o caminho pisoteado entre a vegetação rasteira, mas, se cerrasse os olhos e olhasse para a frente, conseguiria distinguir o vulto da árvore em contraste com o céu noturno, perto do portão que dava para o beco e depois para a rua. Ele seguiu em frente.

Droga. O que foi isso?

Matt estava na metade do terreno comum, à altura dos fundos da casa abandonada, quando ouviu. Ele parou.

Ali. Chorando. Sem dúvida, era alguém chorando.

Socorro... por favor...

Ele tinha *mesmo* ouvido isso?

Droga. Não. Não tinha. Era sua imaginação voltando a atormentá-lo.

Socorro... Oh, Deus... Por favor, socorro...

E, então, mais soluços.

Lentamente, como se seu cérebro tivesse perdido o controle do corpo, ele largou as sacolas de bebida e se aventurou para fora da trilha em direção aos fundos da grande construção. Um passo cauteloso de cada vez.

E se aquele homem ainda estivesse lá? Apesar do andar assimétrico, ele parecia sinistro, e Matt não queria se meter em briga.

— Quem está aí? — ele gritou ao se aproximar.

— Me ajude… — veio a voz. Fraca e quase inaudível.

Ele reconheceu aquela voz.

— Sara? — Matt chamou em voz baixa. — É você?

Ele sabia que era ela. Mas não queria acreditar. Aproximou-se, tropeçando em alguns tijolos quebrados.

— Aqui… *por favor*, ajude… preciso… hospital…

Matt avistou um braço, depois a pele pálida realçada por um tom prateado, quando a lua surgiu, saindo de trás de uma nuvem. Praticamente nua e coberta de lama e sangue, Sara estava deitada de bruços em uma vala atrás da cerca quebrada, com o pescoço torcido em um ângulo impossível. Seu rosto e seus cabelos estavam cobertos de vômito, e seu corpo estava todo cortado e ferido.

Ela nem parecia humana. Aparentava mais ser uma pintura de fantasia grotesca, gótica e repulsiva. Estava completamente indefesa, mas ainda exercia poder sobre ele. Matt sentia isso, queimando por dentro. Ele a detestava, mas não conseguia parar de olhar para seu corpo nu.

Seu rosto se iluminou quando ela viu Matt parado acima dela.

Seus dedos se contraíram quando sua mão se estendeu para ele. *Socorro…*

Matt olhou-a de cima.

— Está doendo — ela sussurrou. — Tanto… — Matt achou que ia vomitar de novo. Colocou a mão em concha sobre a boca. — Você… a festa… — ela disse, as palavras saindo num sussurro, como se isso fosse mais importante que seu corpo arrebentado e ensanguentado largado em uma vala. — Não… me deixe, Matt — ela proferiu entre sílabas ofegantes. — Eu e você… *nós*… eu te amo…

Encarando-a, sentindo os lábios se curvarem em um sorriso de desdém, Matt odiou que aquelas fossem as últimas palavras dela.

Eu te amo.

Sara emitiu uns ruídos quando ele a agarrou; gritou quando ele quase arrancou seus ombros das articulações. Ele a puxou para fora da vala e, quando conseguiu segurá-la direito, tapou sua boca com a mão.

Olhe para ela, seu cérebro dizia ao corpo enquanto o convocava à ação. *Apenas olhe para o estado repugnante dela. Não serve para ninguém agora.* Ele não sabia o que aquele homem que tinha visto antes havia feito com ela, ou quem ele era, mas a coisa estava ruim. Ninguém a desejaria nessas condições. Ele estava lhe fazendo um favor.

As palavras de Sara — *Me ajude... Eu te amo...* — ecoavam em sua mente, enquanto ele a arrastava em direção à cerca destruída da propriedade abandonada. Sua consciência queimava, o exauria. Atrasava seu progresso.

Talvez ele *devesse* ajudá-la. Voltar à mercearia e pedir ao homem que chamasse uma ambulância. Correr para casa e usar o telefone. Parar um motorista e implorar por ajuda.

Mas seu cérebro silenciou seus pensamentos enquanto ele recolhia as roupas de Sara espalhadas por perto — ele as levaria e as queimaria no incinerador no dia seguinte. O pai sempre ensinara a ele a não demonstrar fraqueza, a esconder as emoções. A mãe queria que ele fosse um homem de verdade, um homem decidido e determinado.

Pense, cara, pense.

Se conseguisse ajuda agora, se Sara sobrevivesse, perguntas seriam feitas. Perguntas às quais Matt não gostaria de responder — incluindo por que não fora buscar ajuda na *primeira* vez em que a viu. Sara o viu passar por ali antes.

Mas, se ela não sobrevivesse, não haveria perguntas. Ninguém jamais saberia. E *todos* os seus problemas desapareceriam para sempre. Acima de tudo, ele estaria livre para ficar com Annie.

Esses pensamentos oscilantes giravam na mente de Matt enquanto ele grunhia, arrastando Sara pelo terreno irregular, sobre alguns escombros e madeira lascada com pregos para fora. Os gritos dela eram tão fracos agora que mal eram registrados.

Ele encontrou o buraco por acidente, quase caindo nele ao se aproximar dos fundos da casa. Havia uma enorme pilha de madeira com uma tábua para fora que o fez tropeçar depois de arrastar o peso morto de Sara pelo jardim coberto de mato. As luzes da casa vizinha estavam acesas, proporcionando um pouco de visibilidade, e ele se convenceu de que não havia ninguém olhando; que o rosto na janela do andar de cima era apenas sua imaginação. Ele ouviu o zumbido de algo na televisão da casa ao lado — uma comédia com risadas pré-gravadas — enquanto empurrava, chutava e rolava Sara para dentro do buraco fundo.

O corpo dela fez um barulho ao cair por uns três metros, aterrissando de cabeça para baixo, dobrado ao meio. Havia muito lixo e mato lá embaixo, o que Matt esperava que a escondesse por um tempo. Mas, por segurança, empilhou um monte de lenha e terra em cima dela, tapando o buraco. Se ela ainda não estivesse morta, logo estaria.

Depois, enquanto voltava pelo jardim, ofegante, espanou a frente do corpo com as mãos, para se certificar de que não havia sujeira na roupa. Então, recuando por cima da cerca quebrada, passando por onde encontrara Sara, algo lhe chamou a atenção. Estava perto de onde havia recolhido as roupas dela, onde o mato estava amassado e pisoteado. De alguma forma, ele não o havia visto antes; só o avistou nesse momento. O brilho do luar o revelou.

Matt abaixou-se e pegou o colar dourado barato, o que Sara sempre usava. Era um pendente de coração partido com a palavra "Amigas" gravada. Ele se lembrou de que Annie usava um colar parecido. Sorriu consigo mesmo enquanto guardava o colar sujo no bolso da calça jeans, pegava as roupas e as sacolas de bebida e voltava para a festa.

Agradou-lhe a ideia de que, juntos, teriam um coração inteiro.

CINQUENTA E DOIS
GINA

Matt está soluçando quando termina de contar sua história. Laura e eu mal conseguimos respirar, e Mary não moveu um músculo desde que ele começou a falar. Ela continua me segurando e olhando pela janela, observando a cena do outro lado.

Matt não parece mais meu marido. *Definitivamente*, não é mais meu marido.

Esse homem me dá nojo. É um estranho para mim.

— Quando você voltou para a festa — ouço Annie dizer; sua voz, de alguma forma, mantém um tom uniforme, apesar da confissão de Matt —, ficou muito bêbado, muito rápido.

— Eu queria esquecer — ele responde.

— Você se lembra de que nós dançamos? — pergunta Annie. — Você me agarrou e me segurou como se o mundo fosse acabar.

— Nunca vou me esquecer — diz Matt.

Eu me agarro às bordas da mesa de som para não gritar. Por mais que odeie Matt pelo que ele fez, ouvir isso deve ser muito mais difícil para Mary.

— Foi uma dança lenta — diz Annie. — Você estava com os braços em volta do meu pescoço e me beijou.

— Sim — responde Matt, com a voz fraca. — Também me lembro disso.

— Enquanto me beijava, sabe o que eu estava fazendo?

— Não — ele responde. Imagino que seu semblante seja a imagem de autopiedade, medo e tristeza. Acho que ele ainda acreditava que, depois de confessar seu crime para Annie, de alguma forma, seria absolvido, então poderia voltar a viver uma vida repleta de mentiras.

— Eu estava com os braços em volta das suas costas. Então, enfiei a mão no bolso da sua calça jeans. — Matt permanece em silêncio. — E, dentro dele, encontrei um pendente de coração — continua Annie. — O pendente de *Sara*. Eu o tirei de lá e o guardei. Esteve comigo esse tempo todo. E, quando comprei esta casa e descobri que alguém tinha feito o que parecia ser um santuário para Sara na praça, no terreno comum, deixei o colar lá. Pareceu a coisa certa a fazer.

— Foi *você* quem o pegou? — Matt baixa o rosto, as sombras da luz da lanterna lhe dando a aparência de um velho. Um velho destruído.

— Durante todos esses anos, quis *desesperadamente* acreditar que você era inocente, que não tinha ideia do que havia acontecido com Sara. — As palavras de Annie ganham intensidade enquanto ela aproxima o rosto do de Matt; a lanterna ainda está acesa entre eles. — Você jurou pela sua vida que não sabia o que tinha acontecido, Matt. Todos nós prestamos depoimento à polícia, pelo amor de Deus. — Ela empurra o ombro dele, fazendo-o estremecer. — Mas, no fundo, sempre tive minhas dúvidas a seu respeito — ela prossegue. — A maneira como agiu, seguindo a vida como se um peso tivesse sido tirado de você depois daquela noite, como se nada tivesse acontecido… — Matt baixa ainda mais a cabeça. — Deveria ter falado sobre minhas preocupações com a polícia quando nos interrogaram, no dia seguinte. Eu deveria ter contado a eles sobre o colar. Que suas roupas estavam sujas de lama. Que vi sangue sob suas unhas quando você segurou minha mão... Mas, na época, eles estavam mais interessados em interrogar os pais de Sara, sobretudo o pai dela — Annie continua. — Mais tarde, ele foi detido e mandado para a prisão, rotulado de pedófilo. Ouvi dizer que a outra filha dele foi acolhida. Tanta coisa sobre aquela noite faz sentido para mim agora, mas nada fazia sentido naquela época. Não sei, talvez eu tenha tido pena de você, ou até tivesse uma quedinha por você... — Ela faz uma pausa e dá uma risada. — Não tanto quanto Gina, porém. Por Deus, aquela garota o adorava... — Annie balança a cabeça.

— Annie, você precisa compreender o que sinto a respeito de Gina. Ela não significa nada para mim; não é como você...

— Cale a boca, porra — ela diz, empurrando-o de novo. — A questão, Matt, é que não é tarde demais para eu fazer a coisa certa. Não é tarde demais para eu contar à polícia o que encontrei no seu bolso, naquela noite. O mundo vai me ouvir agora. Ao contrário de Sara, eu tenho voz. — Annie aponta a luz diretamente para os olhos dele. — Me diga onde ela está, Matt — sussurra Annie, andando ao redor dele, caminhando devagar, mantendo a lanterna apontada para ele. Matt parece confuso, apavorado e tomado pelo terror. — *Me diga!* — Matt coloca as mãos no rosto, arranhando a pele, enquanto a boca se abre, formando uma careta. — Faça isso, Matt. Vá até onde ela está e implore seu perdão. Rasteje pela porra da sua vida. — Annie o chuta, ainda apontando a luz para os olhos dele. Matt se vira, tentando evitar o olhar penetrante dela, mas ela o segue. — Você foi covarde, não foi, Matt? Não teve coragem de terminar as coisas com Sara, então a matou, não foi? — grita Annie. — Admita!

— Não... não... não, eu não queria. Não foi bem assim. — Matt soluça enquanto as lágrimas começam a rolar. — Eu não sabia que ela estaria no terreno comum, eu juro...

— Você a deixou lá para morrer quando poderia tê-la *salvado.*

Matt continua soluçando, desesperado.

— Sim, sim, eu a deixei... — Ele caminha até o fundo da cabine de gravação e se ajoelha, de costas para a janela de observação, enquanto ergue fixamente os olhos para a parede vazia atrás dele. — Lá... — diz ele, apontando para a parede. — Ela está... ela está em algum lugar lá... foi onde a deixei.

É a parede que outrora abrigaria o poço de luz do jardim dos fundos. O poço de luz que foi escavado e preenchido com concreto quando as reformas de Annie começaram.

De repente, ouço um barulho acima de mim. Quando ergo os olhos, Mary está chorando, com a mão sobre a boca, engolindo as lágrimas. Esta é minha chance de dominá-la, se ao menos eu conseguir reunir energia. A cada minuto sem minha insulina, meu corpo fica mais fraco; a situação é agravada porque acabei de descobrir que me casei com um monstro. Nada pode superar o horror disso, nem mesmo Mary com uma faca de cozinha na minha garganta.

— Foi por minha causa... — Mary chora, balançando a cabeça, com lágrimas escorrendo pelo rosto. — Naquela noite, ele estava vindo atrás de mim... aquele homem repugnante. — Sua voz soa vaga, distante, como se ela estivesse imersa em pensamentos. — Sara disse que iria no meu lugar, e eu fugi. Ele deve tê-la levado. Deve tê-la levado para o terreno comum.

Mary respira fundo, fechando os olhos por um segundo; então, aproveito a oportunidade e, usando os últimos resquícios de energia que me restam, puxo meu braço direito de suas mãos, rolando para o lado da mesa de som.

— Laura, rápido! — grito, percebendo, de repente, que Mary deixou a faca cair, mas Mary recobra a razão e se lança sobre ela. Seus nós dos dedos ficam brancos enquanto ela a agarra, virando-se para mim e brandindo a lâmina com olhar aterrorizante.

É agora... este é o momento em que morro...

Mas, então, Mary se vira, empurrando-me, enquanto se dirige à porta que leva à cozinha e à cabine de gravação. A porta que leva a Matt.

— Mary! — grito. — Espere! Vamos conversar sobre isso. Lá em cima. *Por favor*, destranque a porta e nos deixe sair daqui... Só quero encontrar meus filhos.

Mary para, de costas para mim, e continua parada em frente à porta. Baixa um pouco a cabeça antes de enfiar a mão no bolso e tirar algo. Então, estende a mão para trás.

Devagar, dou um passo à frente e me dou conta do que ela está me oferecendo: as chaves para sair dali. Ela passa pela porta e desaparece, surgindo logo depois, do outro lado da janela de observação.

— Meu Deus, você está bem? — pergunta Laura, sem fôlego, me agarrando. Antes que eu possa responder, a voz de Mary ecoa pelos alto-falantes; ela está gritando com Matt. Laura e eu ficamos encolhidas, com o coração disparado, conforme olhamos através do vidro para a cabine.

— Não me sinto nada bem, Laura. Preciso da minha insulina, rápido. — Agarro seu braço, em busca de apoio. — Minha nossa... O que está acontecendo lá dentro? — sussurro, tentando entender o que está ocorrendo, enquanto a luz da lanterna oscila e ruídos raivosos ecoam pelos alto-falantes. Com apenas a luz trêmula da lanterna, é difícil enxergar direito. — Eu o odeio... Eu o *odeio* pra caralho pelo que ele fez... — digo, sem fôlego, apoiando-me no ombro de Laura ao mesmo tempo que mais grunhidos e gritos reverberam dos alto-falantes. — Mas... mas meus filhos precisam do pai deles... Oh, Deus...

Sentindo que vou desmaiar a qualquer momento, aperto as chaves nas mãos, dividida entre virar à esquerda e ir ajudar Matt ou virar à direita, destrancar a porta e sair dali.

Por fim, não faço nada. De pé ao lado de Laura, nós duas abismadas enquanto Annie ilumina a pequena sala com a lanterna lá do alto, vejo meu marido de joelhos diante de Mary.

— Meu Deus, não — ele implora, com o semblante agoniado, encarando-a de baixo. — Não foi minha culpa — ele lamenta. — Gina e as outras... elas deveriam ter feito alguma coisa. Eram amigas dela. Culpe-as, não a mim. E Sara... ela mesma causou isso, indo para o terreno comum sozinha. Você devia ter visto o que ela estava vestindo, saindo daquele jeito... uma saia curta, uma blusinha...

— Levanta! — Mary grita, fazendo Matt se encolher e, em seguida, se erguer cambaleando, enquanto ela o espeta no ombro com a faca de cozinha. Ele põe a mão sobre o ferimento superficial, tremendo diante dela. — Você não tem ideia do que minha irmã e eu passamos — Mary ruge. — Não tem ideia das coisas desprezíveis que aconteceram conosco. Coisas que destruiriam covardes como você em segundos. Você não passa de um homem fraco, Matthew Dalton, e não sei o que minha irmã viu em você. — Ela cospe na cara dele.

— Ela viu uma fuga nele — sussurro para Laura do outro lado do vidro, segurando sua mão, com as chaves pressionadas entre as palmas de nossas mãos. — Sara desejava encontrar uma saída da vida degradante que tinha. Mas, em vez disso, ela a perdeu.

Como se ouvisse minhas palavras, Mary avança em direção a Matt com a faca. Sei que não há como salvá-lo quando vejo o sangue respingar por todo o vidro, quase obliterando nossa visão. Então, logo depois, vejo seu rosto agonizante pressionado contra a janela, distorcendo suas feições.

Mary ergue a faca acima da cabeça e a enfia nele várias vezes, apunhalando suas costas e, em seguida, cortando seu pescoço. Um vulcão de sangue irrompe de uma artéria, espirrando para todos os lados.

Matt se foi.

— Gina! — ouço Laura chamando acima do zumbido em meus ouvidos. — Você está bem? Não desmaie... Fique comigo. Vamos, Gina! Vamos sair daqui!

Estou à beira da inconsciência. Sem que eu perceba, Laura pega as chaves e destranca a porta que dá para o pé da escada.

Como não me mexo, ela volta e agarra meu braço, passando-o por cima dos ombros, enquanto me ampara, puxando-me em direção à porta. Ao passarmos por ela, dou uma última olhada por cima do ombro, com a visão embaçada e a cabeça pendendo ao ver o rosto grotesco de Matt deslizando pelo vidro em um rastro de sangue, os olhos sem vida arregalados e fixos.

CINQUENTA E TRÊS
GINA

— Tommy… Gracie… — murmuro, quase inconsciente, enquanto Laura me arrasta do porão pela escada acima. Quando saímos para o corredor, minhas pernas cedem.

— Você está indo muito bem, Gin — ouço Laura dizer enquanto me leva até o grande sofá, embora suas palavras flutuem à minha volta. — Vou buscar seus remédios… Vi sua bolsa no corredor… Aguente firme… — Desabo de costas no sofá, com a cabeça latejando e o corpo doendo, enquanto luto contra a náusea. Antes de eu me dar conta, Laura está de novo sentada ao meu lado, manipulando meu *kit* de insulina com as mãos trêmulas. — Rápido! O que tenho que fazer? — ela diz em pânico, olhando para os itens dentro da bolsinha com zíper. — Não sei como usar isso… — Ela segura minha caneta de insulina, com expressão preocupada no rosto.

Estendo a mão, com dificuldade para manter a cabeça erguida, e pego devagar o *kit* da mão dela. Já me injetei milhares de vezes… Conheço o procedimento de trás para a frente… poderia fazer isso de olhos fechados… Então, por que minha cabeça está girando e minhas mãos não obedecem?

Vejo a caneta cair no chão quando a derrubo, então Laura a apanha para mim.

— Cartucho — consigo dizer, apontando para a bolsa. Laura me entrega um novo frasco de insulina, e, de alguma forma, consigo inseri-lo na caneta. Atrapalhada, levanto a blusa, expondo a barriga e agarrando um pouco de pele com a mão esquerda. Não me dou ao trabalho de me desinfetar com álcool, e não me importo com o local da última aplicação... só preciso injetar uma dose de insulina dentro de mim.

Pressiono o êmbolo da caneta até que toda a insulina seja injetada; então, seguro a agulha no lugar, contando até dez... embora continue perdendo a conta. Minha cabeça cai para trás.

Não me lembro de muito mais... sonhos malucos e respiração acelerada... imagens dos meus filhos e do rosto ensanguentado de Matt escorregando pelo vidro. Poderiam ter se passado três dias ou, talvez, apenas três minutos. Mas desperto ao som da voz de Laura, e, graças a Deus, minha cabeça já não parece tanto ter sido atingida por um martelo.

— Gin, você está bem? Consegue me ouvir? — ela diz. — Vou chamar a polícia. Precisamos encontrar as crianças. Não olhei em todos os lugares, mas acho que elas não estão aqui.

— Não, espere... — Agarro o braço dela enquanto tudo retorna aos poucos à minha mente. Eu me sento, testando meu corpo. Ele parece mais forte, mais alerta e capaz de se mover; sinto-me mais como eu mesma. — Você acha... que *precisamos* chamar a polícia? Quero dizer... E *Mary*? — Meu coração aperta quando penso no que ela passou. Respiro fundo algumas vezes, tentando me acalmar, passando as mãos pelo rosto.

— *O quê?* — Laura pergunta, incrédula. — Annie ainda está lá embaixo com ela, e ela está empunhando uma faca, pelo amor de Deus. Precisamos de ajuda!

Balanço a cabeça, levantando-me para verificar se minhas pernas estão bem, se não vou desmaiar.

— Não era Annie que Mary estava procurando. Até ouvir a confissão de Matt, acho que ela não sabia *quem* estava procurando. Falar com a polícia só vai atrasar as coisas. Minha prioridade é encontrar meus filhos.

Por ora, Laura concorda em não ligar para a polícia; então, juntas, vasculhamos a casa, gritando seus nomes, chamando Tyler, procurando em todos os cômodos, inclusive nos quartos do sótão.

— Por favor, Gina, vamos chamar a polícia — Laura implora mais uma vez quando voltamos ao corredor.

— Espere — digo, olhando para a sapateira. — Os sapatos do Tommy sumiram. E o casaco dele. — Corro para o escritório, para verificar o que devo ter deixado passar antes. — E o carrinho de bebê duplo da Gracie também não está aqui.

— Acho que já podemos concluir que eles não estão em casa, Gin.

— Mas você não coloca sapatos e casaco em uma criança que pretende machucar, coloca? — pergunto, quebrando a cabeça enquanto tento entender. Meus pensamentos ainda estão meio confusos, mas não tenho tempo de parar e decidir. — Se corrermos, chegaremos lá em quinze minutos — digo, embora não tenha certeza de que meu corpo já esteja preparado para isso.

— Correr *para onde*? — Laura pergunta, mas é nesse momento que vejo as chaves do carro na mesa do corredor e me lembro de que o Toyota está lá. Pego meu celular na bolsa.

— Se você vem comigo, então se apresse — digo, rezando para estar certa, porque não há tempo a perder. Mas, antes que Laura se decida, estou saindo pela porta, sentando no banco do motorista, ligando o motor e partindo para a rua. Sei que Laura vai chamar a polícia, e não a culpo por isso. No entanto, acho que ela está errada. Matt se foi, e não há como trazê-lo de volta; porém, se denunciarmos Mary pelo assassinato dele, ferraremos Annie também, por ocultar provas todo esse tempo.

Contudo, não há tempo para pensar nisso agora. Só preciso encontrar meus filhos.

Dez minutos depois, paro no estacionamento do parquinho, derrapando. Algumas mães me olham feio quando chego causando um estardalhaço com o carro; elas agarram os filhos pequenos e os puxam para mais perto, para protegê-los da mulher maluca que sai do veículo deixando a porta escancarada.

Estou indo, Tommy... Estou indo, Gracie... digo a mim mesma, correndo o mais rápido que meu corpo em recuperação permite, flexionando de forma vigorosa os braços e as pernas enquanto passo pelos balanços e pelo trepa-trepa.

Por uma fração de segundo, paro perto dos equipamentos de ginástica do parquinho, para ver se eles estão ali; meus olhos examinam tudo ao redor. Mas o sol já está se pondo, então todos estão indo para casa. A área de recreação está quase deserta.

Continuo pelo mesmo caminho que segui em pânico alguns dias atrás, quando perdi Tommy, rezando para que meus instintos estejam certos, para que Tyler tenha voltado para o que ele chamava de seu "lugar especial". Embora eu não suporte nem pensar nas *coisas especiais* que ele disse que fazia lá... rezo para não ser tarde demais.

A área arborizada está escura e ameaçadora à minha frente, na extremidade oposta do parque. Sem parar, corro direto para as árvores; a luz está se esvaindo, e a temperatura, caindo, à medida que entro na área coberta pelas espessas copas.

— Tommy! — grito. — Consegue me ouvir?

Paro e escuto com as mãos nos joelhos enquanto recupero o fôlego, com o coração disparado. Nada. Apenas o som de um cachorro latindo ao longe. Um carro passando zumbindo na via próxima. Alguns pássaros pousando em uma árvore acima de mim.

Prossigo, começando a achar que posso ter cometido um terrível engano, que meu filhinho e minha bebê não estão aqui no bosque, e que Tyler pode tê-los levado para outro lugar. Pelo que Mary disse, parecia que ela o havia mandado se livrar deles em algum lugar, o que significa que Tyler pode ter pegado um ônibus ou um trem e estar a centenas de quilômetros de distância. Se eu não os encontrar em alguns minutos, com certeza vou chamar a polícia, e Annie terá de enfrentar as consequências que vierem.

— Tommy! — grito em meio à floresta escura, olhando para todos os lados, enquanto me embrenho entre as árvores. — Vocês estão aqui? — Paro para escutar, mas continuo, porque não há resposta. — Tyler! — grito de novo. — Você não está em apuros! Só quero ver o Tommy e a Gracie!

Galhos estalam sob meus pés enquanto sigo em frente, olhando ao redor o tempo todo. Está ficando mais escuro à medida que penetro na floresta, por isso acendo a lanterna do celular, iluminando à minha volta com o pequeno facho de luz, que parece perdido na imensa área escura. Só tenho dois por cento de bateria restante.

— Tommy! Gracie! — chamo minha bebê também, mesmo que ela não entenda, porque, se Tommy me ouvir gritando, chamando a irmã dele, talvez ele responda.

Espere... ali. O que é aquilo captado pela luz do meu celular?

Giro a lanterna, tentando localizar o que acabei de ver: algo brilhante no chão. Quando olho de novo, corro e o apanho entre as folhas e os galhos, decepcionada por ser apenas uma embalagem vermelha de bala em vez de um dos pequenos brinquedos de plástico de Tommy, como eu esperava.

Mas é quando volto a me levantar que noto a meia rosa de bebê caída na base de uma árvore. Com o coração disparado, vou até ela e a pego, tirando a terra grudada nela. Reconheço na hora o pequeno canguru bordado no punho. Foi um presente enviado por uma amiga que emigrou para a Austrália.

É a meiazinha de Gracie.

— Tommy! Tyler! — grito, agora sabendo que meus instintos estavam certos.

Paro, aguçando os ouvidos, arregalando os olhos ao encarar a escuridão, enquanto as árvores parecem se aproximar. Então, ouço... estalos. Algo estalando. E... e sinto cheiro de algo, também. Algo como *fogo*... Algo (ou *alguém*) queimando.

Corro para dentro da floresta, vendo, por fim, o brilho alaranjado das chamas iluminando uma pequena clareira entre as árvores. Centelhas elevam-se em direção ao céu crepuscular, e, à luz da fogueira, vejo a silhueta de uma figura curvada sobre o fogo, cutucando-o com um graveto.

— Pare! *Você!* — grito, recomeçando a correr. Salto sobre alguns arbustos espinhosos, quase tropeçando, e, ao me aproximar, vejo que a pessoa em frente ao fogo é Tyler. Vou até onde ele está e o empurro para o lado, quase o jogando na fogueira. — Onde estão meus filhos? — berro na cara dele, com o corpo todo consumido pela raiva. — O que você fez com...

— Mamãe! — Sinto algo se chocar contra minhas pernas ao mesmo tempo que ouço o som mais lindo do mundo: a vozinha do meu filho. Olho para baixo.

— Ah, *Tommy* — digo, abaixando-me para agarrá-lo e colocando-o sobre o meu quadril. Pressiono o rosto entre seus cabelos, absorvendo-o e beijando-o sem parar. Ele cheira a fumaça e a algo enjoativamente doce.

— Onde está minha bebê? — vocifero para Tyler, mas nem espero uma resposta, porque logo avisto o carrinho a uma curta distância da fogueira. Corro até ele, abrindo a cobertura, para revelar minha filha adormecida. Ela se mexe e emite um gemido enquanto a agarro, examinando-a, desesperada, abraçando meus dois filhos. É tudo o que consigo fazer para me manter em pé.

Então, a última imagem que tive de Matt invade minha mente, fazendo-me apertar os olhos. Pelo bem dos meus filhos, contenho o choro.

— O Tyler fez *mamélous*, mamãe — conta Tommy, puxando-me de volta para perto da fogueira pela mão. — Quer um pouco? — Ele aponta para a fogueira, dentro de um círculo de pedras grandes, e depois para o pacote de *marshmallows* e espetos ao lado. — *Mim* tostou eles — ele acrescenta, orgulhoso.

Olho para Tyler, que está parado, imóvel, com as mãos ao lado do corpo, nos encarando.

— Desculpe se a irritei, Gina — ele diz. — Eu costumava vir aqui quando era pequeno. É meu lugar especial, e pensei que Tommy também pudesse gostar daqui. Havia tanta... confusão na casa, que estava fazendo minha cabeça doer. Tudo estava dando errado. Laura me colocou para cuidar das crianças, e eu não podia deixá-las sozinhas, então as trouxe para cá, para ficarem comigo. Aqueci o leite da bebê que estava no congelador, e ela mamou antes de sairmos. Estávamos comendo *marshmallows* tostados no jantar, porque eu costumava fazer isso com a Mary quando ela me sequestrou, e até dormimos aqui, uma vez. Sei que não é comida saudável, mas foi um agrado especial. Por favor, não fique brava. Por favor, não fique brava.

Tyler está sem fôlego quando termina de explicar o que aconteceu, as palavras saindo num fluxo, mas não consigo assimilar. Preciso colocar meus filhos no carro e voltar para casa para pegar minha insulina e algumas das nossas coisas. Depois, irei para a casa dos meus pais... ou para algum outro lugar. Ainda não sei. Tudo o que sei é que preciso ir para bem longe daqui. Depois disso, não tenho ideia.

— Não estou brava — digo a Tyler, sem energia para sentir nada naquele momento. Seguro a alça do carrinho e o arrasto atrás de mim pelo chão irregular. Então, paro e me viro. — Você vem comigo? — eu o chamo, sabendo que ele não é uma ameaça.

Ele balança a cabeça, sentando-se na tora ao lado da lareira.

— Vou comer mais alguns desses e, depois, apagar o fogo — ele diz. — Vou a pé.

Concordo, dando um aceno de cabeça, e saio, com a mão de Tommy segurando a minha na alça do carrinho, enquanto carrego Gracie no braço esquerdo.

— Vamos para casa — digo aos meus filhos, tentando soar o mais normal possível, mas sem ter a mínima ideia de onde é meu lar agora.

CINQUENTA E QUATRO
MARY

Minhas mãos estão cobertas de sangue. Meu rosto e meu pescoço estão cobertos de sangue. A cabine de gravação está coberta de sangue.

Matt está morto.

Eu o matei.

Oh, meu Deus... oh, meu Deus... oh, meu Deus...

Estou parada no corredor principal da casa, de frente para Annie; estamos de roupas íntimas, nos encarando como animais enlouquecidos. Mal nos falamos desde que ficamos paralisadas diante do corpo inerte de Matt, no estúdio, lançando um olhar de cumplicidade uma à outra que dizia muito mais que palavras jamais poderiam dizer.

— Tire a roupa — eu disse a Annie antes de subirmos. Ela já sabia que eu não ia machucá-la. A verdade é que preciso dela viva. — Eu… eu ouvi a confissão de Matt. — Meu corpo inteiro tremia quando deixei a faca cair. — Gina… ela ligou o comunicador, de alguma forma. — Balancei a cabeça, cobrindo o rosto, pensando que eu quase tinha matado Gina. Estava convencida de que uma das três mulheres era responsável pela morte de Sara e pronta para matar *todas* elas, caso não confessassem.

— Eu sei — respondeu Annie, inexpressiva. — Vi a luz verde se acender. — Ela apontou para um pequeno painel de controle na parede. — Eu sabia que você estava ouvindo. Foi por isso que pressionei Matt a me contar o que aconteceu. — Ela também tremia da cabeça aos pés, encostada no fundo da pequena cabine; tinha tentado evitar a maior parte dos respingos de sangue. Mas gotas invisíveis se deslocam. Como eu, ela seria uma cena de crime ambulante.

Depois de um pouco mais de incentivo, ela me acompanhou enquanto tirávamos nossas camadas externas, jogando nossas roupas no chão. Então, saímos da sala, contornando com cuidado o corpo sem vida de Matt, enquanto Annie tentava não vomitar. As portas da casa principal foram deixadas abertas, então não precisamos tocar em nada, e aqui estamos nós, agora, de sutiã e calcinha no corredor, tremendo, com medo, com nossos olhos fixos uma na outra.

— Admito: tinha quase certeza de que tinha sido você ou Gina que havia matado a minha irmã — digo. — Porque você estava com ciúme de Sara pelo fato de ela estar namorando Matt. Sara me contou tudo, sabe? Que você e Gina eram obcecadas por Matt, que estavam sempre tramando maneiras de chamar a atenção dele. Ela até ouviu você dizer, uma vez, que alguém como ela jamais teria chance com ele. — Balanço a cabeça, enojada. — Minha irmã acreditava que vocês eram amigas dela. Mas a verdade é que vocês eram malvadas, traidoras, e viviam a excluindo da sua panelinha idiota. O pior é que ela *sabia* o que vocês estavam tramando, mas, mesmo assim, queria ser amiga de vocês. Quando Matt a chamou para sair, ela teve esperanças, começou a sentir uma razão para viver, tinha algo pelo que ansiar. Mas ela também não queria magoar nenhuma de vocês, pois sabia quanto vocês o desejavam. No fim, a lealdade dela a destruiu. — Annie se afasta de mim, ainda cautelosa... E com razão. Eu a mantive presa por mais de duas semanas. — É por isso que reuni todos vocês aqui... Até mesmo Laura, que, no mínimo, é culpada por guardar segredos. Eu precisava saber a verdade. Vingar a vida de Sara. Não conseguia enxergar outra maneira.

— De que *diabos* você está falando? Você é louca! Eu *jamais* teria machucado a Sara! Tudo o que sei é que, num minuto, eu estava entrevistando você para o emprego de governanta e, no outro, estava... — Annie se perde nas palavras, balançando a cabeça, com certeza sentindo-se traumatizada demais para falar.

— Olha, o Tyler mora comigo há alguns anos, desde os 18 — explico, sabendo que vai ser difícil ela me perdoar. — Na verdade, ele tem 25 anos, mas parece bem mais jovem. Eu não poderia lhe contar a verdade sobre a idade dele, ou você nunca acreditaria que ele era meu filho. Ele teve um começo de vida difícil, entrando e saindo de lares adotivos, e também é vulnerável. Desde o momento em que o localizei e o conheci, ainda menino, ele tem me feito perguntas sobre a mãe biológica. Prometi a ele que, um dia, eu descobriria a verdade. E, acredite, com o Tyler, promessa é dívida. — Aperto os braços em volta do corpo, fazendo uma narrativa que resume a nossa infância, contando que Sara era a mãe de Tyler, que Tyler foi fruto de um abuso. — Mas eu não estava fazendo isso só pelo Tyler — digo, olhando para o chão, enquanto luto para conter as lágrimas. — Eu também precisava saber a verdade. Sara era minha irmã. Eu a amava muito.

— Oh, meu *Deus* — Annie parece chocada, com lágrimas nos olhos. — Eu não fazia ideia... eu nem imaginava que Sara havia tido um bebê... *Nenhuma* de nós imaginava. Nossa... coitada daquela garota...

Respiro fundo, tentando não me emocionar.

— Eu sabia que entrar na vida de vocês era a única maneira de ter uma chance de descobrir a verdade. Deus sabe como já me culpei o suficiente desde que ela morreu.

Annie me lança um olhar incrédulo.

— Temos que chamar a polícia — ela diz, e seus olhos se voltam rápido para a mesa do corredor. Ela começa a procurar seu celular... *Qualquer* telefone. — Você *matou* um homem.

— Eu concordo — diz uma voz.

Laura sai da cozinha, aproximando-se cautelosa, como se eu fosse atacá-la a qualquer momento. Ela fica ao lado de Annie, passando o braço em volta do seu ombro.

Levanto as mãos, mostrando que não tenho nenhuma arma.

— No momento em que você chamar a polícia para me prender, Annie também estará sob suspeita e será incriminada. Vocês não entendem?

As duas se entreolham, e suas expressões demonstram que elas não tinham pensado nisso.

— Mas não fiz nada de errado. Não *matei* ninguém! — retruca Annie. — Fiz Matt confessar a verdade, não foi? Eu amava Sara, ela era minha amiga. — Ela começa a chorar, e Laura a puxa para mais perto.

— Todas nós ouvimos você confessar que havia encontrado o colar de Sara, contar que suspeitava de que Matt tinha algo a ver com a morte dela, mas você ficou quieta esse tempo todo — lembro a ela. — Olha, estou disposta a fazer um acordo... — Faço uma pausa, procurando as palavras certas... As palavras que a convencerão a fazer exatamente o que eu disser para que eu não seja condenada por assassinato. — Estou disposta a ignorar isso agora, porque, enfim, sei a verdade sobre o que aconteceu com minha irmã — continuo. — Mas duvido de que a polícia seria tão generosa com você. — Annie olha para Laura, e ambas compartilham a mesma expressão preocupada. — Quando a interrogaram, anos atrás, sobre o desaparecimento da Sara, por que você não contou que tinha encontrado o colar dela no bolso do Matt, na festa? — Annie balança a cabeça. — Quer dizer... eu entendo... o Matt era um cara carismático. Imagino que vocês todas estivessem apaixonadas por ele. Sei que a Sara estava. Mas isso foi obstruir o curso da justiça, Annie... esconder provas da polícia. Você estaria em *sérios* apuros. Sem mencionar que eles ordenariam a escavação do seu estúdio; tudo seria desenterrado enquanto exumassem os restos mortais da Sara. Os escândalos sobre você nos jornais seriam descomunais. Tudo viria à tona. Eles poderiam até considerá-la cúmplice. Seria o fim da sua carreira. — Traço uma linha em meu pescoço. — Você seria totalmente cancelada.

Annie levanta a cabeça de repente.

— Mas eu era *jovem* quando isso aconteceu — ela justifica, com a voz trêmula. — E... e eu estava bêbada... Não sabia o que significava ter encontrado o colar. Não exatamente. Matt e Sara estavam namorando, então imaginei que era por isso que ele estava com o colar dela. Não sei... Foi tudo tão horrível. — Seu rosto se contorce, em pânico.

— Está tudo bem. Está tudo bem. Podemos lidar com isso — digo, segurando as mãos dela. — Mas sem chamar a polícia. Certo?

— Na verdade, tenho que concordar com Mary — diz Laura, surpreendendo-me com sua anuência.

Annie ergue os olhos devagar, assentindo para mim, antes de trocar um olhar preocupado com Laura.

— OK. Sem polícia.

— Certo, está combinado. Vou começar a limpar tudo — digo, antes de instruir Annie e Laura a tomar um bom banho. — Mas espere — falo. — Só por curiosidade, Annie... Você ia me dar o trabalho de governanta?

Há uma pausa.

— Sim, sim, eu ia — ela responde, dando um único aceno de cabeça.

— Nesse caso, aceito — digo, bem no instante em que a porta da frente se abre, e Gina chega. Um nó de tensão se desata dentro de mim quando vejo os dois filhos com ela. — Poderia ser um cargo de moradia interna? — acrescento. — Para mim e para o Tyler?

— Sim — Annie concorda, ainda pálida. Agora que sabe quem sou, quase parece que está se animando com a ideia. — Pode ser.

— Que bom que está tudo resolvido, então — digo, indo até o armário para pegar o que preciso. Como eu disse, sou muito boa em limpar a bagunça depois de tudo.

As oito horas seguintes passam em um borrão enquanto assumo um longo turno noturno de tarefas domésticas. Tyler chegou uma hora depois de Gina, e durante esse tempo eu a vi colocando os filhos para dormir. Depois, as três mulheres sentaram-se juntas, tomando xícaras de chá, lançando-me olhares furtivos, enquanto, vez ou outra, eu subia do porão para pegar mais material de limpeza ou para descartar o lixo.

— Gina — eu disse, já tarde da noite —, fico feliz que seus filhos estejam seguros. Tyler jamais os machucaria, só para você saber. Eu o instruí a tirar as crianças do caminho por um tempo, a cuidar delas. Não queria que elas ficassem estressadas. — Ela me devolveu um único aceno de cabeça em concordância. — Ele adora crianças. Na verdade, acho que se identifica muito mais com elas que com adultos. — Sorri, na esperança de arrancar um sorriso de Gina, mas ela apenas ficou ali sentada, com sua xícara. — E sinto muito, muito mesmo, pelo Matt e...

Ela ergueu a cabeça de repente.

— Eu não — ela afirmou. — Não consigo acreditar... em tudo o que ele disse. Ainda está ressoando na minha cabeça como um terremoto, mas... mas não lamento que ele esteja morto. Depois do que ouvi... do que ele *fez*... — Ela estremeceu e levou a mão à boca, parecendo atormentada de novo. — Nunca vou me esquecer disso. *Nunca* vou perdoá-lo. Eu era casada com um monstro.

Outro olhar de Gina, e nenhuma palavra mais foi necessária.

Ainda está escuro lá fora. É hora da próxima etapa. Vou para o terreno com uma pá que encontrei na garagem. Por sorte, a terra está fofa e maleável depois da chuva recente, embora ainda leve algumas horas para cavar uma cova funda o suficiente para caber um corpo. Fico de olho nos vizinhos curiosos ou nas pessoas em seus jardins, mas parece que não há mais ninguém acordado a esta hora, e tenho quase certeza de que estou escondida, sob a proteção das árvores, enquanto cavo uma sepultura de um metro de profundidade bem atrás da cerca. É o lugar perfeito para se desfazer de um corpo.

Matt já está embrulhado e embalado no porão em vários sacos de lixo e com uma lona, e esfreguei e alvejei todo o estúdio de gravação com meus mais altos padrões. Sou habilidosa em remover manchas de sangue.

— Vocês estão prontas? — pergunto às outras enquanto se aconchegam no sofá. Uma por uma, elas me seguem até o estúdio.

As crianças e Tyler, felizmente, ainda estão dormindo enquanto carregamos o corpo escada acima, atravessamos a casa e saímos pelas portas de vidro, arrastando o peso morto de Matt pelo jardim, pelo portão e para dentro do terreno, bem na hora em que o sol nasce. Ele cai na cova emitindo um baque surdo e, com todas nós unindo esforços, logo está coberto de terra. Então, disfarçamos a área com lixo de jardim e mato, fazendo com que pareça quase como era algumas horas antes.

Nós nos afastamos, examinando a cova rasa. Annie pega a mão de Gina e a aperta.

— Você está bem? — ouço-a sussurrar, mas Gina apenas assente enquanto olha para o local de descanso final do marido, o mesmo onde Matt deixou minha irmã para morrer.

— Vamos — falo, sabendo que, quanto mais tempo ficarmos aqui, maior é a chance de alguém nos ver.

As outras me seguem enquanto caminhamos de volta pelo jardim.

— Esperem — diz uma voz quando estamos na metade do caminho. — Alguém mais viu isso?

Eu me viro. É Gina, apontando para uma janela dos fundos da casa ao lado.

— Não, o quê? — pergunta Laura, aproximando-se. Annie faz o mesmo. Todas nós olhamos para cima.

— Juro que vi um rosto nos observando.

— Os vizinhos? — questiono, gesticulando para que se apressem e voltem para dentro. — Eles não vão saber o que estamos fazendo. — Olho para a janela de cima mais uma vez, mas tudo o que vejo são vidraças com escuridão por trás. — Se alguém comentar alguma coisa, digam apenas que saímos para uma caminhada matinal.

No entanto, assim que voltamos para dentro da casa, percebo que Gina está ansiosa. Ela começa a andar de um lado para outro, sem parar, insistindo em afirmar que viu alguma coisa.

— Não sei quem estava lá em cima, mas alguém viu a gente — ela garante. — A pessoa... estava olhando direto para mim. Estou lhes dizendo, ela viu *todas* nós.

CINQUENTA E CINCO
GINA

— Não podemos ficar sem fazer *nada* — digo às outras quando voltamos para dentro. Laura fez café, mas não consigo ingerir nada neste momento. — Vocês acreditam em mim? Tinha uma pessoa na janela do último andar da casa ao lado nos observando, não tenho dúvida. E se ela nos viu... vocês sabem. — Espio pela janela, olhando para o jardim e para o terreno comum. — Mary protesta de novo, tentando me convencer de que estou paranoica, dizendo que ela não viu ninguém, enquanto Annie e Laura permanecem quietas, como se estivessem ponderando possíveis repercussões. — Acho que devemos ir até a casa ao lado. Avaliar o humor da Bridget e do Billy... Ver como eles se comportam na nossa frente — sugiro, porque não desejo fazer isso sozinha. — Como você disse, talvez não seja nada, mas não vou contar com a sorte. Eles podem estar chamando a polícia neste momento, pelo amor de Deus!

Como eu esperava, a menção à polícia é ameaça suficiente para fazer com que as outras venham comigo sondar a situação. Então, aqui estou eu, agora, batendo na porta da frente da casa dos vizinhos, com as outras paradas atrás de mim.

— Oi, Bridget, peço desculpas por incomodá-los tão cedo — digo quando ela atende à porta, com expressão de surpresa. — Só achamos... achamos que vocês gostariam de companhia. — Forço um sorriso, voltando-me de repente para as outras. — E trouxemos isso para vocês. — Ofereço alguns biscoitos comprados prontos, dispostos em um prato, para que pareçam ter sido feitos em casa.

Deixei Tyler encarregado de Gracie e Tommy, pois Tommy confessou, antes de dormir, na noite anterior, que Tyler não o machucou, que tudo foi inventado (para chamar a atenção, presumo). Sua sinceridade me permitiu minimizar minha preocupação, pelo menos enquanto vamos até a casa ao lado, investigar. Além disso, depois de tudo o que passou pela minha cabeça durante a noite toda, estou preocupada com *muito mais* que sermos vistas no terreno comum ao amanhecer.

— Oh... Bom dia, meninas — responde Bridget com um sorriso. — *Que* surpresa adorável, mas, por favor, perdoem-me, ainda estou de roupão. — Ela olha para o relógio antes de tocar a cabeça... Seus cabelos estão escondidos sob um lenço e presos em bobes. — Gostariam de entrar para tomar um café? Acabei de passar. — Fico feliz que ela ainda não tenha perguntado o que estamos fazendo aqui juntas, ainda que pareça um pouco surpresa com nossa visita inesperada e tão cedo. Mas sua polidez a impede de dizer qualquer, mesmo quando bate os olhos em Mary, de quem não esconde a antipatia. Nós a seguimos até a cozinha. — Receio de que Billy não esteja se sentindo bem — ela nos conta. — Ele está de cama há alguns dias. Por ordem médica. — Ela toca o coração e faz uma careta, os olhos se alternando entre nós, enquanto pega algumas xícaras de um armário. — A angina dele está piorando de novo. Annie, querida, que bom vê-la. Você voltou das férias.

Annie, que tomou banho, trocou-se e se alimentou, e está um pouco mais parecida consigo mesma, olha para Mary (há um entendimento mútuo pairando entre elas).

— Ela se divertiu muito, ao que tudo indica, não é, Annie? — interrompo, lançando a ela um olhar astuto.

— Venha à sala de estar me contar tudo sobre suas viagens, minha querida — Bridget a convida, enquanto Mary pega a bandeja com os cafés e os biscoitos. — Ah, obrigada... — Bridget acrescenta, observando-a, cautelosa.

Pelos quinze minutos seguintes, as habilidades de atuação de Annie são postas à prova, conforme Bridget faz uma série de perguntas sobre sua viagem.

— Terei de lhe mostrar minhas fotos quando... quando tiver organizado todas — justifica Annie, dando uma risada falsa, olhando de esguelha para mim. — Tirei tantas que preciso selecioná-las primeiro.

— E você, Gina? Você e sua família vão embora agora que Annie voltou? — pergunta Bridget, olhando-me por cima da borda da xícara.

Hesito, sem saber como responder, mas também estou tentando interpretar seu tom de voz. E, pelo que consigo depreender, ela parece normal, nem um pouco desconfiada, embora pareça um pouco preocupada com a saúde de Billy.

— Imaginei que Annie não conseguiria ficar longe do trabalho por muito tempo, então, sim, temos outros planos. — Deixo por isso mesmo, achando insuportável que minha versão de "nós" agora não inclua Matt. — Aliás, espero que não a tenhamos acordado de manhãzinha — continuo, ignorando o olhar fulminante que Laura me lança. — Estávamos lá atrás fazendo yoga matinal. — Dou uma risada animada, que me dói fisicamente por dentro. — No fim, começamos a dar umas risadinhas meio altas, por isso sinto muito se incomodamos você ou Billy. — É arriscado, mas preciso saber se algum deles ouviu algo ou estão desconfiados de nossas movimentações ao amanhecer.

Bridget me encara por alguns segundos, mas, por fim, seu rosto se abre num sorriso.

— Não, não, vocês não acordaram nenhum de nós, querida — ela assegura. — Nós dois dormimos como pedras. Billy precisava descansar.

Assinto, lançando um olhar a Annie, notando o arqueio quase imperceptível de suas sobrancelhas, percebendo que ela parece tão aliviada quanto eu. Eles não nos viram. Devo ter me enganado, achando que tinha visto um rosto na janela.

E, no entanto... tem alguma coisa errada. Sei o que vi.

Meia hora depois, no corredor, enquanto nos reunimos para sair, aproveito a oportunidade, ciente de que talvez não tenha outra.

— Tudo bem se eu subir e usar seu banheiro rapidinho? — peço a Bridget, de repente, com a boca seca de nervosismo. — Eu... Eu vou direto para a cidade daqui — acrescento para explicar por que não espero até chegar à casa de Annie, que é logo ao lado. Já sei que não há banheiro no andar de baixo, porque me lembro da minha última visita.

A mulher idosa para, de repente, franzindo um pouco a testa, talvez se perguntando por que não usei o banheiro antes de vir, mas então sorri e me indica o andar de cima.

— Você sabe onde fica, querida.

— Não vou demorar — digo às outras, ignorando os olhares, pois, sem dúvida, elas devem estar se perguntando o que diabos estou fazendo.

No entanto, quando chego ao andar de cima, não entro na primeira porta, para o banheiro. Em vez disso, passo por todas as outras portas, até conseguir espiar pela porta do quarto da frente, que foi deixada entreaberta. Billy está deitado, recostado na cama, de pijama listrado, com os olhos fechados e a boca aberta.

É um pressentimento que me faz subir o segundo lance de degraus de forma sorrateira até chegar aos aposentos do sótão, ao quarto onde *posso jurar* ter visto alguém na janela, mais cedo, com olhos escuros cravados num rosto pálido e magro, observando-nos de modo atento. O mesmo quarto onde *sei* que vi alguém, por cima do muro, quando estava conversando com Bridget, outro dia. Na hora, presumi que fosse Billy. Mas, como sei que ele está doente, acamado, não pode ter sido ele esta manhã.

— Olá? — chamo, batendo de leve na porta fechada. Como na casa de Annie, há dois aposentos aqui em cima, antigamente usados por empregados. — Tem alguém aí?

Silêncio enquanto escuto, com um ouvido atento para Bridget, caso ela suba para verificar onde estou.

Tento girar a maçaneta, mas está trancada. Espio dentro do outro quarto lá em cima, mas não há muito o que ver: uma cama de solteiro, um guarda-roupa velho e uma pilha de caixas que me fazem concluir que o quarto é usado, sobretudo, para armazenamento.

Como na casa de Annie, há também um pequeno banheiro no beiral, então dou uma espiada, surpresa ao ver uma escova de dentes na pia junto ao creme dental e a uma toalha de rosto úmida. Há um pote de hidratante em uma prateleira, uma escova de cabelo ao lado e um sabonete no chuveiro.

Meu primeiro pensamento é que Bridget dorme aqui em cima, talvez para não ser incomodada pelo ronco de Billy. Mas, então, vejo os produtos de higiene menstrual ao lado do vaso sanitário, o que desmente a teoria. Bridget já passou da idade de precisar de absorventes.

Meu coração está disparado com o que isso pode significar, então pego a escova de cabelo e a inspeciono, tirando vários fios das cerdas. Fico boquiaberta enquanto os seguro contra a luz — são longos e louros, e nada parecidos com os cabelos grisalhos e grossos de Bridget.

Corro de volta para o quarto trancado, batendo na porta dele o mais forte que consigo.

— Olá... quem está aí? — sibilo. — Por favor, abra a porta. Não vou machucá-la. É a Gina... Estou aqui para ajudá-la...

Minha pele se arrepia enquanto aguardo, mas não há som algum lá dentro. Balanço a cabeça, perguntando-me por um instante se cometi um terrível equívoco.

Em pânico, examino a pequena área no topo da escada, procurando uma chave. A fechadura da porta é antiga; portanto, é provável que a chave seja grande, e não há muitos lugares para esconder nada aqui em cima; tem apenas uma pequena cômoda no patamar. Porém, a chave não está lá, então tateio por cima dos batentes das três portas, mas, de novo, não encontro nada.

É enquanto penso no que fazer em seguida, se devo desistir e voltar antes que Bridget venha me encontrar, que avisto um pedaço de carpete solto e desfiado num canto, onde parece ter sido arrancado. Eu me ajoelho e afasto o revestimento desgastado do piso, revelando as tábuas velhas por baixo... e uma chave.

Eu a pego e a enfio na fechadura, soltando um suspiro de alívio quando ela encaixa. Então, eu a giro, ouvindo a trava deslizar no mecanismo. Devagar, giro também a maçaneta e empurro a porta alguns centímetros.

As cortinas estão fechadas, e está escuro no interior do quarto. Conforme meus olhos se acostumam com a luz fraca, aos poucos, uma figura se revela do outro lado do quarto. Sombras e luzes difusas se fundem formando o contorno de uma pessoa — de uma garota. Não, espere — de uma *mulher* pequena e frágil sentada na cama, com os joelhos dobrados sob o queixo, me encarando com os olhos fixos, apavorada, enquanto me aproximo.

É quando estou prestes a perguntar quem ela é, se está bem e como posso ajudá-la que ouço uma voz ribombante atrás de mim.

— O que *pensa* que está fazendo, sua vadia intrometida?

Quando me viro, Billy está ali, parado, com um atiçador de ferro erguido acima da cabeça, apontado direto para mim.

CINQUENTA E SEIS
GINA

— Sara? — solto um gritinho, incrédula, enquanto me abaixo, desviando de um golpe do atiçador, quando Billy o desfere com força. Ele roça meu ombro, quase acertando a lateral da minha cabeça.

Olho rápido para a mulher frágil mais uma vez, sem ousar me aproximar dela, porque isso poderá conduzir Billy em sua direção. Sim, sim, pode mesmo ser ela… Pode mesmo ser Sara, encolhida, apavorada, sobre a cama.

Ela confirma sutilmente com a cabeça no momento em que Billy rosna, com voz rouca, erguendo de novo o atiçador na minha direção, agitando-o próximo à minha cabeça. Mas sou rápida demais em comparação ao velho, que manca pelo quarto se aproximando de mim, arrastando o pé ferido atrás de si (mancando do mesmo modo que Matt descreveu quando confessou o que tinha acontecido naquela noite terrível). Isso tem me incomodado desde então, enquanto eu tentava juntar as peças.

— Está tudo bem, Sara — grito. — Fique onde está. — Estendo o braço, tentando arrancar o atiçador da mão de Billy, mas ele o afasta de mim, tossindo e agarrando o peito. — Socorro! — berro a plenos pulmões. — Annie, Laura, Mary! Subam aqui... me ajudem! — grito até minha garganta queimar. — Quando digo o nome de Mary, ouço um pequeno gemido vindo da cama, pois Sara percebe que a irmã está aqui. Tudo o que quero é abraçá-la, dissolver-me no chão, soluçar em uma poça d'água depois de tudo o que aconteceu nas últimas vinte e quatro horas. Mas preciso me manter forte por mais um tempo, até que possamos conseguir ajuda para libertar Sara. — Ah, não, não faça isso, seu velho — grito, dando a volta ao redor de Billy, quando ele se aproxima, com o atiçador direcionado de novo para mim. Vejo que a pele de seu rosto é meio cinzenta e pálida quando o agarro pelo ombro, segurando seu braço direito e prendendo-o atrás das costas. Quando aperto seu pulso com força e puxo o atiçador, ele o solta, tossindo de maneira descontrolada, enquanto o arranco de sua mão. Então, o empurro para longe de mim e vou correndo até onde Sara está, na cama, encolhida e, ao que parece, apavorada. Ele não ousará se aproximar de nós enquanto eu estiver brandindo o atiçador na mão. — Está tudo bem, está tudo bem, você está segura agora... — digo, mas ela não está olhando para mim. Está encarando a porta, com os olhos fixos em alguma coisa, ou em *alguém*, percebo, enquanto acompanho seu olhar.

Mary está parada do outro lado do quarto do sótão com Laura e Annie, cada uma de um lado. Nenhuma das três mulheres diz uma palavra enquanto observam a cena à frente: eu segurando uma mulher magra e de aparência combalida sentada na cama, com as pernas nuas dobradas, os joelhos sob o queixo. Ela está usando uma camisola fina de algodão, muito curta, esticada nos ombros ossudos, e meias masculinas, grandes demais para seus pés. Os cabelos compridos estão oleosos e sem corte, pendendo em mechas desgrenhadas ao redor do rosto.

— Cuidado! — grito quando vejo Billy se aproximando das outras.

Elas não sabem que ele é perigoso, que foi *ele* quem atacou Sara pela primeira vez na noite em que ela desapareceu. Depois que Matt a sepultou, Billy deve ter voltado ao local e a retirado do buraco onde ela havia sido deixada para morrer, talvez depois de testemunhar o que aconteceu, da janela do andar de cima. Contra todas as probabilidades, de alguma forma, Sara sobreviveu. E, agora, tantos anos depois, foi o rosto *dela* na janela que me levou a encontrá-la.

— Rápido! — grito. — Agarrem ele!

Quando percebo que as outras parecem confusas, sem entender minha urgência, eu me jogo da cama em direção a Billy, mas, assim que o alcanço, ele adquire um estranho tom verde-acinzentado. Seus olhos se fixam à frente, e ele fica paralisado no lugar. Sua mão direita sobe de repente ao peito, e ele agarra o coração.

— Ai, ai, ai, ai... *Aiiii...* — ele geme, com as feições deformadas pela dor. — Deus... *Não...*

O rosto de Billy se contorce, formando uma série de fendas e rugas sob a pele cinzenta e despelada. O bigode ralo pende de maneira frouxa sobre a boca retorcida enquanto ele grita de dor.

— O que foi? — pergunto, segurando-o pelos braços. — Chamem a Bridget — digo, virando-me para minhas amigas.

Mas Bridget já está ali, passando entre elas para chegar até o marido.

Billy cai de joelhos, dobrando-se de angústia, agarrando o peito, sem saber o que fazer consigo mesmo.

— Acho que ele está tendo um ataque cardíaco — concluo quando Bridget se agacha ao lado do marido, acariciando sua testa úmida, enquanto ele se contorce de dor. Seus lábios estão ficando azuis, e seus olhos se reviram. Uma baba escapa de sua boca. Procuro meu celular no bolso de trás. — Vou chamar uma ambulância, está tudo bem, Bridget, ele vai ficar bem... Não se preocupe...

— Não... — escuto uma vozinha, de repente, atrás de mim. Eu me viro. Sara está parada ali, parecendo uma criança de camisola, embora tenha a mesma idade que nós. Está muito pálida e magra, como se nunca tivesse tomado sol no rosto. — *Não* o ajudem! — Sua voz soa um pouco mais forte agora, mais enérgica, quando ela dá um passo à frente.

— O quê? Não, peçam ajuda para ele... *por favor*... — implora Bridget, erguendo os olhos com firmeza para Sara e depois para mim, segurando a cabeça do marido com as mãos.

— *Não*! — ordena Sara. Sua voz soa meio rouca, como se tivesse passado muito tempo sem falar, mas há uma intensidade por trás dela.

Ela dá um passo à frente e chuta as costas de Billy. — Este *filho da puta merece morrer* por tudo o que fez comigo — ela grita.

Então, ela cospe nele, com expressão de repulsa no rosto, enquanto ele geme de agonia a seus pés.

— Imploro a vocês... — insiste Bridget. — Ajudem-no! Vocês sabem fazer massagem cardíaca? *Por favor*... — Ela olha para mim e, então, para Annie, Laura e Mary. Mas elas não estão prestando atenção; em vez disso, os olhos delas estão fixos em Sara.

— Meu Deus... — Mary diz, enfim, passando por cima de Billy para chegar até ela. — É você *mesmo*? Sara? Eu... Eu não acredito. Devo estar sonhando... Vou acordar, e você não estará aqui... Deixe-me abraçá-la antes que isso aconteça...

Hesitante, Mary avança e segura as mãos de Sara, e ambas tremem como se uma descarga elétrica tivesse passado entre elas. Então, aproximam-se um passo uma da outra, parecendo muito semelhantes, mas também um tanto diferentes, considerando a enorme discrepância na passagem de suas vidas.

Aos poucos, Sara se derrete nos braços de Mary, pressionando o pequeno corpo contra o corpo da irmã, as duas quase se fundindo numa só pessoa, enquanto absorvem tudo o que perderam uma da outra nos últimos quase vinte e cinco anos.

— Ele está morrendo... alguém, por favor, ajude! — grita Bridget, do chão.

Billy parou de se mexer. Quando me abaixo para verificar seu pulso, não consigo senti-lo.

— Desculpe, Bridget, é tarde demais. Ele morreu. — Eu me levanto, observando-a encará-lo, incapaz de falar, com as mãos entrelaçadas sob o queixo. — Você *sabia* sobre a Sara, não sabia? — sussurro, num tom acusador, lembrando-me da sacola de compras dela na escada, a que continha itens de higiene para Sara. — Você ajudou a manter o segredo sujo dele por todo esse tempo. Você é abominável, não é melhor que ele.

— Não, não, juro que não é nada disso — defende-se Bridget, apoiando-se em uma cadeira para se levantar do chão. — Ela é… Ela é como nossa filha. Nós a salvamos! Vocês não veem? Billy disse que ela não tinha mais ninguém, que ninguém a queria, que ela morreria se não a acolhêssemos. Ele me disse que ela era nossa, que deveríamos cuidar dela, que Deus, enfim, tinha nos abençoado com uma criança, nos dando uma filha da maneira mais improvável. — Bridget estremece ao relatar sua versão deturpada dos acontecimentos, como se acreditasse nas próprias mentiras.

— Vou chamar a polícia — digo, balançando a cabeça, enojada.

E, desta vez, ninguém me impede.

CINQUENTA E SETE
MARY

A manhã passa com uma enxurrada de paramédicos e policiais levando o corpo de Billy e começando a desvendar o mistério inacreditável que cerca minha irmã. Não consigo tirar os olhos dela nem por um segundo, com medo de que ela desapareça de novo.

— É ela — digo à polícia, trêmula, sentindo-me à beira da histeria. — É ela *de verdade*... — Mas os dois policiais uniformizados permanecem céticos, até que pedem reforços, e dois detetives chegam para colher depoimentos, dizendo que precisarão fazer um teste de DNA antes de poderem confirmar qualquer coisa. O mais velho deles se lembra do caso de Sara, de tempos atrás.

Depois disso, Sara é levada de ambulância para o hospital com escolta policial, e eu colada ao seu lado. Vão mantê-la internada por alguns dias, monitorando-a e efetuando vários exames médicos. Ainda não avisei nossa mãe; vou poupar Sara de mais uma noite sem ter de lidar com ela. Duvido de que ela queira ter algum contato com nossos pais, e vou apoiá-la nisso. Eles não merecem as filhas.

Mais tarde, depois de muita conversa e planejamento entre nós, Gina toma a iniciativa de denunciar o desaparecimento de Matt à polícia. Por volta das seis da tarde, dois policiais uniformizados diferentes vêm a casa colher seu depoimento. Laura, Annie e eu ficamos fora do caminho, cuidando das crianças e permanecendo ao alcance da voz, enquanto Gina conversa com a polícia.

— Estou muito preocupada, temendo que ele faça alguma besteira — ela diz, derramando algumas lágrimas. — Ele já estava nervoso depois que nossa casa pegou fogo, culpando-se pelo incêndio. — Ela assoa o nariz. — A saúde mental dele tem estado péssima nas últimas semanas.

É difícil não me sentir culpada quando ouço isso, e bem nesse momento Tyler entra na cozinha, com as orelhas em pé ao ouvir a menção ao incêndio.

Eu o encaro com severidade, balançando a cabeça devagar, torcendo para que ele não diga nada sobre o que fizemos — que invadimos a casa de Gina e Matt quando eles estavam jantando na casa de Laura e Patrick, que Tyler sabia exatamente como mexer na parte elétrica da luminária para que ela queimasse aos poucos até provocar um incêndio. De que outra forma eu iria expulsá-los e trazê-los para cá?

Tyler me encara, abrindo e fechando a boca, e uma expressão de entendimento por fim se espalha por seu rosto. Ele bate na lateral do nariz e abre a geladeira.

— E aí, quando Matt foi preso tentando proteger o amigo — prossegue Gina, explicando aos policiais —, acho que isso o fez surtar. Ele ficou com muita vergonha. Quando chegou em casa, voltando da delegacia, não ficou aqui por muito tempo. Estava chorando, me dizendo que se sentia inútil e não merecia a mim nem as crianças. Disse que ia dar uma volta, que talvez eu nunca mais o visse, que eu estaria melhor sem ele. Implorei que ficasse, que não nos deixasse mas ele se voltou contra mim, ficou muito violento e me empurrou. — Gina mostra aos policiais os cortes e os hematomas em seu braço, machucados de quando eu e ela brigamos no porão. — Eu sei que, por dentro, ele estava sofrendo.

— Ele já tentou se suicidar alguma vez? — pergunta um dos policiais.

— Sim, há alguns anos — responde Gina. — Quando foi demitido. Ele sempre sofreu com a saúde mental. — Ela força o choro. — Ele foi ao clínico geral por causa disso, há pouco tempo. — Olho para Annie, e trocamos um olhar cúmplice, impressionadas com as habilidades de atuação de Gina. — Ele não levou o celular nem a carteira — acrescenta Gina, mostrando os itens aos policiais.

Meia hora depois, eles vão embora, prometendo abrir um caso de desaparecimento.

Enquanto respiramos aliviadas, já sabemos que eles nunca encontrarão Matt.

Nenhuma de nós dormiu bem na noite anterior, apenas Tyler e as crianças, mas hoje é um novo dia; há a promessa de um novo futuro, mesmo que a normalidade ainda esteja distante.

O dia anterior foi exaustivo e dramático, para dizer o mínimo, e hoje espero mais do mesmo quando levo Tyler ao hospital para encontrar sua mãe — sua mãe *biológica* — pela primeira vez. Poucas palavras são trocadas durante a hora em que estamos lá, então deixo os dois sozinhos por um tempo, Tyler sentado ao lado de Sara, com sua pequena mão agarrada à dele. Enquanto saio para tomar um café, eu os contemplo; a conversa silenciosa que estão tendo no olhar longo e profundo que compartilham é suficiente para que eu saiba que ficarão bem. Que eles têm um ao outro, agora. Que *todos* nós temos uns aos outros.

Gina e os filhos vão embora amanhã, ficar com os pais dela, enquanto sua casa está sendo reconstruída. Ela disse a eles que tem esperança de que

Matt seja encontrado em breve. Quanto às crianças, Gracie é muito nova para saber o que está acontecendo, e, por ora, Tommy parece ter aceitado a explicação da mãe de que o papai vai ficar fora por um tempo.

Todas nós sabemos que a falsa esperança de Gina terá de se dissipar nos meses seguintes, e ela aprenderá a se adaptar à nova vida de mãe solteira. Laura também vai para casa amanhã, pronta para se divorciar de Patrick, então esta é nossa última refeição juntos, embora já tenhamos combinado de nos encontrar com frequência. Tyler e eu ficaremos aqui em Hastings, e serei a governanta residente de Annie. E Annie disse que Sara é bem-vinda para ficar o tempo que quiser, até que a polícia conclua a investigação e a gente decida o que fazer a longo prazo.

Policiais à paisana entraram e saíram o dia todo, e a casa de Bridget e Billy, ao lado, foi isolada como cena de crime desde a descoberta, com alguns repórteres espreitando na rua, com disparos de câmeras e uma chuva de perguntas toda vez que uma de nós saía. Bridget foi presa e levada em uma viatura da polícia pouco depois da remoção do corpo de Billy, e, sendo cúmplice durante todos esses anos, duvido de que volte para casa.

Coloco uma tigela grande de espaguete à bolonhesa na mesa, e também uma salada, e adiciono uma travessa menor, contendo um macarrão simples, para Tyler.

— Vocês dois, a comida está na mesa — Gina grita para Tyler e Tommy, que estão brincando de LEGO Duplo no tapete.

— Olhe para eles — digo. — Estão se dando tão bem.

Gina sorri.

— Como irmãos — ela acrescenta, embalando sua bebê enquanto todos se sentam à mesa.

— Ei, tenho uma coisa para entregar a vocês — digo, depois que jantamos e Tyler e Tommy saem da mesa. Do bolso do meu uniforme, tiro os quatro colares de coração "Melhores amigas", tendo, enfim, o conjunto completo, desde que encontrei o colar de Sara escondido na bolsa de Gina.

Entrego um para Gina, outro para Annie e o outro para Laura. E, então, entrego o de Sara, que está sentada à minha direita.

Peguei de volta o pendente que minha mãe estava usando quando a visitei ontem. Ela não ficou nada feliz em me ver, ainda mais porque as notícias sobre Sara estavam começando a se espalhar. Saí sem lhe dar nenhuma informação e antes que ela tivesse chance de fazer eu me sentir culpada.

— Vamos lá, coloquem — eu as encorajo, observando todas elas prenderem as correntes no pescoço. Em seguida, ajudo Sara com o colar dela. Eu o limpei e poli, então está parecendo quase novo. — Aqui — digo, estendendo as duas mãos, entrelaçando os dedos com Sara e Annie. As outras completam o círculo em uma corrente de mãos. — Grande amor, amigas verdadeiras, sem segredos — sussurro, olhando com carinho para minha irmã, compreendendo, por fim, o significado das palavras.

EPÍLOGO
SARA

— Grande amor, amigas verdadeiras, sem segredos — cantarolou Annie, deslizando a mão junto às mãos das outras.

— Estou tão animada com a festa de Ano-Novo — confessou Gina.

— "Empolgada" nem chega perto de como estou me sentindo — respondi, embora eu ache que nem tenham me ouvido. Queria começar o próximo ano com nova esperança, deixar o passado para trás, estudar bastante para, um dia, poder construir uma nova vida para mim e para Mary. Ela era a irmãzinha mais preciosa do mundo, e nenhuma de nós duas merecia as circunstâncias em que nos encontrávamos. — Grande amor — repeti, sentindo-o profundamente dentro de mim, muito grata por minhas amigas.

Eu não sabia a qual festa iríamos (do Matt alguma coisa, acho, e ele estava um ano acima de nós, na escola, segundo Annie). Não tínhamos sido convidadas por ele pessoalmente; só tínhamos ouvido falar dessa reunião de pessoas por intermédio de um amigo de um amigo, que nos disse que seria uma festa de portas abertas, e todos seriam bem-vindos. Tudo o que eu sabia é que seria uma chance de sair da *minha* casa, mesmo que isso significasse deixar Mary sozinha por algumas horas. Mas eu também sabia que nossos pais logo estariam chapados de tanto beber, e Mary estaria lá em cima, em segurança, na cama.

Estávamos todas nos arrumando na casa de Annie, todas mentindo para os pais dizendo que havia uma discoteca para jovens na cidade, que cada uma de nós iria passar a noite na casa de uma amiga. Parecia tão fácil mentir para curtir a noite.

Tínhamos apenas 15 anos.

— Onde estão os pais dele? — gritei no ouvido de Gina, por cima do som alto, quando entramos.

Eu estava sorrindo de orelha a orelha, sentindo-me tão adulta...

— Viajaram para a Escócia, eu acho — respondeu Annie. — Alguns dessa turma frequentam clubes de teatro — ela acrescentou. — Podemos nos juntar a eles. — Ela parecia animada por estar ali.

Foi minha primeira festa de verdade, daquelas regadas a álcool, música boa, vizinhos reclamando e muita bagunça para limpar no dia seguinte. Mas eu estava adorando, então não perdi tempo. Peguei uma bebida e fui dançar com Laura. Foi como se tudo de ruim na minha cabeça tivesse desaparecido.

— Meu Deus, é esse o cara que está dando esta festa? — perguntou Gina mais tarde, enquanto todas nós nos aglomerávamos, apontando, de maneira discreta, para um garoto do outro lado da sala.

— É... É o Matt — confirmou Annie. — Gato, né? — Ela piscou, e nós rimos, reunidas em nosso grupo. — Ele começou a frequentar nossa escola no início do semestre. As meninas estão caidinhas por ele.

— Dá para entender a razão — admiti, corando como um tomate quando ele nos encarou.

Minha mente estava girando por causa do vinho.

Não, espere... ele estava *me* encarando.

Olhando para *mim*.

Não para as outras.

Ele estava com outro garoto, que cambaleava, empurrando Matt na minha direção, incitando-o e rindo enquanto apontava para mim, zombando de algo que eu não conseguia entender.

— Droga! Ele está vindo aqui — avisou Annie, virando-se para dentro da nossa rodinha.

Fingimos estar discutindo algo sobre o time de hóquei, e me lembro de pensar que gostaria de estar com roupas melhores. Comparada às minhas amigas, eu parecia uma criança, com meu vestido rosa com babados nas mangas.

— Olá, meninas — Matt nos cumprimentou, entrando na nossa roda. — Feliz Ano-Novo e tudo mais. — Ele ergueu a garrafa de cerveja para nós. — Faltam só quarenta minutos. — Pensei que fosse desmaiar, mas consegui levantar meu copo de papel.

Então, ele olhou de novo para mim.

—Sou o Matt — ele se apresentou, estendendo a mão para mim.

Congelei. Então, senti Laura me cutucando.

— Sou a Sara — respondi, estendendo a mão para ele.

Mas, em vez de um aperto de mão, Matt me puxou e me levou para longe do grupo. Meu coração disparou de empolgação. Olhei para as outras meninas, mas elas já estavam conversando com outros garotos, saindo para dançar, sem perceber para onde eu tinha ido.

Lá fora, no quintal, Matt acendeu um cigarro.

— Quer um?

Neguei com a cabeça.

— Tem uma bebida decente no galpão — ele me disse. — Ali. — Mais adiante, no gramado, avistei um galpão de ferramentas, de madeira. — Champanhe à meia-noite — disse ele.

— Nunca tomei champanhe antes — ri, imaginando o que as outras diriam quando soubessem disso. Matt me segurou pelo pulso e me conduziu pelo gramado até o interior fresco e rústico do galpão.

Não me lembro de muita coisa depois disso, como se meu cérebro tivesse apagado a lembrança para me proteger. Depois, minhas costas ficaram doloridas e sangrando onde ele me jogou contra a parede de madeira áspera. E me lembro de pensar que me encrencaria, porque ele arrancou minha calcinha, rasgando-a.

Os amigos do meu pai tinham feito muitas coisas ruins comigo e me obrigado a fazer coisas ruins com eles, mas nunca tinham feito *aquilo* comigo antes. Então, chorei, e Matt colocou a mão sobre minha boca.

Doeu. Doeu muito.

Embora não tenha doído tanto quanto o dia em que, nove meses depois, o bebê nasceu.

Nem doeu tanto quanto o dia em que o tiraram de mim.

Depois das férias escolares, quando contei ao Matt o que havia acontecido; que eu tinha arrumado uma desculpa dizendo que tinha ficado doente no fim do semestre anterior, porque estava esperando um filho dele; que parecia que meu coração tinha sido arrancado quando ele foi levado para um orfanato, ele se recusou a acreditar em mim. Negou-se a falar comigo ou a olhar para mim. Foi quase tão doloroso quanto o dia em que levaram meu filho.

E ele não queria, não queria *mesmo*, sair comigo quando o pedi em namoro. Eu disse que ficarmos juntos me ajudaria a me sentir mais próxima do meu filho perdido, e que talvez pudéssemos até ter outro filho, um dia, quando fôssemos um pouco mais velhos... apaixonados... casados. Matt não gostou disso. Ele me empurrou, para que eu ficasse longe, sem entender que, apesar da agressão, ele era a única pessoa que poderia me ajudar. Eu tinha sido abusada a vida toda, então não estava disposta a perder o pai do meu filho também. Eu não estava pensando com clareza.

Mas Matt logo mudou de ideia quando ameacei contar aos pais dele o que ele tinha feito. Era o único poder que me restava. A única credibilidade disponível para mim em um mundo em que eu não tinha voz. Isso me proporcionou algumas semanas em que consegui me sentir como alguém que tinha alguma importância. Sentir que ainda havia uma vida para mim.

Quando tudo acabou, quando ele fechou o zíper no galpão, naquela noite, desejou-me um feliz ano novo e voltou para dentro. Caída no chão, eu me debulhei em lágrimas enquanto ouvia todo mundo fazendo a contagem regressiva, enquanto escutava os gritos e os aplausos da meia-noite, os fogos de artifício no alto.

Eu havia segurado os joelhos junto ao corpo, levando um dedo ao pescoço, tocando meu colar GALS. Sabia que, no fim das contas, não existia grande amor, não existiam amigas verdadeiras, embora sempre houvesse muitos segredos.

UMA CARTA DE SAMANTHA

Querido leitor,

Meus sinceros agradecimentos a você por ler *A Governanta*. Espero mesmo que eu tenha feito você devorar as páginas! Uma rápida observação: se quiser ficar por dentro dos meus lançamentos, clique no *link* abaixo — você pode cancelar a inscrição a qualquer momento.

www.bookouture.com/samantha-hayes

Nosso lar deve ser um espaço seguro, certo? Ainda mais quando há crianças pequenas envolvidas. Então, quando comecei a escrever este livro, pretendia ameaçar a vida doméstica de Gina no âmago. Depois do incêndio, ela já estava com a guarda baixa, mudando-se para um lugar repleto de lembranças ruins; então, quando Mary se muda, ela está totalmente despreparada para o horror que se seguiria.

Ter uma governanta é um luxo inacessível para a maioria das pessoas, mas como você, de fato, saberia se alguém é confiável ou quais são suas intenções caso contratasse uma governanta — sobretudo, considerando que ela passaria muito tempo em sua casa? Confiar em alguém para cuidar da sua casa e da sua família é um passo bem pessoal, e os antecedentes criminais só podem ir até certo ponto — e não preveem o que uma pessoa pode fazer no futuro.

Nos estágios iniciais da elaboração deste livro, eu me lembrei de uma amiga que tive na adolescência. A família dela tinha vários funcionários trabalhando em sua imensa casa — desde empregados residentes até motoristas e jardineiros. Eu me lembro de ter ficado fascinada com a situação — e deslumbrada quando a visitei, uma vez! Mas fiquei chocada quando ela me contou que a governanta deles tinha fugido na calada da noite, depois de ter roubado itens valiosos da casa, incluindo um animal de estimação muito querido.

Nunca me esqueci dessa história. Por sorte, minha amiga reencontrou seu gato! E tenho certeza de que é uma ocorrência rara, mas a essência disso está incorporada no cerne de *A Governanta*. *Eles* a deixaram entrar... *eles* confiaram nela. Usei essa brecha de vulnerabilidade para desvendar o passado de Gina, assim como o de seu grupo de amigas, e, como adoro tramas com duas linhas temporais, foi a oportunidade perfeita para entrelaçar segredos do passado, trazendo-os para o presente.

Se você gostou de ler *A Governanta*, significaria muito para mim se pudesse deixar uma resenha rápida para que outros leitores saibam que você adorou o livro! Isso realmente ajuda a divulgar.

E, claro, enquanto isso, estou ocupada planejando meu próximo romance — outro *thriller* de deixar todo mundo roendo as unhas — e me dedicando às minhas tarefas domésticas!

Com votos calorosos,

Sam bj

facebook.com/samanthahayesauthor

x.com/samhayes

instagram.com/samanthahayes.author

AGRADECIMENTOS

Gostaria de agradecer demais à minha querida editora, Jessie Botterill, por sua magia editorial e suas sessões de *brainstorming* inspiradoras, que conferiram a este livro sua melhor forma de leitura viciante! Um enorme agradecimento também a Sarah Hardy e a toda a equipe de publicidade da Bookouture, por divulgarem meus livros; DeAndra Lupu, pela edição de texto; a Jenny Page, pela revisão; e a Lisa Horton, pelo fantástico *design* da capa da edição em inglês— gostei muito de tudo. E, como sempre, meus sinceros agradecimentos a todos da Bookouture, por publicarem meus livros.

Um agradecimento especial a Oli Munson, meu querido agente, por cuidar de mim, assim como a toda a equipe da A. M. Heath.

Um sincero agradecimento a todos os blogueiros, revisores e leitores dedicados que são tão apaixonados por livros, separando um tempo para resenhar e divulgar suas leituras favoritas. Nós, autores, de fato, agradecemos muito!

E muito carinho a Ben, Polly e Lucy, assim como ao restante da minha família, pelo apoio contínuo.

Sam bj